碧血劍
金庸
墨痕落紙

前頁圖片／石濤「細雨虬松圖」（部份）。石濤原名朱若極，明朝宗室。明亡後爲僧，名道濟，字石濤，號清湘遺人、大滌子、苦瓜和尚等，與八大山人、弘仁、髡殘合稱「明末四僧」。本圖極澹宕空靈之致，畫家稱爲「細筆石濤」。

山海關的關門

山海關詳圖：圖頂的「一片石」，即清兵與吳三桂聯軍大敗李自成軍處。

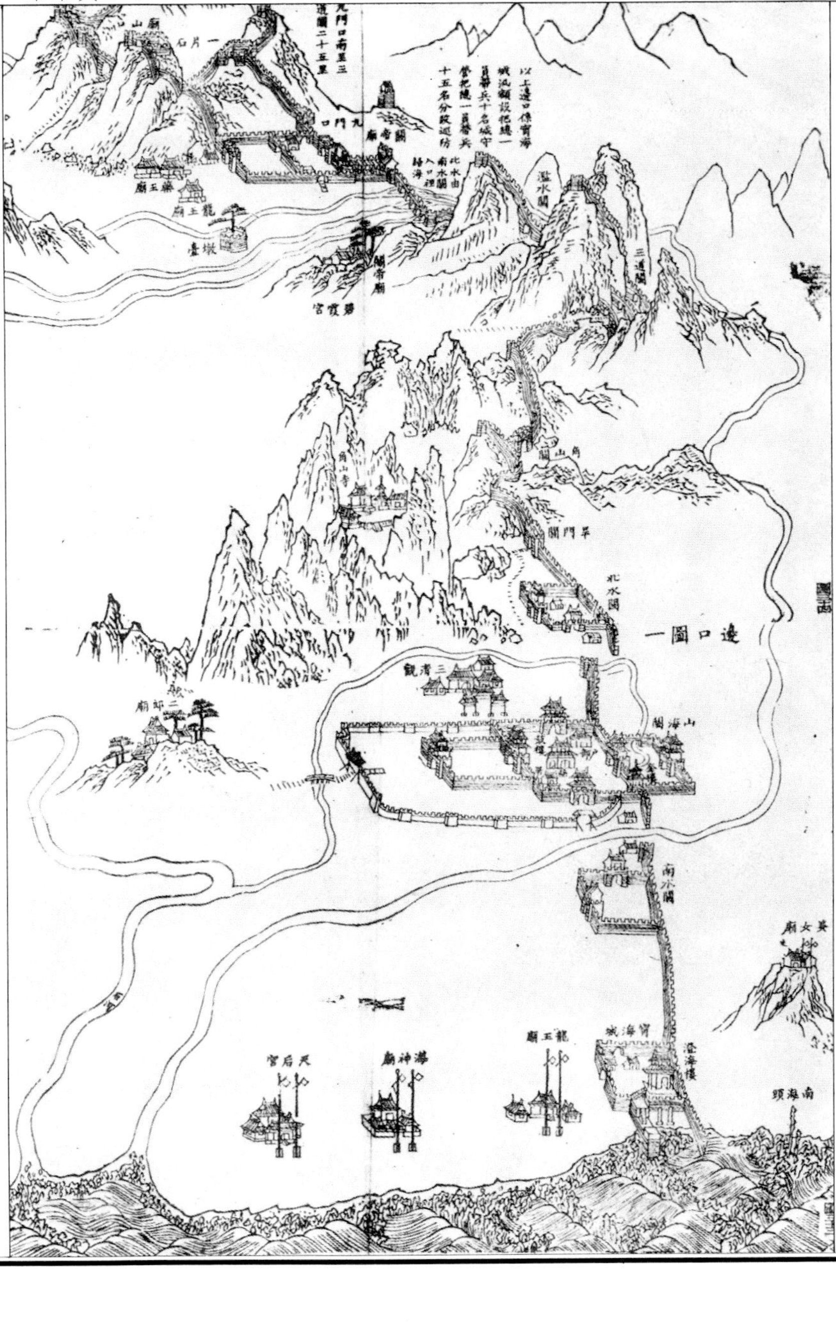

原藏故宮

明朝皇帝龍袍前胸及後背所釘金龍板：金龍有五爪，中間一顆大珍珠及鑲嵌的大部份寶石已失落。現藏倫敦大英博物院。

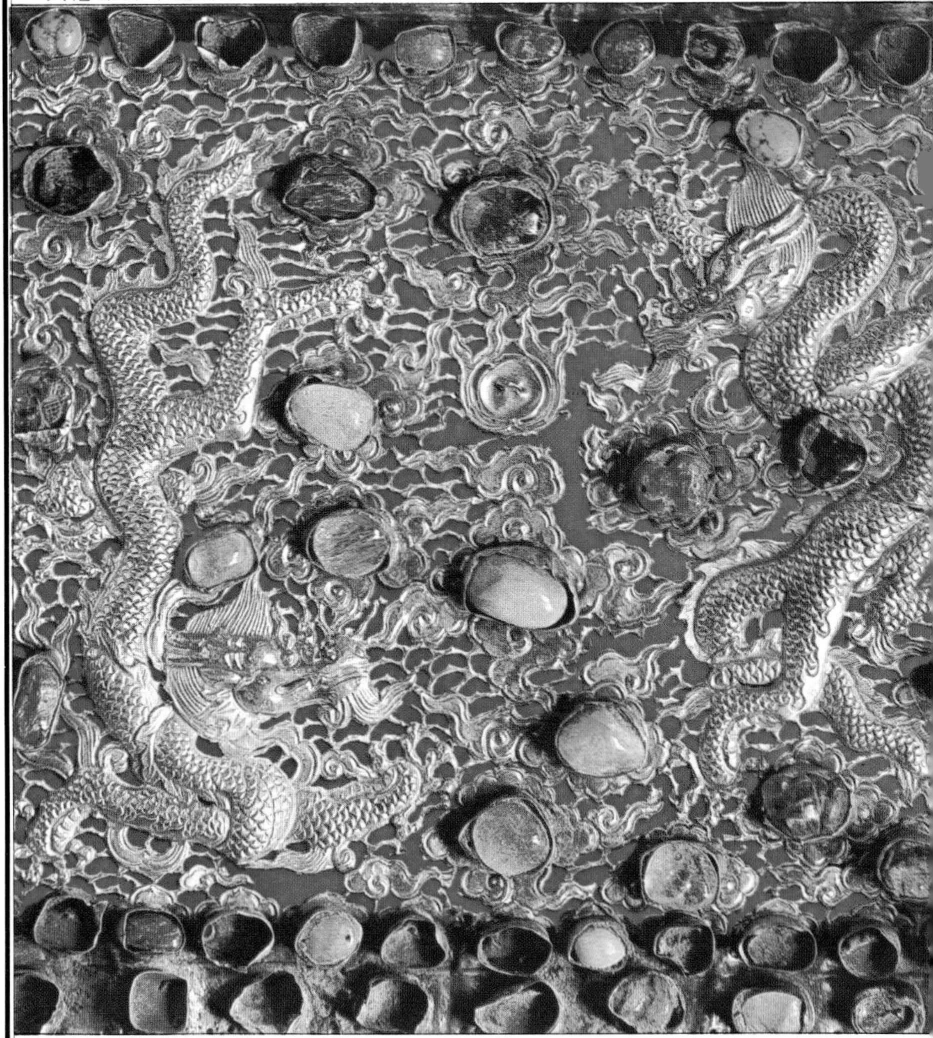

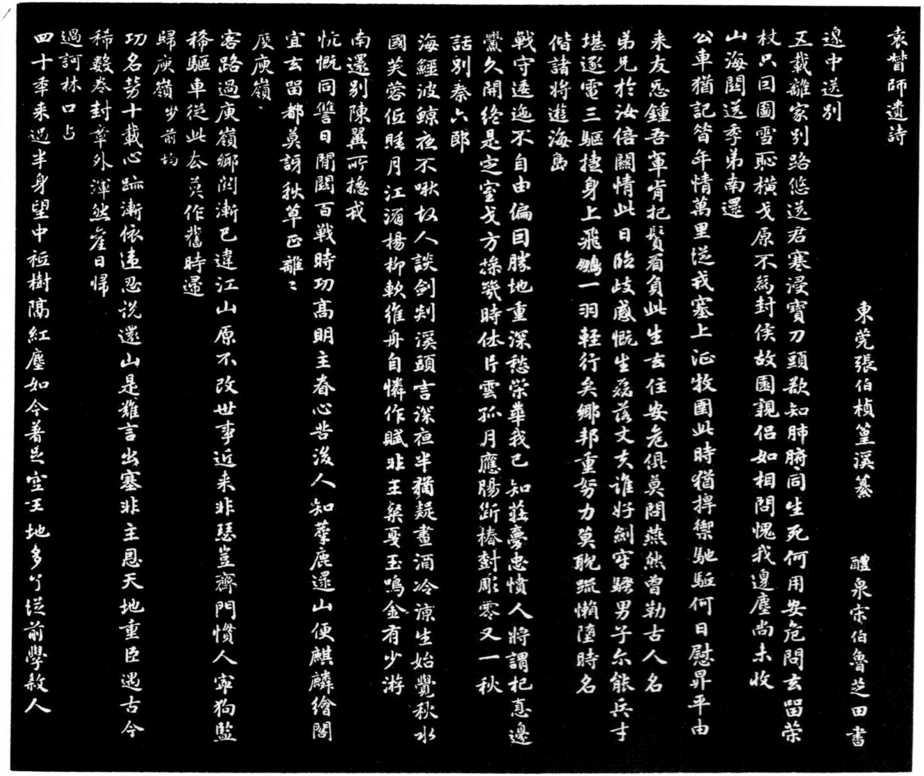

袁督師遺詩

東莞張伯楨篁溪纂　醴泉宋伯魯芝田書

邊中送別

五載離家別路悠，送君寒浸寶刀頭。欲知肺腑同生死，何用安危問去留。策杖只因圖雪恥，橫戈原不爲封侯。故園親侶如相問，愧我邊塵尚未收。

山海關送季弟南還

公車猶記昔年情，萬里從戎塞上征。牧圉此時猶捍禦，馳驅何日慰昇平。由來友愛鍾吾輩，肯把憂看負此生。去住安危俱莫問，燕然曾勒古人名。

弟兄於汝倍關情，此日臨歧感慨生。磊落丈夫誰好劍，牢騷男子亦能兵。才堪逐電三驅捷，身上飛鵬一羽輕。行矣鄉邦重努力，莫耽疏懶墮時名。

偕諸將遊海島

戰守逶迤不自由，偏因勝地重深愁。榮華我已知莊夢，忠憤人將謂杞憂。邊釁久開終是定，室戈方操幾時休。片雲孤月應腸斷，椿樹凋零又一秋。

話別秦六郎

海經波鯨夜不啾，與人談劍到溪頭。言深夜半猶疑晝，酒冷涼生始覺秋。水國芙蓉低睡月，江湄楊柳軟維舟。自憐作賦非王粲，憂玉鳴金有少游。

南還別陳翼所總戎

慷慨同讎日，間關百戰時。功高明主眷，心苦後人知。麾鹿還山便，麒麟繪閣宜。去留都莫訝，秋草正離離。

過庾嶺

客路過庾嶺，鄉關漸已違。江山原不改，世事近來非。瑟豈齊門慣，人寧狗監稀。驅車從此去，莫作舊時還。

歸庾嶺步前均

功名勞十載，心跡漸依違。忍說還山是，難言出塞非。主恩天地重，臣遇古今稀。數卷封章外，渾然舊日歸。

過訶林口占

四十年來過半身，望中祗樹隔紅塵。如今著足空王地，多了從前學殺人。

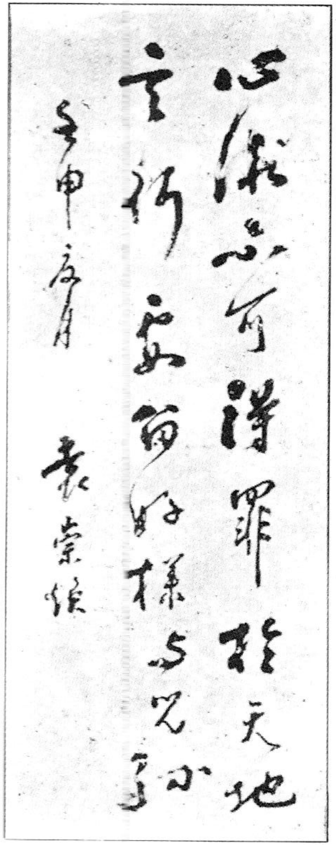

右圖／袁督師遺詩石刻：在袁督師廟內。
左圖／袁崇煥的書法：「心術不可得罪於天地　言行要留好樣與兒孫。」
下圖／明軍出師圖：明軍出發征剿倭寇，該圖爲「倭寇圖卷」之一部份。

明軍大帳圖：明軍於萬曆年間出師朝鮮，協抗日本進犯。圖示明軍統帥爲文官，武官旁坐。該圖爲長卷之一部份，原件現在美國舊金山，私人收藏。

下圖／明軍海軍：明軍援助朝鮮抗日的海軍，長卷的一部份。

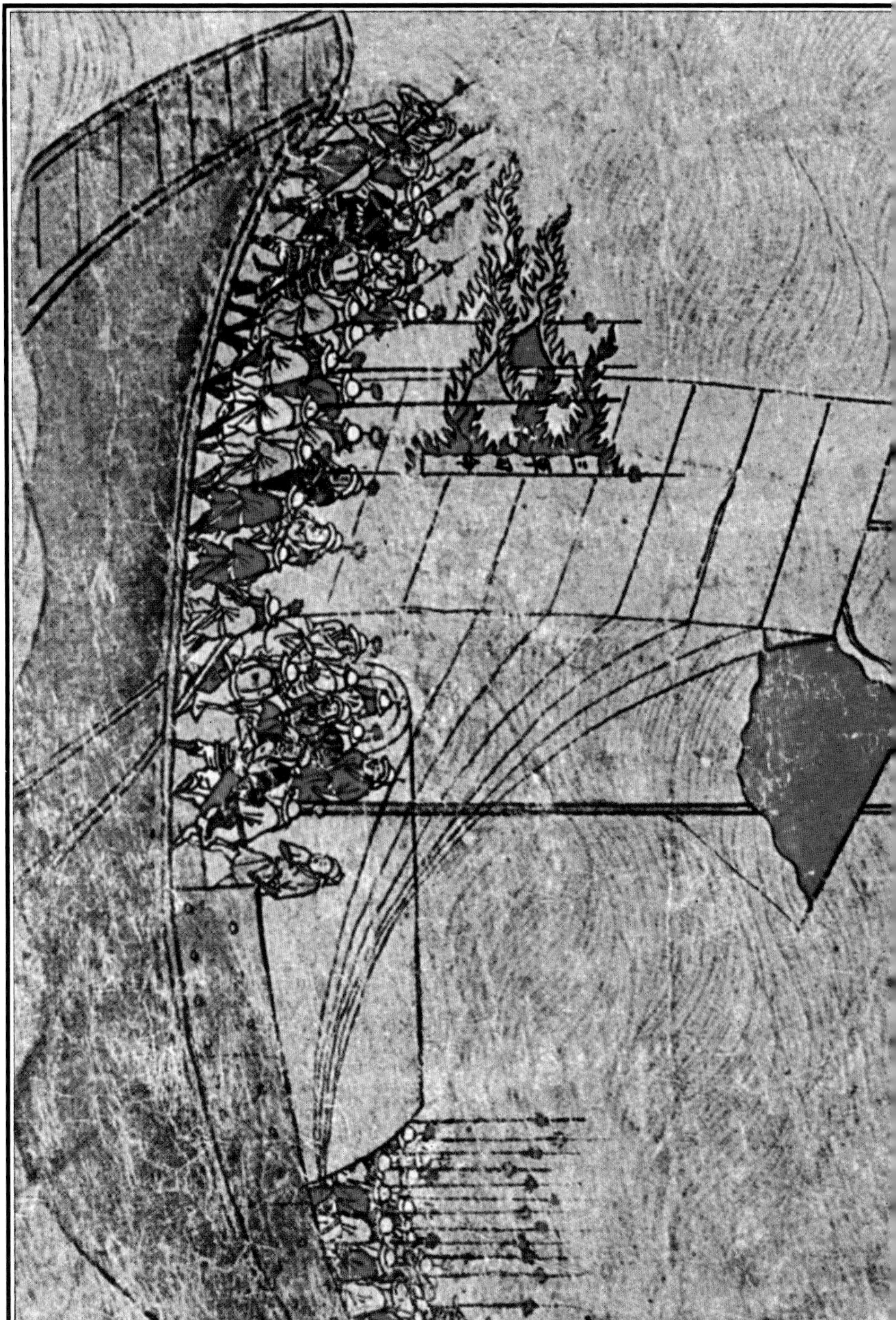

圖一／袁崇煥像

圖二／袁崇煥墓：在北京廣渠門內，墓碑立於清道光十一年，中華民國五年及一九五二年重修。

圖三／袁督師廟：在北京左安門內龍潭門外對聯係康有為撰並書：「其身世繫中夏存亡，千秋享廟，死重泰山，當時乃蒙大難。聞鼙鼓思東遼將帥，一夫當關，隱若敵國，何處更得先生。」

圖一

圖三

圖二

李自成的繡像。

長城：明朝末年，滿清軍隊曾五次越長城而進犯內地。

圖一／崇禎十年的大統曆：該年袁承志十四歲，發現金蛇郎君的遺物

圖二／李自成所發官印「通政司右參議之記」。

圖三／李自成的戲劇造型。

圖四／官印背面。

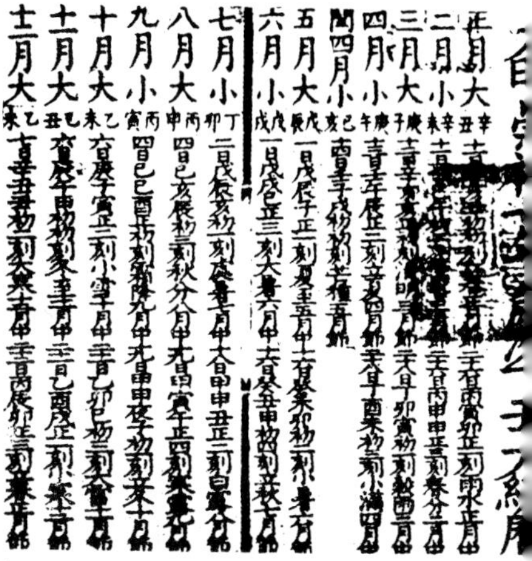

圖一

圖三

圖二

圖四

圖一／袁崇煥像

圖二／福建邵武縣崇禎十六年上繳的元寶：重五十兩。袁崇煥在邵武曾做過三年知縣。

圖三／明代鈔票：桑皮紙，高一尺，濶六寸，青色。圖為一貫者，合銅錢一千文或銀一兩，四貫合黃金一兩。鈔上注明：「戶部奏准印造大明寶鈔，與銅錢通行使用。偽造者斬。告捕者賞銀二百五十兩，仍給犯人財產。」各朝均用明太祖「洪武」年號。此鈔係明末發行，明初者註明告捕者賞銀二十五兩

圖一

圖二

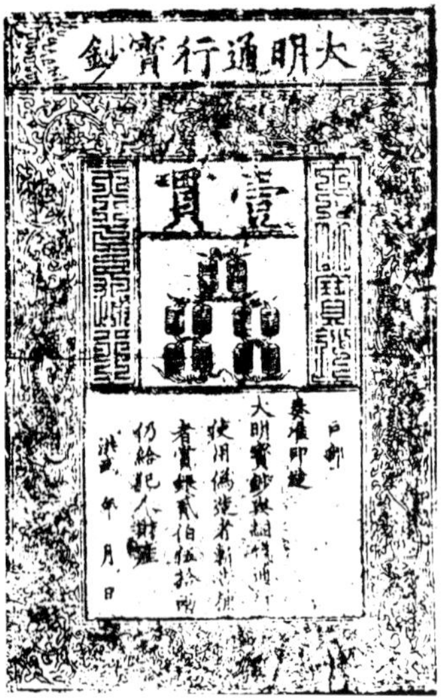

圖三

明兵部行稿之一「爲死賊假仁假義、衆心如醉如痴第事」中，奏報李自成軍大得民心，崇禎批令奏明「倡迎逆寇的是何姓名」。其時離北京城破已只兩個月，崇禎仍不思爭取民心，而要查明「迎賊者的姓名」以便處刑。

於三義洪賊尚未薄城下輒先倡說迎逆深可恨者不
肯枯死守令及當權者竟紳衿往往相率出城望風
伏跪嗟乎昔則不可守者尚勉強以守今則儘可守者
棄奔甚不守昔則不能守者猶未肯賊而迎今則儘
可守者不免開門而迎乎其至於可為痛哭流涕者也
夫迎賊者不過攫官免耳此在愚民無足怪也至于地方
官吏將士讀聖賢之書受
國恩之深忠義良心本使益免僅當協力堅守濟則
翻此封疆自己身家不濟即舍一不濟竭力盡力
之節義・乃・亦冀不獨合總官府脫于死賊之前以
求餘生耶况守官且未生者之未必得生耶每聞死
賊入城免官後免於一二蒙殺而其以賊偽俗其餘則
借曰為民除害屠殺紳衿害民猶故也擄掠子女財物
猶故也焚燒官舍民屋猶故也嗟乎既遭陷沒者已
矣彼城郭獨幸無恙防禦尚堪勉圖者紳衿官民
獨不鑒前車而醒寤乎哉伏乞

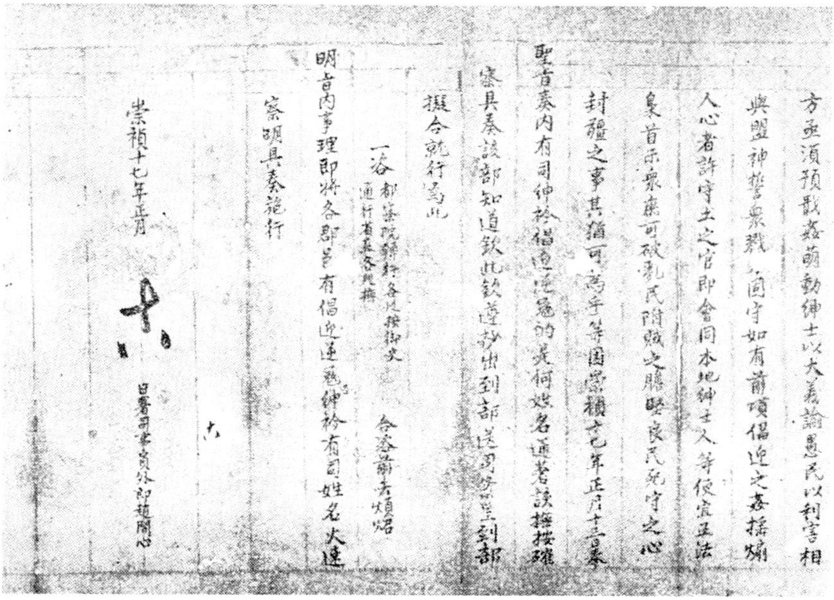

方亟須預戢姦萌動紳士以大義諭愚民以利害相
與盟神誓衆戮力固守如有前項倡迎之姦搖煽
人心者許守土之官即會同本地紳士人等便宜正法
梟首示衆庶可破亂民附賊之膽堅良民死守之心
封疆之事其猶可為乎等因崇禎十七年正月十三日奉
聖旨奏內有司紳衿倡迎逆寇的是何姓名還著該撫按確
察具奏該部知道欽此欽遵抄出到部送司案呈到部
擬合就行為此
一咨 都察院轉行各巡按御史 通行省直各撫 合咨前去煩照
明旨內事理即將各郡邑有倡迎逆寇紳衿有司姓名火速
察明具奏施行
崇禎十七年正月 十六 日署司事員外郎趙開心

明兵部行稿：兵部的奏章，紅色「行」字是皇帝批示照准（不一定是親筆）。

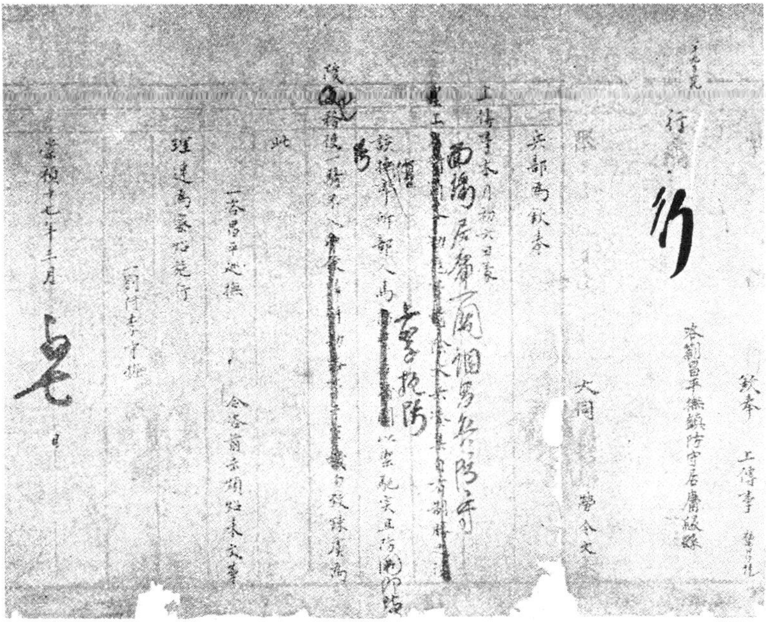

行稿

行

欽奉 上傳事

兵部為欽奉

上傳事本月初六日奉

一咨昌平巡撫

理送薊遼總督 行

崇禎十七年三月　日

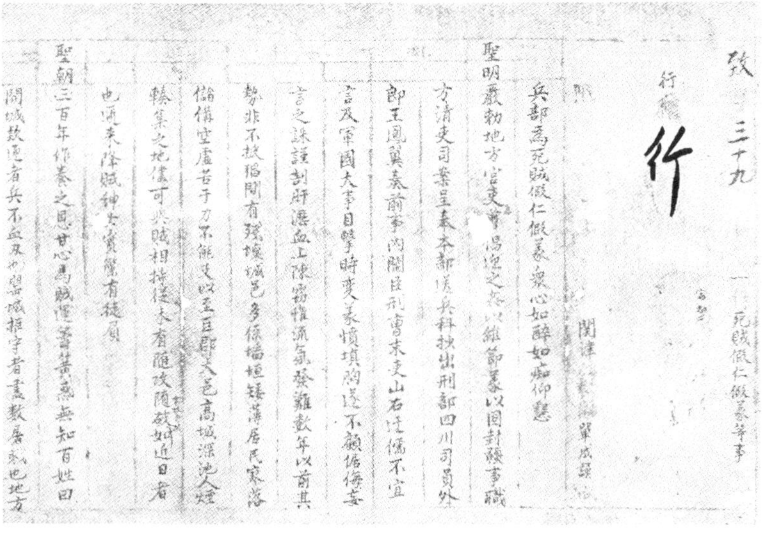

致　三十九

一　死賊假仁假義等事

行稿

行

兵部為死賊假仁假義衆心如醉如痴仰懇

聖明嚴勅地方官吏嚴懲之以維節義以固封疆事職

方清吏司案呈奉本部送兵科抄出刑部四川司員外

郎王鳳翼奏前事內開臣刑曹末吏山右迂儒不宜

言及軍國大事目擊時變人義憤填胸遂不顧僭侮妄

言之誅謹刳肝瀝血上陳竊惟流氛發難數年以前其

勢非不猖獗聞有殘壞城邑多係墻垣稀薄居民寡落

備空虛苦于力不能支以至巨郡大邑高城深池人煙

輳集之地僅可與賊相持從未有隨攻隨破如近日者

也頃來降賊紳衿實繁有徒原

聖朝三百年作養之恩甘心爲賊僕簪黃慝無知百姓曰

闖城款迎者兵不血刃而嬰城拒守者盡數屠戮地方

碧血劍

金庸著

金庸作品集③
碧血劍(一)
The Sword Stained with Royal Blood, Vol. 1

作　者／金　庸

平裝版封面設計／霍榮齡　典藏版封面設計／霍榮齡
內頁插畫／姜雲行　內頁圖片構成／霍榮齡・潘清芬・陳銘

發行人／王榮文
出版・發行／遠流出版事業股份有限公司
臺北市汀州路3段184號7樓之5
電話／365-1212　傳眞／365-7979
郵撥／0189456-1
站址／http://www.YLib.com.tw/JINYONG
E-mail:YLib@yuanliou.ylib.com.tw

印　刷／優文印刷有限公司
□1987年2月1日　初版一刷
□1997年5月1日　三版二刷（套）
平裝版　每冊250元　（本作品全二冊，共500元）
〔典藏版「金庸作品集」全套36冊，不分售〕

行政院新聞局局版臺業字第1295號

ISBN　957-32-2909-9（套：平裝）
ISBN　957-32-2910-2（第一冊：平裝）
Printed in Taiwan

「金庸作品集」台灣版序

金庸

小說是寫給人看的。小說的內容是人。

小說寫一個人、幾個人、一羣人、或成千成萬人的性格和感情。他們的性格和感情從橫面的環境中反映出來，從縱面的遭遇中反映出來，從人與人之間的交往與關係中反映出來。長篇小說中似乎只有「魯濱遜飄流記」，才只寫一個人，寫他與自然之間的關係，但寫到後來，終於也出現了一個僕人「星期五」。只寫一個人的短篇小說多些，寫一個人在與環境的接觸中表現他外在的世界，內心的世界，尤其是內心世界。

西洋傳統的小說理論分別從環境、人物、情節三個方面去分析一篇作品。由於小說作者不同的個性與才能，往往有不同的偏重。

基本上，武俠小說與別的小說一樣，也是寫人，只不過環境是古代的，人物是有武功的，情節偏重於激烈的鬪爭。任何小說都有它所特別側重的一面。愛情小說寫男女之間與性有關的感情，寫實小說描繪一個特定時代的環境，「三國演義」與「水滸」一類小說敍述大羣人物的鬪爭經歷，現代小說的重點往往放在人物的心理過程上。

小說是藝術的一種，藝術的基本內容是人的感情，主要形式是美，廣義的、美學上的美。在小說，那是語言文筆之美、安排結構之美，關鍵在於怎樣將人物的內心世界通過某種形式而表現出來。甚麼形式都可以，或者是作者主觀的剖析，或者是客觀的敍述故事，從人物的行動和言語中客觀的表達。

讀者閱讀一部小說，是將小說的內容與自己的心理狀態結合起來。同樣一部小說，有的人感到強烈的震動，有的人卻覺得無聊厭倦。讀者的個性與感情，與小說中所表現的個性與感情相接觸，產生了「化學反應」。

武俠小說只是表現人情的一種特定形式。好像作曲家要表現一種情緒，用鋼琴、小提琴、交響樂、或歌唱的形式都可以，畫家可以選擇油畫、水彩、水墨、或漫畫的形式。問題不在採取什麼形式，而是表現的手法好不好，能不能和讀者、聽者、觀賞者的心靈相溝通，能不能使他的心產生共鳴。小說是藝術形式之一，有好的藝術，也有不好的藝術。

好或者不好，在藝術上是屬於美的範疇，不屬於眞或善的範疇。判斷美的標準是美，是感情，不是科學上的眞或不眞，道德上的善或不善，也不是經濟上的值錢不值錢，政治上對統治者的有利或有害。當然，任何藝術作品都會發生社會影響，自也可以用社會影響的價值去估量，不過那是另一種評價。

在中世紀的歐洲，基督教的勢力及於一切，所以我們到歐美的博物院去參觀，見到所有中世紀的繪畫都以聖經爲題材，表現女性的人體之美，也必須通過聖母的形象。直到文藝復興之後，凡人的形象才在繪畫和文學中表現出來，所謂文藝復興，是在文藝上復興希臘、羅馬時代對「人」的描寫，而不再集中於描寫神與聖人。

中國人的文藝觀，長期來是「文以載道」，那和中世紀歐洲黑暗時代的文藝思想是一致的，用「善或不善」的標準來衡量文藝。「詩經」中的情歌，要牽強附會地解釋爲諷刺君主或歌頌后妃。陶淵明的「閒情賦」，司馬光、歐陽修、晏殊的相思愛戀之詞，或者惋惜地評之爲白璧之玷，或者好意地解釋爲另有所指。他們不相信文藝所表現的是感情，認爲文字的唯一功能只是爲政治或社會價值服務。

我寫武俠小說，只是塑造一些人物，描寫他們在特定的武俠環境（古代的、沒有法治的、以武力來解決爭端的社會）中的遭遇。當時的社會和現代社會已大不相同，人的性格和感情卻沒有多大變化。古代人的悲歡離合、喜怒哀樂，仍能在現代讀者的心靈中引起相應的情緒。讀者們當然可以覺得表現的手法拙劣，技巧不夠成熟，描寫殊不深刻，以美學觀點來看是低級的藝術作品。無論如何，我不想載甚麼道。我在寫武俠小說的同時，也寫政治評論，也寫與哲學、宗教有關的文字。涉及思想的文字，是訴諸讀者理智的，對這些文字，才有是非、眞假的判斷，讀者或許同意，或許只部份同意，或許完全反對。

對於小說，我希望讀者們只說喜歡或不喜歡，只說受到感動或覺得厭煩。我最高興的是讀者喜愛或憎恨我小說中的某些人物，如果有了那種感情，表示我小說中的人物已和讀者的心靈發生聯繫了。小說作者最大的企求，莫過於創造一些人物，使得他們在讀者心中變成活生生的、有血有肉的人。藝術是創造，音樂創造美的聲音，繪畫創造美的視覺形象，小說是想創造人物。假使只求如實反映外在世界，那麼有了錄音機、照相機，何必再要音樂、繪畫？有了報紙、歷史書、記錄電視片、社會調查統計、醫生的病歷紀錄、黨部與警察局的人事檔案，何必再要小說？

一九八六・二・六　於香港

目錄

張朝唐與楊鵬舉見殿中塑着一座神像，頭戴金盔，身穿緋袍，左手捧着一柄寶劍，右手手執令旗。那神像臉容清癯，三絡長鬚，狀貌威嚴，身子微側，目視遠方，眉梢眼角之間，似乎微帶憂態。

第一回　危邦行蜀道　亂世壞長城

大明成祖皇帝永樂六年八月乙未，西南海外浡泥國國王麻那惹加那乃，率同妃子、弟、妹、世子、及陪臣來朝，進貢龍腦、鶴頂、玳瑁、犀角、金銀寶器等諸般物事。成祖皇帝大悅，嘉勞良久，賜宴奉天門。

那浡泥國卽今婆羅洲北部的婆羅乃，又稱文萊（浡泥、婆羅乃、文萊、以及英語 Brunei 均係同一地名之音譯），雖和中土相隔海程萬里，但向來仰慕中華。宋朝太平興國二年，其王向打（卽蘇丹，中國史書上譯音爲「向打」）曾遣使來朝，進貢龍腦、象牙、檀香等物，其後朝貢不絕。

麻那惹加那乃國王眼見天朝上國民豐物阜，文治敎化、衣冠器具，無不令他歡喜讚歎，明帝又相待甚厚，竟然留戀不去。到該年十一月，一來年老，二來水土不服，患病不治。成祖深爲悼惜，爲之輟朝三日，賜葬南京安德門外（今南京中華門外聚寶山麓，有王墓遺址，俗呼馬回回墳），又命世子遐旺襲封浡泥國王，遣使者護送歸國，賞賜金銀、器皿、錦綺、紗羅等物。

遐旺王奏稱：小國後山，頗有神異，乞皇上賜封，表爲一國之鎭。

成祖便封其山名爲「長寧鎭國山」，親製碑文，並題詩一首，詩曰：

「炎海之墟，浡泥所處。煦仁漸義，有順無迕。慺慺賢王，惟化之慕。
導以象胥，遹來奔赴。同其婦子，兄弟陪臣。稽顙闕下，有言以陳。
謂君猶天，遺其休樂。一視同仁，匪偏厚薄。顧茲鮮德，弗種所云。
浪舶風檣，實勞懇勤。稽古遠臣，順來怒趦。以躬或難，矧曰家室？
王心亶誠，金石其堅。西南蕃長，疇與王賢？矗矗高山，以鎭王國。
鑱文以石，懋昭王德。王德克昭，王國攸寧。於斯萬年，仰我大明。」

成祖皇帝的御製詩文，便刻在浡泥國長寧鎭國山的一塊大石碑上。此後洪熙、嘉靖、正德年間，均有朝貢。中國人去到浡泥國的，有些還做了大官，被封爲「那督」。

到得萬曆年間，浡泥國內忽起內亂，「明史‧浡泥傳」載稱：「其王卒，無嗣。族人爭立，國中殺戮幾盡，乃立其女爲王。漳州人張姓者，初爲其國那督，華言尊官也，因亂出奔，女王立，迎還之。其女出入王宮，得心疾，妄言父有反謀。女主懼，遣人按問其家，那督自殺。國人爲訟寃。女主悔，絞殺其女，授其子官。」

這位張那督的女兒爲何神經錯亂，向女王誣告父親造反，以致釀成這個悲劇，想必另有曲折內情，史書並未詳載，後人不得而知。福建漳州張氏在浡泥國累世受封那督，頗有權勢，爲國人所敬。

華人在彼邦經商務農，數亦不少，披荊斬棘，甚有功績，和當地土人相處融洽。費信「星槎勝覽」一書中記云：「浡泥國……其國之民崇佛像，好齋沐。凡見唐人至其國，甚有愛敬。

有醉者，則扶歸家寢宿，以禮待之若故舊。」有詩爲證，詩曰：

「浡泥滄海外，立國自何年？夏冷冬生熱，山盤地自偏。
積修崇佛教，扶醉待賓賢。取信通商船，遺風事可傳。」

浡泥國那督張氏數傳後是爲張信，膝下惟有一子。張信不忘故國，爲兒子取名朝唐。到張朝唐十二歲那一年，福建有一名士人屢試不第，棄儒經商，隨着鄉人來到浡泥國。這人不善經營，本錢蝕得乾乾淨淨，無顏回鄉，就此流落異邦。有人薦他去見張信，想要謀個生計。張信和他一談之下，心下大喜，便卽聘爲西賓，教兒子讀書。

張朝唐開蒙雖遲，卻是天資聰穎，十年之間，四書五經俱已熟習。那老師力勸張信遣子回中土應試，若能考得個秀才、舉人，有了中華的功名，回到浡泥來那可是大有光采。張信也盼兒子回鄉去觀光上國風物，於是重重酬謝了老師，打點金銀行李，再派僮兒張康跟隨，命張朝唐隨同老師回漳州原籍應試。

其時正是崇禎六年，逆奄魏忠賢雖已伏誅，但在天啓朝七年之間禍國殃民，殺害忠良，天下元氣大傷，兼之連年水旱成災，流寇四起。張朝唐等三人從厦門上岸，僱船西上漳州。不料只行出數十里，四鄉忽然大亂，一羣盜賊湧上船來，不由分說，便將那教書先生殺了。張朝唐主僕幸好識得水性，跳水逃命，才免了一刀之厄。

兩人在鄉間躱了三日，聽得四鄉饑民聚衆要攻漳州、厦門。這一來，只將張朝唐嚇得滿腔雄心，登化烏有，眼見危邦不可居，還是急速回家的爲是。其時厦門已不能再去，主僕兩人一商量，決定從陸路西赴廣州，再乘海船出洋。兩人買了兩匹坐騎，膽戰心驚，沿路打聽，向廣東而去。

幸喜一路無事，經南靖、平和，來到三河壩，已是廣東省境，再過梅縣、水口，向西迤邐行來。張朝唐素聞廣東是富庶之地，但沿途所見，盡是饑民，心想中華地大物博，百姓人人生死繫於一綫，浡泥只是海外小邦，男女老幼卻是安居樂業，無憂無慮，不由得大是嘆息，心想中國山川雄奇，眼見者百未得一，但如此朝不保夕，還是去浡泥椰子樹下唱歌睡覺安樂得多了。

這一日行經鴻圖嶂，山道崎嶇，天色漸晚，他心中焦急起來，催馬急奔。一口氣奔出十多里地，到了一個小市鎮上，主僕兩人大喜，想找個客店借宿，那知道市鎮上靜悄悄的一個人影也無。張康下馬，走到一家掛著「粵東客棧」招牌的客店之外，高聲叫道：「喂，店家，店家！」店房靠山，山谷響應，只聽見「喂，店家，店家」的回聲，店裏卻毫無動靜。正在這時，一陣北風吹來，獵獵作響，兩人都感毛骨悚然。

張朝唐拔出佩劍，闖進店去，只見院子內地下倒着兩具屍首，流了一大灘黑血，蒼蠅繞着屍首亂飛。腐臭撲鼻，看來死者已死去多日。張康一聲大叫，轉身逃出店去。

張朝唐四下一瞧，到處箱籠散亂，門窗殘破，似經盜匪洗刦。張康見主人不出來，一步一頓的又回進店去。張朝唐道：「到別處看看。」那知又去了三家店鋪，家家都是如此。有的女屍身子赤裸，顯是曾遭強暴而後被殺。一座市鎮之中，到處陰風慘慘，屍臭陣陣。兩人再也不敢停留，急忙上馬向西。

主僕兩人行了十幾里，天色全黑，又餓又怕，正狼狽間，張康忽道：「公子，你瞧！」張朝唐順着他手指看去，只見遠處有一點火光，喜道：「咱們借宿去。」

兩人離開大道，向着火光走去，越走道路越是窄小。張朝唐忽道：「倘若那是賊窟，豈不是自投死路？」張康嚇了一跳，道：「那麼別去吧。」張朝唐眼見四下烏雲欲合，頗有雨意，說道：「先悄悄過去瞧一瞧。」於是下了馬，把馬縛在路邊樹上，躡足向火光處走去。

行到臨近，見是兩間茅屋，張朝唐想到窗口往裏窺探，忽然一隻狗大聲吠叫，撲了過來。張朝唐揮動佩劍，那狗才不敢走近，只是亂叫。

柴扉開處，一個老婆婆走了出來，手中舉着一盞油燈，顫巍巍的詢問是誰。張朝唐道：「我們是過路客人，錯過了宿頭，想在府上借宿一晚。」老婆婆微一遲疑，道：「請進來吧。」張朝唐走進茅屋，見屋裏只有一張土床，桌椅俱無。床上躺著一個老頭，不斷咳嗽。張朝唐命張康去把馬牽來。張康想起剛才見到的死人慘狀，畏畏縮縮的不敢出去。那老頭兒挨下床來，陪着他去牽了馬來。老婆婆拿出幾個玉米餅來饗客，燒了一壺熱水給他們喝。

張朝唐吃了一個玉米餅，問道：「前面鎮上殺了不少人，是甚麼匪幫幹的？」老頭兒嘆了口氣，道：「甚麼匪幫？土匪有這麼狠嗎？那是官兵幹的好事。」張朝唐大吃一驚，道：「官兵？官兵怎麼會這樣無法無天、奸淫擄掠？他們長官不理嗎？」

老頭兒冷笑一聲，說道：「你這位小相公看來是第一次出門，甚麼世情也不懂的了。長官？長官帶頭幹呀，好的東西他先拿，好看的娘們他先要。」張朝唐道：「老百姓怎不向官府去告？」老頭兒道：「告有甚麼用？你一告，十之八九還陪上了自己性命。」張朝唐道：

「那怎樣說？」老頭兒道：「那還不是官官相護？別說官老爺不會准你狀子，還把你一頓板子收了監。你沒錢孝敬，就別想出來啦。」

張朝唐不住搖頭，又問：「官兵到山裏來幹麼？」老頭兒道：「說是來剿匪殺賊，其實山裏的盜賊，十個中倒有八個是給官府逼得沒生路才幹的。官兵下鄉來捉不到強盜，擄掠一陣，再亂殺些老百姓，提了首級上去報功，發了財，還好升官。」那老頭兒說得咬牙切齒，又不停的咳嗽。老婆婆不住向他打手勢，叫他別說了，只怕張朝唐識得官家，多言惹禍。

張朝唐聽得悶悶不樂，想不到世局敗壞如此，心想：「爹爹常說，中華是文物禮義之邦，王道教化，路不拾遺，夜不閉戶，人人講信修睦，仁義和愛。今日眼見，卻是大不盡然，還遠不如浡泥國蠻夷之地。」感嘆了一會，就倒在床上睡了。

剛朦朧合眼，忽聽見門外犬吠之聲大作，跟着有人怒喝叫罵，蓬蓬蓬的猛力打門。老婆婆下床來要去開門，老頭兒搖手止住，輕輕對張朝唐道：「相公，你到後面躲一躲。」

張朝唐和張康走到屋後，聞到一陣新鮮的稻草氣息，想是堆積柴草的所在，只聽見格啦啦一陣響，屋門已被推倒，一人粗聲喝道：「幹麼不開門？」也不等回答，拍的一聲，有人給打了記耳光。

老婆婆道：「上差老爺，我……我們老夫妻年老胡塗，耳朵不好，沒聽見。」那知又是一記耳光，那人罵道：「沒聽見就該打。快殺鷄，做四個人的飯。」老頭兒道：「我們人都快餓死啦，那裏有甚麼鷄？」只聽蓬的一聲，似乎老頭兒被推倒在地，老婆婆哭叫起來。

又聽另一個聲音道：「老王，算了吧，今日跑了整整一天，只收到三兩七錢稅銀，大家心裏不痛快，你拿他出氣也沒用。」那老王道：「這種人，你不用強還行？這幾兩銀子，不是我打斷那鄉下佬的狗腿，這些土老兒們肯乖乖拿出來嗎？」另一個嘶啞的聲音道：「這些鄉下佬也眞是的，窮的米缸裏數來數去也得十幾粒米，再逼實在也逼不出甚麼來啦，只是大老爺又得罵咱們兄弟沒用……」

正說話間，忽然張朝唐的馬嘶叫起來。幾名公差一驚，出門查看，見到兩匹馬，議論起來，說乘馬之人定在屋中借宿，看來倒有一筆油水，當卽興興頭頭的進屋來尋。

張朝唐大驚，一扯張康的手，輕輕從後門溜了出去。兩人一脚高一脚低，在山裏亂走，見無人追來，才放了心，幸虧所帶的銀兩張康都揹在背上。

兩人在樹叢中躱了一宵，等天色大亮，才慢慢摸到大道上來。主僕兩人行出十多里，商量到前面市鎭再買代步脚力。張康不住痛罵公差害人。正罵得痛快，忽然斜刺小路裏走來四名公差，手中拿着鍊條鐵尺，後面兩人各牽着一匹馬，那正是他們的坐騎。

張朝唐和張康面面相覷，這時要避開已經來不及，只得裝作若無其事，繼續走路。那四名公差不住向他們打量，一名滿臉橫肉的公差斜眼問道：「喂，朋友，幹甚麼的？」張朝唐一聽口音，正是昨晚打人的那個老王。張康走上一步，道：「那是我們公子爺，要上廣州去讀書。」

老王一把揪住，挾手奪過他背上包裹，打開一看，見纍纍盡是黃金白銀，不由得驚喜交集，喝道：「甚麼公子爺？瞧你兩個都不是好東西！這些金銀那裏來的？定是偷來騙來的，好，現今拿到賊贓啦，跟我見大老爺去。」他見這兩人年幼好欺，想把他們嚇跑。

那知張康道：「我們公子爺是外國大官，知府大人見了他也客客氣氣。見你們老爺去，那是再好也沒有啦！」

一名中年公差聽了這話，眉頭一皺，心想這事只怕還有後患，一不做二不休，索性殺了這兩個雛兒，發筆橫財再說，突然抽出單刀向張康劈去。張康大駭，急忙縮頭，一刀從頭頂掠過，砍去了他帽子。他挺身擋住公差，叫道：「公子快逃。」張朝唐轉身就奔。

那公差反手又是一刀，這次張康有了防備，側身閃過，仍是沒給砍中。主僕兩人沒命價奔逃。四名公差手持兵刃，吆喝着追來。

張朝唐平時養尊處優，加上心中一嚇，那裏還跑得快，眼見就要給公差追上，忽然迎面一騎馬奔馳而來。那中年公差見有人來，高聲叫道：「反了，反了，大膽盜賊，竟敢拒捕？」另外幾名公差也大叫：「捉強盜，捉強盜。」他們誣陷張朝唐主僕是盜匪，心想殺了人誰敢前來過問？

迎面那乘馬越奔越近。馬上乘客眼見前面兩人奔逃，後面四名公差大呼追逐，只道眞是捉拿強人，催馬疾馳，奔到張朝唐主僕之前，俯身伸臂，一手一個，拉住兩人後領，提了起來。四名公差也已氣喘喘的趕到。

馬上乘者把張朝唐主僕二人往地上一擲，笑道：「強盜捉住了。」跳下馬來。這人身材魁梧，聲音洪亮，滿臉濃髯，約莫四十來歲年紀。

四名公差見他身手矯捷，氣力甚大，當下含笑稱謝，將張朝唐主僕拉了起來。

那乘馬客見張朝唐一身儒服，張康靑衣小帽，是個書僮，那裏像是強盜，不禁一怔。張康叫了起來：「英雄救命！他們要謀財害命。」那人喝問：「你們幹甚麼的？」張康叫道：「這是我家公子，是去廣州趕考……」話未說完，已被一名公差按住了嘴。

那中年公差向乘馬客道：「老兄，你走你的道吧，莫管我們衙門的公事。」乘馬客道：「你放開手，讓他說。」張朝唐道：「在下一介書生，手無縛鷄之力，豈是強人……」一名公差喝道：「還要多嘴？」反身一記巴掌，向他打去。

乘馬客馬鞭揮出，鞭上革繩捲住公差手腕，這一掌便未打着。乘馬客問道：「到底怎麼回事？」張康道：「我家公子要去廣州考秀才，遇上這四人。他們見到我們的銀子，就想殺人。」說到這裏，跪下叫道：「英雄救命！」

乘馬客問公差道：「這話可眞？」衆公差冷笑不答。那老王站在他背後，乘他不覺，突然舉刀摟頭砍將下來。

乘馬客聽得腦後風生，更不回頭，身子向左微挫，右足「烏龍掃地」，橫掃而出，正中老王足脛，將他踢出數步。餘下三名公差大叫：「眞強盜來啦。」兩個舉起鐵尺，一個揮動鐵鏈，向乘馬客圍攻過來。

張朝唐見他手無寸鐵，不禁暗暗擔憂。乘馬客卻挺然不懼，左躲右閃，三名公差的兵刃始終傷他不着。那老王站起身來，掄刀上前夾攻。乘馬客大喝一聲，老王吃了一驚，一刀沒砍準，乘馬客劈面一拳，打得他鼻血直流。老王只顧護痛，雙手掩面，嗆啷一聲，手中單刀跌落在地。乘馬客搶過單刀，回手揮出，砍中了一名手持鐵尺的公差右肩。他兵刃在手，如虎添翼，刀光閃處，手持鐵鏈的公差左腿中刀，跌倒在地。賸下一名公差不敢再戰，不顧同伴死活，和老王兩人撒腿就逃。乘馬客哈哈大笑，將單刀往地下一擲，躍上馬背。

張朝唐忙上前道謝，請問姓名。乘馬客見兩名公差躺在地上哼哼唧唧的叫痛，向他怒目而視，說道：「這裏不是說話之所，咱們上馬再談。」張康拿回包裹，牽過馬來，三人並轡而行。

張朝唐說了家世姓名。乘馬客道：「原來是張公子。在下姓楊，名鵬舉，江湖上人稱摩雲金翅，是武會鏢局的鏢頭。」張朝唐道：「今日若非閣下相救，小弟主僕兩人準是沒命的了。」

楊鵬舉道：「這一帶亂的着實厲害，兵匪難分，公子還是及早回去外國的爲是。在下也正要去廣州，公子若不嫌棄，咱們便可結伴而行。」

張朝唐大喜，一再稱謝。這幾日來他嚇得心神不定，現今得和一位鏢客同行，適才又見到他武功了得，登時大感心安。

三人行了二十幾里路，尋不到打尖的店家。楊鵬舉身上帶著乾糧，取出來分給兩人吃了。張康找到個破瓦罐，撿了些乾柴，想燒些水來喝，忽轉得身後有人大叫：「強盜在這裏了！」張康嚇了一跳，手一震，把瓦罐中的水都潑在柴上。

楊鵬舉回過頭來，只見剛才逃走的公差一馬當先，領了十多名軍士，騎了馬趕來。楊鵬舉叫道：「快上馬。」三人急忙上馬。楊鵬舉讓二人先走，抽出掛在馬鞍旁的單刀，在後掩護。衆軍士高叫：「捉強盜哪！」縱馬急追。

楊鵬舉等逃出一程，見追兵越趕越近，軍士紛紛放箭。楊鵬舉揮刀撥打，忽見前面有條岔路，叫道：「走小路！」張朝唐縱馬向小路馳去，張康和楊鵬舉跟隨在後，追兵毫不放鬆。那公差大嚷：「追啊，抓到了強盜，大夥兒分他金銀。」

楊鵬舉見追兵將近，索性勒轉馬來，大喝一聲，揮刀砍去。那公差嚇得倒退，其餘軍士卻挺槍攢刺。楊鵬舉敵不過人多，混戰中腿上中了一槍，傷勢雖然不重，卻已不敢戀戰，雙腿一夾，提韁縱馬向前急衝，揮刀將一名軍士左臂砍斷。其餘軍士嚇得紛紛後退，楊鵬舉已回馬疾馳。衆軍士見他逃跑，膽氣又壯，吶喊追來。

不一刻楊鵬舉已追上張氏主僕，這時道路愈來愈窄，衆軍士畏懼楊鵬舉勇猛，不敢十分逼近。

三人縱馬奔跑了一陣，山道彎彎曲曲，追兵吶喊之聲雖然清晰可聞，人影卻已不見。急馳中前面突然出現三條小岔路，楊鵬舉低喝：「下馬！」三人把馬牽到樹叢中躲了起來，片刻間追兵也已趕到。那公差略一遲疑，領着軍士向一條岔路趕了下去。

楊鵬舉道：「他們追了一陣不見，必定回頭。咱們快走。」撕下衣襟裹好腿傷，三人向另一條岔路急馳而去。

過不多久，後面追兵聲又隱隱傳來，楊鵬舉甚是惶急，見前面有三間瓦屋，屋前有一個農夫正在鋤地，便下馬走到農夫身前，說道：「大哥，後面有官兵要害我們，請你找個地方給躲一躲。」那農夫只管鋤地，便似沒聽見他說話。張朝唐也下馬央告。

那農夫突然抬起頭來，向他們從頭至足打量。就在這時，前面樹叢中傳來牛蹄踐土之聲，一個牧童騎在牛背上轉了出來。那牧童約莫十歲上下年紀，頭頂用紅繩紮了個小辮子，臉色黝黑，一雙大眼卻是炯炯有神。那農夫對牧童道：「你把馬帶到山裏去放草，天黑了再回來吧。」小牧童望了張朝唐三人一眼，應道：「好！」牽了三匹馬就走。

楊鵬舉不知那農夫是甚麼用意，可是他言語神情之中，似有一股威勢，竟然不敢出言阻止牧童牽馬。這時追兵聲更加近了，張朝唐急的連說：「怎麼辦，怎麼辦？」

那農夫道：「跟我來。」帶領三人走進屋內。廳堂上木桌板凳，牆上掛着簑衣犁頭，但收拾得甚是潔淨，不似尋常農家。那農夫直入後進，三人跟了進去，走過天井，來到一間臥房。那農夫撩起帳子，露出牆來。伸手在牆上一推，一塊大石翻了進去，牆上現出一個洞來。那農夫道：「進去吧！」

三人依言入內，原來是個寬敞的山洞。這屋倚山而建，剛造在山洞之前，如不把房屋拆去，誰也猜不到有此藏身之所。

三人躲好，那農夫關上密門，自行出去鋤地。不一刻，公差已率領軍士追到。那老王向農夫大聲吆喝：「喂，有三個人騎馬從這邊過去嗎？」那農夫向小路的一邊指了一指，道：「早就過去啦！」

公差軍士奔出了七八里地，不見張朝唐等蹤迹，掉轉馬頭，又來詢問。那農夫裝聾作啞，話也說不大清楚。一名軍士罵道：「他媽的，多問這傻瓜有屁用？走吧！」一行人又向另一條岔路追了下去。

張朝唐和楊鵬舉、張康三人躲在山洞之內，隱隱聽得馬匹奔馳之聲，過了一會，聲音聽不見了，那農夫始終不來開門。楊鵬舉焦躁起來，使力推門，推了半天，石門紋絲不動。三人只得坐在地上打盹。楊鵬舉創口作痛，不住咒罵公差軍士。

也不知過了幾個時辰，石門忽然軋軋作響的開了，透進光來。那農夫手持燭台，說道：「請出來吃飯吧。」

楊鵬舉首先跳起，走了出去，張氏主僕隨後走到廳上。只見板桌上擺了熱騰騰的飯菜，大盆青菜豆腐之外，居然還有兩隻肥鷄。楊鵬舉和張康都暗暗歡喜。

廳上除了日間所見的農夫和牧童，還有三人，都作農夫打扮。張朝唐和楊鵬舉拱手相謝，道了自己姓名，又請問對方姓名。

一個面目清癯、五十來歲的農夫道：「小人姓應。」指着日間指引他們躲藏的人道：「這位姓朱。」一個身材極高的瘦子自稱姓倪，一個肥肥矮矮的則說姓羅。張朝唐道：「我還道各位是一家人，原來均非同姓。」那姓應的道：「我們都是好朋友。」

張朝唐見他們說話不多，神色凜然，舉止端嚴，絕不似尋常農夫。那姓朱和姓倪的尤具威猛之氣，姓應的則氣度高雅，似是位飽讀詩書的士人。張朝唐試探了幾句，姓應的唯唯否否，並不接口。

飯罷，姓應的問起官兵追逐的原因，張朝唐原原本本說了。他口才便給，描述途中所見慘況，以及公差欺壓百姓、誣良爲盜的種種可惡情狀，說來有聲有色。那姓倪的氣得猛力在桌上一拍，鬚眉俱張，開口欲罵。姓應的使個眼色，他就不言語了。

張朝唐又說到楊鵬舉如何出手相援，把他大大的恭維了一陣。楊鵬舉十分得意，說道：

「這算得甚麼，想當年在江西我獨力殺死鄱陽三兇，那才教露臉呢。」當下便縱談當時情勢如何危急、自己如何英勇、如何敗中取勝、說得口沫橫飛。他越說越得意，將十多年來在江湖上的遭遇大吹特吹，加油添醬，說得自己英雄蓋世，當世無敵，又說道上強人怎樣見了他從來不敢招惹。正說得高興，那小牧童忽然嗤的一聲笑。

楊鵬舉橫了他一眼，也不在意，不住口的談論江湖上的事蹟。張朝唐對這些事聞所未聞，聽得很有興味，張康更是小孩脾氣，連連驚嘆詢問。

楊鵬舉後來說到了武技，舉手抬足，一面講一面比劃。幾個農夫卻似乎聽得意興索然，姓羅的胖子打了個呵欠道：「不早啦，大家睡吧！」

小牧童過去關上了門，姓朱的從暗處提出一塊大石，放在門後。楊鵬舉一見之下，不由得倒抽了一口涼氣，暗道：「這人好大力氣，這塊石頭少說也有四百來斤，他居然毫不費力的提來提去。」

姓應的見他面色有異，說道：「山裏老虎多，有時半夜裏撞進門來，因此要用石頭堵住門戶。」說聲未畢，忽然一陣狂風吹來，樹枝呼呼作響，門窗俱動，隨即聽到虎嘯連聲，甚是猛惡，接着門外牛馬驚嘶起來。姓應的道：「說到曹操，曹操就到。」

姓倪的站起身來，從門背後取其一柄鋼叉，嗆啷啷一抖，說道：「今兒不能讓牠逃走了。承志，你也去。」小牧童喜形於色，大聲答應，奔進右邊屋裏，隨即出來，手上多了個皮囊和一枝短鐵槍。姓朱的提開大石，一陣狂風砰的一聲把門吹開，風夾落葉，直捲進來，蠟燭頓時熄滅。張康驚叫聲中，姓倪的和小牧童先後縱出門去。

楊鵬舉提起單刀，說道：「我也去！」剛跨出一步，忽然左腕被人握住，他用力一掙，那知握住他的五指直如一把鋼爪，將他牢牢扣住，絲毫動彈不得。黑暗中聽得那姓朱的說道：「別出去，大蟲很厲害。」楊鵬舉又是往外一奪。那姓朱的沒給他拉動，也沒更向裏拉，只是抓着不放。楊鵬舉無可奈何，只得坐了下來，姓朱的也就鬆開了手。

只聽得門外那姓倪的吆喝聲、虎嘯聲、鋼叉上鐵環的嗆啷聲、疾風聲、樹枝墮地聲，響成一片，偶然還夾着小牧童清脆的呼叫聲，兩人一虎，顯是在門外惡鬥。過了一會，聲音漸遠，似乎那虎受創逃走，兩人追了下去。

姓羅的拿出火石火絨點燃了蠟燭，只見屋中滿地都是樹葉。張康早嚇得臉無人色，張朝唐和楊鵬舉也是驚異不定。

衆人在寂靜中不作一聲，過了半晌，遠處脚步聲響，轉瞬間小牧童衝進屋來後，笑逐顏開的叫道：「吃老虎肉，吃老虎肉！」

張朝唐見他短槍頭上鮮血淋漓，心想他小小年紀，居然如此武勇，自己手無縛鷄之力，實在慚愧。

正思念間，只見那姓倪的大踏步的走進來，左手持鋼叉，右手提着黃黑相間的一隻大老虎。他將老虎往地下一擲，張朝唐嚇了一跳，不由自主的往裏一縮，瞧那老虎一動也不動，才知已被打死。

那姓倪的臉色鄭重，向小牧童道：「承志，剛才你打錯了，知道嗎？」小牧童低下了頭道：「嗯，我不該正面對着大蟲放鏢。」姓倪的這才和顏悅色的道：「正面放鏢，也不是不可以，不過你鋼鏢脫手之後，須得立時往橫裏跳開。剛才你一鏢打壞牠一隻眼睛，卻站着不動。大蟲負痛之後，撲過來的勢道更猛，不是我一叉抵住，你這條小命還在嗎？」小牧童不敢作聲。姓倪的又讚他幾句：「你這幾枝鏢準頭是很不錯的了，只是力道欠着一點，不過這也不能怪你，將來年紀大了，腕力自會加添。」提起那隻大老虎，指着老虎糞門上的一枝鏢，說道：「這一鏢要是勁道足，打進牠肚裏，已夠要了這畜牲的命啦。」小牧童道：「明兒我要用心練。」姓倪的點點頭，把老虎拖進後堂。

楊鵬舉見這兩人這般輕而易舉的殺了這一頭大老虎，心下惴惴，看來這批人路道着實不對，多半是喬裝的大盜，自己和張氏主僕胡裏胡塗的自投盜窟，這番可當眞糟了。張朝唐卻不以爲意，極力稱讚小牧童的英勇，撫着他的手問道：「小兄弟姓甚麼？你名叫承志，是不是？」那牧童笑而不答。

當晚張朝唐和楊鵬舉、張康三人同處一室。張康着枕之後立卽酣睡。張朝唐想起此行風波萬里，徒然擔驚受怕，不知此去廣州，是否尙有凶險，又想浡泥國老虎也是不少，卻無如此厲害的殺虎英雄，中土人物，畢竟不凡，思潮起伏，一時難以入睡。過了一會，忽聽得書聲朗朗，那小牧童讀起書來。

張朝唐側耳細聽，書聲中說的似是兵陣戰鬥之事，不禁好奇心起，披衣下床，走到廳上。只見桌上燭光明亮，小牧童正自讀書。姓應的坐在一旁教導，見他出來，只向他點了點頭，又低下頭來，指着書本講解。

張朝唐走近前去，見桌上還放了幾本書，拿起來一看，書面上寫着「紀效新書」四字，原來是本朝戚繼光將軍所著的兵法。戚繼光之名，張朝唐在浡泥國也有所聞，知道是擊破倭寇的名將，後來鎮守薊州，強敵不敢犯邊，用兵如神，威震四海。

張朝唐向姓應的道：「各位決計不是平常人，卻不知何以隱居在此，可能見告麼？」姓應的道：「我們是尋常老百姓，種田打獵，讀書識字，那是最平常不過的。公子爲何覺得奇怪？難道只有官家子弟才可以讀書嗎？」張朝唐心想：「原來中土尋常農夫，也是如此文武全才，果非蠻邦之人可比。」心下甚是佩服，說了聲「打擾」，又回房睡去了。

朦朦朧朧的睡了一回，忽覺有人相推，驚醒坐起，只聽楊鵬舉低聲道：「這裏果然是盜窟，咱們快走吧！」張朝唐大吃一驚，低問：「怎麼樣？」

楊鵬舉點燃燭火，走到一隻木箱邊，掀起箱蓋道：「你看。」

張朝唐一看，只見滿箱盡是金銀珠寶，一驚之下，做聲不得。

楊鵬舉把燭台交他拿着，搬開木箱，下面又有一隻木箱，伸手便去扭箱上銅鎖。張朝唐道：「別看旁人隱私，只怕惹出禍來。」楊鵬舉道：「這裏氣息古怪。」張朝唐忙問：「甚麼氣息？」楊鵬舉道：「血腥氣。」張朝唐便不敢言語了。

楊鵬舉扭斷了鎖，靜聽房外沒有動靜，輕輕揭開箱蓋，把燭台往箱內一照，兩人登時嚇得目瞪口呆。

但見箱中赫然是兩顆首級，一顆砍下時日已久，血迹都已變成黑色，另一顆卻是新斬下的。兩顆首級都用石灰、藥料製過，是以鬚眉俱全，那顆砍下已久的也未腐爛。楊鵬舉饒是久歷江湖，這時也嚇得手脚發軟，張朝唐那裏還說得出話來。

楊鵬舉輕輕把箱子還原放好，說道：「快走！」到炕上推醒了張康，摸到廳上。三人躡足走到門邊，楊鵬舉摸到大石，心中暗暗叫苦，竭盡全力，也搬它不動，剛只推開尺許，忽然火光閃亮，那姓朱的拿着燭台走了出來。

楊鵬舉手按刀柄，明知不敵，身處此境，也只有硬起頭皮一拚。那知姓朱的並不理會，說道：「要走了嗎？」伸手把大石提在一邊，打開了大門。

楊鵬舉和張朝唐不敢多言，喃喃謝了幾句，低頭出門，上馬向東疾馳。

奔了十幾里地，料想已脫險境，正感寬慰，忽然後面馬蹄聲響，有人厲聲叫道：「喂，站住，站住！」三人那裏敢停，縱馬急行。

突然黑影一幌，一人從馬旁掠過，搶在前面，手一舉，楊鵬舉坐騎受驚，長嘶一聲，人立起來。楊鵬舉揮刀向那人當頭砍去。那人空手拆了數招，忽地高躍，伸左拳向楊鵬舉右太陽穴打落。楊鵬舉單刀「横架金樑」，向他手臂疾砍。豈知那人這一拳乃是虛招，半路上變拳為掌，身未落地，已勾住楊鵬舉手腕，喝聲：「下來！」將他拖下馬來，順手奪過了他手中單刀，擲在地下。

星光熹微中看那人時，正是那姓朱的農夫。

那人冷冷的道：「回去！」回過身來，騎上馬當先就走，也不理會三人是否隨後跟來。楊鵬舉知道反抗固然無益，逃也逃不了，只得乖乖的上了馬，三人跟着他回去。

一進門，只見廳上燭火明亮，那小牧童和其餘三人坐着相候，神色肅然，一語不發。

楊鵬舉自忖不免一死，索性硬氣一點，昂然說道：「楊大爺今日落在你們手中，要殺就殺，不必多說。」

姓朱的道：「應大哥，你說怎麼辦？」姓應的沉吟不語。姓倪的道：「張公子主僕放走，把姓楊的宰了。」姓應的道：「這姓楊的幹保鏢生涯，做有錢人走狗，能是甚麼好人？但他今天見義勇爲，總算做了件好事，就饒他一命。羅兄弟，把他兩個招子廢了。」

姓羅的站起身來，楊鵬舉慘然變色。

張朝唐不懂江湖上的說話，不知「把招子廢了」便是剜去眼睛之意，但見了各人神情，想來定是要傷害楊鵬舉，正想開口求情，那小牧童道：「應叔叔，我瞧他怪可憐的，就饒了他吧！」

姓應的與衆人對望了一眼，頓了一頓，對楊鵬舉道：「既然有人給你求情，也罷，你能不能立一個誓，今晚所見之事，決不洩漏一言半語？」

楊鵬舉大喜，忙道：「今晚之事，在下實非有意窺探，但既然被我見到了，自怪楊某有眼無珠，不識各位英雄好漢。各位的事在下立誓守口如瓶，將來如違此誓，天誅地滅，死得慘不堪言。」姓應的道：「好，我們信得過你是一條漢子，你去吧。」楊鵬舉一拱手，轉身要走。姓倪的突然站起來，厲聲喝道：「就這樣走麼？」

楊鵬舉一楞，懂了他的意思，慘然一笑，說道：「好，請借把刀給我。」姓朱的從桌下抽出一把利刃，輕輕倒擲過去。楊鵬舉伸手接住，走近幾步，左手平放桌上，颼的一刀，登時砍下三個手指，笑道：「光棍一人作事一身當，這事跟張公子全沒干係……」

衆人見他手上血流如注，居然還硬挺住，也都佩服他的氣概。姓倪的大拇指一挺，道：

「好，今晚的事就這般了結。」一轉身入內，拿出刀傷藥和白布來，給他止血，縛了傷口。

楊鵬舉不願再行停留，轉身對張朝唐道：「咱們走吧。」

張朝唐見他臉色慘白，自是痛極，想叫他在此休息一下，可是又說不出口。

姓應的道：「張公子來自萬里之外，我們驚嚇了遠客，很是過意不去，別讓你回到外國，說我們中土人士都是窮凶極惡之輩。這位楊朋友也很夠光棍。我送你這個東西吧。」說着從袋裏掏出一塊東西，交給張朝唐。

張朝唐接過一看，輕飄飄的是一塊竹牌，上面烙了「山宗」兩字，牌背烙了一些花紋，看不出有甚麼用處。

姓應的道：「眼前天下大亂，你一個文弱書生不宜在外面亂走，我勸你趕快回家。這幾天在路上要是遇上甚麼危難，拿出這塊竹牌來，或許有點兒用處。過得幾年……唉，或者是十年，二十幾年，你聽得中土太平了，這才再來吧！亂世功名，得之無益，反足惹禍。」

張朝唐再看竹牌，實不見有何奇特之處，不信它有何神秘法力，想是吉祥之物，隨口謝了一聲，交給張康收在衣囊之中。三人告辭出來，騎上馬緩緩而行。回到適才和那姓朱的交手所在，見單刀兀自在地，閃閃發光，楊鵬舉拾了起來，心想：「我自誇英雄了得，碰在人家手裏，屁也不值！」

天明時，到了一個小市鎮上，張朝唐找了客店，讓楊鵬舉安睡了一天一晚。次晨才再趕路。行到中午時分，打過尖，上馬又行了二十多里路，忽然蹄聲響處，一騎馬迎面奔來，掠過身旁，向三人望了一眼，絕塵而去。行了五六里路，後面馬蹄聲又起，仍是那騎馬追了上來。這次楊鵬舉和張朝唐都看得清楚了，馬上那人青巾包頭，眉目之間英悍之氣畢露，從三人身旁掠過，疾馳而前。

張朝唐道：「這人倒也古怪，怎麼去了又回來。」楊鵬舉道：「張公子，待會你自行逃命罷，不用等我。」張朝唐驚道：「怎麼？又有強盜麼？」楊鵬舉道：「走不上五里，必有事故，不過咱們後無退路，也只有向前闖了。」

三人惴惴不安，慢慢向前挨去，只走了兩里多路，只聽見嘘哩哩一聲，一枝響箭射上天空，三乘馬向林中竄出，攔在當路。

楊鵬舉催馬上前，抱拳說道：「在下武會鏢局姓楊，路經貴地，並非保鏢，沒向各位當家投帖拜謁。這位張相公來自外國，他是讀書人，請各位高抬貴手，讓一條道。」他在江湖上本來署有名頭，手上武藝也自不弱，不過剛斷了手指，又想這一帶道上的朋友多半與娃應的是一夥，是以措詞謙恭，好言相求。

三乘中當中一人雙手空空，笑道：「我們少了盤纏，要借一百兩銀子。」他說的是浙南土話，楊鵬舉和張朝唐愕然相對，不知他說些甚麼。

剛才騎馬來回相探的那人喝道：「借一百兩銀子，懂了沒有？」楊鵬舉見他們如此無禮，不禁大怒，喝道：「要借銀子，須憑本事！」當先那人喝道：「好！這本事値不値一百兩銀子？」從背上取下彈弓，叭叭叭，三粒彈子打上天空，等彈子勢完落下，又是連珠三彈，六顆彈子在空中分成三對，互相撞得粉碎，變成碎泥紛紛下墮。

楊鵬舉見到這神彈絕技，剛只一呆，突覺左腕劇痛，單刀噹的一聲落在地下，才知已被他彈子打中了手。

對面第三人手持軟鞭，縱馬過來，一招「枯藤纏樹」，向他腰間盤打而至。楊鵬舉勒馬避開。那人軟鞭鞭頭乘勢在地下捲起單刀，抄在手中，長笑一聲，縱馬疾馳，掠過張康身邊時，白光閃動，鋼刀揮了兩揮，已割斷他背上包裹兩端的布條。他卻毫不停留，催馬向前奔馳。

包裹正從張康背上滑落，打彈子那人恰好馳到，手臂探出，不待包裹落地，已俯身提起，掂了掂重量，笑道：「多謝了。」轉眼間三人跑得無影無蹤。

楊鵬舉只是嘆氣，無話可說。張康急道：「我們的盤費銀兩都在包裹，這……這……怎麼回家呢？」楊鵬舉道：「留下你這條小命，已算不錯的啦，走着瞧吧。」三人垂頭喪氣的又行。

走不到一頓飯時分，忽然身後蹄聲雜沓，回頭一望，只見塵頭起處，那三人又追了轉來。楊鵬舉和張朝唐都倒抽一口涼氣，心想：「搶了金銀也就罷了，難道當眞還非要了性命不成？」

那三人馳到跟前，一齊滾鞍下馬，當先一人抱拳說道：「原來是自己人，得罪得罪。我們不知，多有冒犯，請勿見怪。」另一人雙手托住包裹，交給張康。張康卻不敢接，眼望主人。張朝唐點點頭，張康這才接了過來。

當先那人道：「剛才聽得這位言道，一位是楊鏢頭，一位是張公子，都是眞姓麼？」張朝唐道：「正是！」說了兩人的姓名來歷。

三人聽了，均有詫異之色，互相望了一眼。當先那人說道：「在下姓黃，這兩位是親兄弟，姓劉。張公子，你早拿出竹牌來就好了，免得我們無禮。」張朝唐聽了這話，才知道這塊竹牌果真效力不小，心神不定之際，也不知說甚麼話好。

那姓黃的又道：「兩位一定也是到聖峯嶂去了，咱們一路走吧。」

張朝唐和楊鵬舉都料想他們是一幫聲勢浩大的盜夥，遠避之惟恐不及，怎敢再去招惹？張朝唐道：「我和這位朋友要趕赴廣州，聖峯嶂是不去了。」

姓黃的臉帶怒色道：「再過三天就是八月十六，我們千里迢迢的趕來粵東，你們到了這裏，怎不上山？」上山做甚麼，八月十六有甚麼干係，張朝唐和楊鵬舉兩人全不知情，可是又不敢直認。張朝唐硬了頭皮，說道：「兄弟家有急事，須得馬上回去。」

姓黃的怒道：「上山也躭擱不了你兩天。你們過山不拜，算得甚麼山宗的朋友？」張朝唐更加摸不着頭腦，不知道「山宗」是甚麼東西。

楊鵬舉終究閱歷多，見這情勢，知道聖峯嶂是非去不可的了，雖有凶險，也只有聽天由命，而且瞧他們神色語氣，也似並無惡意，便道：「三位既然如此美意，我和張公子同上山去便是。」說着向張朝唐使個眼色，示意不可違拗。

姓黃的霽然色喜，笑道：「本來嘛，我想你們也不會這般不顧義氣。」

六人結伴同行，一路打尖住店，都由那姓黃的出頭，他只做幾個手勢，說了幾句古裏古怪的話，沿途飯館客店便都不收錢，而且招待得加意的周到客氣。

走了兩天，將近聖峯嶂山脚，只見沿途勁裝結束之人絡繹不絕，都是向聖峯嶂而去，肥瘦高矮，各色各樣的人都有，神色舉止，顯得都是武人。這些人與姓黃的以及劉氏兄弟大半熟識，見了面就執手道故。

張楊兩人抱定宗旨決不再窺探別人隱私，見他們談話，就站得遠遠的，但聽這些人招呼的聲音南腔北調，遼東河朔、兩湖川陝各地都有。瞧他們的行裝打扮，大都是來自遠地，人人都是風塵僕僕。張楊兩人暗暗納罕，又是慄慄危懼。

楊鵬舉心想：「看來這些人是各地山寨的大盜，多半是要聚眾造反。我是身家淸白的良民，跟反賊們混在一起，走又走不脫，眞是倒霉之極了。」

這天晚上，張朝唐等歇在聖峯嶂山脚下的一所店房裏，待次日一早上山。衆人正要吃晚飯，忽然一人奔進店來，叫道：「孫相公到啦！」此言一出，店中客人十之八九都站了起來，湧出店去。楊鵬舉一扯張朝唐的衣袖，說道：「瞧瞧去。」

走出店房，只見衆人夾道垂手肅立，似在等甚麼人。過了一陣，西面山道上傳來一陣馬蹄聲，衆人都提高了脚跟張望，只見一個四十來歲的書生騎在馬上，緩緩而來。他見衆人站在道旁迎接，催馬快行，馳到跟前，跳下馬來。人羣中一名大漢搶上前去，挽住馬韁。

那書生一路過來，和衆人逐一點頭招呼。他走到張朝唐跟前，見他也是書生打扮，微微一愣，雙手一拱，問道：「這位是誰？」張朝唐道：「在下姓張，請敎閣下尊姓大名。」那書生道：「在下姓孫，名仲壽。」張朝唐拱手說道：「久仰，久仰。」孫仲壽微微一笑，進店房去了。

晚飯過後，楊鵬舉低聲對張朝唐道：「這姓孫的書生相公顯是很有權勢。張公子，你去跟他說說，請他放咱們走。大家是讀書人，話總容易說得通。」

張朝唐心想不錯，踱到孫仲壽門口，咳嗽一聲，舉手敲門。只聽到房裏有誦讀詩文之聲，他敲了幾下，讀書聲就停了。

房門打開，孫仲壽迎了出來，說道：「客店寂寞，張兄來談談，最好不過。」張朝唐一揖進去，見桌上放着一本攤開手抄書本，一瞥之下，見寫着「遼東」、「寧遠」、「臣」、「皇上」等等字樣，似是一篇奏章。張朝唐只怕又觸人所忌，不敢多看，便坐了下來。

孫仲壽先請問他家世淵源，張朝唐據實說了。孫仲壽說道：「張兄這番可來得不巧了。中華朝政糜爛，不知何日方得清明。以兄弟之見，張兄還是暫回浡泥，俟中華聖天子在位，再來應試的爲是。」張朝唐稱是，說道正要歸去。接着把自己如何躱避官差、楊鵬舉如何相救、如何得到竹牌等事說了一遍，只是夜中見到箱內人頭一事畧去不提。

孫仲壽道：「我們在此相遇，可算有緣。明日張兄隨小弟上山。也好知道我中土的一件千古奇寃。只要此行所見所聞，不向外人洩露，小弟擔保張兄決無危害。」張朝唐謝了，卻不敢多問。

孫仲壽問起浡泥國人的風土人情，聽張朝唐所述，皆是聞所未聞，喟然說道：「不知幾時我中華百姓才得如浡泥國一般，安居樂業，不憂溫飽，共享太平之福？」

兩人直談到二更天時，張朝唐才告別回房。楊鵬舉已等得十分心焦，聽他轉告了孫仲壽之言，才放下了心。

次日正是中秋佳節，張朝唐、楊鵬舉和張康隨着大衆一早上山。中午時分，半山裏有十多人擔着飯菜等候，都是素菜，衆人吃了，休息一陣，繼續再行。

此後一路都有人把守，盤查甚嚴。查到張楊三人時，孫仲壽點一點頭，把守的人便不問了。張朝唐暗叫：「好險！要是昨晚沒跟他這一夕談話，今日是死是活，實所難料。」

傍晚時分，已到山頂，數百名漢子排隊相迎。中間一人身材魁梧，似是衆人的首領，見到孫仲壽上來，快步下來迎接，携手走入屋內。

山上疏疏落落有數十間房屋，最大的一座似是一所寺廟。這些屋宇模樣也甚平常，並無碉堡望樓等守禦設備，卻又不像是盜幫山寨。

楊鵬舉在山上見了衆人的勢派，料想山上建構必定雄偉威武，壁壘森嚴，那知渾不是這麼一回事，心下暗暗稱奇。他在江湖上混了十多年，見聞算得廣博，這一次卻半點摸不着頭腦。更有一件奇事，這些人萬里來會，瞧各人神情親密，都是知交好友，但相見時卻殊無歡愉之意，每人神色間都顯得十分悲戚憤慨。

張楊三人被引進一間小房，一會兒送進飯菜。四盤都是素菜，還有二十多個饅頭。當晚張朝唐和楊鵬舉悄悄議論，猜不透這些人到底在幹甚麼，對孫仲壽所說「千古奇冤」云云，更是難明所指。

次日張楊二人起身後，用過早點，在山邊漫步，只見到處都是大漢。有的頭上疤痕累累，有的斷手折足，個個是身經百戰、飽歷風霜的模樣。張楊兩人怕生事惹禍，走了一會就回進房中，一直不再出去。這天整日吃的仍是素菜。楊鵬舉肚裏暗罵：「他媽的賊強盜死了老祖宗，叫老子吃這般嘴裏淡出鳥來的素菜。」

傍晚時分，忽聽得鐘聲鏜鏜。不久一名漢子走進房來，說道：「孫相公請兩位到殿上觀禮。」張楊二人跟他出去。張康也想跟去，那人手一擺，道：「小兄弟，你早些睡吧。」

張楊二人隨着他繞過幾間瓦屋，來到寺廟跟前。張朝唐抬頭一看，見一塊橫匾上寫着「忠烈祠」三個大字，心想：「原來是座祠堂，不知供的是誰？」隨着那漢子穿過前堂和院子，見兩旁陳列着兵器架子，架上刀槍斧鉞、叉矛戟鞭，十八般兵刃一應俱全，都擦得雪亮耀眼。

來到大殿，但見殿上黑壓壓的坐滿了人，總有兩三千之衆。張楊二人暗暗心驚，原來這荒山之上，竟聚集了這許多人。

張朝唐抬頭看時，只見殿中塑着一座神像，本朝文官裝束，但頭戴金盔，身穿緋袍，外加黃罩甲，左手捧着一柄寶劍，右手手執令旗。那神像臉容清癯，三絡長鬚，狀貌威嚴，身子微側，目視遠方，眉梢眼角之間，似乎微帶憂態。神像兩側供着兩排靈位。張朝唐隔得遠了，看不清楚神主上所書的名諱。大殿四壁掛滿了旌旗、盔甲、兵刃、馬具之類，旌旗或紅或藍，也有黃色鑲紅邊，有的是白色鑲紅邊。

張朝唐滿腹狐疑，但見滿殿人衆容色悲戚，肅靜無聲。忽然神像旁一個身材瘦長的漢子站了起來，點燭執香，高聲叫道：「致祭。」殿上登時黑壓壓的跪得滿地，張朝唐和楊鵬舉也只得跟着跪下。

孫仲壽越衆而前，捧住祭文朗誦起來。楊鵬舉不懂祭文中文謅謅的說些甚麼，張朝唐卻愈聽愈驚。

只聽得祭文文意甚是憤慨激昂，既把滿清韃子罵了個狗血淋頭，而對當今崇禎皇帝竟也絲毫不留情面，說他「昏庸無道，不辨忠奸」、「剛愎自用，傷我元戎」、「自壞神州萬里之長城，甘為皇帝苗裔之罪人」。對當今皇上如此肆口痛詆，豈不是公然要造反了嗎？張朝唐聽得驚疑不定。那知祭文後面愈來愈兇，竟把崇禎皇帝的列祖列宗也罵了個痛快，甚麼「功勛蓋世而魏公被毒，底定中土而青田受酖」，那是說明太祖殺害徐達、藍玉、劉基等功臣之事；後來又罵神宗亂徵礦稅，荼毒百姓；熹宗任用奄璫，朝中清流君子，不是殺頭，便是入獄，如熊廷弼等守土抗敵大臣，都慘遭殺害。

這篇祭文理直氣壯，一字一句都打入張朝唐心坎裏去，他雖遠在外國，但中土大事，卻也知聞。祭文後半段卻是「我督師威震寧遠，殲彼巨酋」等一大段頌揚武功的文字，更後來又再痛罵崇禎殺害忠良。

張朝唐聽到這裏，才知道這神像原來是連破清兵、擊斃清太祖努爾哈赤、使清人聞名喪膽的薊遼督師袁崇煥。他抬頭再看，見那神像栩栩如生，雙目遠矚，似是痛惜異族入侵，佔我河山，傷我黎民，恨不能復生而督師遼東，以禦外侮。

這時祭文行將讀完，張朝唐卻聽得更加心驚，原來祭文最後一段是與祭各人的誓言，立誓：「並誅明帝清酋，以雪此千古奇冤，而慰我督師在天之靈。」祭文讀畢，贊禮的人唱道：「對督師神像暨列位殉難將軍神主叩首。」衆人俯身叩頭。

一個幼童全身縞素，站在前列，轉身伏在地下向衆人還禮。張朝唐和楊鵬舉又吃了一驚，原來這幼童便是那天所遇的殺虎牧童。

衆人叩拜已畢，站起身來，都是淚痕滿面，悲憤難禁。孫仲壽對張朝唐道：「張兄大才，小弟這篇祭文有何不妥之處，請予刪削。」張朝唐連稱：「不敢。」孫仲壽命人拿過文房四寶來，說道：「小弟邀張兄上山，便是要借重海外才子手筆，於我袁督師的勳業更增光華。也好教世人知道，袁督師蒙冤遭難，普天共憤，中外同悲，並非只是我們舊部的一番私心。」

張朝唐心想，你叫我上山，原來為此，不由得好生為難，袁崇煥被朝廷處死，是因崇禎胡塗昏庸，不明忠奸是非，聽信了奸臣和太監的挑撥，天下都知冤枉，自己在浡泥之時，也曾聽得幾個廣東商人痛哭流涕的說起過。但既由皇帝下旨而明正典刑，再說冤枉，便是誹謗今上。皇帝若是知道了，一紙詔書來到浡泥國，連父親都不免大受牽累。可是孫仲壽既這麼說，在勢又不能拒絕，情急之下，忽然靈機一動，想起在浡泥國時所看過的兩部小說，一部是「三國演義」，一部是「精忠岳傳」。他讀書有限，不能如孫仲壽那麼駢四驪六的大做文章，當下微一沉吟，振筆直書：「黃龍未搗，武穆蒙冤。漢祚待復，諸葛星殞。嗚呼痛哉，伏維尚饗。」他說的是古人，萬一這篇短短的祭文落入皇帝手中，也不能據此而定罪名。

孫仲壽本想他是一個海外士人，沒甚麼學問，也寫不出甚麼好句子來，只盼他稱讚幾句袁督師的功績，也就是了，待見他寫下了這六句，十分高興。張朝唐把袁崇煥比之於諸葛亮和岳飛，自是推崇備至，無以復加。清人為金人後裔，皆為女真族，滿清初立國時，國號便仍稱為「金」。岳飛與袁崇煥皆抗金有功而死於昏君奸臣之手，兩人才略遭遇，頗有相同之處，倒不是胡亂瞎比的。

孫仲壽把這幾句話向眾人解釋了，大家轟然致謝，對張楊兩人神態登時便親熱得多，不再以外人相待了。孫仲壽道：「張兄文筆不凡，武穆諸葛這兩句話，榮寵九泉。小弟待會叫他們刻在祠堂旁邊的石上，要令後人得知，我們袁督師英名遠播，連萬里之外的異邦士民也盡皆仰慕。」張朝唐作揖遜謝。

各人叩拜已畢，各就原位坐下。那贊禮的人又喊了起來：「某某營某將軍」、「某某鎮某總兵」，喊了一個武將官銜，便有一人站起來大聲說話。張朝唐聽了官銜和言中之意，得知這些人都是袁崇煥的舊部，他被害之後，各人憤而離軍，散處四方，今日是袁督師遭難的三週年忌辰，是以在他故鄉廣東東莞附近的聖峯嶂相聚，祭奠舊主。聽他們話中之意，似乎尚有甚麼重大圖謀。

當贊禮人叫到「薊鎮副總兵朱安國」時，一人站了起來，張朝唐和楊鵬舉都心頭一震，原來這人便是引導他們躲入密室的那個農夫。楊鵬舉心想：「原來他是抗清的薊遼大將，那麼我敗在他手裏，也不枉了。」

只聽他朗聲說道：「袁公子這三年來身子壯健，武藝大有進步，書也讀了不少，我和倪、羅兩位兄弟的武功都已傳給了他，請各位另推明師。」孫仲壽道：「咱們兄弟中，還有誰武功更高得過你們三位的，朱將軍不必太謙。」朱安國道：「袁公子學武聰明得很，我們只稍加點撥，他馬上就會了。我們三個已經傾囊以授，的確要另請名師，以免耽誤他功夫。」孫仲壽道：「好吧，這事待會再議。誅奸的事怎麼了？」

那姓倪的殺虎英雄站起身來，說道：「那姓范的奸賊是羅參將前個月趕到浙江誅滅的。姓史的奸賊，十天前被我在潮州追到。兩人的首級在此。」說罷從地上提起布囊，取出兩個人頭來。

衆人有的轟然叫好，有的切齒痛罵。孫仲壽接過人頭，供在神像桌上。

張朝唐這才明白，他們半夜裏在箱中發現的人頭，原來是袁黨的仇人，那定是與陷害袁崇煥一案有關的奸人了。這時不斷有人出來呈獻首級，一時間神像前的供桌上擺了十多個人頭。聽這些人的稟報，人頭中有一個是當朝姓高的御史，他是魏忠賢的黨羽，曾誣奏袁崇煥通敵賣國，衆人對他憤恨尤深。

各人稟告完畢，孫仲壽說道：「小奸誅了不少，大仇卻尚未得報，韃子皇太極和昏君崇禎仍然在位。如何爲大元帥報仇雪恨，各位有甚麼高見？」一個矮子站了起來，說道：「孫相公！」孫仲壽道：「趙參將有甚麼話請說。」那矮子說道：「依我說……」

剛說了三個字，門外一名漢子匆匆進來稟道：「李闖將軍派了人來求見。」衆人一聽，都轟叫起來。孫仲壽道：「趙參將，咱們先迎接闖軍的使者。」趙參將道：「對。」首先搶了出去，衆人都站起身來。

大門開處，兩條大漢手執火把，往旁邊一站，走進三個人來。楊鵬舉已久聞李闖的名頭，知他名叫李自成，這幾年來殺官造反，威勢極大，倒要看看他部下是何等英雄人物。

只見當先一人四十多歲年紀，滿臉痲皮，頭髮蓬鬆，身上穿一套粗布衫褲，膝蓋手肘處都已擦壞，到處打滿了補釘，脚下赤足，穿一雙草鞋，腿上滿是泥污，純是個莊稼漢模樣。他身後跟着兩人，一個三十多歲，皮膚白淨；另一個廿多歲，身材魁梧，面容黝黑，也是農夫模樣。這三人看上去忠厚老實，怎知他們竟是橫行秦晉的「流寇」。

當先那人走進大殿，先不說話，往神像前一站。那白臉漢子從背後包袱中取出香燭，在神像前點上，三人拜倒在地，磕起頭來。那小牧童在供桌前跪下磕頭還禮。

三人拜畢，臉有痲子的漢子朗聲說道：「我們李將軍知道袁督師在關外打韃子，立了大功，心裏很是佩服。後來袁督師被皇帝寃枉害死，天下老百姓都氣憤得很。李將軍派我們來代他向督師的神位磕頭。現今官逼民反，我們爲了要吃飯，只好抗糧殺官。求袁大元帥英魂保佑，我們打到北京，捉住皇帝奸臣，一個個殺了，給大元帥和天下的老百姓報仇。」說完又拜了幾拜。

衆人見李自成的使者尊重他們督師，都心存好感，聽了他這番話，雖然語氣粗陋，卻是至誠之言。

孫仲壽上前作揖，說道：「多謝，多謝。請教高姓大名。」那漢子說道：「我叫劉芳亮。李將軍得知今日是袁大元帥忌辰，因此派我前來在靈前拜祭，並和各位相見。」孫仲壽道：「多承李將軍厚意盛情，在下姓孫名仲壽。」那白淨面皮的人道：「啊，你是孫祖壽將軍的弟弟。孫將軍和韃子拚命而死，我們一向是很敬仰的。」

孫祖壽是抗淸大將，在邊關多立功勳，於淸兵入侵時隨袁崇煥捍衞京師。袁崇煥下獄後，孫祖壽憤而出戰，在北京永定門外和大將滿桂同時戰死，名揚天下。孫仲壽文武全才，向爲兄長的左右手，在此役中力戰得脫，憤恨崇禎寃殺忠臣，和袁崇煥的舊部散在江湖，撫育幼主，密謀復仇。他精明多智，隱爲袁黨的首領。

孫祖壽慷慨重義，忠勇廉潔，「明史」上記載了兩個故事：

孫祖壽鎭守固關抗淸時，出戰受傷，瀕於不起。他妻子張氏割下手臂上的肉，煮了湯給他喝，同時絕食七日七夜，祈禱上天，願以身代。後來孫祖壽痊愈而張氏卻死了。孫祖壽感念妻恩，終身不近婦人。

他身爲大將時，有一名部將路過他昌平故鄉，送了五百兩銀子到他家裏。在當時原是十分尋常之事，但他兒子堅決不受。後來他兒子來到軍中，他大爲嘉獎，請兒子喝酒，說：「不受贈金，深得我心。倘若你受了，這一次非軍法從事不可。」「明史」稱讚他「其秉義執節如此。」

孫仲壽爲人處事頗有兄風，是以爲衆所欽佩。

註：明成祖應浡泥國蘇丹之請，封其山爲「長寧鎭國山」，親製碑文，並題詩一首，譯意如下：

「在熱帶的海上，是浡泥國所處的地方。人民親近仁義，只有歸順，沒有違逆。賢王勤懇謹愼，仰慕中華教化。大明管理外國的官員加以指導，就到中國來朝拜了，帶了你的妃子、世子、兄弟、陪臣，來到大明宮殿階下磕頭，陳奏道：『皇上就像是天一樣，將溫暖和愉樂普賜天下，對任何人都一樣眷顧，沒有偏愛，沒有歧視。』但我自己反省，德行不夠，沒有你所說的這樣偉大。你冒着風浪，遠涉重洋，乘船來到，實在是很辛苦。查考歷來遠邦的臣屬，歸順的時候就來朝拜，不服的時候就不來了，自己前來都不容易，何況還帶了家室？你國王秉志貞誠，像金石一樣堅固。西南各國的蕃邦君主，那一位能及得上你？你國內有一座巍峨的高山，鎭寧邦國。現在在石碑上刻了文字，以發揚你國王的美德。但願你國王美德光大，國泰民安，今後千秋萬歲，都歸附我大明。」

袁承志使開火叉，安小慧舞動長劍，與那大漢鬥了起來。那大漢雖然刀沉力猛，一時之間，卻也奈何不得這兩個小孩，不由得心下焦躁。

第二回　恩仇同患難　死生見交情

衆人正要敍話，劉芳亮的黑臉從人忽然從後座上直縱出去，站在門口。衆人出其不意，不知發生甚麼事，都站了起來。只見那黑臉少年指着人羣中兩個中年漢子喝道：「你們是曹太監的手下人，到這裏來幹甚麼？」

此言一出，衆人都大吃一驚，均知崇禎皇帝誅滅魏忠賢和客氏之後，宮中朝中逆黨雖然一掃而空，然而皇帝生性多疑，又秉承自太祖、成祖以來的習氣，對大臣多所猜忌，所任用的仍是從他信王府帶來的太監，其中最得寵的則是曹化淳。此人統率皇帝的御用偵探和衞士，即所謂「廠衞」，刺探朝中大臣和各地將帥的隱私，文武大臣往往不明不白的爲皇帝下旨誅殺，或是任意逮捕，關入天牢，所謂「下詔獄」，都是由於曹化淳的密報。曹太監的名頭，當時一提起來，可說是人人談虎色變。

那兩人一個滿腮黃鬚，四十上下年紀，另一個卻面白無鬚，矮矮胖胖。那矮胖子面色倏變，隨卽鎭定，笑道：「你是說我嗎？開甚麼玩笑？」黑臉少年道：「哼，開玩笑！你們兩個鬼鬼祟祟在客店裏商量，要混進山宗來，又說已稟告了曹太監，要派兵來一網打盡，這些話都給我聽見啦！」

黃鬚人拔出鋼刀，作勢便要撲上廝拚。那白臉胖子卻哈哈一笑，說道：「李闖想收併山宗的朋友，居心險惡，那一個不知道了？你想來造謠生事，挑撥離間，那可不成。」他說話聲又細又尖，儼然太監聲口，可是這幾句話卻也生了效。袁黨中便有多人側目斜視，對李自成的使者起了疑心。

劉芳亮雖出身農家，但久經戰陣，百鍊成鋼，見了袁黨諸人的神色，知道此人的言語已打動衆心，便即喝道：「閣下是誰？是山宗的朋友麼？」這句話問中了要害，那人登時語塞，只是冷笑。

孫仲壽喝道：「朋友是袁督師舊部麼？我怎地沒見過？你是那一位總兵手下？」

那白臉人知道事敗，向黃鬚人使個眼色，兩人陡地躍起，雙雙落在門口。黃鬚人揮刀向黑臉少年砍去。那白臉人看似半男半女，行動卻甚是迅捷，腕底一翻，已抽出判官雙筆，向黑臉少年胸口點到。

黑臉少年因是前來拜祭，爲示尊崇，又免對方起疑，上山來身上不帶兵刃。衆人見他雙手空空，驟遭夾擊，便有七八人要搶上救援。不料那少年武功甚是了得，左手如風，施展擒拿手法，便抓黃鬚客的手腕，同時右手駢起食中兩指，搶先點向白臉人的雙目。這兩招遲發先至，立時逼得兩名敵人都退開了兩步。

袁黨衆人見他只一招之間便反守爲攻，暗暗喝采，俱各止步。那兩人見衝不出門去，知道身處虎穴，情勢凶險之極，剛退得兩步，便又搶上。黑臉少年使開雙掌，在單刀雙筆之間穿梭來去，攻多守少。那兩人幾次搶到門邊，都被他逼了回來。

白臉人心中焦躁，筆法一變，雙筆橫打豎點，招招指向對方要穴。黃鬚客施展山西武勝門刀法，矮下身子，疾砍黑臉少年下盤。衆人眼見危急，都想伸手相助，但一瞥眼間，見劉芳亮神色鎮定，反而坐下來觀戰，均想，他自己人尚且不急，定是有恃無恐，且看一下動靜再說。

三人在大殿中騰挪來去，鬥到酣處，黃鬚人突然驚叫一聲，單刀脫手向人叢中飛去。朱安國躍起伸手一抄，接在手中。就在此時，黑臉少年踏進一步，左腿起處，一脚把黃鬚人踢倒。他左腿尚未收回，右腿乘勢又起，白臉人吃了一驚，只想逼開敵人，奪門逃走下山，當下奮起平生之力，雙筆一先一後反點敵人胸口。黑臉少年右手陡出，抓住左筆筆端，使力一扭，已把一隻判官筆搶過。這時對方右筆跟着點到，他順手將筆梢砸了過去。雙筆相交，噹的一聲，火星交迸，白臉人虎口震裂，右筆跟着脫手。

黑臉少年一聲長笑，右手抓住他胸口，一把提起，左手扯住他的褲腰，雙手一分，只聽得嗤的一聲，白臉人一條褲子已被扯下來，裸出下身。衆人愕然之下，黑臉少年笑道：「你是不是太監，大家瞧瞧！」衆人目光全都集到那白臉人的下身，果見他是淨了身的。鬨笑聲中，衆人圍了攏來，眼見這黑臉少年出手奇快，武功高明之極，心下都甚敬佩。

這時早有人擁上去把白臉人和黃鬚人按住。孫仲壽喝問：「曹太監派你們來幹甚麼？還有多少同黨？怎麼能混進來的？」兩人默不作聲。孫仲壽一使眼色，羅參將提起單刀，呼呼兩刀把兩人首級割下，放在神像前的供桌上。

孫仲壽拱手向劉芳亮道：「若不是三位發現奸賊，我們大禍臨頭還不知道。」劉芳亮道：「那也是碰巧。我們在道上遇見這兩個傢伙，見他們神色古怪，身手又很靈便，晚上便到客店去查探，僥倖發覺了他們的底細。」

孫仲壽向劉芳亮的兩位從人道：「請教兩位尊姓大名。」兩人報了姓名，膚色白淨的叫田見秀，黑臉少年名叫崔秋山。朱安國過去拉住崔秋山的手，說了許多讚佩的話。

劉芳亮和孫仲壽及袁黨中幾個首腦人物到後堂密談。劉芳亮說道，李將軍盼望大家携手造反，共同結盟。袁黨的人均感躊躇。衆人雖然憎恨崇禎皇帝，決意暗中行刺，殺官誅奸之事也已作了不少，但人人本來都是大明命官，要他們造反，卻是不願，只求刺死崇禎後，另立宗室明君。何況李自成總是「流寇」，雖然名頭極大，但打家刦舍，流竄擄掠，幹的是強盜勾當，大家心中一直也不大瞧得起。袁黨衆人離軍之後，爲了生計，有時也難免做幾樁沒本錢買賣，卻從來不公然自居盜賊。雙方身分不同，議論良久難決。

最後孫仲壽道：「咱們的事已給曹太監知道，如不和李將軍合盟以舉大事，不但刺殺崇禎給袁督師報仇之事難以成功，只怕曹太監還要派人到處截殺。咱們勢孤力弱，難免一一遭了毒手。劉兄，咱們這樣說定成不成？我們山宗幫李將軍打官兵，李將軍事成之後，須得竭力滅了滿洲韃子。咱們話又說明在先，日後李將軍要做皇帝，我們山宗朋友卻不贊成，須得由太祖皇帝的子孫姓朱的來做。」

劉芳亮道：「李將軍只是給官府逼不過，這才造反，自己是決計不做皇帝的，這件事兄弟拍胸擔保。人家叫我們流寇，其實我們只是種田的莊稼漢，只求有口飯吃，頭上這顆腦袋保得牢，也就是了。我們東奔西逃，那是無可奈何。憑我們這樣的料子，也做不來皇帝大官。至於打建州韃子嘛，李將軍的心意跟名位一模一樣，平時說起，李將軍對韃子實是恨到骨頭裏去。」

孫仲壽道：「那是再好也沒有了。」袁黨衆人更無異言，於是結盟之議便成定局。

裏面在商議結盟大計，殿上朱安國和倪浩拉着崔秋山的手，走到一個僻靜的角落裏。

朱安國道：「崔大哥，咱們雖是初會，可是一見如故，你別當我們是外人。」崔秋山道：「兩位大哥從前打韃子、保江山，兄弟一向是很欽佩的。今日能見到山宗這許多英雄朋友，兄弟實是高興得很。」倪浩道：「我冒昧請問，崔大哥的師承是那一位前輩英雄？」崔秋山道：「兄弟的受業恩師，是山西大同府一聲雷白野白老爺子。他老人家已去世多年了。」朱安國和倪浩互望了一眼，均感疑惑。倪浩說道：「一聲雷白老前輩的大名，我們是久仰的了。不過有一句話崔大哥請勿見怪。白老前輩武功雖高，但似乎還不及崔大哥。」崔秋山默然不語。朱安國道：「雖然靑出於藍，徒弟高過師父的事也是常見，但剛才我看崔大哥打倒兩個奸細的身法手法，卻似另有眞傳。」

崔秋山微一遲疑，道：「兩位是好朋友，本來不敢相瞞。我師父逝世之後，我機緣巧合，遇着一位世外高人。他老人家點撥了我一點武藝，要我立誓不許說他名號，所以要請兩位大哥原諒。」

倪朱兩人見他說得誠懇，忙道：「崔大哥快別這麼說，我們有一事相求，因此才大膽相問。」崔秋山道：「兩位有甚麼事，便請直言。大家是自己人，何必客氣？」朱安國道：「崔大哥請等一等，我們去找兩位朋友商量幾句。」

朱倪二人把那姓應和姓羅的拉在一邊。朱安國道：「這個崔兄弟武藝高強，咱們這裏沒一個及得上。聽他說話，性格也甚是豪爽。」倪浩道：「就是說到師承時有點吞吞吐吐。」於是把崔秋山的話覆述了一遍。

那姓應的名叫應松，是袁崇煥帳下的謀士，當年寧遠築城，曾出了不少力量。姓羅的名大千，是著名的炮手，寧遠一戰，他點燃紅夷大炮，轟死清兵無數，因功升到參將。

應松道：「咱們不妨直言相求，瞧他怎麼說？」朱安國道：「這事當先問過孫相公。」應松道：「不錯。」

轉到後殿，見孫仲壽和劉芳亮正談得十分投契，於是把孫仲壽請出來商量。這些武將所擅長的是行軍打仗，衝鋒陷陣，說到長槍硬弩，十盪十決，那是勇不可當，但武學中的拳脚器械功夫，卻均自知不及崔秋山。

孫仲壽道：「應師爺，這件事關係幼主的終身，你先探探那姓崔的口氣。」應松點頭答應，與朱安國、倪浩、羅大千三人同去見崔秋山。

應松道：「我們有一件事，只有崔大哥幫這個忙，所以……」

崔秋山見他們欲言又止，一幅好生為難的神氣，便道：「兄弟是粗人，各位有甚麼吩咐，只要兄弟做得到的，無不從命。」

應松道：「崔兄很爽快，那麼我們直說了。袁督師被害之後，留下一位公子，那時還只有七歲。我們跟昏君派來逮捕督師家屬的錦衣衞打了三場，死了七個兄弟，才保全袁督師這點骨血。」崔秋山嗯了一聲。應松道：「這位幼主名叫袁承志，由我們四人教他識字練武。他聰明得很，一教就會，這幾年來，我們的本領差不多都已傳授給他了。雖然他年紀小，功夫還不到家，但再跟着我們，練下去進境一定不大。」

崔秋山已明白他們的意思，說：「各位要他跟我學武？」朱安國道：「剛才見崔大哥出手殺賊，武功勝過我們十倍，要是崔大哥肯收這個徒弟，栽培他成材，袁督師在天之靈，定也感激不盡。」說罷四人都作下揖去。

崔秋山連忙還禮，沉吟道：「承各位瞧得起，兄弟本來不該推辭，不過兄弟現下是在李將軍軍中，來去無定，有時跟官軍接仗，也不知能活到那一天。要袁公子跟我在隊伍裏，一則怕我沒空教他，二則實在也太危險。」應松等均想這確是實情，心中好生失望。

崔秋山忽道：「有一人功夫勝我不知多少倍，如果他肯收袁公子，那眞是袁公子的造化了。」忽又連連搖頭，自言自語：「不成，不成。」應松與朱安國忙問：「那是誰？」崔秋山道：「便是我先前說的那位奇人。這位前輩的功夫實在深不可測，他教了我兩個多月，兄弟只學到一點兒皮毛。」朱安國大喜，問道：「這位奇人是誰？」崔秋山道：「他老人家脾氣很是奇特，雖然教我武藝，可是不肯讓我叫他師父，也不准我向人洩露他姓名。求他老人家收袁公子爲徒，只怕無法辦到。」倪浩問道：「這位奇人住在那裏？」崔秋山道：「他行蹤無定，到甚麼地方，也從來不和我說。」應松等四人眼見此事無望，只得作罷。

應松把袁承志叫了過來，和崔秋山見面。崔秋山見他靈動活潑，面貌黝黑，全無半分富貴公子嬌生慣養的情狀，很是喜歡。問他所學的武藝，袁承志答了，問道：「崔叔叔，你剛才抓住那兩個奸細，使得甚麼功夫？」崔秋山道：「那叫做伏虎掌法。」袁承志道：「這樣快，我看都看不清楚。」崔秋山笑道：「你想不想學？」袁承志一聽這話，忙道：「崔叔叔，請你教我。」

崔秋山向應松笑道：「我跟劉將軍說，在這裏躭幾天，就把這路掌法傳給他吧！」袁承志和應朱倪三人俱各大喜，連聲稱謝。

次日一早，孫仲壽和張朝唐、楊鵬舉等三人告別，說道：「咱們相逢一場，總算有緣。這裏的事只要洩漏半句，後果如何，也不必兄弟多說。」張楊兩人喏喏連聲。孫仲壽每人贈了五十兩銀子的盤費，還派了兩位兄弟送下山去。

張朝唐和楊鵬舉逕赴廣州，途中更無他故。楊鵬舉遭此挫折，心灰意懶，知道江湖上山外有山，人上有人，自己憑這點微末功夫，居然能挨到今日，算得是僥倖之極，此番若非袁承志這小小孩童一言相救，已變成沒眼睛的廢人，想想暗自心驚，當即向鏢局辭了工，便欲回家務農。張朝唐感他救命之恩，見他心情鬱鬱，便邀他同去浡泥國遊覽散心。楊鵬舉眼見左右無事，自己又無家累，當即答允。

三人在廣州僱了海船，前往浡泥。楊鵬舉住了月餘，見當地太平安樂，眞如世外桃源一般，竟然不興歸意，便在張朝唐之父張信的那督府中擔任了一個小小職司。每日當差一兩個時辰，餘下來便是喝酒賭錢，甚是逍遙快樂。

劉芳亮和孫仲壽等說妥結盟之事，衆人在袁崇煥神像前立下重誓，決不相負。劉芳亮正要和袁黨着意結納，聽說崔秋山要教袁承志武藝，甚是歡喜，當下和田見秀先下山去。

袁黨各路好漢，有的去投李自成，有的各歸故鄉，籌備舉事，也有的言明不願造反作亂，只是決不洩露機密，也不和衆兄弟作對爲敵。人各有志，旁人也不勉強。

孫仲壽、朱安國、倪浩、應松等留在山上，詳商袁承志日後的出處。

袁承志自崔秋山答應教他伏虎掌後，歡喜得一夜沒睡好覺。翌日大家忙着結盟，沒功夫理會這事。下午衆人紛紛下山，臨行時每人都和幼主作別，又忙碌了半天。

到得晚上，孫仲壽和應松命人點了紅燭，設了交椅，請崔秋山坐在上面，要袁承志行拜師之禮。崔秋山道：「袁家小兄弟我一見就很喜歡，他愛我這套伏虎掌，我就破費幾天功夫，傳授一個大概。但他能不能在這幾天之內學會，學了之後能不能用，可得瞧他的悟性和以後的練習了。這只是朋友之間的切磋，師徒的名份是無論如何談不上的。」應松道：「只要教得一招兩式，就是終身爲師。崔大哥何必太謙？」崔秋山一定不肯，大家也只得罷了。

衆人知道武林中的規矩，傳藝時別人不便旁觀，道了勞後，便告辭出來。

崔秋山等衆人出去，正色說道：「承志，這套伏虎掌法，是一位前輩高人傳給我的。我不能盡數領會其中的精奧，功夫也着實還差得遠，但在江湖上對付尋常敵人，也已足夠。他老人家傳授這套掌法之時，曾叫我立誓，學會之後，決不能用來欺壓良善，傷害無辜。」

袁承志一聽，已明其意，當卽跪下，說道：「弟子袁承志，學會了伏虎掌法之後，決不敢欺壓良善，傷害無辜，否則，否則……」他不知立誓的規矩，道：「否則就給崔叔叔打死。」

崔秋山一笑，道：「很好。」忽然身子一幌，人已不見。袁承志急轉身時，崔秋山已繞到他的身後，在他肩頭一拍，笑道：「你抓住我。」

袁承志經過朱安國和倪浩、羅大千三位師父的指點，武功也已稍有根基，立卽矮身，左手虛幌，右手圈轉，竟不回身，聽風辨形，便向崔秋山腿上抓去。

崔秋山喜道：「這招不錯！」話聲方畢，手掌輕輕在他肩頭一拍，人影又已不見。袁承志凝神靜氣，一對小掌伸了開來，居然也護住了身上各處要害，眼見崔秋山身法奇快，再也抓他不住，當下不再跟他兜圈子捉迷藏，一步一步退向牆壁，突然轉身，靠着牆壁，笑道：「崔叔叔，我見到你啦！」

崔秋山不能再繞到他身後，停住脚步，笑道：「好，好，你很聰明，伏虎掌一定學得成。」於是一招一式的從頭教他。

這路掌法共一百單八式，每式各有三項變化，奇正相生相尅，共三百二十四變。袁承志默默記憶，學了幾遍，已把招式記得大致無誤。崔秋山連比帶說，再把每一招每一變的用法細加傳授。袁承志武功本有根柢，悟性又強，崔秋山一說，便能領會。一個教得起勁，一個學得用心，直至深夜。

第二天一早，崔秋山在山邊散步，見袁承志正在練拳，施展伏虎掌一百單八招的變化，於那勾、撇、捺、劈、撕、打、崩、吐八大要訣，居然也能明其大旨，知其精要。崔秋山很是喜歡，當他練到入神之時突然一躍而前，抬腿向他背心踢去。

袁承志忽聽背後風聲響動，側身避過，回手便拉敵人的右腿，一眼瞥見是崔秋山，急忙縮手，驚叫：「崔叔叔！」崔秋山笑道：「別停手，打下去。」劈面一掌。

袁承志知他是和自己拆招，當下踏上一步，小拳攢擊崔秋山腰胯，正是伏虎掌第八十九招「深入虎穴」。崔秋山讚道：「不錯，就是這樣。」口中指點，手下不停，和他對拆起來，見袁承志出招有誤，便立即糾正。兩人拳來足往，把伏虎掌一百單八式、三百二十四變翻來覆去的拆解。袁承志見這套掌法變化多端，崔秋山運用時愈出愈奇，歡喜無已，用心記憶。拆解良久，崔秋山見他頭上出汗，知道累了，便停住手，要他坐下休息，一面比劃講解。講了一個多時辰，又叫他站起來過招。

兩人自清晨直至深夜，除了吃飯之外，不停的拆練掌法。如此練了七日，到了第八天晚上，崔秋山道：「我所會的已全部傳了給你，日後是否有成，全憑你自己練習了。臨敵之際，局面千變萬化，七分靠功夫，三分靠機靈，一味蠻打，決難取勝。」袁承志點頭受教。

崔秋山道：「明天我就要回到李將軍那裏，今後盼你好好用功。傳我掌法的那位高人曾說，武學高低的關鍵，是在頭腦之中而不在手脚之上，是以多想比多練更加要緊。可惜我的腦筋實在不大靈光，難有甚麼進境，盼你日後練得能勝過了我。」

袁承志和崔秋山相處雖只有八九天，但他把伏虎掌傾囊相授，教之勤，顯見愛之深，聽說明天就要分手，不覺眼眶紅了，便要掉下淚來。崔秋山見他對自己甚是依戀，也不由得感動，輕輕撫摸他頭，說道：「像你這樣聰明資質，武林中實在少見，可惜我們沒機緣長久相聚。」袁承志道：「崔叔叔，我跟你到李將軍那裏。」崔秋山笑道：「你這樣小，那怎麼成？我們跟着李將軍，時時刻刻都在拚命，飽一頓飢一頓的，今天不知明天的事。」

正說話間，忽聽得屋外有野獸一聲怪叫，袁承志奇道：「那是甚麼？不是老虎，也不是狼。」崔秋山道：「是豹子。」靈機一動，道：「咱們去把豹子捉來，我有用處。」袁承志大為興奮，忙問：「甚麼用處？」崔秋山笑而不答，匆匆走了出去。袁承志忙跟出去，見他不帶兵刃，又問：「崔叔叔，你用甚麼兵器打豹子？」

崔秋山不從正門出去，走到內進孫仲壽房外，叫道：「朱大哥、倪大哥都在麼？」朱安國等在房內聚談，聽得叫聲，開門出來。崔秋山笑道：「請各位幫一下手，把外面那頭豹子逼進屋來，我有用處。」倪浩是殺虎能手，連說：「好，好。」拿了獵虎叉，搶先出門。崔秋山叫道：「倪大哥，別傷那畜生。」倪浩遙遙答應，不一會，呼喝聲已起。崔秋山和朱安國、羅大千三人也縱出門去。袁承志拿了短鐵槍想跟出去。孫仲壽道：「承志，別出去，咱們在這裏看。」袁承志無奈，只得和孫仲壽、應松三人憑在窗口觀望。

只見三人拿了火把，分站東西北三方。倪浩使開獵虎叉，在山邊和一頭軀體巨大的金錢豹正自翻翻滾滾的拚鬥。他一柄叉護住全身，不讓豹子撲近，卻也不出叉戳刺。豹子見到火光，驚恐想逃，卻被朱、崔、羅三人阻住了去路。豹子見崔秋山手中沒兵器，大吼着向他撲來。崔秋山閃身避開利爪，右掌在豹子額頭一擊，豹子登時翻了個觔斗，轉身向南。南面房門大開，豹子不肯進屋，東西亂竄，但給衆人逼住了，無路可走。崔秋山縱身而上，在豹子後臀上猛力一脚。豹子負痛，吼叫一聲，直竄進屋去。

那時應松已把各處門戶緊閉，僅留出西邊偏殿的門戶。豹子見兩人手持火把追來，東爬西搔，胡胡吼叫，奔進西殿。羅大千隨後把門關上，一頭大豹已關在殿內。

衆人都很高興，望着崔秋山，不知他要豹何用。崔秋山笑道：「承志，你進去打豹！」此言一出，衆人都吃了一驚。孫仲壽道：「這怕不大妥當吧？」崔秋山道：「我在旁邊瞧着，這畜生傷不了他。」袁承志道：「好！」挺了短槍，就去開門。崔秋山道：「放下槍，空手進去！」

袁承志一怔，隨卽會意是要他以剛學會的伏虎掌打豹，不禁膽怯。崔秋山道：「你害怕了麼？」袁承志更不遲疑，拔開殿門上的揷頭，推門進去，只聽「胡」的一聲巨吼，一團黑影迎面撲來。他右腿一挫，讓開來勢，反手出掌，打在豹子耳上，使的正是伏虎掌法中的「羅漢傳經」。這掌雖然打中，可是手小無力，豹子不以爲意，回頭便咬。袁承志竄到豹子背後，拉住豹尾一扯。

這時崔秋山已站在一旁衞護，惟恐豹子猛惡，袁承志制牠不住，但見他一路伏虎掌已使得頗爲純熟，豹子三撲三抓，始終沒碰到他一點衣角，反中了他一掌一脚，心下暗暗歡喜。

孫仲壽等見袁承志空手鬥豹，雖說崔秋山在一旁照料，畢竟關心，各人拿了火把，站在殿角旁觀。朱安國和倪浩手扣暗器，以便緊急時射豹救人。火光中袁承志騰挪起伏，身法靈活，初時還東逃西竄，不敢和豹子接近，後來見所學掌法施展開來妙用甚多，閃避攻擊，得心應手，不由得越打越有精神。

他見手掌打上豹身毫無用處，突然變招，改打爲拉，每一掌擊到，回手便扯下一把毛來。

豹子受痛，吼叫連連，對他的小掌也有了忌憚，見他手掌伸過來時，不住吼叫退避，露齒抵抗。但袁承志手法極快，豹子總是閃避不及，一時殿中豹毛四處飛揚，一頭好好的金錢豹子，被他東一塊西一塊的扯去了不少錦毛。衆人都笑了起來。

豹毛雖被抓去，但空手終究制牠不住，酣鬥中他突使一招「菩薩低眉」，矮身正面向豹子衝去。豹子受驚，退了一步，隨即飛身撲來，一刹那間，袁承志已在豹子腹下。

倪浩大驚，雙鏢飛出。那豹伸右脚撥落雙鏢。這時袁承志卻已不見。衆人凝目看時，只見他躲在豹子腹底，一雙腿勾住了豹背，腦袋頂住了豹子的下頦，叫牠咬不着抓不到。豹子猛跳猛竄，在地下打滾，袁承志始終不放。他知時間一久，自己力氣不足，只要一鬆手脚，不免傷在豹子爪下，忙叫：「崔叔叔，快來！」

崔秋山道：「取牠眼睛！」一言提醒，袁承志右臂穿出，兩根手指插向豹子右眼，豹子痛得狂叫，竄跳更猛。崔秋山踏上一步，蓬蓬連環兩掌，把豹子打得頭昏腦脹，翻倒在地，隨即一把抱起袁承志，笑道：「不壞，不壞，眞難爲你了。」

孫仲壽等人俱已驚得滿頭大汗，均想：「崔秋山爲人雖然不錯，但在李闖手下，整日價幹的盡是亡命生涯，大膽妄爲。他不知袁公子這條命可有多尊貴。」又想：「袁公子經他教了八天，武藝果然大有長進。」崔秋山打開殿門，在豹子後臀上踢了一脚，笑道：「放你走吧！」那豹子直竄出去，忽然外面有人驚叫起來。

衆人只道豹子奔到外面傷了人，忙出去看時，這一驚非同小可。只見滿山都是點點火光，火光照耀下刀槍閃閃發亮，原來官兵大集，圍攻聖峯嶂來了。看這聲勢，要脫逃實非容易。

在山下守望的黨人想來均已被害，是以事前毫無警報，而敵兵突然來臨。

孫仲壽等都是身經百戰，雖然心驚，卻不慌亂，均想：「可惜山上的弟兄都已散去了，否則當年在寧遠大戰，十幾萬韃子精兵，也給我們打得落荒而逃，又怎怕你們這些廣東官兵？」其時遼東兵精，甲於天下，袁崇煥的舊部向來不把南方官兵放在眼裏。

孫仲壽當卽發令：「羅將軍，你率領煑飯、打掃、守祠的衆兄弟到東邊山頭放火吶喊，作爲疑兵。」羅大千應令去了。孫仲壽又道：「朱將軍、倪將軍，你們兩位到前山去，每人各射十箭，教官兵不敢過份逼近，射後立刻回來。」朱倪二人應令去了。

孫仲壽道：「崔大哥，有一件重任要交託給你。」崔秋山道：「要我保護承志？」孫仲壽道：「正是。」說着和應松兩人拜了下去。崔秋山吃了一驚，連忙還禮，說道：「兩位有何吩咐，自當遵從，快休如此。」

只聽得喊聲大作，又隱隱有金鼓之聲，聽聲音是山上發出，原來羅大千已把祠中的大鼓大鐘抬出來狂敲猛打，擾亂敵兵。孫仲壽道：「袁督師只有這點骨血，請崔大哥護送他脫險。」崔秋山道：「我必盡力。」

這時朱安國和倪浩已射完箭回來。孫仲壽道：「我和朱將軍一路，會齊羅將軍後，從東邊衝下，應先生和倪將軍一路，從西邊衝下。我們先衝，把敵兵主力引住。崔大哥和承志再從後山衝下，大家日後在李闖將軍那裏會齊。」衆人齊聲答應。

袁承志得應松等數載教養，這時分別，心下難過，跪下去拜了幾拜，說道：「孫叔叔、應叔叔、朱叔叔、倪叔叔、我，我……」喉中哽住了說不下去。孫仲壽道：「你跟着崔叔叔去，要好好聽他的話。」袁承志點頭答應。

只聽得山腰裏官兵發喊，向山上衝來，應松道：「我們走吧。崔大哥，你稍待片刻再走。」衆人各舉兵刃，向下衝去。倪浩見崔秋山沒帶兵器，把虎叉向他擲去，說道：「崔大哥，接住。」

崔秋山道：「還是倪兄自己用吧！」接住虎叉想擲還給他。倪浩已去得遠了，於是右手持叉，左手拉着袁承志向山後走去。只見後山山坡上也滿是火把，密密層層的不知有多少官兵。山下箭如飛蝗，亂射上來，崔秋山於是退回祠中，跑到廚下，揭了兩個鍋蓋，一大一小，自己拿了大的，把小鍋蓋遞給袁承志，說道：「這是盾牌，走吧！」兩人展開輕身功夫，向黑暗中竄去。

不一會，官兵已發現兩人蹤迹，吶喊聲中追了過來，數十枝箭同時射到。

崔秋山擋在袁承志身後，揮動鍋蓋，一一擋開來箭，只聽得登登登之聲不絕，許多箭枝都射在鍋蓋之上。兩人直闖下山去。衆官兵上來攔阻，崔秋山使開獵虎叉，叉刺桿打，霎時間傷了十多名官兵，袁承志的短鐵槍雖然難以傷人，卻也儘可護身。官兵見是個幼童，也不怎麼理會他。片刻間兩人已奔到山腰。

剛喘得一口氣，忽然喊聲大作，一股官兵斜刺裏衝到，當先一名千戶手持大刀，惡狠狠的砍來。崔秋山舉叉一架，覺他膂力頗大，一叉「毒龍出洞」，直刺過去。那千戶舉刀格開，叫道：「弟兄們上啊！」崔秋山不願戀戰，舉起鍋蓋向那千戶面前一幌。那千戶向右閃避，崔秋山大喝一聲，手起叉落，從他脅下插了進去，待拔出叉來，轉頭卻不見了袁承志，心中大驚，只見左邊一羣人圍着吆喝。

他大踏步趕過去，挺叉亂戳，官兵紛紛閃避，奔到近處，果見袁承志給圍在垓心，手中短鐵槍已被打落，正展開伏虎掌法和三名官兵對敵，畢竟年幼力弱，掌法又是初學未熟，左支右絀，情勢危急。崔秋山更不打話，刷刷兩叉，刺倒兩名官兵，左手拉了袁承志便走。官兵大叫追來，崔秋山斗然回頭，刷刷兩叉，刺倒了追得最近的兩名官兵，再踏上一步，叉桿抄起，把一名官兵挑了起來，直摜在山石之上。那兵慘叫一聲，立時跌死。

衆官兵見他如此勇悍，嚇得止步不追。崔秋山把袁承志挾在脅下，展開輕功提縱術，直向黑暗無人處竄去，不一會便和衆官兵離得遠了。

崔秋山放下袁承志，問道：「沒受傷吧？」袁承志舉手往臉上抹汗，只覺黏膩膩的，月光下一看，滿手是血，看崔秋山時，臉上、手上、衣上，盡是血迹斑斑，說道：「崔叔叔，血……血……」崔秋山道：「不要緊，是敵人的血，你身上有那裏痛麼？」袁承志道：「沒有。」崔秋山道：「好，咱們再走！」

兩人矮了身子，在樹叢中向下鑽行，走了小半個時辰，樹叢將完，崔秋山探頭一望，見山下火把明亮，數百名官兵守着，悄聲道：「不能下去，後退。」兩人回身走了數百步，見有一個山洞，洞前生着一排矮樹，便鑽進洞去。

袁承志畢竟年幼，雖然身在險地，但疲累之餘，躺下不久便睡着了。崔秋山把他輕輕抱起，倚在自己懷裏，側耳靜聽。只聽呼喊之聲連續不斷，過了一會，眼見山頂黑煙冒起，紅光沖天，想是袁崇煥的祠堂已給官兵燒了。又過了半個多時辰，聽得山上吹起號角，崔秋山跟官兵大小打過數十仗，知是收隊下山的號令。不一會，大隊人馬聲經身旁過去，絡繹不絕，原來這山洞就在官兵下山道路之旁。

再過一會，忽聽外面樹叢中有人坐了下來，崔秋山右手提起鋼叉，左手放在袁承志嘴邊，防他在夢中發出聲響，凝神靜聽。只聽一人喝道：「那姓袁的逆賊留下一個兒子，到那裏去了？」這句話聲音很響，登時把袁承志吵醒。崔秋山左手輕輕按住他嘴。

聽得那人喝道：「你說不說？不說我先砍斷你一條腿。」一個聲音罵道：「你砍就砍！我們在邊庭上刀一槍打韃子，豈來怕你？」聽口音正是應松的聲音。袁承志悄聲道：「應叔叔！」那人又罵：「你眞的不說？」應松呸的一聲，似乎一口唾沫吐向他的臉上，接着一聲慘叫，似乎已被他一刀砍傷。

袁承志再也忍耐不住，用力一掙，掙脫了崔秋山拉住他的手，大叫一聲：「應叔叔！」直竄出去。火光中見一人正提刀向摔跌在地的應松砍落，他和身縱上，施展伏虎掌中的「左擊右擒」之法，一拳正中那人右眼。那人只覺眼中金星直冒，手腕一痛，一柄刀已被奪去。袁承志順手一刀，砍在他肩頭，雖然力弱，沒把一條肩膀卸下，也已痛得他怪聲大叫。

衆官兵出其不意，都吃了一驚，登時逃散，待得看清楚只是一個幼童，當卽回轉身來，刀槍齊下，眼見就要把他砍成碎塊。

突然火光中一柄鋼叉飛出，各官兵只覺虎口劇震，兵刃紛紛離手。崔秋山一把抓住袁承志後心，直縱出去。衆官兵放箭時，兩人早已直奔下山。

崔秋山這一露形，奉太監曹化淳之命前來搜捕的東廠番子之中，便有四名好手跟蹤下來。

但見他脅下挾着一個幼童，但仍是縱跳如飛，迅捷異常，一名番子取出一枝甩手箭，使足手勁，擲了出去。

崔秋山聽得腦後生風，立即矮身，那枝箭從頭頂飛了過去，就這麼停得一停，另一人已扣住三枝鋼鏢，連珠發出。崔秋山把袁承志往地下一放，左手一抄，接住兩枝鋼鏢，避開了第三枝，正待發回，敵人的袖箭、飛蝗石已紛紛打來。崔秋山手接叉撥，閃避暗器，拉着袁承志向山下逃去。

這時他們離官兵大隊已遠，可是四名番子始終緊追不捨。其中一人大叫道：「相好的，你撇下兵器，乖乖的跟老子回去，就讓你少吃些苦頭。」崔秋山暗暗把鋼鏢交到右手，待他追近，突然兩鏢一上一下，疾如閃電般射了出去。那人「啊喲」一聲，腿上一鏢早着，登時栽倒。其餘三人畧一停頓，又分頭掩來。

崔秋山見敵人追近，對袁承志說：「我去奪那人的刀來給你。」把虎叉往地下一插，反奔迎敵。那使雙刀的一招「雲龍三現」，刷刷刷連環三招，崔秋山竟搶不入去，另一個使鐵鞭的卻已欺近袁承志身旁。

崔秋山見一時奪不下敵刃，而那邊袁承志卻已危急，驀地回身，滴溜溜一個旋身，已欺到那使鐵鞭的人背後，一招「金龍探爪」，五指向他後心抓去。那人鐵鞭正向袁承志後心掃去，忽覺身後來了敵人，單鞭一立，轉過身來。崔秋山以快打慢，出手迅捷異常，那人招架不住，只得連連倒退。袁承志忽地踏步上前，飛起一腿，踢中了他後臀。那人怒吼一聲，橫鞭反擊，突覺掌心一震，鞭梢已被崔秋山抓住。就在這時，那使雙刀的與使鬼頭刀的三件兵刃同時向崔秋山背後打來，這時腿上中鏢那人也已爬起，挺槍向袁承志左脅刺去。

此時危機四伏，好個崔秋山，在這間不容髮的緊急關頭，竟然於輕重緩急料得絲毫無誤，吭聲吐氣，嘿的一聲，右掌一招「降龍伏虎」，正打在那使鐵鞭的人胸口。這一招是伏虎掌中三大絕招之一，那人如何抵擋得住，全身騰空，向那腿上中鏢的人槍尖上仰跌下去。幸得那人急忙縮槍，這才騰的一聲，跌在地下，沒給槍尖穿個透明窟窿。崔秋山單鞭奪到，反掄過來，噹的一聲，將三把刀同時架開，縱過去拉了袁承志向山下竄去。

四名番子見崔秋山霎時之間奪鞭使掌，同時拆開了四人的進襲，武功精強，不敢再追，站定身子，紛紛發出暗器。

崔秋山黑暗之中聽得颼颼之聲不絕，忙把袁承志拉在胸前，竄高躍低的閃避，但畢竟手中抱了人，縱跳不便，避開了右邊打來的三枚菩提子，只覺左腿一痛，已中了暗器。傷處剛剛痛過，立即發癢，心中大驚，知道箭上有毒，不敢停留，急向山下奔逃，但這一來，毒發更快，再跑得幾步，左腿一陣麻痺，一個踉蹌，跌倒在地。袁承志大驚，急叫：「崔叔叔。」四名番子見他跌倒，高呼大叫，隨後趕來。

崔秋山道：「承志，快走，快走，我擋住他們。」袁承志雙掌一錯，躍到崔秋山身後，預備迎敵。崔秋山心想：「憑你這點功夫，居然想保護我。」但心中也自感動。

轉眼之間，敵人已經追到，兩個使刀的奔在最前。使鬼頭刀的人想生擒活捉，翻轉刀背，向袁承志足踝上擊來。袁承志一躍避過。

崔秋山撐起右腿，半跪在地，手中鐵鞭筆直的向使雙刀的擲去。那人待要避讓，已然不及，鐵鞭從他額頭上揷了進去。使鬼頭刀的人一呆，崔秋山和身撲上，十指緊緊鉗住他喉嚨，那人揮刀向崔秋山臂上砍來，崔秋山手上加勁，那人這一刀雖然砍中，卻已無力，片刻間便即氣絕而死。其餘兩人本已受傷，又見敵人如此兇悍，嚇得魂飛魄散，那裏還敢來追，連忙逃回。崔秋山臂上流血，幸好傷勢不重，但左腿已全無知覺。

他咬緊牙關，拾起刀撐在地下，左手握住，站了起來。這時敵人雖已逃走，但不久定然召援再來，當地決計不能多留，只得左腿虛懸，向山下走去。袁承志站在他右邊，讓他右手搭在自己肩上，一蹺一拐的向前趕路。

走了一陣，崔秋山左腿毒性向上延伸，牽動左手也漸漸無力，只得以右手支撐。袁承志只覺肩頭越來越重，但他一聲不哼，奮力扶持着崔秋山前行。

又走一陣，兩人實已筋疲力盡。袁承志忽見山邊有間農舍，說道：「崔叔叔，前面有人家，咱們進去躲一躲。你再熬一下吧！」崔秋山點點頭，勉力拖着半邊身子向前挨去，到得門邊，全身脫力，摔倒在地。

袁承志大驚，俯身連叫：「崔叔叔！」那農舍的門呀的一聲開了，出來一個中年婦人。袁承志道：「大娘，我們遇到官兵。我叔叔受了傷，求求你讓我們借宿一晚。」

那農婦叫出一個十六七歲的少年來，命他幫着把崔秋山扶進去，拚起三條長凳，讓他躺下。崔秋山中毒甚深，虧得武功精湛，心智倒沒昏亂，叫袁承志把油燈移近左腿處察看。兩人都嚇了一跳，原來那左腿已腫大了幾乎一半，紫中帶黑，十分怕人。

崔秋山請那農家少年裏好他臂上傷口，再用布條在他左腿腿根處用力纏緊，以防毒氣攻心，然後抓住箭羽，拔了出來，跟着流出來的都是黑血。崔秋山俯身要去吮吸毒血，但腿子腫大，嘴巴夠不到。袁承志俯下身去，把傷口中的黑血一口口的吸了出來，吐在地下，吸了三四十口之後，血色才漸漸變紅。崔秋山歎了一口氣道：「這毒藥總算還不是最厲害的那種。你快漱口。」那農婦在旁瞧着，不住唸佛。

次日午後，那少年報說官兵已經退盡。崔秋山腿腫漸消，但全身發燒，胡言亂語起來。袁承志沒了主意，只是急得要哭。

那農婦道：「這位小官，我瞧你叔叔的毒氣還沒去盡，總得到鎮上請大夫瞧瞧才好。」袁承志道：「是，是，可是怎麼去？」那農婦心腸甚好，借了一輛牛車，命少年送了他們到鎮上。

那少年把他們送入客店之後，逕自去了。崔袁兩人出來時身上都沒帶錢，袁承志不知如何是好，望着床上昏迷不醒的崔秋山發愁。店伴來問吃甚麼東西，袁承志答不上來，只好推說不餓，一個人坐着想哭。

過了良久，崔秋山終於醒來，袁承志忙問他怎麼辦。崔秋山道：「你身上帶着甚麼值錢的東西沒有？」袁承志道：「這項圈成嗎？」說着從衣內貼肉處除了下來。崔秋山一看，見項圈是金的，鑲着八顆小珍珠，項圈鎖片上刻着「富貴恆昌」四個大字，還有兩行小字，一行是「袁公子承志週歲之慶」，一行是「小將趙率教敬贈」，才知道是袁承志做週歲時，他父親部下大將趙率教所贈。

趙率教和祖大壽、何可綱、滿桂三人是袁崇煥部下的四大名將。當年寧錦大捷，趙率教部殺傷清兵甚衆，官封左都督、平遼將軍。崇禎二年十月，清兵繞過山海關，由大安口入寇京師，袁崇煥率四將千里回援，反爲崇禎見疑而下獄。趙率教和滿桂出戰，先後陣亡。祖大壽與何可綱憤而率部自行離去，後來袁崇煥在獄中寫信去勸，祖何二將才再歸朝。

趙率教是袁崇煥部下名將，天下知聞，但這時崔秋山迷迷糊糊，未能細想，便道：「叫店伴陪你到當鋪去，把項圈當了吧，將來咱們再來贖回。」袁承志說：「好，我就去。」於是請店伴同去鎮上的當鋪。

當鋪朝奉拿到項圈，一看之下，吃了一驚，問道：「小朋友，這項圈你從那裏來的？」袁承志道：「是我自己的。」那朝奉臉色登時變了，向袁承志上上下下打量良久，說道：「你等一下。」拿了項圈到裏面去，半天不出來。袁承志和那店伴等的着急，又過了好一會，那朝奉才出來，說道：「當二十兩。」袁承志也不懂規矩，還是那店伴代他多爭了二兩銀子。袁承志拿了銀子和當票，順道要店伴陪去請了大夫，這才回店，那知身後已暗暗跟了兩名公差。

袁承志回到店房，見崔秋山已沉沉睡熟，額上仍然火燙，大夫還沒到來。他心中焦急，走到店門外面張望，忽見七八名公差手持鐵鍊鐵尺，搶進店來。一人說道：「就是這孩子！」爲首的公差喝道：「喂，孩子，你姓袁嗎？」

袁承志嚇了一跳，道：「我不是。」那公差哈哈一笑，從懷中掏出那個金項圈來，說道：「這項圈你從那裏偷來的？」袁承志急道：「不是偷來的，是我自己的。」那公差笑道：「袁崇煥是你甚麼人？」

袁承志不敢回答，奔進店房，猛力去推崔秋山，只聽得外面公差喊了起來：「聖峯嶂的奸黨躲在這裏，莫讓逃了。」崔秋山霍地坐起，要待掙下地來，卻那裏能夠？脚剛着地，便即跌倒。

這時衆公差已湧到店房門口，袁承志不及去扶崔秋山，縱出門來，雙掌一錯，擋在門口，當時心中只有一個念頭：「決不能讓他們捉了崔叔叔去。」

門外是個大院子，客店中夥計客人聽說捉拿犯人，都擁到院子裏來瞧熱鬧，見七八名公差對着一個十歲左右的孩子發威，均覺奇怪。

只見一名公差抖動鐵鍊，往袁承志頭上套去。袁承志退後一步，仍是攔在門外，不讓公差進門。那公差抖鐵鍊套人，本是吃了十多年衙門飯的拿手本事，豈知一個小小孩子居然身手敏捷，這一下竟沒套住，老羞成怒，伸右手來揪他頭上的小辮子。

袁承志見這許多公差聲勢洶洶，本已嚇得要哭，但見對方伸手抓到，頭一偏，使出伏虎掌法中的「橫拖單鞭」，在他手腕上一拉。那公差一個踉蹌，險些跌倒，怒火更熾，飛腿猛踢，罵道：「小雜種，老子今日要你好看。」

袁承志蹲下身來，雙手在他大腿和臀部一托，借力乘勢，向外推送，那公差肥肥一個身軀登時凌空飛了出去，砰的一聲，結結實實的跌在地下。袁承志本來也沒這麼大氣力，全是乘着那公差一踢之勢，斜引旁轉，把他狠狠摔了一交。這一招仍是伏虎掌法。

旁觀衆人齊齊轟然叫好。他們本來憤恨大人欺侮小孩，何況官府公差橫行霸道，素為衆百姓所側目切齒，這時眼見公差反而落敗，而且敗得如此狼狽，不由得大聲喝釆。

其餘的公差也都一楞，暗想這孩子倒有點邪門，互使眼色，手舉單刀鐵尺，一湧而上。旁觀衆人見他們動了傢伙，俱都害怕，紛紛退避。袁承志雖學了數年武藝，究竟年幼，又敵不過對方人多，無可奈何之中，只有奮力抵擋。不久肩頭便吃鐵尺重重打中了一下，忍不住便要哭出聲來。

正在危急之際，忽然左邊廂房中奔出一條大漢，飛身縱起，落在袁承志面前，伸出雙手亂抓亂拿，也不知他用了甚麼手法，頃刻之間，已把衆公差的兵刃全都奪下。幾名公差退得稍遲，被他幾拳打得眼青口腫。這大漢啊啊大叫，聲音古怪。

一名公差喝道：「我們捉拿要犯，你是甚麼人？快快滾開。」那大漢全不理會，身子一幌，已欺到他身前，右手抓住他胸口，往外擲出。那公差猶如斷綫鳶子一般，悠悠幌幌的飛出牆外，砰蓬一聲，摔得半死。其餘的公差再也不敢停留，一鬨出外。

那大漢走到袁承志跟前，雙手比劃，口中啞啞作聲，原來是個啞巴，似在問他來歷。袁承志不知如何告訴他才好，甚是焦急。

那大漢忽然左掌向上，右掌向地，從伏虎掌的起手式開始，練了起來，打到第十招「避撲擊虛」就收了手。袁承志會意，從第十一招「橫踹虎腰」起始，接下去練了四招。那啞巴一笑，點點頭，伸臂將他抱起，神態甚是親熱。

袁承志指指店房，示意裏面有人。那啞巴抱着他進房，只見崔秋山坐在地下，臉色猶如死灰，吃了一驚，放下袁承志，走上前去。崔秋山卻認得他，做做手勢，指指自己的腿。

那啞巴點點頭，左手牽着袁承志，右手抱起了崔秋山，大踏步走出客店。崔秋山是一百幾十斤重的一條大漢，但啞巴如抱小孩，毫不費力，步履如飛的出去。

兩名公差躲在一旁，見那啞巴向西走去，遠遠跟在後面，想是要知道他落脚之所，再邀人大舉拿捕。

這時崔秋山又昏了過去，人事不知。啞巴聽不到身後聲息，袁承志拉拉啞巴的手，嘴巴向後一努。啞巴回過頭來，瞧見了公差，卻似視而不見，繼續前行。

走出兩三里路，四下荒僻無人，啞巴忽地把崔秋山往地上一放，縱身躍到那兩名公差面前。兩公差轉身想逃，那裏來得及，早被他一手一個，揪住後心，直向山谷中摔了下去，兩聲慘叫，都跌得腦漿迸裂而死。

啞巴摔死公差，抱起崔秋山，健步如飛的向前疾走。這一來袁承志可跟不上了，他雖勉力對付，兩條小腿拚命搬動，但只跑了里許，已氣喘連連。啞巴一笑，俯身把他抱在手中，他雙手分抱兩人，反而跑得更快，跑了一會，折而向左，朝山上奔去。

翻過兩個山頭，只見山腰中有三間茅屋，啞巴逕向茅屋跑去。快要到時，屋前一人迎了過來，走到臨近，原來是個二十多歲的少婦。她向啞巴點了點頭，見到崔袁兩人，似感訝異，和啞巴打了幾個手勢，領着他們進屋。

那少婦叫道：「小慧，快拿茶壺茶碗來。」一個女孩的聲音在隔房應了一聲，提了一把粗茶壺和幾隻碗過來，怔怔的望着崔袁兩人，一對圓圓的眼珠骨溜溜的轉動，甚是靈活。

袁承志見那少婦粗衣布裙，但皮色白潤，面目姣好，那女孩也生得甚是靈秀。

那少婦向袁承志道：「這孩子，你叫甚麼名字？怎麼遇上他的？」袁承志知她是啞巴的朋友，於是毫不隱瞞的簡畧說了。

那少婦聽得崔秋山中毒受傷，忙拿出藥箱，從瓶中倒出些白色和紅色的藥粉，混在一起，調了水給崔秋山喝了，又取出一把小刀，將他腿上腐肉刮去，敷上些黃色的藥末，過了一陣，用清水洗去，再敷藥末。這般敷洗了三次，崔秋山哼出聲來。那少婦向袁承志一笑，說道：「不妨事了。」打手勢叫啞巴把崔秋山抱入內堂休息。

那少婦收拾藥箱，對袁承志道：「我姓安，你叫我安嬸嬸好啦。這是我女兒，她叫小慧，你就皝在我這裏。」袁承志點點頭。安大娘隨即下厨做麵。袁承志吃過後，疲累了一天一夜，再也支持不住，便伏在桌上睡着了。

次晨醒來時發覺已睡在床上。小慧帶他去洗臉。袁承志道：「我去瞧瞧崔叔叔，他傷勢好些麼？」小慧道：「啞巴伯伯早揹了他去啦！」袁承志驚道：「當眞？」小慧點點頭。袁承志奔到內室，果然不見崔秋山和啞巴的蹤影。他茫然無主，哇的一聲哭了出來。小慧忙道：「別哭，別哭！」袁承志那裏肯聽？小慧叫道：「媽媽，媽媽，妳快來！」安大娘聞聲趕來。小慧道：「他見崔叔叔他們走了，哭起來啦！」

安大娘柔聲說道：「好孩子，你崔叔叔受了傷，很厲害，是不是？」袁承志點點頭。安大娘又道：「我只能暫行救他，讓他傷口的毒氣不行開來。不過時候隔得太久啦，只怕他腿要殘廢，因此啞巴伯伯揹他去請另外一個人醫治。等他醫好之後，就會來瞧你的。」袁承志慢慢止了哭泣。安大娘道：「他就會好的。快洗臉，洗了臉咱們吃飯。」

吃過早飯後，安大娘要他把過去的事再詳詳細細說一遍，聽得不住歎息。就這樣，袁承志便在安大娘家中住了下來。

安大娘叫他把所學武功練了一遍，看後點點頭說：「也眞難爲你了。」此後安大娘每日叫他自行練武，練得好不好，卻從不加指點，在他練的時候也極少在旁觀看。小慧本來常和他在一起，在他練武之時，卻總被媽媽叫了開去。

袁承志從小沒了父母，應松、朱安國等人雖然對他照顧周到，但這些叱咤風雲的大將，照料孩子總不如何在行。現下安大娘對他如慈母般照顧，親切周到，又有小慧作伴，這時候所過的，可說是他生平最溫馨的日子了。

如此過了十多天，這一日安大娘到鎮上去買油鹽等物，還預備剪幾尺布來，給袁承志縫一套衫褲。那日他在聖峯嶂遇難，連滾帶爬，衣服已給山石樹枝撕得破爛。安大娘雖早給他縫補好了，但滿身補釘，總不好看。安大娘叮囑兩個孩子在家裏玩，別去山裏，怕遇上狼。兩個孩子答應了。

安大娘走後，兩個孩子果然聽話不出，在屋裏講了幾個故事，又捉了半天迷藏，後來拿些小碗小筷，假裝煑飯。小慧道：「你在這裏殺鷄，我去買肉。」所謂殺鷄，是把蘿蔔切成一塊一塊，而買肉則是在門口撿野栗子。

小慧去了一會，好久不見回來，袁承志大叫：「小慧，小慧。」不見答應，想起安大娘的話，怕眞遇上了狼，忙在灶下拿了一根火叉，衝出門去。

剛走出大門，一驚非同小可，只見小慧被一條身穿武官服色的大漢挾在脅下，正要下山。袁承志大喊一聲，挺叉向那大漢背後刺去。大漢猝不及防，總算袁承志人矮，沒刺到背心，臀部卻已重重的吃了一叉，只是火叉頭鈍，刺不入肉。大漢大怒，放下小慧，拔出單刀，轉身刷的就是一刀。袁承志曾跟倪浩學過槍法，將一柄火叉照着「岳家神槍」槍法使了開來，竟然有攻有守，和那大漢對打起來。

那大漢力大刀勁。袁承志仗着身法靈便，居然也對付着拆了十來招。那大漢見戰不下一個小孩，心中焦躁，雙腿一蹲，刀法忽變。那大漢起初出招，倒有一大半都砍空了，只因袁承志身矮，大漢砍向敵人上部的刀法，全都砍在空中，他覺察之後，便改使地堂刀法，只是覺得對付一個小小孩童，不必小題大做，是以並不躺下地來。

這一來袁承志登感吃力，正危急間，忽見安小慧拿了一柄長劍，一劍「仙人指路」，向大漢身上刺去。大漢罵道：「呸！你這小妞也來找死。」單刀橫砍過去。他不欲傷她，只想震去她手中長劍。

那知小慧身手靈活，長劍忽地圈轉，挽了個平花，一招「三寶蓮台」，回刺大漢後胯，同時袁承志的火叉也是一招「毒龍出洞」刺將過去。那大漢一時之間竟給兩個小孩鬧了個手忙脚亂。

袁承志起初見小慧過來幫手，擔心她受傷，但三招兩式之後，見她身手便捷，居然一手「達摩劍法」使得也頗純熟，他小孩好勝，不甘落後，一柄火叉使得更加緊了。

那大漢見兩個小孩的槍法和劍法竟然都是頭頭是道，然而力氣太小，總歸無用，於是封緊門戶，又笑又罵的一味游鬥。耗了一陣，兩個小孩果然支持不來了。

那大漢提起單刀，對準小慧長劍猛力劈去，小慧避讓不及，長劍和單刀一碰，拿揑不住，登時脫手向天空飛去。袁承志大駭，火叉「舉火撩天」，在大漢面前一幌。大漢舉刀架開，飛脚把小慧踢倒。袁承志不顧性命的舉叉力攻，但心中慌亂，火叉已使得不成章法。

大漢哈哈大笑，搶上一步，揮刀向他當頭砍下。袁承志橫叉招架，大漢左手已拉住叉頭，用力一扭。袁承志只覺虎口劇痛，火叉脫手。那大漢不去理他，隨手把火叉擲在地下，奔到小慧身旁，右手抄出，已抱住她腰，向前奔去。

袁承志手上雖痛，但見小慧被擒，拾起火叉隨後趕來。大漢罵道：「你這小鬼，不要性命了？」左手抱住小慧，右手挺刀回身便砍，拆得五六招，袁承志左肩被單刀削去一片衣服，皮肉也已受傷，鮮血直冒。大漢笑道：「小鬼，你還敢來麼？」

那知袁承志竟不畏縮，叫道：「你放下小慧，我就不追你。」拿了火叉，仍是緊追不捨。那大漢怒從心起，惡念頓生，想道：「今日不結果這小鬼，看來他要糾纏不休。」大喝一聲，回身挺刀狠砍，數合拆過，脚下一勾，已把袁承志絆倒，再不容情，舉刀砍落。

小慧大驚，雙手拉住大漢手臂，狠狠在他手腕上咬了一口。大漢吃痛，哇哇怒吼，袁承志乘機滾了開去。大漢反手打了小慧一個耳括子，又舉刀向袁承志砍下。袁承志側身急避，被他刀尖在額上帶過，左眉上登時劃了一道口子，鮮血直流。

大漢料想他再也不敢追來，提了小慧就走。那知袁承志猶如瘋了一般，緊緊抱住大漢左腳，百忙中還使出伏虎掌法，一個「倒扭金鐘」，將他左腿扭轉。要知袁崇煥是廣東東莞人，袁承志血中秉承着廣東人那股寧死不屈的倔強性子，雖然情勢危急，仍是不讓小慧給敵人擒去。

那大漢又痛又氣，右腿起處，把他踢了個觔斗，舉刀正要砍下，忽聽背後有人喝斥，跟着後腦上咚的一聲，一陣疼痛，後頸中跟着濕淋淋、黏膩膩地，不知是不是給人打得後腦杓子流血，心下驚惶，回過頭來，只見安大娘雙手揚起，站在數丈之外。

那大漢知她厲害，捨了袁承志，抱住小慧要走。安大娘右手連揚，三枚鷄蛋接連向他面門打去。大漢東躲西閃，避開了兩枚，第三枚再也閃避不開，撲的一聲，正中鼻樑，滿臉子都是蛋黃蛋白。安大娘從籃中一掏，摸到最後一枚鷄蛋，又是一下打在他左目之上。她手勁不弱，雖是一枚鷄蛋，可也已打得他頭暈眼花。

那大漢罵道：「他奶奶的，你不炒鷄蛋請老子吃，卻用鷄蛋打老子！」拋下小慧，左手在眼上抹了幾下，舉刀向安大娘殺來。安大娘手中沒兵刃，只得連連閃避。

袁承志見她危急，挺叉又向大漢後心刺去，這時他見來了幫手，精神大振，一柄火叉挑刺遮攔，「岳家神槍」的槍法使得似模似樣。

安大娘緩出了手，靈機一動，把買來給袁承志做衣服的一疋布從籃中取了出來，迎風抖開，拋入身後的小溪，跟着撿起三塊石子向大漢打去。大漢既要閃避石子，又要招架袁承志的火叉，連退了三步。

安大娘拿起浸濕的布疋，喝道：「胡老三，你乘我不在家，上門來欺侮小孩子，算是那一門子的好漢？」呼喝聲中，一疋布已向大漢迎面打去。她的內力雖還不足以當眞「束濕成棍」，把一疋布當作棍子使，但長布浸水，揮出來卻也頗有力道。胡老三皺起眉頭，抬腿把袁承志踹倒，與安大娘鬥了起來。

安大娘的武功本就在胡老三之上，此時心中憤恨，一疋濕布揮出來更是有力。胡老三背上連被布端打中兩下，水珠四濺，只覺背心隱隱發痛，出手稍慢，單刀突被濕布裹住。安大娘用力迴扯，胡老三單刀脫手。

他縱出兩步，獰笑道：「我是受你丈夫之託，來接他女兒回去。陰魂不散，總有一天再找上你。小潑婦，我們錦衣衞的人你也敢得罪，當眞不怕王法麼？」安大娘秀眉直豎，將濕布橫掃過去。胡老三早防到她這着，話剛說完，已轉身躍出，遠遠的戟指罵道：「他媽的，今天你請我吃生鷄蛋，老子下次捉了你關入天牢，請你屁股吃筍炒肉，十根竹籤挿進你的指甲縫，那時你才知道滋味！今日瞧在你老公份上，且饒你一遭。」罵了幾句，向山下疾奔而去。安大娘也不追趕，回頭來看小慧與袁承志。

小慧並沒受傷，只是嚇得怔怔的傻了一般，隔了一會，才撲在母親懷裏哭了出來。袁承志卻滿臉滿身都是鮮血。安大娘忙給他洗抹乾淨，取出刀傷藥給他裹好，幸而兩處刀傷口子都不深，流血雖多，並無大碍。安大娘把他抱到床上睡了，小慧才一五一十地把他剛才捨命相救的情形說了。

安大娘望着袁承志，心想：「瞧不出他小小年紀，居然如此俠義心腸。咱們在這裏是不能耽了，倒要好好成全他一番。」對小慧道：「你也去睡，今天晚上咱們就得走。」

小慧隨着她母親東遷西搬慣了的，也不以爲奇。安大娘收拾了一下隨身物件，打了兩個包裹。三人吃過晚飯後，秉燭而坐。她並不閂門，似乎另有所待。

袁承志見她秀眉緊蹙，支頤出神，一會兒眼眶紅了，便似要掉下淚來，心想：「那胡老三說，安嬸嬸的丈夫派他來接小慧回去，不知爲了甚麼。她丈夫欺侮安嬸嬸，等我長大了，練好了武藝，定要打她丈夫一頓，給安嬸嬸出氣。只是小慧見我打她爹爹，不知會不會不高興。」又想：「那胡老三說他是錦衣衛的，哼，錦衣衛的人壞死了，我媽媽便是給他們捉去害死的。終有一天，我要大殺錦衣衛的人，給媽媽報仇。」

袁崇煥被崇禎處死後，兄弟妻子都被皇帝下旨充軍三千里。錦衣衛到袁家拿人，袁崇煥的舊部先已得訊，趕去將袁承志救了出來，袁夫人卻未能救出。當年錦衣衛抄家拿人、如虎似狼的兇狠模樣，已深印在袁承志小小的腦海之中。

二更時分，門外輕輕傳來一陣脚步聲，一人飄然進來，原來便是那個啞巴。他身材魁梧壯實，行路卻輕飄飄的，落地僅有微聲。

袁承志見到啞巴，心中大喜，撲上去拉住了他，連問：「崔叔叔呢?他好麼?」竟忘了他是啞的。啞巴裂開了嘴只是傻笑，顯然再見到袁承志也很高與，過了一會，才向安大娘指手劃脚的作了一陣手勢。

安大娘向袁承志道：「崔叔叔沒事，你放心。」和啞巴打了一陣手勢，啞巴不住點頭，雙手連連鼓掌，拍拍聲響。袁承志卻不知他對甚麼事如此衷心贊成。

只見石壁上刻滿了密密層層的人形，似乎都是武功的招數。石壁上露出一個劍柄，袁承志伸手去拔，卻是紋絲不動。

第三回　經年親劍鋏　長日對楸枰

安大娘拉着袁承志，走到內室，並排坐在床沿上，說道：「承志，我一見你就很喜歡，就當你是我的親兒子一般。今天你不顧性命救了小慧，我更加永遠忘不了你。今晚我要到一個很遠的地方去。你跟着啞伯伯去。」袁承志道：「不，我和你一起去。」

安大娘微笑道：「我也捨不得你啊。我要啞伯伯帶你到一個人那裏。他是你崔叔叔的記名師父。你崔叔叔只跟他學了兩個月武藝，就這般了得。這位老前輩的武功天下無雙，我要你去跟他學。」袁承志聽得悠然神往。

安大娘道：「他平生只收過兩個眞正的徒弟，那都是許多年前的事了，只怕他未必肯再收徒弟。不過你資質好，心地又善良，我想他一定喜歡。啞伯伯是他僕人，我請他帶你去求他。你好好去吧。要是他眞的不肯收你，啞伯伯會把你送回到我這裏。」袁承志點點頭。

安大娘又叮囑道：「這位老前輩脾氣很古怪，你不聽話，他固然不喜歡，太聽話了，他又嫌你太笨，沒骨氣，只好碰你的緣法吧。」從腕上脫下一隻金絲鐲子來，給他戴在臂上，輕輕一捏，金絲鐲子已經收小，不再落下，笑道：「等你武功學好，成爲大孩子時，別忘記安嬸嬸和小慧妹子！」

袁承志道：「我永遠不會忘記。要是那位老前輩肯收我，安嬸嬸你有空時，就帶小慧妹妹來瞧瞧我。」安大娘眼圈一紅，說道：「好的，我會時時記着你。」

安大娘寫了一封信，交給啞巴轉呈他主人。四人出門，分道而別。

袁承志與安大娘及小慧雖然相處並無多日，但母女二人待他極爲親切，日間一戰，更是共經生死患難，分別時均感戀戀不捨。

啞巴知道袁承志受了傷，流血甚多，身子衰弱，於是把他抱在手裏，邁開大步，行走若飛。

這般曉行夜宿，不斷的向北行了一個多月。袁承志傷處也已好了，只是左眉上留下一個小小疤痕。每日傍晚，啞巴也不在客店投宿，隨便找個岩洞或是破廟歇了。在客店打尖時，都是袁承志出口要食物。啞巴對吃甚麼並無主見，拿來就吃，一頓至少要吃兩斤麵。袁承志打手勢問他到甚麼地方，他總是向北而指。

又行多日，深入羣山，愈走愈高，到後來已無道路可循。啞巴手足並用，攀藤附葛，儘往高山上爬去。袁承志攬住了他頭頸，見山勢如此兇險，雙手拚命摟緊，唯恐一失手便粉身碎骨。如此攀登了一天，上了一座高峯的絕頂，只見峯頂是塊大平地，四周古松聳立，穿過松林，眼前出現五六間石屋。

啞巴臉露笑容，似是久客在外、回歸故鄉一般。他拉着袁承志的手走進石屋，屋內塵封蛛結，顯是許久沒人住了。他拿了一把大掃帚，裏裏外外打掃乾淨，然後燒水煮飯。在這險峯頂上，也不知糧食和用具是如何搬運上來的。

過了三天，袁承志心急起來，做手勢問師父在甚麼地方。啞巴指指山下，袁承志示意要下去，啞巴卻搖頭不許。袁承志無奈，只得苦挨下去，與啞巴言語不通，險峯索居，頗苦寂寞，憶及與安大娘母女相處時的溫馨時日，恨不得能插翅飛了回去。

一天晚上，睡夢中忽覺燈光刺眼，揉揉眼睛，坐起身來，只見一個老人手執蠟燭，站在床前。那老人鬚眉俱白，但紅光滿面，笑嘻嘻的打量着自己。

袁承志爬下炕來，恭恭敬敬的向他磕了四個頭，叫道：「師父，你老人家可來啦！」那老人呵呵大笑，說道：「你這娃兒，誰教你叫我師父的？你怎知我準肯收你爲徒？」

袁承志聽他語氣，知道他是肯收了，心中大喜，說道：「是安嬸嬸教我的。」那老人道：「她就是給我添麻煩。好吧，瞧你故世的父親份上，就收了你吧！」袁承志又要磕頭，那老人道：「夠了，夠了，明天再說。」

次日早晨天還沒亮，袁承志就起來了。啞巴知道老人答應收他，喜得把他拋向空中，隨手接住，連拋了四五次。

那老人聽得袁承志嘻笑之聲，踱出房來，笑道：「好啊，你小小年紀，居然已知道行俠仗義，救人婦孺。那可了不起哪！你有甚麼本事，倒使出來給我瞧瞧。」袁承志給他說得面紅過耳，忸怩不安。

那老人笑道：「不讓我瞧你的功夫，怎麼教你啊？」

袁承志才知師父並非跟自己開玩笑，於是把崔秋山所傳的伏虎掌法從頭至尾練了起來。那老人一面看一面微笑，待他練完，笑道：「秋山不住誇你聰明，我先還不信，他只教了你幾天，便有這般成就，確是不錯的了。」

袁承志一聽到崔秋山的名字，便想問他安危，可是老人在說話，不敢打斷他的話頭，等他一停口，忙問：「崔叔叔在那裏？他好嗎？」那老人道：「他身子好了，回到李闖將軍那裏打仗去啦。」袁承志聽了，很是歡喜。

啞巴擺了一張香案。那老人取出一幅畫，畫上繪的是一個中年書生，神態飄逸。那老人點了香燭，對着畫像恭恭敬敬的磕了頭，對袁承志道：「這是咱們華山派的開山祖師風祖師爺，你過來磕頭。」袁承志向畫中人瞧了兩眼，心道：「你可比我師父年輕得多啦，怎麼反而是祖師爺？」當下過去磕頭，不知該磕幾個頭，心想總是越多越好，直磕到那老人笑着叫他停止才罷。那老人笑吟吟的正要開口說話，袁承志又跪下磕頭，算是正式拜師。

那老人微笑着受了，說道：「從今而後，你是我華山派的弟子了。我多年前收過兩個徒弟，此後一直沒再遇到聰穎肯學的孩子，這些年來沒再傳人。你是我的第三個弟子，也是我的關門徒弟。你可得好好的學，別給我丟人現眼。」袁承志連連點頭。

那老人道：「我姓穆，叫做穆人清，江湖上朋友叫我做神劍仙猿。你記着點，下次別讓人家問住，你師父叫甚麼呀？啊喲，對不住，這個可不知道。」

袁承志哈的一聲，笑了出來，心想安大娘說他脾氣古怪，心裏一直有點害怕，那知其實他和藹可親，談吐很是詼諧。

神劍仙猿穆人清武功之高，當世實已可算得第一人，在江湖上行俠仗義，近二十年來從未遇過對手，只因所作所爲大半在暗中行事，不留姓名，別人往往不知是受了他的好處，是以名氣卻不甚響喨。他脾氣本很孤僻，這次見袁承志孤零零一個孩子很是可憐，加之敬他父親袁崇煥爲國殺敵，寃屈而死，是個大大的忠臣，是以對他破例的青眼有加。穆人清無子無女，一劍獨行江湖，臨到老來，忽然見到一個聰明活潑的孩童，心中的喜歡，實在不下於袁承志的得遇明師，不由得竟大反常態，和他有說有笑起來。

穆人清又道：「你那兩個師兄都比你大上二三十歲。他們的徒弟都比你大得多啦。他們說不定會怪我，到這時還給他們添個娃娃師弟。嘿嘿，要是你不用功，將來給他們的徒子徒孫比下去，他們可更有道理來怪我這老胡塗啦。」

袁承志道：「弟子一定用功。」又問：「崔叔叔也是你老人家的徒弟嗎？」穆人清道：「他要跟着闖王打仗，沒時候跟我好好兒學，我只傳了他一套伏虎掌法，不能算是徒弟。再說，憑他資質，也不能做我徒弟。」指指啞巴道：「像他，天天瞧着瞧着，也學了不少招兒去啦，不過和我兩個徒兒相比，可就天差地遠了。」袁承志見啞巴兩次手擲公差，出手似電，一直對他佩服得了不得，聽師父說自己兩位師兄比他本領還高得多，那麼只要自己用功，即使及不上師兄，至少也可趕到啞巴了，心中十分快慰。

穆人清道：「咱們華山派有許多規條，甚麼戒淫、戒仕、戒保鏢，現下跟你說，你也不懂。我只囑咐你兩句話：要聽師父的話，不可做壞事。你可得記住了。」袁承志道：「我一定聽師父的話，也不敢做壞事。」

穆人清道：「好，現下咱們便來練功夫。你崔叔叔因時候匆促，把一套伏虎掌一古腦兒的傳給了你。這套掌法太過深奧繁複，你年紀太小，學了也不能好好的用。我先教你一套長拳十段錦。」

袁承志道：「這個我會，倪叔叔以前教過的。」穆人清道：「你會？學得幾路勢子，就算會了嗎？差得遠呢！你要是眞的懂了長拳十段錦的奧妙，江湖上勝得過你的人就不多了。」袁承志小臉兒脹得通紅，不敢再說。

穆人清拉開架式，將十段錦使了出來，式子拳路，便和倪浩所使的一模一樣。袁承志暗暗納罕，心想這有甚麼不同了？

穆人清道：「你當師父騙你是不是？來來來，你來抓我衣服，只要碰得到我一片衣角，算你有本事。」袁承志不敢和師父賭氣，笑着不動。穆人清道：「快來，這是教你功夫啊！」

袁承志聽說是教功夫，便搶上前去，伸手去摸師父長衫後襟，眼見便可摸到，衣襟忽然一縮，就只這麼差了兩三寸。袁承志手臂又前探數寸，正要向衣襟抓去，師父忽然不見，在他頭頸後面輕輕揑了一把，笑道：「我在這裏。」

袁承志一個「鷂子反身」，雙手反抱，那知師父人影又已不見，急忙轉身，見師父已在兩丈之外。他甚覺有趣，心想：「非抓住你不可。」縱上前去扯他袖子。穆人清大袖一拂，身子盪了開去。

袁承志嘻嘻哈哈的追趕，一轉身，忽見啞巴在打手勢，要他留神，袁承志心中一動，暗想：「師父使的果然都是十段錦身法，但他怎能如此快法？」當下一面追捉，一面注視師父身法，十段錦他練得本熟，然見師父進退趨避，靈便異常，同樣的一招一式，在他使出來，卻另有異常巧思。袁承志追趕之際，暗學訣竅，過不多時，在追趕之中竟也用上了一些師父的縱躍趨退之術，果然登時迅捷了許多。穆人清暗暗點頭，深喜孺子可教。

這時袁承志趕得緊，穆人清也避得快，兩人急奔疾趨，廣場上只見兩條人影，飛來舞去。袁承志早忘了嘻笑，全神貫注的追捉師父。

忽然穆人清哈哈大笑，一把將他抱了起來，笑道：「好徒弟，乖孩子！」袁承志見這一套十段錦中，竟有如許奧妙，不由得又驚又喜。穆人清道：「好啦，這些已夠你練啦。」把他放下地來，叫他複習幾遍，自行入內。

袁承志把這路拳法從頭至尾練了十多遍，除了牢記師父身法之外，又自行悟出了一些巧妙。只把他喜得抓耳爬顋，一夜沒好好睡，就是在夢中也是在練拳。

等到天一微亮，生怕忘了昨天所學，又到廣場上練了起來。越打越是起勁，忽聽得背後一聲咳嗽，忙轉過身來，見師父笑吟吟的站在身後，叫了一聲：「師父！」垂手站立。

穆人清道：「你自己悟出這幾招都還不錯。但這一招快是快了，下盤露出了空隙。敵人如是好手，他的脚這樣一勾，你就糟糕，所以應該這樣。」連說帶比的教了起來。袁承志大是欽服，這一天又學了不少訣竅。

一幌三年，袁承志已十三歲了。這三年之中，穆人清又傳了他「破玉拳」和「混元掌」。「混元掌」雖是掌法，卻是修習內功之用。自來各家各派修練內功，都講究呼吸吐納，打坐練氣，華山派的內功卻別具蹊徑，自外而內，於掌法中修習內勁。這門功夫雖然費時甚久，見效極慢，但修習時既無走火入魔之虞，練成後又是威力奇大。蓋內外齊修，臨敵時一招一式之中，皆自然而有內勁相附，能於不着意間制勝克敵。待得「混元功」大成，那更是無往不利、無堅不摧了。

袁承志練武時日尚淺，「混元功」自未有成，但身子已出落得壯健異常，百病不侵。穆人清有時下山，一去便是兩三月、三四月不等，回山後查考武功，見他用功勤奮，進境迅速，每次都是獎勉有加。

這一年端午節，吃過雄黃酒，穆人清又請出祖師爺的畫像，自己磕了頭，又命袁承志磕頭，說道：「今天教你拜祖師，你知為了甚麼？」袁承志道：「請師父示知。」

穆人清從室內捧出一隻長長的木匣，放在案上，木匣蓋一揭開，只見精光耀眼，匣中橫放着一柄明晃晃的三尺長劍。

袁承志驚喜交集，心中突突亂跳，顫聲道：「師父，你是教我學劍。」穆人清點點頭，從匣中提起長劍，臉色一沉，說道：「你跪下，聽我說話。」袁承志依言下跪。

穆人清道：「劍為百兵之祖，最是難學。本派劍法更是博大精深，加之自歷代祖師以降，每一代都有增益。別派武功，師父常常留一手看家本領，以致一代不如一代，越傳到後來精妙之着越少。本派卻非如此，選弟子之時極為嚴格，選中之後，卻是傾囊相授。單以劍法而論，每一代便都能青出於藍。你聰明勤奮，要學好劍術，不算難事，所期望於你的，是日後更要發揚光大。更須牢記：劍乃利器，以之行善，其善無窮，以之行惡，其惡亦無窮。今日我要你發一個重誓，一生之中，決不可妄殺一個無辜之人。」

袁承志道：「師父教了我劍法，要是以後我劍下傷了一個好人，一定也被人殺死。」穆人清道：「好，起來吧。」袁承志站了起來。

穆人清道：「我也知你心地仁厚，決不會故意殺害好人。不過是非之間，有時甚難分辨，世情詭險，人心難料，好人或許是壞人，壞人說不定其實是好人。但只要你常存忠恕寬容之心，就不易誤傷了。」袁承志點頭答應。穆人清又道：「崇禎皇帝殺了你爹爹，在他心中，只道你爹爹是壞人，他殺得一點兒也不錯，那知卻大大的錯了。崇禎皇帝這些年來殺了不少大臣大將，有的固是壞人，好人可也給他殺了不少。他不明是非，又無絲毫寬厚之心，他這麼亂殺一通，這大明江山，難免斷送在他手裏。」袁承志黯然點頭，知道師父提出崇禎殺他父親的事來，是要他將「是非難辨、不可妄殺」的教訓深深記在心頭，再也不會忘記。

穆人清左手揑個劍訣，右手長劍挺出，劍走龍蛇，白光如虹，一套天下無雙的劍法展了開來。

日光下長劍閃爍生輝，舞到後來，但見一團白光滾來滾去。袁承志跟着師父練了三年拳法，眼光與以前已大不相同，饒是如此，師父的劍法、身法還是瞧不清楚，只覺凝重處如山嶽巍峙，輕靈處若清風無迹，變幻莫測，迅捷無倫。舞到急處，穆人清大喝一聲，長劍忽地飛出，嗤的一聲，插入了山峯邊一株大松樹中，劍刃直沒至柄。

袁承志知道松樹質地緻密，適才見師父舞劍之時，劍身不住顫動，可見劍刃剛中帶柔，那知這一擲之下，一柄長劍的劍身全部沒入，不覺驚奇得張大了嘴，合不攏來。

忽聽身後一人大叫一聲：「好！」

袁承志在山上三年，除了師父的聲音之外，從來沒聽見過第二個人的說話，雖然還有一個啞巴，可是啞巴不會說話。他急忙回頭，只見一個老道笑嘻嘻的走上峯來。

那道人身穿黃色粗布道袍，一張臉黃瘦乾枯，頭髮稀稀落落，白多黑少，挽着個小小道髻，大聲說道：「老猴兒，這一招『天外飛龍』，世間更無第二人使得出，老道今日大開眼界。十多年沒見你用劍，想不到更精進如此！」

穆人清哈哈大笑，說道：「妙極，妙極，甚麼風把你吹來的？」上華山，便送我一頂大大的高帽。承志，這位木桑道長，是師父的好友，快給道長磕頭。」

袁承志忙過來跪下磕頭。木桑道人笑道：「罷了！」伸手一扶，把他扯了起來。

凡學武之人，遇到外力時不由自主的會運功抵禦。木桑道人這麼一扯，袁承志這時「混元功」已有小成，雙臂順乎自然的輕輕一掙。木桑道人已試出了他功夫，對穆人清笑道：「老猴兒，這幾年見不到你，原來偷偷躲在這裏調理小猴兒徒弟。你運氣不壞呀，一隻脚已踏進了棺材，居然還找到這樣的一個好娃娃。」

穆人清和他打趣慣了的，聽他稱讚自己的小徒兒，也不禁拈鬚微笑，怡然自得。

木桑道人道：「啊喲，今天沒帶見面錢，可也不好生受你這幾個頭，怎麼辦呢？」

穆人清聽他這麼一說，靈機一動，心想：「這老道武功有獨到之處，江湖上人稱『千變萬刦』。如肯傳點甚麼給承志，倒可令他得益不淺。只是這人素來不肯收徒，倒要想法子擠他一擠。」說道：「承志，道長答應給你好處，快磕頭道謝。」袁承志聽師父這麼說，當即又跪下磕頭。

木桑道人哈哈大笑，說道：「好好好，有其師必有其徒，師父不要臉，徒弟也沒出息。喂，娃兒，你聽我說，為人可要正正派派，別學你師父這麼厚臉皮，聽到人家說給東西，連忙敲釘轉脚，難道我老人家還騙你孩子不成？這樣吧，今兒乘我老人家高興，把這個給了你吧。」說着從背囊中掏出一團東西來交了給他。

袁承志謝了，恭恭敬敬的雙手接過，站起身來，抖開一看，見是黑黝黝的一件背心，拿在手裏重甸甸的，非絲非革，不知是甚麼東西所製，正自疑惑，聽得穆人清道：「道兄，別開玩笑，這件寶物怎能給他？」

袁承志一聽，才知是件貴重寶物，雙手捧着忙卽交還。木桑道人不接，說道：「呸！老道那會像你師父這麼寒酸，送出了的東西怎能收回？乖乖的給我拿去吧！」

袁承志不敢收，望着師父聽他示下。穆人清道：「旣是這樣，那麼多謝道長吧。」袁承志跪下叩謝。穆人清正色道：「這是道長當年花了無數心血，拚了九死一生才得來的防身至寶，你穿上了。」袁承志依言把背心穿上。

穆人清縱到松樹之前，食中兩隻手指勾住劍柄，輕輕一提，已拔出長劍，說道：「這件背心是用烏金絲、頭髮、和金絲猿毛混同織成，任何厲害的兵刃都傷他不得。」說着隨手一劍向袁承志胸口刺去。

這一劍迅捷無比，袁承志那來得及避讓，嚇了一跳，卻見劍尖碰到背心，便輕輕反彈出來，心中大喜，又跪下向木桑磕頭。

木桑道人笑道：「你見過這件東西墨黑一團，毫不起眼，先前磕了頭，只怕心中很覺得有點兒寃，這一次才眞是心甘情願的了。」袁承志給他說得臉紅過耳，笑嘻嘻的不答。

說了一陣話，穆人清問道：「那人近來有消息沒有？」木桑道人本來滿臉笑容，聽他提到「那人」，不由得嘆了口氣，神色登時不愉，說道：「不瞞你說，這傢伙不知在甚麼地方混了一段日子，最近卻又在山海關內外出沒。老道不想見他，說不得，只好避他一避。來到華山，老道是逃難來啦。」穆人清道：「道兄何以長他人志氣，滅自己威風？憑着道兄這身出神入化的功夫，難道會對付他不了？」

木桑搖了搖頭，神色甚是沮喪，道：「也不是對付他不了，只是老道狠不下這個心。這些年來，我曾和他兩次相鬥。第一次我已佔了上風，最後終於念着同門情誼，先師臨終時又叮囑我好好照顧他，老道教誨無方，致他誤入歧途，陷溺日深，老道心中有愧，最後這一擊便下不了手。第二次相鬥，他不知在何處學來了一些邪派的厲害功夫，一劍刺在我心口，幸賴這件背心護身，劍尖刺不進去。他吃了一驚，只道我練成奇妙武功，這麼一疏神，又給我制住。我好好勸了他一場，他卻只是冷笑，臨別之時說道：『我想明白了，原來你只是仗着寶衣護身，下次動手。我刺你頭臉，你又如何防備？』」

穆人清怒道：「這人如此狂妄。道兄念着同門情義，一再饒他性命，姓穆的跟他可沒甚麼瓜葛？道兄，你在敝處盤桓小住，我這就下山去找他。只要見到他仍在爲非作歹，老穆提了他首級來見你。」

木桑道：「多謝你的好意。但是我總盼他能自行悔悟，痛改前非。這幾年來，對他的邪門武功我曾細加揣摩，眞要再動手，也未必勝他不了。我躲上華山來，求個眼不見爲淨，耳不聞不煩，也就是了。他如得能悔改，那自是我師門之福，否則的話，讓他多行不義必自斃吧。」說着嘆了口氣，又道：「他能悔改？唉，很難，很難！」

穆人淸道：「聽說這人貪花好色，壞了不少良家婦女的名節，近來更是變本加厲。這種武林敗類，下次落在道兄手裏，千萬不可再重舊情。道兄淸理門戶，剷除不肖，便是維護尊師的令名，報答尊師的恩德。」木桑點頭道：「穆兄說得是。唉！」說着嘆了口長氣。

袁承志聽着二人談話，似乎木桑道人有一個師兄弟品性十分不端，武功卻甚是高強，捧着那件背心，對木桑道：「道長，你要除那惡人，還是穿了這件背心穩當些。等你除去了他，再賜給弟子吧。弟子武功沒學好，不會去跟壞人動手，這件寶貝還用不着。」

木桑拍拍他肩膊，道：「多謝你一番好心。但就算沒這件背心護身，諒他也殺不了我。這惡人的邪門功夫只能攻人無備，可一而不可再。小娃娃倒不用爲我擔心。」

穆人淸見他鬱鬱不樂，知道天下只有一件事能令他萬事置諸腦後，說道：「這件事多說敗人淸興。牛鼻子，你的棋藝……」木桑一聽到「棋藝」兩字，臉上肌肉一跳，登時容光煥發，斗然間宛如年輕了二十歲，只聽穆人淸道：「……這些年來，可稍爲長進了一些沒有？」他急忙說道：「甚麼？老道的武功向來不及你，下棋的本事卻大可做你師父。你若不信，咱們便……」穆人淸笑道：「好，我來領敎領敎『千變萬刦』的功夫，你的吃飯傢伙帶來了嗎？」

木桑笑吟吟的從背囊中拿出一隻圍棋盤、兩包棋子，笑道：「這傢伙老道是片刻不離身的。你怕了我想避戰，推說華山上沒棋盤棋子，那可賴不掉，哈哈，哈哈！」

啞巴搬出枱椅，兩人就在樹蔭下對起局來。袁承志不懂圍棋，木桑一面下，一面給他解釋，同時不住口的吹噓自己這着如何高明，他師父如何遠遠不是敵手。穆人清只是微笑沉思，任由他自吹自擂。

圍棋是易學難精之事，下法規矩，一點就會。袁承志看了一局，已明白其中大要。他見這棋盤是精鋼所鑄，黑棋子是黑鐵，白棋子卻是白銀。兩人落子之時，發出錚錚之聲，甚是動聽。

這一局果然是木桑勝了兩子。老朋友倆從日中直下到天黑，一共下了三局，木桑兩勝一負，依他說還要再下，穆人清道：「我可沒精神陪你啦！」木桑這才戀戀不捨的去睡。

一連三天，木桑總是纏着穆人清下棋。袁承志旁觀，倒也津津有味。到了第四天上，穆人清道：「今天咱們休息一日，待我先傳授徒弟劍法再說。」

木桑心想這是正事，不便阻撓，可是只等得心癢難搔，好容易穆人清傳完劍法，他馬上一把拉住，說道：「來來來，再殺三局。」穆人清教了半天劍，已微感疲乏，但知木桑棋癮極大，如不陪他，只怕他整晚睡不安樂，於是和他到樹下對局。袁承志練了一會新學的劍法，忽聽木桑喜叫：「承志，快來看！你師父大大的糟糕！」於是奔過去觀看。

穆人清棋力本來不如木桑，這時又是勉強奉陪，下得更加不順，不到中局，已是處處受制，眼見一塊白子形勢十分危急，即使勉強做眼求活，四隅要點都將被對方佔盡。他拈了一粒棋子，沉吟不語，始終放不下去。

袁承志在一旁觀看，實在忍不住了，說道：「師父，你下在這裏，木桑師伯定要去救。

你再下這着，就可衝出去了。不知弟子說得對不對。」

穆人清素來恬退，不似木桑那樣自負好勝，也就照着徒兒指點，下了這着，一大片白棋果然眞衝了出來，反而把黑子困死了一小塊。這局棋穆人清本來大輸特輸，這麼一來一去，結果只輸了五子。

木桑大讚袁承志心思靈巧，讓他九子，與他下了一局。

袁承志雖然不懂前人之法，然而圍棋一道，最講究的是悟性，常言道：「二十歲不成國手，終身無望。」意思是說下圍棋之人如不在童年成名，將來再下苦功，也終是碌碌庸手。如蘇東坡如此聰明之人，經史文章、書畫詩詞，無一不通，無一不精，然而圍棋始終下不過尋常庸手，成爲他生平一大憾事。他曾有一句詩道：「勝固欣然敗亦喜」，後人讚他胸襟寬博，不以勝負縈懷。豈知圍棋最重得失，一子一地之爭，必須計算清楚，毫不放鬆，才可得勝，如老是存着「勝固欣然敗亦喜」的心意下棋，作爲陶情冶性，消遣暢懷，固無不可，不過定是「欣然」的時候少，而「亦喜」的時候多了。

穆人清性情淡泊，木桑和他下棋覺得搏殺不烈，不大過癮，此刻與袁承志對局，竟然大不相同。袁承志與此道頗有天才，加以童心甚盛，千方百計的要戰勝這位師伯。這一局結果雖是木桑贏了，可是中間險象環生，並非一帆風順的取勝。

次日一早，木桑又把承志拉去下棋，承志連勝三局，從讓九子改爲讓八子。不到一月，他棋力大進，木桑只能讓他三子，這才互有勝敗。

袁承志在圍棋上一用心，自然練武的時刻減少。穆人清礙於老友的情面，起初還不說甚麼，後來見這一老一小，終日廢寢忘食的在楸枰上打交道，實在太不成話，於是暗中囑咐袁承志，每日只可與木桑下一局棋，其餘的時候都要用來練武。

袁承志經師父一提醒，心想這許多天的確荒疏了武功，暗暗慚愧，連忙趕練劍法。一連兩天，木桑叫他下棋，他總是說要練劍。木桑說道：「你來陪我下棋，下完之後，我教你一門功夫，你師父一定喜歡。」

袁承志道：「我去問過師父。」木桑道：「好，你去問吧。」袁承志奔進去把木桑的話對師父說了。穆人清一聽大喜。

木桑道人外號「千變萬劫」。他年輕之時，因輕功卓絕，身法變幻無窮，江湖上送他個外號，叫做「千變萬化草上飛」。後來他躭於下棋。圍棋之道，講究「打劫」，無數變化俱從打劫而生。木桑武功甚高，自己倒以為平平無奇，棋藝不過中上，卻是自負得緊，竟自行改了外號，叫做「千變萬劫棋國手」。旁人礙於他的面子，不便對他自改的外號全不理會，可是又知他棋藝和「國手」之境實在相去太遠，於是折衷而簡化之，稱之為「千變萬劫」。這四字其實還是恭維他武功千變萬化，殺得敵人「萬劫不復」。但如有人當面如此解釋，木桑勢必大為生氣，定要對方承認這外號是指他棋藝而言，才肯罷休。

穆人清一直佩服他武功上實有獨得之秘，但他從來不肯授徒，現下他竟答應傳授袁承志武功，那定是實在熬不過棋癮了，忙拉了袁承志的手走出來，向木桑一揖，說道：「你肯成全小徒，我這裏先謝謝啦。」叫袁承志向木桑磕頭拜師。

袁承志跪了下去。木桑縱身而起，雙手亂搖，說道：「我不收徒弟。他要我教功夫，得憑本事來贏。」穆人淸道：「這小娃兒甚麼事能贏得了你？」

木桑道：「劍法拳術，你老穆天下無雙，我老道甘拜下風，這孩子只消能學到你功夫的兩三成，江湖上已難覓敵手。但說到輕功、暗器，只怕我老道也還有兩下子！」

穆人淸道：「誰不知道你『千變萬刦』，花樣百出！」木桑笑道：「『千變萬刦』是指老道棋藝天下無雙，跟武功決計沾不上邊，萬萬不可混爲一談。只因你自居一派宗師，事事講究冠冕堂皇、氣派風度，於輕功暗器不肯多下功夫，才讓老道能在這兩門上出出風頭。這樣罷，你讓承志每天和我下兩盤棋，我讓他三子。我贏了，那就是陪師伯消遣，算他的孝心。要是他贏得一局，我就教他一招輕功，連贏兩局，輕功之外再教一招暗器。咱們下棋講究博采，那便是采頭了。你說這麼着公不公平？」

穆人淸心想這老道當眞滑稽，說道：「好，就是這麼辦。我本來怕承志下棋躭誤了功夫，現下既有如此大好處，你們每天下十局八局我也不管。」木桑和袁承志一聽大喜，一老一小又下棋去了。

木桑這天一勝一負，棋局既終，對袁承志道：「今天教你一招輕身功夫，雖然只是一招，只要你用心去練，可也夠你終身受用無窮。仔細瞧着。」話剛說畢，也不見他彎腿作勢，忽然全身拔起，已竄到了大樹之巓，一個倒翻觔斗，又站在他面前。袁承志看得目瞪口呆，拍掌叫好。

木桑道人當下把這一招「攀雲乘龍」的輕身功夫教了他，雖說只是一招，可見腰腿之勁，步法眼神，都有無數奧妙。袁承志用心學習，一時卻也不易領會。

第二天袁承志連輸兩局，一無所獲。第三天上，他突出奇兵，把邊角全部放棄，盡佔中央腹地，居然兩局都勝。木桑不服氣，又下兩局，這次是一勝一負，結算下來，木桑該教他三招。

木桑教了他兩招輕功，見他記住了，說道：「你知我對敵時使甚麼兵器？」袁承志搖搖頭。木桑道人抓起棋盤，笑道：「本來我也使劍，但近年卻已改用這傢伙。」

袁承志早見這棋盤是精鋼所鑄，以為他喜愛弈道，隨身攜帶棋局，為怕棋盤損壞，是以特用鋼鑄，那知竟是對敵的兵器。木桑又拈起一把棋子，笑道：「這是我的暗器！」隨手擲出，十幾顆棋子向天飛去。

待棋子落下，木桑舉起棋盤一接，只聽得噹的一聲大響，十幾顆棋子同時落在棋盤之上。袁承志伸出了舌頭，半晌說不出話來。

本來十幾顆棋子拋上天空，落下時定有先後，鐵棋子和銀棋子碰到鋼棋盤，必是叮叮噹噹的亂響一陣，那知十幾顆棋子落下來竟是同時碰到棋盤，然則拋擲上去時手力的平勻，實是驚人。更奇的是，十幾顆棋子落在棋盤之上，竟無一顆彈開落地，但見他右手微微一沉，已消了棋子下落之勢，一顆顆棋子就似用手擺在棋盤上一般。

木桑笑道：「打暗器要先練力，再練準頭，發出去的輕重有了把握，再談得上準不準。」於是把投擲棋子用力使勁的心法傳授了他。

木桑在華山絕頂一住就是大半年，天天與這位小友對弈，流連忘返，樂而忘倦，而一身輕身功夫和打棋子的心法，在這大半年中也毫不藏私的傳了給他。

這天正是盛暑，袁承志上午練了拳劍，下午和木桑在樹下對弈。這時他棋力早已高出木桑一先，可是木桑好勝，每次還是要讓他先行，那更是勝少敗多了。縱然「千變萬刦」，變來變去，也仍是不免落敗。敗得越多，傳授武功的次數也是越密。好在他棋藝上變化有限，武學卻實是廣博，輸棋雖多，儘有層出不窮的招數來還債。

這天教的仍是發暗器的「滿天花雨」手法，一手同時撒出七顆棋子，要顆顆打中敵人穴道。這項上乘武功自非朝夕之間所能學會，袁承志在這功夫上已下了兩個多月苦功，可是同時發出三四顆棋子，每次總只能有一二顆打中。

木桑做了個木牌，牌上畫了人形，叫啞巴舉了木牌奔跑。木桑喊道：「天宗、肩貞、玉枕！」袁承志三顆棋子發出，打中了天宗、玉枕兩穴，肩貞一穴卻打偏了。木桑又喊：「關元、神封、中庭。」啞巴一邊跑，一邊把木牌亂幌。袁承志展開輕身功夫，追趕上去，手一揮，木桑已叫了起來：「關元穴沒中。」正要再喊，忽聽得袁承志驚叫一聲，搶上去將啞巴一把拉住，向後力扯。

啞巴一呆，回過頭來，只見一頭大猩猩站在身後，神態猙獰，張牙舞爪，作勢欲撲。啞巴舉起木牌劈頭向猩猩打下，突然左臂一緊，已被木桑拉了回來。

木桑叫道：「承志，你對付牠！」袁承志知是木桑師伯考查他功夫，答應了一聲，雙掌一錯，輕飄飄的縱到猩猩之前。

猩猩見他來得快速，轉身想走，袁承志用重手拍的一聲，在牠背上重重一掌。猩猩痛得哇哇怪叫，轉身揮長臂來抓。袁承志托地跳開，正要乘隙迎擊，忽覺身後生風，似有敵人來襲。他不及回頭，左脚一點，躍在空中，人未落地，已見襲擊他的原來是另一頭大猩猩。

他上山後練了這些年武功，只與師父拆解，卻從未與人當眞動過手，兩頭猩猩雖然獰惡，他卻也不畏懼，展開伏虎掌法與兩獸鬥了起來。此時的掌法勁力，與當年在聖峯嶂忠烈祠中鬥豹之時，自已不可同日而語。

呼喝聲中，穆人清也奔了出來，見袁承志力鬥兩獸，手掌所到之處，猩猩無不痛得嗬嗬大叫，心下也自欣喜：「這孩子不枉了我一番心血。」

兩頭猩猩吃了苦頭，不敢迫近，只是竄來跳去，俟機進撲。

穆人淸見袁承志掌法儘可制得住兩頭畜生，要再看看他的劍法，於是奔進去取出長劍，叫道：「接劍！」將劍擲向空中。

袁承志縱起身來，右手一抄，接住劍柄，長劍在手，登時如虎添翼，人未落下，一招「穿針引綫」，向一頭猩猩肩上刺了過去，那猩猩急忙後退。

袁承志一柄劍使了開來，登時把兩頭猩猩裹在劍光之中。木桑道：「承志，別傷牠們性命。」袁承志答應一聲，長劍使得更加緊了，這時候他要刺殺猩猩，已是易如反掌。兩頭猩轉眼間臂上、肩上、腿上、頭上，劍創纍纍，他始終未下絕招，每手都是淺傷卽止。

兩頭猩猩頗有靈性，起初還想奮力逃命，後來見微一縱開，劍鋒隨到，只要停步，對方也就收招，知他有意不下殺手，忽然同時叫了幾聲，蹲在地下，雙手抱頭，不再進撲，四隻眼珠角碌碌的轉動，望着袁承志，露出哀求的神色。

啞巴見袁承志制服了兩頭畜生，高興得拍手頓足，奔進去取出一綑痲繩來，將兩頭猩猩縛住。雙猩起初還露齒咆哮，但啞巴用力一揑，猩猩筋骨劇痛，不敢再行反抗，只得乖乖受縛，只是嘰嘰咕咕的叫個不休。

木桑與穆人清都讚袁承志近來功力大進，着實勉勵了幾句。袁承志很是高興，用金創藥敷上雙猩傷口，又採些果子給牠們吃了。

養了七八天，猩猩野性漸除，解去繩子後，居然也不逃走。袁承志大喜，給雄猩猩取名「大威」，雌猩猩叫做「小乖」。穆人清與木桑見雌猩猩如此毛茸茸的一頭龐然大物，竟取了這般小巧玲瓏的名字，都不禁失笑。

大威和小乖越養越馴，袁承志一發命令，雙猩立即遵行無違。

這一天，兩頭猩猩攀到峯西絕壁上採摘果子、這絕壁一面較斜，尚可攀援，另一面卻如一大堵平牆，毫無可容手足之處。雙猩摘果嬉戲，小乖忽然失足，從樹上跌了下來，直向絕壁一面溜下。這絕壁離地四十多丈，一掉下去自是粉身碎骨。大威嚇得魂飛魄散，趕到山壁上看時，見小乖幸喜並未掉下，兩條長臂攀在山壁上一個洞裏。這洞穴年深月久，本來被泥土封住，小乖掉下來時在山壁上亂抓亂爬，湊巧抓破封泥，手指勾住了洞穴。只是身子掛在半空，上不得，下不去，十分狼狽。

大威無法可施，飛奔下山，來討救兵。袁承志正在練劍，見牠滿身被荆棘刺得斑斑血迹，神態驚惶，不住跳躍，口中吱吱亂叫，知道小乖必定出了事，忙招呼了啞巴，一起跟大威出去。大威指着削壁，亂跳亂叫。袁承志和啞巴奔近一看，見到小乖吊在半空。

袁承志回到石屋取了幾條長繩，和啞巴、大威從斜坡爬上絕壁，將三條長繩接了起來，懸垂下去。小乖這時已累得筋疲力盡，一見繩子，雙手雙脚死命拉住。啞巴和大威一齊用力，將牠拉了上來。

小乖身上被山石擦傷了數處，受傷不重，但牠吱吱而叫，把手掌直伸到袁承志面前。袁承志一看，只見牠手掌上釘着兩枚奇形暗器，鑄成小蛇模樣，伸手一拔，竟拔不下來，小乖卻已痛得亂跳，知道暗器下面生有倒刺。

袁承志一驚，心想：「難道來了敵人？」忙打手勢問小乖，暗器是誰打來的？小乖指手劃脚，示意說伸手到洞中時刺上的。

袁承志很是奇怪，心想這絕壁上的洞穴素不露形，而且上距山頂、下離地面都是甚遠，怎會有暗器藏在其中？想了一會，難以索解，便去見師父和木桑道人。

兩人聽他說明情由，見了小乖掌上的暗器，也都稱奇。木桑道：「我從來愛打暗器，江湖上各家各門的暗器都見識過，這蛇形小錐今日卻是首次見到。老穆，這可把我考倒啦。」穆人淸也暗暗納罕，說道：「把它起出來再說。」

木桑回到房中，從藥囊裏取出一把鋒利小刀，割開小乖掌上肌肉，將兩枚暗器挖了出來。小乖知是給牠治傷，毫沒反抗。木桑給牠敷上藥，用布紮好傷口。小乖經過這次大難，甚爲委頓。大威給牠搔癢捉虱，拚命討好，以示安慰。

那兩枚暗器長約二寸八分，打成昂首吐舌的蛇形，蛇舌尖端分成雙叉，每一叉都是一個倒刺。蛇身黝黑，積滿了青苔穢土。木桑拿起來細細察看，用小刀挑去蛇身各處污泥，那蛇形錐漸漸燦爛生光，竟然是黃金所鑄。木桑道：「怪不得一件小暗器有這麼重，原來是金子打的。使這暗器的人好闊氣，一出手就是一兩多金子。」

穆人清突然一凜，說道：「這是金蛇郎君的。」木桑道：「金蛇郎君？你說是夏雪宜？聽說此人已死了十多年啦！」剛說了這句話，忽然叫道：「不錯，正是他。」小刀挑刮下，蛇錐的蛇腹上現出一個「雪」字。另一枚蛇錐上也刻着這字。

袁承志問道：「師父，金蛇郎君是誰？」穆人清道：「這事待會再說。道兄，你說他的暗器怎會藏在這洞裏？」木桑沉思不語，呆呆出神。

袁承志見師父和木桑師伯神色鄭重，便也不敢多問。晚飯過後，穆人清與木桑剪燭對談，說了許多話，袁承志都不大懂，聽他們說的都是仇殺、報復等事。

木桑忽道：「那麼你說金蛇郎君是爲避仇而到這裏？」穆人清道：「以他的武功機智，似不必遠從江南逃到此處，躲在這荒山之中。」木桑道：「難道這人還沒死？」穆人清道：「此人行事向來神出鬼沒，咱們在江湖中這些年，只聽到他的名頭，果然說得上是威名遠震，卻從來沒見過他面。聽人說他已死了，可是誰也不知道怎麼死的。」木桑嘆道：「這人行事也眞古怪，有時窮兇極惡，有時卻又行俠仗義，是好是壞，教人捉摸不定。我幾次想要找他，都沒能找到。」穆人清道：「咱們別瞎猜啦，明兒到山洞去瞧瞧。」

次日一早，穆人清、木桑、袁承志、啞巴四人帶了繩索兵刃，爬上削壁之頂。木桑道：「我下去。」穆人清點點頭，說道：「小心了，」將繩索縛在他腰裏，與啞巴兩人緊緊拉住，慢慢將他縋下去。

木桑一手持着精鋼棋盤，一手扣了三枚棋子，溜到洞口，向下一望只見脚下霧氣一團團的隨風飄過，卻看不見地，雖然他輕功卓絕，絕峯險嶺，於他便如平地，這時卻也不由得心驚，轉頭向洞裏張望，黑沉沉的看不清楚，只覺得洞穴很深。洞口甚小，那是鑽不進去的，於是用布包住了手，輕輕到洞裏一探，碰到幾枚尖利之物，揷在洞口，一摸之下就知是金蛇錐，輕輕拔了出來，一共拔了十四枚，就沒有了。再伸手進去，直到面頰抵住洞口，也再摸不到甚麼，縱聲叫道：「拉我上來。」

穆人清緩緩收索，拉了上來。拉到離崖頂二丈多時，木桑右脚在削壁上一點，竄了上來，棋盤中托了一大把金蛇錐，笑道：「老穆，咱哥兒們發財啦，這麼多金子。」

穆人清臉色卻甚是沉重，雙眉微蹙，說道：「這怪人將這些東西放在這裏，不知是甚麼意思。洞裏還有甚麼？待我下去瞧瞧。」木桑道：「你下去也是白饒，洞口太小，鑽不進去。」穆人清滿腹心事，低頭不語。

袁承志忽道：「師伯，我成嗎？」木桑喜道：「你也許成，但這樣高，你敢下去嗎？」袁承志道：「我敢。師父，我下去好不好？」

穆人清尋思：「這個江湖異人把他的防身至寶放在此地，必有用意，便在我居處之側，豈可不探查明白？但只怕洞內有險，讓這孩子孤身犯難，倒令人擔心。」說道：「只怕洞裏有危險呢。」袁承志忙道：「師父，我小心着就是啦。」

穆人清見他神色興奮，躍躍欲試，就點頭道：「好吧，你點一個火把，伸進洞去，倘若火熄，千萬不可進去。」

袁承志答應了，右手執劍，左手拿着火把，縋繩下去。他遵照師父的吩咐，用火把先探進洞裏。小乖弄破洞外泥封，山頂風勁，吹了一晚，已把洞中穢氣吹盡，火把並不熄滅。

於是他慢慢爬了進去，見是一條狹窄的天生甬道，其實是山腹內的一條裂縫，爬了十多丈遠，甬道漸高，再前進丈餘，已可站直。他挺一挺腰，向前走去，甬道忽然轉彎。他不敢大意，右手長劍當胸，走了兩三丈遠，前面豁然空闊，出現一個洞穴，便如是座石室。

舉起火把一照，登時吃了一驚，只見對面石壁上斜倚着一副骷髏骨，身上衣服已爛了七八成，那骷髏骨宛然尚可見到是個人形。

他見到這副情形，一顆心別別亂跳，見石室中別無其他可怖事物，於是舉火把仔細照看。骷髏前面橫七豎八的放着十幾把金蛇錐，石壁上有幾百幅用利器刻成的簡陋人形，每個人形均不相同，舉手踢足，似在練武。他挨次看去，密密層層的都是圖形，心下不解，不知刻在這裏有甚麼用意。

圖形盡處，石壁上出現了幾行字，也是以利器所刻，湊過去一看，見刻的是十六個字：「重寶秘術，付與有緣，入我門來，遇禍莫怨。」這十六字之旁，有個劍柄凸出在石壁之上，似是一把劍插入了石壁，直至劍柄。

他好奇心起，握住劍柄向外一拔，卻是紋風不動，竟似鑄在石裏一般。

正想再看，聽得洞口隱隱似有呼喚之聲，忙奔出去，轉了彎走到甬道口，聽得木桑在叫自己名字，忙高聲答應，爬了出去。

原來木桑和穆人清在山頂見繩子越扯越長，等了很久不見出來，心中焦急，木桑也縋下去查看。他爬不進去，只得在洞口叫喊。

袁承志爬了出來，對木桑道：「洞裏有許多古怪東西。」扯動繩子，上面穆人清和啞巴忙把兩人拉上去。袁承志定了定神，才將洞中的情形說了出來。

穆人清道：「那骷髏定是金蛇郎君夏雪宜了。想不到一代怪傑，畢命於此。」木桑道：「他留的這十六字是甚麼意思？」穆人清沉吟道：「看樣子似乎他在洞中埋藏了甚麼寶物。石壁上所刻圖形，當是他的武功了。這十六字留言頗爲詭奇，似說誰得到他的遺贈，就得算他門人，而且說不定會有禍患。」木桑道：「按字義推詳，該當如此，只不知這怪人還有甚麼奇特花樣。」

穆人清嘆了口氣，道：「咱們也不貪圖他的甚麼重寶秘術。承志，明兒你再進去，把這位前輩的遺骨葬了，點了香燭在他靈前叩拜一番，也對得起他了。」袁承志答應了。

次日清晨，袁承志拿了一把鋤頭，和啞巴兩人爬上了峭壁。這次穆人清和木桑知道洞裏沒有危險，沒再和他們同去。

袁承志心想埋葬骸骨，費時不少，特地帶了三個火把，爬進洞後，用鋤頭在地下挖了個小洞，插入火把，用泥土護住，轉身瞧那骷髏。

心想：聽師父說，這人生前是一位怪俠，不知何以落得命喪荒山，死在這隱秘的洞穴之中，骸骨無人殮埋，心下惻然，在骷髏面前跪下，叩了幾個頭，暗暗祝告：「弟子袁承志無意中得見遺體，今日給前輩落葬，你在地下長眠安息吧！」禱祝方罷，一陣冷風颼颼的颳進洞來，只覺寒氣逼人，不禁毛骨悚然。

他不敢在洞中多耽，便用鋤頭在地下挖掘，心想地下都是堅硬的岩石，倘若挖不下去，只有把白骨撿到洞外去埋葬了。

那知一鋤下去，地面應鋤而開，竟然甚是鬆軟，忙加勁挖掘，挖了一會，忽然叮的一聲，鋤頭碰到一件鐵器。移近火把一看，見底下有塊鐵板，再用鋤頭挖了幾下，撥開旁邊泥土，原來竟是一隻兩尺見方的大鐵盒。

他把鐵盒捧了出來，見那盒子高約一尺，然而入手輕飄飄地，似乎盒裏並沒藏着甚麼東西。打開盒蓋，那盒子竟淺得出奇，離底僅只一寸，他心下奇怪，一隻尺來高的盒子，怎地盒裏卻這般淺？料得必有夾層。

盒中有個信封，封皮上寫着八字：「得我盒者，開啓此束。」拆開信封，裏面有張白箋，年深日久，紙箋早已變黃。箋上寫道：「盒中之物，留贈有緣。惟得盒者，務須先葬我骸骨，方可啓盒，要緊要緊。」信封中又有兩個小封套，一個封套上寫着「啓盒之法」，一個封套上寫着「葬我骸骨之法」。

袁承志舉起盒子一搖，裏面果然有物，心想：「師父憐你暴骨荒山，才命我給你收葬，又不是貪得你的物事。」

於是拆開寫着「葬我骸骨之法」的封套，見裏面又有白箋，寫道：「君如誠心葬我骸骨，請在坑中再向下挖掘三尺，然後埋葬，使我深居地下，不受蟲蟻之害。」

袁承志心想：「我好人做到底，索性照你的吩咐做吧。」於是又向地下挖掘，這次泥土較堅，時時出現山石，挖掘遠爲費力。

他此時武功頗有根底，但也累出了一身大汗，堪堪又將挖了三尺，忽然叮的一聲，鋤頭又碰到一物。撥開泥土，果然又是一隻鐵盒，不過這隻盒子小得多，只一尺見方，暗想：「這位怪俠當眞古怪，不知這盒中又有甚麼東西。」打開盒蓋看時，只驚得一身冷汗。

原來盒中一張箋上寫道：「君是忠厚仁者，葬我骸骨，當酬以重寶秘術。大鐵盒開啓時有毒箭射出，盒中書譜地圖均假，上有劇毒，以懲貪欲惡徒。眞者在此小鐵盒內。」

袁承志不敢多看，將兩隻鐵盒放在一旁，把金蛇郎君的骸骨依次搬入穴中，蓋上泥土，點上了香燭，拜了幾拜，捧了鐵盒，回身走出。

火光照耀下見洞口是用石塊砌成，想是金蛇郎君當日進洞之後，再用岩石封住。否則的話，從這具骷髏看來，他身材高大，又怎進得洞來？只是時日已久，洞外土積藤攀，又生滿了青苔，卻看不出來，只道洞口是天生這麼細小的。袁承志挖開石塊，開大洞口，以備師父與木桑道人進來查看。出洞後啞巴將他拉上。他拿了兩隻鐵盒，去見師父。

穆人淸與木桑正在弈棋，見他過來，便停弈不下。袁承志把經過一說，兩人看了幾封書柬，都是暗暗心驚，又把大鐵盒中寫着「啓盒之法」的封套拆開，裏面一張紙寫道：「鐵盒左右，各有機括，雙手捧盒同時力掀，鐵盒卽開。」

木桑向穆人淸伸了伸舌頭，道：「承志這條小命，今日險些送在山洞之中，要是他稍有貪心，不先埋葬骸骨而卽去開啓盒子，只怕難逃毒箭。」

叫啞巴搬了一隻大木桶來，在木桶靠底處開了兩個孔，將鐵盒打開了蓋放在桶內，再用木板蓋住桶口，然後用兩根小棒從孔中伸進桶內，與袁承志各持一根小棒，同時用力一抵，只聽得呀的一聲，想是鐵盒第二層蓋子開了，接着嗤嗤東東之聲不絕，木桶微微搖幌。

袁承志聽箭聲已止，正要揭板看時，木桑一把拉住，喝道：「等一會！」話聲未絕，果然又是嗤嗤數聲。

隔了良久再無聲息，木桑揭開木板，果然板上桶內釘了數十枝短箭，或斜飛，或直射，方向各不相同，枝枝深入木內。木桑拿了一把鉗子，輕輕拔了下來，放在一邊，不敢用手去碰，嘆道：「這人實在也太工心計了，惟恐一次射出，給人避過，將毒箭分作兩次射。」

穆人清搖搖頭道：「若是好奇心起，先去瞧瞧鐵盒中有何物事，也是人情之常，未必就不葬他的骸骨。再說，就算不葬他的骸骨，也不至於就該死了。此人用心深刻，實非端士。」

承志本來小孩心性，這次竟忍得住手，不先開盒子來張上一張，可說天幸。

從木桶中取出鐵盒，見盒子第二層蓋下鋼絲糾結，都是放射毒箭的彈簧機括。木桑鉗去鋼絲，下面是一本書，上寫「金蛇秘笈」四字，用鉗子揭開數頁，見寫滿密密小字，又有許多圖畫，有的是地圖，有的是武術姿勢，更有些兵刃機關的圖樣。

再打開小鐵盒時，裏面也有一書，形狀大小，字體裝訂，無不相同，畧加對照，便見兩書內容卻是大異。

穆人清道：「此人爲了對付不肯葬他骸骨之人，不惜花費偌大功夫，造這樣一本僞書，安置這許多毒箭。其實人都死了，別人對你是好是壞，又何苦如此斤斤計較？」木桑道：「這人就是因爲想不開，才落得如此下場。不過這僞書與鐵盒，卻多半是早就造好了，要用來對付敵人的。臨死之時，料來也無暇再幹這些害人勾當。」

穆人清點頭嘆息，命袁承志把兩隻鐵盒收了，說道：「此人行爲乖僻，他的書觀之無益。那本僞書上更有劇毒，碰也碰不得。」袁承志答應了。

此後練武弈棋，忽忽數年，木桑已把輕功和暗器的要訣傾囊以授。

袁承志棋藝日進，木桑和他下棋，反要饒上二子，而袁承志故意相讓之迹，越來越難遮掩。木桑興味索然，自覺這「千變萬刦棋國手」的七字外號，早已居之有愧，明明覺得袁承志的棋藝也是平平，可是自己不知怎的，卻偏偏下他不過，只怕自己的棋藝並不如何高明，也是有的，但說自己棋藝不高，卻又決無是理。這一日大敗之餘，推枰而起，竟飄然下山去了。

這時已是崇禎十六年，袁承志也已二十歲了。

這十年之間，袁承志所練華山本門的拳劍內功，與日俱深，天下事卻已千變萬化，眼下更是如沸如羹，百姓正遭逢無窮無盡的刦難。

這些時日中，連年水災、旱災、蝗災相繼不斷，百姓飢寒交迫，流離遍道，甚至以人爲食。朝廷卻反而加緊搜括，增收田賦、加派遼餉、練餉，名目不一而足，秦晉豫楚各地，羣雄蜂起。崇禎八年正月，造反民軍十三家七十二營大會河南滎陽，李自成聲勢大振，次年即稱「闖王」，攻城掠地，連敗官軍。

其間穆人清仍時時下山，回山後也和袁承志說起生民疾苦，勉他藝成之後，務當盡一己之力，扶難解困，又說所以要勤練武功，主旨正是在此。袁承志每次均肅然奉命。

袁承志兼修兩派上乘武功，已是武林中罕有的人物。不過十年來他一步沒有下山，江湖上自不知華山派已出了這樣一位少年高手。

這天正是初春，袁承志正在練武，啞巴從屋內出來，向他做做手勢。袁承志知是師父召喚，走進屋內，見師父身旁站着兩名大漢。這華山絕頂之上除木桑之外，從沒來過外客，他見了兩人，很感詫異。

穆人清道：「這位是王大哥，這位是高大哥，你過來見見。」袁承志見是師父朋友，過去拜倒，口稱：「王師叔，高師叔。」那兩人忙卽跪下，連稱：「不敢，袁師叔請起。」袁承志聽他們反叫自己師叔，甚是奇怪。

穆人清呵呵大笑，說道：「大家起來。」袁承志站起身來，見兩人都是莊稼人打扮，神情卻是英武矯捷。

穆人清對袁承志笑道：「你從來沒跟我下山，也不知道自己輩份多大，別客氣過頭啦！你們誰也別叫誰師叔，大家按年紀兄弟相稱吧。」原來這姓王與姓高的是師兄弟，他們的師父叫穆人清爲師叔，但也不是眞的有甚麼師門之誼，只不過這麼稱呼、尊他爲長輩而已。如此算來，兩人還比袁承志小着一輩。

穆人清道：「這兩位大哥從山西奉闖王之命前來，要我去商量一件事。我明天就要下山。」

袁承志道：「師父，這次我跟你去瞧瞧崔叔叔。」他在山上實在悶得膩了，好幾次想跟師父下山，都沒有得到准許，這次又求。

穆人清微微一笑。王高二人知道他們師徒有話要商量，告退了出去。

穆人清道：「眼前義軍聲勢大張，秦晉兩省轉眼可得，這也正是你報父仇的良機。你曾幾次求我帶你去行刺崇禎皇帝，我始終沒准許，你可知是甚麼原因？」袁承志道：「定是弟子的功夫沒學好。」穆人清道：「這固然是原因，但另有更重要的關鍵。你坐下聽我說。」袁承志依言坐下。

穆人清道：「這幾年來，關外軍情緊急，滿洲人野心叵測，千方百計想入寇關內。崇禎這人雖然疑心重，做事三心兩意，但以抗禦滿清而言，比之前朝萬曆、天啓那些昏君，總算還是竭力以赴的。要是你爲了私仇，進宮把他刺死，繼位的太子年幼，權柄落在宦官奸臣手裏，只怕咱們漢人的江山馬上就得斷送，你豈非成了天下罪人？你父親終身以抵禦清兵、平定遼東爲己志，他在天之靈知道了，一定也要怒你的不忠不孝吧？」袁承志聽師父一言提醒，不覺嚇出了一身冷汗。

穆人清道：「國家事大，私仇事小。我不許你去行刺復仇，就是這個道理。但現下局面不同了，闖王節節勝利，一兩年內，便可進取北京。闖王英明神武，那時由他來主持大局，哪裏還怕遼東滿洲人入寇？」袁承志聽得血脈賁張，興奮異常。

穆人清道：「眼下你武功已經頗有根柢，雖然武學永無止境，但我所知所能，已盡數傳你，以後就全憑你自己用功。明天我下山去，要跟高王二人去辦幾件事。你的混元功尚差了最後一關，少則十日，多則一月，才能圓熟如意，融會貫通。下山奔波，諸事分心，練功沒山上安靜。待得混元一氣遊走全身，更無絲毫窒滯，你再下山，到闖王軍中來找我吧。一路之上，如見到不平之事，便須伸手。行俠仗義，乃我輩份所當爲，縱是萬分艱難危險，也不可袖手不理。」

袁承志答應了，聽師父准許他下山，甚是歡喜。

穆人清平時早已把本門的門規，以及江湖上諸般禁忌規矩、幫會邪正、門派淵源、武功家數都說了給他聽，這時又擇要一提，最後說道：「你爲人謹愼正直，我是放心得過的。只是你血氣方剛，於『色』字一關可要加意小心。多少大英雄大豪傑只因在這事上失了足，弄得身敗名裂。你可要牢牢記住師父這句話。」袁承志凜然受教。

次日天亮，袁承志起身後，就如平時一般，幫啞巴燒水做飯，等一切弄好再到師父房裏請安，卻見穆人清和兩位客人早已走了。

袁承志望着師父的空床出了一會神，想到不久就可下山，打手勢告訴了啞巴。啞巴愀然不樂，轉身走出。

袁承志和他相處十餘年，早已親如兄弟，知他不捨得與自己分離，心下也感悵惘。

忽忽過了七八天，袁承志照常練習武功，想到不久便要離去，對山上一草一木不由得加意愛惜起來。這天用過晚飯，坐在床上又練了一遍混元功，但覺內息遊走全身經脈，極是順暢，心下甚喜。正要熄燈睡覺，啞巴走進房來，做手勢說山中似乎來了生人。袁承志要奔出去察看，啞巴示意已前後查過，卻未見蹤迹。

袁承志不放心，帶了兩頭猩猩山前山後查看，果沒發現有何異狀，也就回來睡了。

睡到半夜，忽聽得外房中大威與小乖吱吱亂叫，袁承志翻身坐起，側耳細聽，忽然間一陣甜香撲鼻，暗叫：「不好！」閉氣縱出，那知脚下斗然無力，一個踉蹌，險些跌倒。那是他從所未有之事，正自大感驚訝，室門砰的一聲被人踢開，一條黑影竄將進來，黑暗中刀風颯然，當頭砍到。

袁承志只感到頭腦發暈，站立不定，危急中強自支持，身子向左一偏，右手反擊一掌。那人揮刀直劈下來，削他手臂。

袁承志猝遇強敵，不容對方有緩手機會，黑暗中聽聲辨形，欺進一步，左掌噗的一聲，擊在那人肩頭，只是手臂酸軟，使出來的還不到平時一成功力，饒是如此，那人還是單刀脫手，身不由主的直摜出去。外面一人伸手拉住，問道：「點子爪子硬？」

袁承志待要撲出追敵，突覺一陣迷糊，暈倒在地。

也不知隔了多少時候，方才醒來，只感混身酸軟，手足一動，一驚非同小可，原來全身已被繩子縛住。只見室中燈火輝煌，兩個人正在翻箱倒篋的到處搜檢。

他知遭人暗算，心中自責無用，師父下山沒多天，就給人掩上山來擒住了，那還說甚麼闖江湖報父仇。這時兀自頭暈目眩，於是潛運內功，片刻間便卽寧定。

當下假裝昏倒未醒，眼睜一綫偷看，只見一人身材瘦削，四十多歲年紀，面容乾枯，另一個頭頂光禿，身軀高大，瞧身形就是適才與自己交手之人。他想：「山上有甚麼貴重東西，值得他們來搶？這裏就只有師父留下給我做盤纏的五十兩銀子。但這二人絕非尋常盜賊，這禿子武功不弱，想那瘦子也自了得。若說是來找師父報仇，爲甚麼不殺我，卻到處搜尋東西？」

暗運功力，想崩斷手上所縛繩索繩子。不料敵人知他武功精強，已在他雙手之間插了一枝空竹，只要一用力，竹子先破，立發聲響。袁承志微微一掙，便卽發覺，於是停手不動，尋思脫身之計。

那禿子忽然高興得大叫起來：「在這裏啦！」從床底下捧出一個大鐵盒來，正是金蛇郎君的遺物。瘦子臉露喜容，與禿子坐在桌邊，打開鐵盒，取出一本書來，見封面上寫着「金蛇秘笈」四字。

禿子哈哈大笑，說道：「果然在這裏，師哥，咱們這十八年功夫可沒白費。」揭開秘笈，見書頁上畫着許多圖形，寫滿小字，喜得幌頭搔耳，樂不可支。

瘦子忽叫：「咦，那人要逃！」說着向袁承志一指。袁承志吃了一驚。禿子回過頭來，那瘦子手腕翻處，波的一聲，一柄匕首插進了禿子背脊，直沒至柄，隨卽躍開數尺，拔出長劍，護住門面。

禿子驚愕異常，忽然慘笑，說道：「二十幾個師兄弟尋訪了十八年，今日我和你才得到這寶貝，你要獨吞，竟對我下這毒……手……哈哈……哈哈……你……你當然連石樑派也叛了。可是要瞞過五位老爺子，只怕沒這麼容易，我……瞧你有甚麼好下場……哈哈……」

靜夜中聽到這慘厲的笑聲，袁承志全身寒毛直豎。

那禿子反手去拔背上匕首，卻總是夠不到，驀地裏長聲慘呼，撲在地上，抽搐了幾下，就不動了。

瘦子怕他沒死，又過去在他背上刺了兩劍，哼了一聲，道：「我不殺你，怕你不會殺我麼？那又何必客氣？」隨即又在禿子的屍身上重重踢了一脚，說道：「你說我瞞不過那五個糟老頭子？你瞧我的！」

他不知袁承志已醒，陰惻惻的笑了兩聲，彈去了蠟燭上的燈花，打開秘笈看了起來，他身子微微幌動，滿臉喜色。他翻了幾頁，有幾頁黏住了揭不開來，伸食指在口中一舐，醮了些唾液又去翻閱，這般翻了幾張，袁承志突然想起，書本上附有劇毒，他如此翻閱，勢必中毒，不由得「呀」的一聲叫了出來。

那瘦子聽到了，轉過頭來，見袁承志臉上盡是驚惶之色，便緩緩站起，從禿子背上拔出匕首，走上兩步，說道：「我跟你無怨無仇，可是今日卻不能饒你性命。」說着眼露兇光，舉起匕首，獰笑兩聲，說道：「此時殺你，只怕你到了陰間也不知原因。老實跟你說，我是浙江衢州石樑派的張春九。我們石樑派和金蛇郎君是死對頭，他奸淫了我們師妹，逃得不知去向。我們十多年來到處找他，那知他的物事竟在你這小子手裏。金蛇郎君在那裏？」說着向窗外一望，不由自主的臉露畏懼，似乎怕金蛇郎君突然出現。

袁承志若是稍有江湖經歷，自會出言恐嚇，縱不能將他驚走，也可使他心有顧忌，不敢便加害自己，但此時六神無主，那想得到騙人？只道：「金蛇郎君早已死了，他……他的屍骨也是我葬的。」張春九大喜，又問一句：「金蛇郎君果然死了？」袁承志點點頭。張春九喝問：「他怎麼死的？」袁承志道：「我不知道，眞的不知道。」

張春九滿臉猙獰之色，惡狠狠的道：「你這小子住在華山之上，決非好人，料來跟金蛇郎君蛇鼠一窩，殺了你也不寃。你做了鬼要報仇，到衢州來找我張春九吧，哈哈，不過我今後衢州也永不回去了，只怕你變了鬼也找我不到……哈哈……」笑聲未畢，突然打了個踉蹌。

袁承志知道危機迫在目前，全身力道都運到了雙臂之上，猛喝一聲，繩索登時迸斷，揮掌正要打出，張春九忽然仰天便倒。

袁承志怕他有詐，手持斷繩，在面前揮了兩下，呼呼生風。卻見他雙脚一登，便不動了，眼中、鼻中、耳中、口中，都流出黑血來，才知他已中毒而死，俯身解開自己脚上繩索，奔到外室，見啞巴也已被縛，雙目圓睜，動彈不得，忙給他解了縛。又見大威與小乖昏倒在地，心中一驚，去端了一盆冷水從頭上淋將下去，兩頭猩猩漸漸甦醒。

袁承志打手勢把經過情形告訴啞巴。等天明後，兩人把兩具死屍抬到後山。袁承志想這大鐵盒是害人之物，便投在坑裏，與兩具死屍一起埋葬，想起夜來情事，不由得暗暗心驚：「這二人所以綁住我與啞巴，不卽一刀殺死，自是爲了預備拷問金蛇郎君的下落。若非他們另有圖謀，這時葬在這坑中的，卻是我與啞巴的屍首了。」

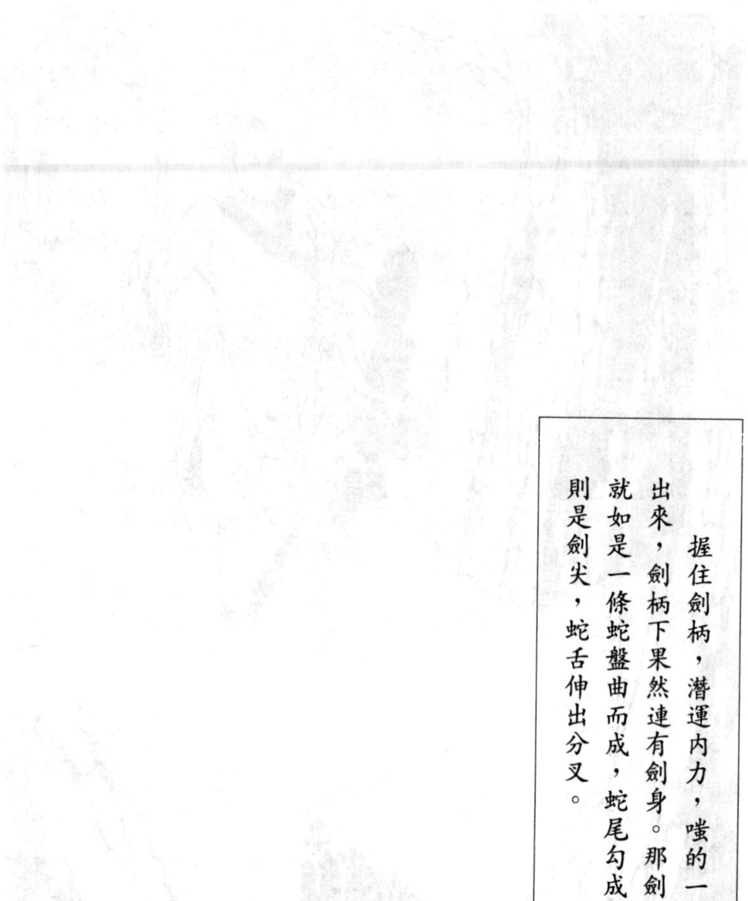

握住劍柄，潛運內力，嗤的一聲響，拔了出來，劍柄下果然連有劍身。那劍形狀奇特，就如是一條蛇盤曲而成，蛇尾勾成劍柄，蛇頭則是劍尖，蛇舌伸出分叉。

第四回　矯矯金蛇劍　翩翩美少年

袁承志在十三歲上無意中發現鐵盒，這些年來早把這件事忘得乾乾淨淨，眼看這張春九與禿子的神情，「金蛇秘笈」中定是藏有重大秘密，否則他們不會連續找上十八年之久，找到之後，又如此你搶我奪的性命相搏。「到底秘笈中寫着甚麼？」此念一動，再也不能克制，於是在床底角落中把那隻塵封蛛結的小鐵盒找了出來。這隻盒子小得多，張春九和禿頭一時沒發見。兩人一見到大鐵盒中的假秘笈，便欣喜若狂，再也不去找尋別物了。

袁承志打開鐵盒，取出眞本「金蛇秘笈」放在桌上，翻開閱讀，前面是些練功秘訣以及打暗器的心法，與他師父及木桑道人所授大同小異，約畧看去，秘笈中所載，頗有不及自己所學的，但手法之陰毒狠辣，卻遠有過之。心想，這次險些中了敵人的卑鄙詭計，日後在江湖上行走，難保不再遇到陰惡的對手，這些人的手法自己雖然不屑使用，但知己知彼，爲了克敵護身，卻不可不知，於是對秘笈中所述心法細加參研。

一路讀將下去，不由得額頭冷汗涔涔而下，世上原來竟有這種種害人的毒法，當眞是匪夷所思，相較之下，張春九和那禿子用悶藥迷人，可說是毫不足道了。

讀到第三日上，見秘笈所載武功已與自己過去所學全然不同，不但與華山派武功無絲毫共通之處，而且從來不曾聽師父說起過，那也並非僅是別有蹊徑而已，直是異想天開，往往與武學要旨背道而馳，卻也自具克敵制勝之妙。他一藝通百藝通，武學上既已有頗深造詣，再學旁門自是一點即會。秘笈中所載武功奇想怪着，紛至叠來，一學之下，再也不能自休，當下不由自主的照着秘笈一路練將下去。

練到二十餘日後卻遇上了難關，秘笈中要訣關竅，記載詳明，但根基所在的姿勢卻無圖形，訣要甚是簡略，不知招式，只得略過不練。

再翻下去是一套「金蛇劍法」，心想：此劍法以「金蛇」爲名，金蛇郎君定是十分重視，必有獨到之處。照式練去，初時還不覺甚麼，到後來轉折起伏、刺打劈削之間，甚是不順，有些招式更是絕無用處，連試幾次總感不對，突然想起，金蛇郎君埋骨的洞中壁上有許多圖形，莫非與此有關？

一想到這事，再也忍耐不住，招了啞巴，帶了繩索火把，又去洞中。這時他身材已經高大，幸而當年曾將洞口拆大，於是鑽進洞內，舉起火把往壁上照去，對圖形一加琢磨，果是秘笈中要訣的圖解。他心下大喜，照圖試練，暗暗默記，花了幾個時辰，將圖形盡數記熟了，在金蛇郎君墓前又拜了兩拜，謝他遺書教授武功。

正要走出，一瞥間見到洞壁上的那個劍柄，當日年幼力弱，未能拔出，此時緊緊握住劍柄，潛運內力，嗤的一聲響，拔了出來，劍柄下果然連有劍身。

突然之間，全身涼颼颼地只感寒氣逼人，只見那劍形狀甚是奇特，與先前所見的金蛇錐依稀相似，整柄劍就如是一條蛇盤曲而成，蛇尾勾成劍柄，蛇頭則是劍尖，蛇舌伸出分叉，是以劍尖竟有兩叉。那劍金光燦爛，握在手中甚是沉重，看來竟是黃金混和了其他五金所鑄，劍身上一道血痕，發出碧油油的暗光，極是詭異。

觀看良久，心中隱生懼意，尋思金蛇郎君武功如此高強，當年手持此劍橫行江湖，劍刃不知已飲了多少人血。這一道碧綠的血痕，不知是何人身上的鮮血所化？是仁人義士，還是大奸大惡？又還是千百人的頸血所凝聚？

持劍微一舞動，登時明白了「金蛇劍法」的怪異之處，原來劍尖兩叉既可攢刺，亦可勾鎖敵人兵刃，倒拖斜戳，皆可傷敵，比之尋常長劍增添了不少用法，先前覺得「金蛇劍法」中頗多招式甚不可解，原來用在這柄特異的金蛇劍上，盡成厲害招術。

舞到酣處，無意中一劍削向洞壁，一塊岩石應手而落，這金蛇劍竟是鋒銳絕倫。他又驚又喜，轉念又想：「金蛇郎君並未留言贈我此劍，我見此寶劍，便欲據爲己有，未免貪心，還是讓它在此伴着舊主吧。」提起劍來，奮力向石壁上插了下去。這一插使盡了全力，劍雖鋒銳，但劍身終究尚有尺許露在石外，未能及柄而止。劍刃微微搖幌，劍上碧綠的血痕映着火光，似一條活蛇不住扭動身子，拚命想鑽入石壁。

再看石壁上那「重寶秘術，付與有緣，入我門來，遇禍莫怨」那十六個字，不由得怔怔的出了神，心想這位金蛇前輩不知相貌如何？不知生平做過多少驚世駭俗的奇事？到頭來又何以會死在這山洞之中？

他金蛇劍這麼一揮，自知此時修爲，比之這位怪俠尙頗有不及，對「金蛇秘笈」中所載的武功，更增嚮往，而不知不覺間，心中對這位怪俠又多了幾分親近之意。出得洞來，又花了二十多天功夫，將秘笈中所錄的武功盡數學會了，其中發金蛇錐的手法尤爲奇妙，與木桑道人的暗器心法可說各有千秋。

讀到最後三頁，只見密密麻麻的寫滿了口訣，參照前面所載，有些地方變化精奧，頗增妙悟，但一大半卻全不可解。埋頭細讀這三頁口訣，苦思了兩天，總覺其中矛盾百出，必定另有關鍵，但把一本秘笈翻來覆去的細看，所有功訣法門實已全部熟讀領會，更無遺漏。他重入山洞，細看壁上圖形，仍是難以索解。

這天晚上，他因參究不出其中道理，在床上翻來覆去，始終睡不安穩，只見窗外一輪明月射進室來，照得滿地銀光，忽想：「我混元功早已練成，爲了這部金蛇秘笈，卻在山上多躭了兩個月功夫，只怕師父久等不至，爲我擔心。師父曾說金蛇郎君爲人怪僻，他的書觀之無益。我一時好奇心起，學了書上武功，師父說不定會大不高興。我又何必苦思焦慮，去探索這旁門功夫中的不解之處？」

但他武學修爲既到如此境界，見到高深的武功秘奧而竟不探索到底，實所難能，心想：「眼不見爲淨，我一把火將它燒了便是。」主意已定，下坑來點亮油燈，拿起秘笈放在燈上焚燒。但燒了良久，那書的封面只薰得一片烏黑，竟是不能着火。

他心中大奇，用力拉扯，那書居然紋絲不動。他此時混元功已成，雙手具極強內家勁力，這一扯力道非同小可，就是鐵片也要拉長，不料想這書居然不損，情知必有古怪，細加審視，原來封面是以烏金絲和不知甚麼細綫織成，共有兩層。

他拿小刀割斷釘書的絲綫，拆下封面，再把秘笈在火上焚燒，這一下登時火光熊熊，把金蛇郎君平生絕學燒成了灰燼。

再看那書封面，夾層之中似乎另有別物，細心挑開兩層之間連繫的金絲，果然中間藏有兩張紙箋。

一張紙上寫着：「重寶之圖」四字，旁邊畫了一幅地圖，又有許多記號。圖後寫着兩行字：「得寶之人，務請赴浙江衢州石樑，尋訪女子溫儀，贈以黃金十萬兩。」心想：「這話口氣好大！」只見箋末又有兩行小字：「此時縱聚天下珍寶，亦焉得以易半日聚首？重財寶而輕別離，愚之極矣，悔甚恨甚！」凝思半晌，不明其意。

另一張紙箋上寫的，卻密密的都是武功訣要，與秘笈中不解之處一加參照，登時豁然貫通，果然妙用無窮。

他眼望天上明月，「金蛇秘笈」中種種武功秘奧，有如一道澄澈的小溪，緩緩在心中流過，清可見底，更無半分渣滓，直到紅日滿窗，這才醒覺。只是這些武功似乎過份繁複，花巧太多，想來那是金蛇郎君的天性使然，喜在平易處弄得峯迴路轉，使人眼花撩亂。

經此一晚苦思，不但通解了金蛇郎君的遺法，而對師父及木桑道人所授諸般上乘武功，也有更深一層體會。

他望着兩頁白箋，一堆灰燼，呆呆出神，暗歎金蛇郎君工於心計，一至於斯，故意在秘笈中留下令人不解之處，誘使得到秘笈之人刻意探索，終於找到藏寶地圖。如果秘笈落入庸人之手，不去鑽研武功的精微，那麼多半也不會發見地圖。他把兩張紙箋仍然夾在兩片封面之間，再去山洞取出金蛇劍來，練熟了劍法，才將金蛇劍揷還原處。

又過兩日，袁承志收拾行裝，與啞巴告別。他在山上住了十年，忽然離去，心下難過。大威與小乖頗通靈性，拉住了吱吱亂叫，不放他走。袁承志更是難分難捨。啞巴帶了兩頭猩猩直送到山下，這才洒淚而別。

袁承志藝成下山，所聞所見，俱覺新奇，只見一路行來，見百姓人人衣服襤褸，餓得面黃飢瘦。行出百餘里後，見數十名百姓在山間挖掘樹根而食。他身邊有些師父留下的銀兩，卻也無處可買食物，只得施展武功，捕捉鳥獸爲食。又行數十里，只見倒斃的饑民不絕於途，甚感悽惻。

行了數日，將到山西境內，竟見饑民在煑了餓死的死屍來吃，他不敢多看，疾行而過。

這一日來到一處市鎭，只見饑民大集，齊聲高唱，唱的是：

「吃他娘，穿他娘，開了大門迎闖王。闖王來時不納糧。」

「朝求升，暮求合，近來貧漢難求活。早早開門拜闖王，管敎大家都歡悅。」

一名軍官帶了十多名兵卒，大聲吆喝：「你們唱這種造反的歌兒，不怕殺頭嗎？」揮動鞭子，向衆百姓亂打。

衆饑民叫道：「闖王不來，大家都是餓死，我們正是要造反！」一擁而上，抓住了官兵，有的打，有的咬，登時將十多名官兵活活打死了。

袁承志見了這等情景，心想：「無怪闖王聲勢日盛。百姓饑不得食，也只好殺官造反了。」向一名饑民問道：「這位大哥，可知闖王是在那裏，我想前去相投。」那饑民說道：「聽說闖王大軍眼下在襄陵、聞喜一帶，不久就要過來。我們大夥也正要去投軍呢。」袁承志又問：「剛才聽得大家唱的歌兒甚好，此外還有沒有？」那饑民道：「還有好多呢。那都是闖王部下的李公子所作。」於是又唱了幾首，歌意都是勸人殺官造反，迎接闖王。

袁承志沿途打聽，在黃河邊上遇到了小部闖軍。帶兵的首領聽說是來找闖王的，不敢怠慢，忙派人陪他到李自成軍中。

闖王聽得是神劍仙猿穆人清的弟子到來，雖在軍務倥偬之際，仍然親自接見。袁承志見他氣度威猛，神色和藹，甚是敬佩。闖王說他師父去了江南，想是穆人清在言語中對自己這愛徒頗為獎許，是以闖王對他甚加器重，言下頗有招攬之意。

袁承志聽得師父不在，登時忽忽不樂，再問起崔秋山，則是和穆人清同到江南蘇杭一帶籌措軍餉去了。袁承志說要去尋師，稟明師父之後，再來效力。闖王也不勉強，命制將軍李岩接待，又送了五十兩銀子作路費。袁承志謝過受了。

那李岩雖是闖軍中帶兵的將官，但身穿書生服色，吐屬儒雅。原來他是前兵部尚書李精白之子，本是舉人，因賑濟災民，得罪了縣官和富室，被誣陷入獄。有一位女俠仰慕他為人，率領災民攻破牢獄，救了他出來。那女俠愛穿紅衣，衆人叫她為紅娘子。李岩實逼處此，已非造反不可，便和紅娘子結成夫婦，投入闖王軍中，獻議均田免賦，善待百姓。闖王言聽計從，極為重用。闖軍本為饑民、叛卒所聚，造反只不過為求一飽，原無大志，所到之處，不免刦掠，因之人心不附，東西流竄，時勝時敗，始終難成氣候。自得李岩歸附，李自成整頓軍紀，嚴禁濫殺奸淫，登時軍勢大振。

李岩治軍嚴整，又編了許多歌兒，令人教小兒傳唱，四處流播。百姓正自饑不得食，官府又來拷打逼糧，一聽說「闖王來時不納糧」，自是人人擁戴。因此闖軍未到，有些城池已不攻自破。

李岩對袁崇煥向來敬仰，聽說袁督師的公子到來，相待盡禮，接入營中，請夫人紅娘子出見。那紅娘子英風爽朗，豪邁不讓鬚眉。三人言談投機，當眞是一見如故。袁承志除武功一門之外，見識甚淺。李岩和紅娘子跟他縱談天下大勢，袁承志當眞茅塞頓開。在李岩營中留了三日，直至闖軍要拔營北上，這才依依作別。

袁承志初出茅廬，對李岩的風儀爲人，暗生模倣之心，過得潼關，便去買了一套書生衣巾，學着也作書生打扮，逕來江南尋訪師父。

江南地方富庶，雖然官吏一般的貪污虐民，但衆百姓尙堪溫飽，比之秦晉饑民的苦況，卻是如在天堂了。

這日來到贛東玉山，吃過飯後，到碼頭去搭船東行，見江邊停了一艘大船，相問之下，說是上饒一個富商包了到浙江金華去辦貨的，袁承志便求附載。船老大貪着多得幾個船錢，和包船的富商龍德鄰商量。龍德鄰見他是個儒生，也就允了。

船老大正要拔篙開航，忽然碼頭上匆匆奔來一個少年，叫道：「船老大，我有急事要去衢州，請你行個方便，多搭我一人。」

袁承志聽這人聲音清脆悅耳，抬頭看時，不禁一呆，心想：「世上竟有如此美貌少年？」這人十八九歲年紀，穿一件石青色長衫，頭頂青巾上鑲着塊白玉，衣履精雅，背負包裹，皮色白膩，一張臉白裏透紅，俊秀異常。龍德鄰也見這少年服飾華貴，人才出衆，心生好感，命船老大放下跳板，把他接上船來。

那青衫少年一踏上船，那船便微微一沉，袁承志心下暗奇，瞧他身形瘦弱，不過百斤上下，但這船一沉之勢，卻似有兩百多斤重物壓上一般，他背上包裹不大，怎會如此沉重？那少年上船之後，船就開了。

那青衫少年走進中艙，與龍德鄰、袁承志見禮，自稱姓溫名青，因得知母親病重，是以趕着回去探望。他見了龍德鄰不以爲意，一雙秀目，卻不住向袁承志打量，問道：「聽袁兄口音，好似不是本地人？」袁承志道：「小弟原籍廣東，從小在陝西居住，江南還是生平第一次來。」溫青問道：「袁兄去浙江有何貴幹？」袁承志道：「我是去探訪一個朋友。」

正說到這裏，忽然兩艘小船運櫓如飛，從坐船兩旁搶了過去。溫青眼睛盯着小船，直望着兩船轉了一個彎，被前面的山崖擋住，這才不看。

吃中飯時，龍德鄰很是好客，邀請兩人同吃。袁承志一餐要吃三大碗，鷄魚蔬菜都吃了不少，溫青卻只吃一碗，甚是秀氣文雅。

剛吃過飯，只聽得水聲響動，又是兩艘小船搶過船旁。一艘小船船頭站着一名大漢，望着大船狠狠的瞪了幾眼。溫青秀眉一豎，滿臉怒色。袁承志心感奇怪：「他爲甚麼見了這兩艘小船生氣？」溫青似乎察覺到了，微微一笑，臉色登轉柔和，接過船夥泡上來的一杯茶，啜了一口，似嫌茶葉粗澀，皺了眉頭，把茶杯放在桌上。

到了傍晚，船在一個市鎮邊停泊了。袁承志想上岸遊覽，龍德鄰不肯離開貨物，邀溫青時，他嘴唇一扁，神態輕蔑，說道：「這種荒野地方，有甚麼可玩的？」似是譏他沒見過世面。袁承志覺這少年驕氣迫人，卻也不以爲忤。他見江南山溫水軟，景色秀麗，與華山的雄奇險峻全然不同，一路上從不肯錯過了遊覽的機緣，當下上岸四下閒逛，喝了幾杯酒，買了幾斤枇杷回船，想請龍德鄰和溫青吃時，見兩人都已睡了，便也解衣就寢。

睡到中夜，睡夢中忽聽遠處隱隱有唿哨之聲，袁承志登時醒轉，想起師父所說江湖上的種種變故情狀，料知有事，悄悄在被中穿了衣服。

不久櫓聲急響，下游有船上來。只見溫青突然坐起，原來他並未脫衣，又見他從被窩中取出一柄精光耀眼的長劍，躍到船頭。

袁承志一驚，心想：「莫非他是水盜派來臥底的，要打劫這姓龍的商人？這事教我遇上了，可不能不管。」穆人清離山之時，曾說世間方亂，道路不靖，帶着長劍惹眼，不免多生事端，因此他遵師父之囑，隨身只帶了一柄匕首，那柄平日習練劍法的長劍留在華山，當下一摸身邊匕首，坐起身來。

只聽得對面小船搖近，船頭上一個粗暴的聲音喝道：「姓溫的，你講不講江湖義氣？」溫青叱道：「講又怎樣，不講又怎樣？」那人叫道：「我們辛辛苦苦的從九江一路跟蹤下來，你倒好，半路裏殺出來吃橫樑子！」

這時龍德鄰也已驚醒，探頭張望，見四艘小船上火把點得晃亮，船頭上站滿了人，個個手執兵刃，登時嚇得不住發抖。袁承志已聽出其間過節，安慰他道：「莫怕，沒你的事！」龍德鄰道：「他……他們不是來搶我貨物……貨物的強人麼？」

溫青喝道：「天下的財天下人發得，難道這金子是你的？」那人道：「快把兩千兩金子拿出來，大家平分了。咱們雙方各得一千兩，就算便宜你。」溫青叫道：「呸，你想麼？」小船上兩名大漢怒道：「沙大哥，何必跟這橫蠻的東西多費口舌！他不要一千兩金子，那麼一個子兒也不給他。」手執兵刃，向大船上縱來。

龍德鄰聽他們喝罵，本已全身發抖，這時見小船上兩人跳將過來，更是魂飛魄散，大叫道：「袁……袁相公，強人……強人來打刦……打刦啦。」袁承志將他拉到自己身後，低聲道：「別怕。」

只見溫青身子一偏，左足飛起，撲通一聲，左邊一人踢下了江去，跟着右手長劍斬落。來人舉刀一擋，那知他長劍忽地斜轉，避過了刀鋒，順勢削落，只聽得喀擦一聲響，那人連肩帶刀，都被削了下來，跌在船頭，暈死了過去。溫青冷笑一聲，叫道：「沙老大，別讓這些膿包來現世啦。」對面那大漢哼了一聲，道：「去抬老李回來。」小船上兩人空手縱將過來，溫青只是冷笑，並不理會，讓兩人將右膀被削之人抬了回去，不久跌在江中那人也濕淋淋的爬上小船。

沙老大叫道：「我們龍游幫和你石樑派素來河水不犯井水。我們當家的衝着你五祖面子，不來跟你爲難，可別當我們是好惹的。」

袁承志聽他提到石樑派，心中一凜：「那天到華山來的張春九，不是自稱石樑派麼？」

溫青道：「你別向我賣好，打不過，想軟求麼？」沙老大怒道：「你到底按不按江湖上的規矩辦事？」溫青冷笑道：「我愛怎樣就怎樣，偏有這許多廢話？」沙老大道：「咱們話說在先，我們龍游幫已盡到了禮數，跟你好說好話，只盼雙方不傷了和氣。你五祖可不能再說我們以多欺少，以大欺小。」袁承志聽他口氣，似乎對溫青的一個甚麼五祖很是忌憚。溫青笑道：「憑你這點玩藝兒，就能欺得了我麼？」

袁承志聽雙方越說越僵，知道定要動手，從兩邊言語中聽來，似是龍游幫想刦一批黃金，卻給溫青中間殺出來夾手奪了去，龍游幫不服氣，趕上來要分一半贓。溫青上船時身子如此沉重，想來包裹中就藏着這二千兩黃金了。心想兩邊都非正人，自己裝作不會武功，只袖手旁觀便是。

沙老大大聲呼喝，手握一柄潑風大環刀，躍上船來，十多名大漢跟着紛紛躍過，站在他身後。沙老大一抱拳，說道：「你石樑派武功號稱獨步江南，今日姓沙的領教閣下高招！」溫青哼了一聲道：「是你一人和我打呢，還是你們大夥兒齊上？」沙老大怒道：「你也太瞧不起人啦！你船上還有甚麼朋友請他出來作個見證，別讓江湖上朋友說姓沙的不要臉。」他掉頭對這艙口，說道：「叫艙裏的朋友出來吧！」兩名大漢走進艙去，對袁承志和龍德鄰道：「我們大哥要你們出去。」

龍德鄰全身發抖，不敢作聲。袁承志道：「他們要打架，只不過叫咱們作個見證，沒甚麼要緊。出去吧。」拉着他手，走上船頭。

溫青似乎等得不耐煩了，不讓沙老大再交待甚麼場面話，冷笑道：「你定要出醜，可莫怪我手辣，進招。」刷刷兩劍，分刺對方左肩右膀。沙老大身材魁梧，身法卻頗爲靈動，潑風刀一招「鐵牛頂頸」，反轉刀背，向溫青砸來，這一招既避來劍，又攻敵人，可是手下留情，只以刀背砸打。

溫青叱道：「有甚麼本事，一古腦兒的都抖出來吧，我可不領你情。」口中說着，手上長劍連攻數招。

沙老大微一疏神，嗤的一聲，肩頭衣服被刺破了一片，肩頭也割傷了一道口子，他嘰哩咕嚕的罵了幾句，一柄潑風刀施展開來，狠砍狠殺，招招狠毒。溫青劍走輕靈，盤旋來去，長劍青光閃爍，已把對方全身裹住。

袁承志看兩人拆了數招，已知溫青武功遠在沙老大之上。沙老大刀沉力勁，看來倒是十分威猛，但刀法失之呆滯。溫青以巧降力，時候稍長，沙老大額頭見汗，呼吸漸粗，身法已不如初戰時的矯捷。

刀光劍影中只聽得溫青一聲呼叱，沙老大腿上中劍。他臉色大變，縱出三步，右手一揚，三枚透骨釘打了過來。溫青揚劍打飛兩枚，另一枚側身避過。他打飛的兩枚透骨釘中，有一枚突向袁承志當胸飛去。

溫青驚呼一聲，心想這一次要錯傷旁人。那知袁承志伸出左手，只用兩根手指，便輕輕巧巧的將那枚透骨釘拈住了。沙老大帶來的大漢中多人手執火把，將船頭照得明晃晃地有如白晝，溫青瞧得清楚，不禁一怔：「這手功夫可俊得很哪！原來他武功着實了得。」

沙老大見溫青注視着袁承志，面露驚愕之色，乘他不備，又是三枚透骨釘射了過去。

袁承志急叫：「溫兄，留神！」

溫青急忙轉過頭來，只見三枚透骨釘距身已不過三尺，若不是得他及時呼叫，至多躲得過一枚，下面兩枚卻萬萬躲避不開，急忙側頭讓過了一枚，揮劍擊飛了另外兩枚，轉身向袁承志點頭示謝，挺起長劍，向沙老大直刺過去。

沙老大一擊不中，早已有備，提起潑風刀一輪猛砍。溫青恨他歹毒，出手盡是殺着。拆了數招，沙老大右膀中劍，嗆啷啷一響，潑風刀跌落船板。溫青搶上一步，揮劍將他右腿砍下。沙老大長聲慘叫，暈了過去，他手下衆人大驚，擁上相救。溫青掌劈劍刺，登時打死了七八人。

袁承志看着不忍，說道：「溫大哥，饒了他們吧！」溫青毫不理會，繼續刺殺，又傷了兩人。餘人見他兇悍，紛紛跳江逃命。溫青順手一劍，割下沙老大的首級，跟着兩脚，把他首級和屍身都踢入江中。

袁承志心下不快，暗想你既已得勝，何必如此心狠手辣，轉頭看龍德鄰時，他早已嚇得全身癱軟，動彈不得。

跳入江中的龍游幫衆紛紛爬上小船，搖動船櫓，如飛般向下游逃去。

袁承志道：「他們要搶你財物，既沒搶去，也就罷了，何苦多傷性命？」

溫青白了他一眼，道：「你沒見他剛才的卑鄙惡毒麼？要是我落入他手裏，只怕還有更慘的呢。你別以爲救了我一次，就可隨便教訓人家，我才不理呢。」袁承志默然不語，心想這人實在不通情理。

溫青拭乾劍上血迹，還劍入鞘，向袁承志一揖，忽然甜甜的一笑，說道：「袁大哥，適才幸得你出聲示警，叫我避開暗器，謝謝你啦。」

袁承志臉上一紅，還了一揖，心下發窘，無言可答，只覺這美少年有禮時溫若處子，兇惡時狠如狼虎，不知到底是甚麼性子。

溫青叫船夫出來，吩咐洗淨船頭血迹，立卽開船。船夫見了剛才的狠鬥，那敢違抗，提水洗了船板，拔錨揚帆，連夜開船。

溫青又叫船夫取出龍德鄰的酒菜，喧賓奪主，自與袁承志在船頭賞月。他絕口不提剛才惡鬥，也不談論武功，喝了幾杯酒，說道：「明月幾時有，把酒問青天。哼，青天只怕也管他不着呢。明月幾時愛出來，便出來，不愛出來便不出來。袁大哥，你說是不是？」

袁承志聽他忽然掉文，只得隨口嗯了一聲。他小時跟應松念了幾年書，自從跟穆人清學武後，雖然晚間偶然翻閱一下書籍，但不當它正經功課，是以文字上甚是有限。

溫青道：「袁兄，月白風高，如此良夜，咱們來聯句，好不好？」袁承志道：「聯句？甚麼叫聯句？我可不會。」溫青一笑不答，替袁承志斟了杯酒。忽見前面江上一葉小舟破浪而來，雖是逆水，但駛得甚快。溫青臉色一變，冷笑數聲，只管喝酒。

座船順風順水，衝向下游，轉眼間兩船駛近。溫青擲下酒杯，突然飛身躍起，雙脚在船篷上點了幾點，落在後梢，從船老大手裏搶過舵來，只一扳，座船船頭向左偏斜，對準了小船直撞過去。小船忙要避讓，那裏還來得及，只聽一聲巨響，兩船已然相撞。

袁承志叫得一聲：「啊喲！」已見小船上躍起三個人影，先後落在大船船頭，身手均頗迅捷。這時小船一側，翻了過去，船底向天。袁承志老遠看出小船上原有五人，除這三人外，尚有兩人，一個掌舵，一個打槳。這兩人不及躍起，都落入水中，只叫得一聲「救命」便沉落江底。這一帶江面水急礁多，就算熟識水性，黑夜中跌入江心也是凶多吉少。

袁承志暗罵溫青歹毒，無端端的又去傷人，等兩人從水中冒上，當卽伸手扯斷帆索，咬在口中，雙足在船舷上一撐，飛身落向江中，一手一個，抓住落水的兩人頭髮，借着牙齒咬住帆索之力，在江面打了個圈子，提着兩人回到座船，這一下既使上了「混元功」內勁，又用了木桑所授的輕身功夫。只聽四人齊聲喝采。一是溫青，他已從船梢躍回船頭，另外三個則是從小船跳上來的。

袁承志放下兩人，月光下看那三人時，見一個是五十多歲的枯瘦老者，留了疏疏的鬍子，一個是中年大漢，身材粗壯，另一個則是三十歲左右的婦人。

那老者陰惻惻一笑，說道：「這位老弟好俊身手，請教尊姓大名，師承是那一位？」

袁承志抱拳說道：「晚生姓袁，因見這兩位落水，怕有危險，這才拉了起來，並非膽敢在前輩面前賣弄粗淺功夫，請勿見怪。」

那老者見他十分謙恭，頗出意料之外，只道他是怕了自己，冷笑一聲，對溫青道：「怪不得你這娃兒越來越大膽啦，原來有了這麼硬的一個幫手。他是你的相好麼？」

溫青登時滿臉通紅，怒喝：「我尊稱你一聲長輩，你說話給我放尊重些！」

袁承志心想：「看這些人神氣，全都不是正人，我可莫捲入是非漩渦之中。」於是朗聲說道：「在下與這位溫兄也是萍水相逢，談不上甚麼交情。我奉勸各位，有事好好商量，不必動刀動槍的傷了和氣。」

那老者還未接口，溫青狠狠瞪了袁承志一眼，怒道：「你要是害怕，那就上岸走你的吧！」袁承志心想：「這個人可當眞蠻不講理。」當下默然不語。

那老者聽了袁承志口氣，知他不是溫青幫手，喜道：「袁朋友旣跟這姓溫的沒有瓜葛，那好極啦，等我們事了之後，我再和袁朋友詳談，咱們很可以交交。」言下頗有結納之意。袁承志不便回答，作了一揖，退在溫青身後。

那老者對溫青道：「你小小年紀，做事這等心狠手辣。沙老大打不過你，你趕了他走，也就罷了，幹麼要傷他性命？」

溫青道：「我只一個人，你們這許多大漢子一擁而上，我不狠一些成麼？還說人家呢？也不怕旁人笑你們大欺小，多欺少。有本事哪，就把人家的金子給拾下來。等我撿了，又是陰魂不散的追着來要，想吃現成麼？也不知道要不要臉呢？」他語音清脆，咭咭呱呱的一頓搶白，那老者給他說得啞口無言。

那婦人突然雙眉豎起，罵道：「你這小娃兒，你溫家大人把你寵得越來越沒規矩啦。我要問問你爺爺去，是誰敎你這般目無尊長？」溫青道：「尊長也要有尊長的樣兒，想擺擺空架子，來撿便宜，那可不成。」

那老者大怒，右手噗的一掌，擊在船頭桌上，桌面登時碎裂。溫青道：「榮老爺子的功夫如何，我早就知道，左右也不過這點玩藝兒，又何必在小輩面前賣弄？你要顯功夫，去顯給我爺爺們看。」那老者道：「你別抬出你那幾個爺爺來壓人。你爺爺便怎樣？他們眞有本事，也不會讓女兒給人蹧蹋，也不會有你這小雜種來現世啦！」溫靑慘然變色，伸手握住了劍柄，一隻白玉般的手不住抖動，顯是氣惱已極。那大漢和婦人卻大笑起來。

袁承志見溫靑臉頰上流下兩道淸淚，心中老大不忍，暗道：「他行事比我老練得多，怎麼給人一激就哭了起來？這老頭兒跟人吵嘴，怎地又去罵人家的父母？年紀一大把，卻不分說道理，亂七八糟的，儘說些難聽話來損人。」他本來決意兩不相助，但眼見溫靑被人欺侮，卻動了鋤強扶弱之念。

那老者陰森森的道：「哭有甚麼用？快把金子拿出來。我們自己也不貪，金子要拿去給沙老大的寡婦。再說，這位袁朋友也該分上一份。」袁承志忙搖手道：「我不要！」

溫靑氣得身子發顫，哭道：「我偏偏不給。」

那大漢哼了一聲，見大船雖已收帆，但仍順水下流，舉起船頭的大鐵錨，在空中舞了一個圈，向岸上擲去。那鐵錨連上鐵鍊，不下兩百多斤，他擲得這麼遠，力氣確然非同小可。鐵錨一落在岸上，大船登時停了。那大漢叫道：「你到底拿不拿出來？」

溫靑舉起左袖，拭乾了淚水，說道：「好，我拿給你們。」奔進船艙，過了一會，雙手捧着一個包裹出來，看模樣甚是沉重。那大漢正要伸手去接，溫靑喝道：「呸，有這麼容易！」手上使勁，那包裹直飛出去，撲通一聲大響，落入江心，叫道：「你們有種就把我殺了，要想得金子嗎？別妄想啦！」那大漢氣得哇哇大叫，拔刀向他砍來。

溫靑一擲出包裹，早已拔劍在手，刷刷兩劍，還刺大漢。那老者叫道：「住手！」大漢迴架來劍，躍開兩步。

那老者向溫青側目斜視，冷笑道：「果然龍生龍，鳳生鳳，烏龜原是王八種。有這樣的老子，就生這樣的小畜生。今日再讓你這小輩在老夫面前放肆，我就不姓榮啦。」也不見他身子幌動，突然拔了起來，落在溫青面前。溫青挺劍刺去，那老者空手進招，運掌成風，攻勢凌厲之極。溫青雖有長劍在手，卻被他逼得連連倒退。拆得十多招，溫青右腕忽被他手指點中，長劍噹啷落地。那老者脚尖一挑，把劍踢了起來，左手握住劍柄，右手搭定劍尖，雙手裏彎，拍的一聲，劍身登時折斷。溫青吃了一驚。

老者喝道：「今日不在你身上留個記號，只怕你日後忘了老夫的厲害！」手持斷劍，向他臉上劃去。溫青驚呼閃避，老者步步進逼，毫不放鬆，左手遞出，劍尖青光閃爍，眼見便要劃到溫青臉上。

袁承志心想：「再不出手，他臉上非受重傷不可。」從囊中掏出一枚銅錢，向老者手中斷劍上投去。

噹的一聲，老者只感手上一震，一枚暗器打在斷劍之上，撞擊之下，虎口一痛，斷劍竟自脫手。溫青本已嚇得面色大變，這時喜極而呼，縱到袁承志身後，拉着他的手臂，似乎求他保護。

那老者姓榮名彩，是龍游幫的幫主，在浙南一帶，除了石樑派五祖、呂七先生等寥寥數人，武功數他爲高。他十指練就大力鷹爪功，比尋常刀劍還更厲害。那知竟被對方一枚小小暗器將手中兵刃打落，眞是生平未遇之奇恥大辱，登時面紅過耳，卻又不禁暗暗心驚：「這小夥子的手勁怎地如此了得？」

那大漢和婦人也已看出袁承志武功驚人，心想反正金子已給丟入江中，今日有這硬手在這裏，無論如何佔不到便宜了，不如交待幾句場面話，就此退走。那婦人叫道：「老爺子，咱們走吧，衝着這位袁朋友，今日就饒了這娃兒。」

溫青叫道：「見人家本領好，就想走啦，你們龍游幫就會欺軟怕硬，羞也不羞？」袁承志眉頭一皺，心想這人剛脫大難，隨卽如此尖酸刻薄，不給人留絲毫餘地。那婦人給他說得神情狼狽，動武又不是，不理又不是，滿臉怒容。

榮彩也感難以下台，強笑道：「這位老弟功夫眞俊，今日相逢，也是有緣，咱倆來玩一趟拳脚如何？」他在大力鷹爪手上下過二十餘年苦功，頗具自信，心想你這小子暗器功夫雖好，在拳脚上卻決不能輸了給你。

袁承志尋思：「如和這老者一動手，就算是助定了溫青。這少年心胸狹隘，刁鑽狡猾，爲了一些金子便胡亂殺人，決不能是益友。何必爲他而無謂與人結怨。」於是拱手說道：「晚輩初涉江湖，不知天高地厚，一點微末小技，如何敢在老前輩面前獻醜？」

榮彩微微一笑，心想：「這少年倒很會做人。」他乘此收篷，說道：「袁朋友太客氣了！」狠狠瞪了溫青一眼，說道：「終有一天，教你這娃兒知道老夫的厲害。」轉頭對那大漢與婦人道：「咱們走吧。」

溫青道：「你有多大厲害，我早就知道啦。見到人家功夫好，就是不敢動手，巴不得想早早扯呼，趕回家去，先服幾包定驚散，再把頭鑽在被窩裏發抖。」他嘴上絲毫不肯讓人，立意要挑撥他與袁承志過招。他看出袁承志武功高強，榮彩不是敵手。這一來不但榮彩尷尬萬分，連袁承志也自發惱。

榮彩怒道：「這位袁朋友年紀雖輕，可是很講交情，來來來，咱們來玩一手，別讓無知小輩說我沒膽子。」袁承志道：「老前輩何必和他一般見識，他是說玩話。」榮彩道：「你放心，我決不和你當眞。」

溫靑冷冷的道：「還說不怕呢，沒動手，先套交情，趕快還是別過招的好。我活了這麼大，還沒見過這樣，哼，哼，這樣甚麼？我可說不上來啦。榮老爺子，你旣怕得狠了，何不請這位袁相公回去，請他來當龍游幫的幫主呢？」

榮彩怒氣沖天，揮掌劈面向袁承志削去，掌緣將近他面門，倏地收回，叫道：「袁朋友，來來來，我請教請教你的高明招術。」

到了這地步，袁承志已不能不出手，只得縱到船頭中間，說道：「老前輩掌下留情。」榮彩道：「好說，好說。你進招吧。大家初次見面，無寃無仇，點到即止便是。」溫靑道：「是啊，袁兄，他在討饒呢，苦苦哀求你別打痛了他的老骨頭。」榮彩呸的一聲，一口濃痰向溫靑吐了過去。溫靑嘻嘻一笑，側身避過。袁承志知道若再謙遜，那就是瞧人不起，展開五行拳，發拳當胸打去。

榮彩和旁觀三人本來都以爲他武功有獨到之秘，那知使出來的竟是武林中最尋常不過的五行拳。敵對三人登時意存輕視，溫靑臉上不自禁露出失望的神色。

榮彩心中暗喜，雙掌如風，連搶三下攻勢，滿擬自己的大力鷹爪手江南獨步，三四招之間就可破去對方五行拳，那知袁承志輕描淡寫的一一化解。再拆數招，榮彩暗暗吃驚，原來對方所使雖是極尋常的拳術，但每一招均是含勁不吐，意在拳先，舉手抬足之間隱含極渾厚的內力。五行拳本以猛攻爲主，但他全不搶攻，只是展開架式，使榮彩雙手欺不近身。榮彩心中焦躁，心想他明明是在讓着自己，如被溫靑一說穿，老臉可掛不住了，驀地拳招一變，改掌爲抓，雙手手指儘是抓向對方要害，一招一式，越來越快。

袁承志心想：「此人鷹爪功練到此地步，也非一朝一夕之功，得給他留下顏面，如不讓他一招，溫靑兒不得還要說嘴。」他自藝成下山，此刻是初次與人動手過招，決意遵照師父叮囑，容讓爲先，眼見榮彩右手向自己肩頭抓來，故意並不退避。榮彩大喜，心中倒並不想傷他，只擬他衣服撕破一塊，就算贏了一招，那知一抓到他的肩頭，突覺他肌肉滑溜異常，竟像水中抓到一尾大魚那樣，一下子就被他滑了開去，正自一驚，袁承志已跳開兩步，說道：「我輸了！」榮彩拱手道：「承讓，承讓！」

溫靑道：「他是眞的讓你，你自知之明倒還有的，知道了就好啦！」

榮彩臉一扳，正待發作，忽見岸上火光閃動，數十人手執兵刃火把，快步奔來。當先一人叫道：「榮老爺子，已把那小子抓到了吧？咱們把這小子剮了，給沙老大報仇！」

溫靑見對方大隊擁到，雖然膽大妄爲，心中也不禁惴惴。

榮彩叫道：「劉家兄弟，你們兩人過來！」岸上兩人應聲走到岸邊，見大船離岸甚遠，撲通兩聲跳入江內，迅速游到船邊，水性極是了得，單手在船舷上一搭，撲地跳了上來。榮彩道：「那包貨色給這小子丟到江心去啦，你哥兒倆去撿起來！」說着向江心一指。劉氏兄弟躍落江中，潛入水內。

溫靑一扯袁承志的袖子，在他耳邊低聲說道：「快救救我吧，他們要殺我呢！」袁承志回過頭來，月光下見他容色愁苦，一副楚楚可憐的神氣，便點了點頭。溫靑拉住他的手道：「他們人多勢衆。你想法子斬斷鐵鍊，咱們開船逃走。」袁承志還未答應，只覺溫靑的手又軟又膩，柔若無骨，甚感詫異：「這人的手掌像棉花一樣，當眞希奇。」

這時榮彩已留意到兩人在竊竊私議，回頭望來。溫靑把袁承志的手揑了一把，突然猛力舉起船頭桌子，向榮彩等三人推去。

那大漢與婦人正全神望着劉氏兄弟潛水取金，出其不意，背上被桌子一撞，驚叫一聲，一齊掉下水去。榮彩縱身躍起，伸掌抓出，五指嵌入桌面，用力一拉一掀，格格兩聲，溫靑握着的桌脚已然折斷。榮彩知道那大漢與婦人不會水性，這時江流正急，劉氏兄弟相距甚遠，不及過來救援，忙把桌子拋入江中，讓二人攀住了不致沉下，隨即雙掌呼呼兩招，向溫靑劈面打來。

溫靑提了兩條桌腿，護住面門，急叫：「快！你。」袁承志提起鐵鍊，「混元功」內勁到處，一提一拉，那隻大鐵錨呼的一聲，離岸向船頭飛來。榮彩和溫靑大驚，忙向兩側躍開，回頭看袁承志時，但見他手中托住鐵錨，緩緩放在船頭。鐵錨一起，大船登時向下游流去，與岸上衆人慢慢遠離。榮彩見他如此功力，料知若在逗留，決計討不了好去，雙足一頓，提氣向岸上躍去。

袁承志看他的身法，知他躍不上岸，提起一塊船板，向江邊擲去。榮彩下落時見足底茫茫一片水光，正自驚惶，突見船板飛到，恰好落在脚下水面之上，當眞大喜過望，左脚在船板上一借力，躍上了岸，暗暗感激他的好意，又不禁佩服他的功力，自己人先躍出，他飛擲船板，居然能及時趕到。

溫靑哼了一聲，道：「不分靑紅皀白，便是愛做濫好人！到底你是幫我呢，還是幫這老頭兒？讓他在水裏浸一下，喝幾口江水不好嗎？又不會淹死人。」

袁承志知道這人古怪，不願再理，心想這種人以少加招惹爲妙，自己救了他性命，他非但毫不感恩，反而如此無禮數說，當下也不接口，回到艙裏睡了。

次日下午船到衢州，袁承志謝了龍德鄰，取出五錢銀子給船老大。龍德鄰定要代付，袁承志推辭不得，只得又作揖相謝。

溫靑對龍德鄰道：「我知你不肯替我給船錢，哼，你就是要給，我也不要你的。」從包裏中取出一隻十兩重的銀元寶來，擲給船老大，道：「給你。」船老大見這麼大一隻元寶，嚇得呆了，說道：「我找不出。」溫靑道：「誰要你找？都給你。」船老大不敢相信，說道：「不用這許多。」溫靑罵道：「囉嗦甚麼？我愛給這許多，就給這許多，你招得我惱起上來，把你船底上打幾個窟窿，教你這條船沉了！」船老大昨晚見他力殺數人，凶狠異常，不敢多說，連謝也不敢謝，忙把元寶收起。

溫靑在桌上打開包裹，一陣金光耀眼，包裹中累累皆是黃金，十兩一條的金條總有二百來條，他右掌在金條堆中切了下去，平分成兩份，將一份包在包裹，揹在背上，雙手把另一堆金條推到袁承志面前，說道：「給你！」袁承志不解，問道：「甚麼？」

溫青笑道：「你當我眞的把金子抛到了江裏嗎？傻死啦！讓他們去江底瞎摸，摸來摸去只是衣服包着的一塊壓艙石。」說着格格大笑，只笑得前仰後合，伏在桌子上身子發顫。

袁承志也不禁佩服他的機智，心想這人年紀比自己還輕着一兩歲，連榮彩這樣的老手也給他瞞過，說道：「我不要，你都拿去，我幫你並非爲了金子。」溫青道：「這是我送給你的，又不是你自己拿的，何必裝僞君子？」袁承志不住搖頭。

龍德鄰雖是富商，但黃澄澄一大堆金子放在桌上，一個一定不要，一個硬要對方拿去，這樣的事情固然聞所未聞，此刻親眼目覩，兀自不信，只道袁承志嫌少。

溫青怒道：「不管你要不要，我總是給了你。」突然躍起，縱上岸去。

袁承志出其不意，一呆之下，忙飛身追出，兩個起落，已搶在他面前，雙手一攔，說道：「別走，你把金子帶去！」溫青衝向右，他攔在右面，溫青衝向左，又被他搶先擋住。溫青幾次闖不過，發了脾氣，舉掌向他劈面打去。袁承志舉左掌輕輕一架，溫青已自抵受不住，向後連退三步，這才站住。他知道無法衝過，忽然往地下一坐，雙手掩面，嗚嗚咽咽的哭了起來。袁承志大奇，連問：「我震痛了你嗎？」溫青呸了一聲：「你才痛呢！」一笑躍起。袁承志不敢再追，目送他背影在江邊隱去。

眼見他一身武功，殺人不眨眼，明明是個江湖豪客，那知又哭又笑，竟如此刁鑽古怪，不由得搖搖頭回到船內，把金條包起，與龍德鄰拱手作別。

他在衢州城內大街上找了一家客店住下，心想：「這一千兩黃金如不歸還，心中如何能安？我不過見他可憐，才出手相助，豈能收他酬謝？好在他是本地石樑派的人，我何不找到他家裏去？他如再撒賴，我放下金子就走。」

翌日問明了石樑的途徑，負了金子，邁開大步走去。石樑離衢州二十多里，他脚步迅速，不消半個時辰就到了。

石樑是個小鎮，附近便是爛柯山。相傳晉時樵夫王質入山採樵，觀看兩位仙人對弈，等到一局既終，回過頭來，自己的斧頭柄已經爛了，回到家來，人事全非，原來入山一去已經數十年。爛柯山上兩峯之間有一條巨大的石樑相連，鬼斧神工，非人力所能搬上，當地故老相傳是神仙以法力移來，石樑之名，由此而起。

袁承志來到鎮上，迎面遇見一個農婦，問道：「大嫂，請問這裏姓溫的住在那裏？」那農婦吃了一驚，說道：「不知道！」臉上一副嫌惡的神氣，掉頭便走。

袁承志走到一家店鋪，向掌櫃的請問。那掌櫃淡淡的道：「老兄找溫家有甚麼事？」袁承志道：「我要去交還一些東西。」那掌櫃冷笑道：「那麼你是溫家的朋友了，又來問我幹甚麼？」袁承志討了個沒趣，心想這裏的人怎地如此無禮，見街邊兩個小童在玩耍，摸出十個銅錢，塞在一個小童的手裏，說道：「小兄弟，你帶我到溫家去。」那小童本已接過了錢，聽了他的話，把錢還他，氣忿忿的道：「溫家？那邊大屋子就是，這鬼地方我可不去。」袁承志這才明白，原來姓溫的在這裏搞得天怒人怨，沒人肯和他家打交道，倒不是此地居民無禮。

他依着小童的指點，向那座大屋子走去，遠遠只聽得人聲嘈雜。走到近處，見數百名農人拿了鋤頭鐵耙，圍在屋前，大叫大嚷：「你們把人打得重傷，眼見性命難保，就此罷了不成？姓溫的，快出來抵命！」人羣中有七八個婦人，披散了頭髮坐在地上哭嚷。

袁承志走將過去，問一個農夫道：「大哥，你們在這裏幹麼？」那農夫道：「啊，你是過路的相公。這裏姓溫的強兇霸道，昨天下鄉收租，程家老漢求他寬限幾天，他一下就把人推得撞向牆上，受了重傷。程老漢的兒子姪兒和他拚命，都被他打得全身是傷，只怕三個人都難活命。你說這樣的財主狠不狠？相公你倒評評這個理看。」

正說之間，衆農夫吵得更厲害了，有人舉起鐵耙往門上猛砸，更有人把石頭丟進牆去。忽然大門呀的一聲開了，一條人影倏地衝出，衆人還沒看清楚，已有七八名農人給他飛擲出來，跌出兩三丈外，撞得頭破血流。

袁承志心想：「這人好快身手！」定睛看時，見那人身材又瘦又長，黃澄澄一張面皮，雙眉斜飛，神色甚是剽悍。

那人喝道：「你們這批豬狗不如的東西，膽敢到這裏來撒野？活得不耐煩了？」衆人未及回答，那人搶上一步，又抓住數人亂擲出去。

袁承志見他擲人如擲稻草，毫不用力，心想不知此人與溫青是甚麼干係，倘若前晚他與溫青在一起，那麼他抵敵榮彩等人綽綽有餘，用不到自己出手了。

人羣中三名農夫搶了出來，大聲道：「你們打傷了人，就這樣算了嗎？我們雖窮，可是窮人也是命哪！」那瘦子嚇嚇幾聲冷笑，說道：「不打死幾個，你們還不知道好歹。」身形一幌，已抓住一個中年農夫後心，隨手甩出，把他向東邊牆角摜去。就在這時，兩個青年農夫一齊舉起鋤頭向他當頭扒下。那瘦子左手一橫，兩柄鋤頭向天飛出，隨即抓住兩人胸口向門口旗桿石上擲去。

袁承志見這人欺侮鄉民，本甚惱怒，但見他武功了得，若是糾纏上了，麻煩甚多，只想等他們事情一了，便求見溫青，交還黃金之後立郎動身，那知這瘦子竟然驟下殺手。眼見這三人撞向牆角堅石，不死也必重傷，不由得激動了俠義心腸，顧不得生事惹禍，飛身而前，左手抓住中年農夫右腿往後一拉，丟在地下，跟着一招「岳王神箭」，身子當眞如箭離弦，急射而出，搶過去抓住兩個青年農夫背心，這才挺腰站直，將兩人輕輕放落。這招「岳王神箭」是木桑道人所傳的輕功絕技，身法之快，任何各派武功均所不及，他本不想輕易炫露，但事急救人，不得不用，心知這一來定招了那瘦子之恨，好在溫家地點已知，不如待晚上再來偷偷交還，於是一放下農夫，立郎轉身就走，更不向瘦子多瞧一眼。

三個農夫死裏逃生，呆在當場，做聲不得。

那瘦子見他如此武功，驚訝異常，暗忖自己投擲這三人手法極爲迅速，且是往不同方向擲去，此人居然後發先至，將三人一一救下，不知是何來頭。見他轉身而去，忙飛身追上，伸手向他肩頭拍去，說道：「朋友，慢走！」這一拍使的是大力千斤重手法。袁承志並不閃避，肩頭微微向下一沉，便把他的重手法化解了，卻也不運勁反擊，似乎毫不知情。那瘦子更是吃驚，說道：「閣下是這批傢伙請來，和我們爲難的麼？」

袁承志拱手道：「實在對不起，兄弟只怕鬧出人命，大家麻煩，是以冒昧扶了他們一把。這可得罪了。老兄如此本領，何必跟這些鄉民一般見識？」

那瘦子聽他出言謙遜，登時敵意消了大半，問道：「閣下尊姓？到敝處來有何貴幹？」

袁承志道：「在下姓袁，有一位姓溫的少年朋友，不知是住在這裏的麼？」那瘦子道：「我也姓溫，不知閣下找的是誰？」袁承志道：「在下要找溫青溫相公。」那瘦子點點頭，轉身對數十名尚未散去的鄉民喝道：「你們想死是不是？還不快滾？」

衆農民見袁承志和那瘦子攀起交情來，適才見了兩人功夫，不敢再行逗留，紛紛散去，走遠之後，便又大罵，行得越遠，罵得越響。鄉音佶屈，袁承志不懂他們罵些甚麼。

那瘦子也不理會，向袁承志道：「請到舍下奉茶。」

袁承志隨他入內，只見裏面是一座三開間的大廳，當中一塊大匾，寫着三個大字：「世德堂」。廳上中堂條幅，雲板花瓶，陳設得甚是考究，一派豪紳大宅的氣派。

那瘦子請袁承志在上首坐了，僕人獻上茶來。那瘦子不住請問袁承志的師承出身，言語雖然客氣，但袁承志隱隱覺得他頗含敵意，當下說道：「請溫青相公出來一見，兄弟要交還他一件東西。」

那瘦子道：「溫青就是舍弟，兄弟名叫溫正。舍弟現下出外去了，不久便歸，請老兄稍待。」袁承志本來不願與這種行爲不正、魚肉鄉鄰的人家多打交道，但溫青既然不在，只得等候。可是跟溫正實在沒甚麼話可說，兩人默然相對，均感無聊。

等到中午，溫青仍然沒回，袁承志又不願把大批黃金交與別人。溫正命僕人開出飯來，火腿臘肉，肥鷄鮮魚，菜肴十分豐盛。

等到下午日頭偏西，袁承志實在不耐煩了，心想反正這是溫青家裏，把金子留下算了，於是將黃金包裹往桌上一放，說道：「這是令弟之物，就煩仁兄轉交。兄弟要告辭了。」

正在此時，忽然門外傳來一陣笑語之聲，都是女子的聲音，其中卻夾着溫青的笑聲。溫正道：「舍弟回來啦。」搶了出去。袁承志要跟出去，溫正道：「袁兄請在此稍待。」袁承志見他神色詭秘，只得停步。

可是溫青竟不進來。溫正回廳說道：「舍弟要去換衣，一會就出來。」袁承志心想：「溫青這人實在女人氣得緊。見個客人又要換甚麼衣服？」

又等良久，溫青才從內堂出來，只見他改穿了紫色長衫，加繫了條鵝黃色腰絛，頭巾上鑲着一顆明珠，滿臉堆歡，說道：「袁兄大駕光臨，幸何如之。」袁承志道：「溫兄忘記了這包東西，特來送還。」溫青惱道：「你瞧我不起，是不是？」袁承志道：「兄弟絕無此意，只是不敢拜領厚賜。就此告辭。」站起來向溫正、溫青各自一揖。

溫青一把拉住他衣袖，說道：「不許你走。」袁承志不禁愕然。溫正也臉上變色。

溫青笑道：「我正有一件要緊事須得請問袁大哥，你今日就在舍下歇吧。」袁承志道：「兄弟在衢州城裏有事要辦，下次若有機緣，當再前來叨擾。」溫青只是不允。溫正道：「袁大哥既然有事，咱們就別躭擱他。」溫青道：「好，你一定要走，那你把這包東西帶走。你說甚麼也不肯在我家住，哼，我知道你瞧我不起。」袁承志遲疑了一下，見他留客意誠，便道：「既是溫兄厚意，兄弟就不客氣了。」

溫青大喜，忙叫廚房準備點心。溫正一臉的不樂意，然而卻不離開，一直陪着，有一句沒一句的閒聊。

溫青儘與袁承志談論書本上的事。袁承志對詩詞全不在行，史事兵法卻是從小研讀的。

溫青探明了他的性之所近，便談起甚麼淝水之戰、官渡交兵之類史事來。袁承志暗暗欽佩，心想：「這人脾氣古怪，書倒是讀過不少，可不似我這假書生那麼草包。」溫正於文事卻一竅不通，聽得十分膩煩，卻又不肯走開。袁承志不好意思了，和他談了幾句武功。溫正正要接口，溫青卻又插嘴把話題帶了開去。

袁承志見這兩兄弟之間的情形很有點奇怪，溫正雖是兄長，對這弟弟卻顯然頗爲敬畏，不敢絲毫得罪，言談之間常被他無禮搶白，反而陪笑，言語中總是討好於他。如溫青對他辭意略爲和善，他就眉花眼笑，高興非凡。

到得晚間，開上酒席，更是豐盛。用過酒飯，袁承志道：「小弟日間累了，想早些睡。」溫青道：「小弟局處鄉間，難得袁兄光臨，正想剪燭夜話，多所請益。袁兄既然倦了，那麼明日再談吧。」

溫正道：「袁兄今晚到我房裏睡吧。」溫青道：「你這房怎留得客人？自然到我房裏睡。」溫正臉色一沉，道：「甚麼？」溫青道：「有甚麼不好？我去跟媽睡。」溫正大爲不悅，也不道別，逕自入內。溫青道：「哼，沒規矩，也不怕人笑話。」

袁承志見他兄弟爲自己鬥氣，很是不安，說道：「我在荒山野嶺中住慣了的，溫兄不必費心。」溫青微微一笑，說道：「好吧，我不費心就是。」拿起燭台，引他進內。

穿過兩個天井，直到第三進，從東邊上樓。溫青推開房門，袁承志眼前一耀，先聞到一陣幽幽的香氣，只見房中點了一支大紅燭，照得滿室生春，床上珠羅紗的帳子，白色緞被上繡着一隻黃色的鳳凰，壁上掛着一幅工筆仕女圖。床前桌上放着一張雕花端硯，幾件碧玉玩物，筆筒中插了大大小小六七枝筆，西首一張几上供着一盆蘭花，架子上停着一隻白鸚鵡。滿室錦繡，連椅披上也繡了花。袁承志來自深山，幾時見過這般富貴氣象，不覺呆了。溫靑笑道：「這是兄弟的臥室，袁兄將就歇一晚吧。」不等他回答，便已掀帷出門。

袁承志室內四下察看，見無異狀，正要解衣就寢，忽聽有人輕輕敲門。袁承志問道：「那一位？」進來一個十五六歲的丫鬟，手托朱漆木盤，說道：「袁少爺，請用點心。」把盤子放在桌上，盤中是一碗桂花燉燕窩。

袁承志雖是督師之子，但自幼窮鄉陋居，從來沒見過燕窩，不識得是甚麼東西。他成年以來，初次和少女談話，很有點害羞，紅着臉應了一聲。

那丫鬟笑道：「我叫小菊，是少爺……少爺，嘻嘻，吩咐我來服侍袁少爺的。袁少爺有甚麼事，差我做好啦。」袁承志道：「沒……沒甚麼事了。」小菊慢慢退出，忽然回頭咭咭一笑，說道：「那是我家少爺特地燉給袁少爺吃的。」袁承志愕然不知所對。小菊一笑出門，輕輕把門帶上了。

袁承志將燕窩三口喝完，只覺甜甜滑滑，香香膩膩，也說不上好吃不好吃，解衣上床，抖開被頭，濃香更冽，中人欲醉，那床又軟又暖，生平從未睡過，迷迷糊糊便睡着了。

月色溶溶，花香幽幽，但覺簫聲纏綿，不禁醺醺然有如中酒。

第五回　山幽花寂寂　水秀草青青

睡到中夜，窗外忽然有個清脆的聲音噗哧一笑，袁承志在這地方本來不敢沉睡，立即驚醒，只聽有人在窗格子上輕彈兩下，笑道：「月白風清，如此良夜。袁兄雅人，不怕辜負了大好時光嗎？」

袁承志聽得是溫青的聲音，從帳中望出去，果見床前如水銀鋪地，一片月光。窗外一人頭下腳上，「倒掛珠簾」，似在向房內窺探。袁承志道：「好，我穿衣就來。」心想這人行事在在令人捉摸不透，倒要看看他深更半夜之際，又有甚麼希奇古怪的花樣。穿好衣服，暗把匕首藏在腰裏，推開窗戶，花香撲面，原來窗外是座花園。

溫青腳下使勁，人已翻起，落下地來，悄聲道：「跟我來。」提起了放在地下的一隻竹籃。袁承志不知他搗甚麼鬼，跟着他越牆出外。

兩人緩步向後山上行去。那山也不甚高，身周樹木葱翠，四下裏輕煙薄霧，出沒於枝葉之間。良夜寂寂，兩人足踏軟草，竟連腳步也是悄無聲息。將到山頂，轉了兩個彎，一陣清風，四周全是花香。月色如霜，放眼望去，滿坡盡是紅色、白色、黃色的玫瑰。

袁承志讚道：「眞是神仙般的好地方。」溫靑道：「這些花都是我親手種的，除了媽媽和小菊之外，誰也不許來。」溫靑提了籃子，緩緩而行。袁承志在後跟隨，只覺心曠神怡，原來提防戒備之意，一時在花香月光中盡皆消除。

又走了一段路，來到一個小小亭子，溫靑要袁承志坐在石上，打開籃子，取出一把小酒壺，兩隻酒杯，斟滿了酒，說道：「這裏不許吃葷。」袁承志挾起酒菜，果然都是些香菇、木耳之類的素菜。

溫靑從籃裏抽出一枝洞簫，說道：「我吹一首曲子給你聽。」袁承志點點頭，溫靑輕輕吹了起來。袁承志不懂音律，但覺簫聲纏綿，如怨如慕，一顆心似乎也隨着婉轉簫聲飛揚，飄飄盪盪地，如在仙境，非復人間。

溫靑吹完一曲，笑道：「你愛甚麼曲子？我吹給你聽。」袁承志嘆了一口氣道：「我甚麼曲子都不知道。你懂得眞多，怎麼這樣聰明？」溫靑下顎一揚，笑道：「是麼？」

他拿起洞簫，又奏一曲，這次曲調更是柔媚，月色溶溶，花香幽幽，袁承志一生長於兵戈拳劍之間，從未領略過這般風雅韻事，不禁醺醺然有如中酒。溫靑擱下洞簫，低聲道：「你覺得好聽麼？」袁承志道：「世界上竟有這般好聽的簫聲，以前我做夢也沒想到過。這曲子叫甚麼名字？」溫靑臉上突然一紅，低聲道：「不跟你說。」過了一會，才道：「這曲子叫『眼兒媚』。」眼波流動，微微一笑。

這時兩人坐得甚近，袁承志鼻中所聞，除了玫瑰淸香，更有淡淡的脂粉之氣，心想這人實在太沒丈夫氣概，他相貌本就已太過俊俏，再這般塗脂抹粉，成甚麼樣子？幸虧自己不是口齒輕薄之人，否則豈不恥笑於他？又想：江南習氣奢華，莫非他富家子弟，盡皆如此，倒是我山野村夫，少見多怪了？

正自思忖，聽得溫青問道：「你愛不愛聽我吹簫？」袁承志點點頭。溫青又把簫放到唇邊，吹了起來，漸漸的韻轉淒苦。袁承志聽得出神，突然簫聲驟歇，溫青雙手一拗，拍的一聲，把一枝竹簫折成兩截。

袁承志一驚，問道：「怎麼？你……你不是吹得好好的麼？」溫青低下了頭，悄聲道：「我從來不吹給誰聽。他們就知道動刀動劍，也不愛聽這個。」袁承志急道：「我沒騙你，我真的愛聽呀，真的。」溫青道：「你明天要去啦，去了之後，你永遠不會再來，我還吹甚麼簫？」頓了一下，又道：「我脾氣不好，我自己知道，可是我就管不了自己……我知道你討厭我，心裏很瞧不起我。」袁承志一時不知說甚麼話好。溫青又道：「因此上你永遠不會再來了。我……我再也見你不着了。」

聽他言中之意，念及今後不復相見，竟是說不出的惆悵難過，袁承志不禁感動，說道：「你一定瞧得出，我甚麼也不懂。我初入江湖，可不會說謊。你說我心裏瞧不起你，覺得你討厭，老實說，那本來不錯，不過現下有些不同了。」溫青低聲道：「是麼？」袁承志道：「我猜你一定有甚麼心事，是以脾氣有點奇怪，那是甚麼事？能說給我聽麼？」

溫青沉吟道：「我跟你說。就怕你會更加瞧我不起。」袁承志道：「一定不會。」溫青咬一咬牙道：「好吧，我說。我媽媽做姑娘的時候，受了人欺侮，生下我來。我五位爺爺打不過這人，後來約了十多個好手，才把那人打跑，所以我是沒爸爸的人，我是個私生……」說到這裏，語音嗚咽，流下淚來。

袁承志道：「這可怪不得你，也怪不得你媽媽，是那壞人不好。」溫青道：「他……他是我的爸爸啊。人家……人家背地裏都罵我，罵我媽。」

袁承志道：「有誰這麼卑鄙無聊，我幫你打他。現下我明白了原因，便不討厭你了。你如眞當我是朋友，我一定再來看你。」溫青大喜，跳了起來。

袁承志見他喜動顏色，笑道：「我來看你，你很喜歡嗎？」溫青拉住他雙手輕輕搖幌，道：「喂，你說過的，一定要來。」袁承志道：「我決不騙你。」

忽然背後有聲微響，袁承志站起轉身，只聽一人冷冷道：「半夜三更的，在這裏偷偷摸摸的幹麼？」那人正是溫正。只見他滿臉怒氣，雙手叉腰，大有問罪之意。

溫青本來吃了一驚，見到是他，怒道：「你來幹甚麼？」溫正道：「問你自己呀。」溫青道：「我和袁兄在這裏賞月，誰請你來了？這裏除了我媽媽之外，誰也不許來。三爺爺說過的，你敢不聽話？」溫正向袁承志一指道：「怎麼他又來了？」溫青道：「我請他來的，你管不着。」

袁承志見他兄弟為自己傷了和氣，很是不安，說道：「咱們賞月已經盡興，大家同去安息吧。」溫青道：「我偏不去，你坐着。」袁承志只得又坐了下來。

溫正呆在當地，悶悶不語，向袁承志側目斜睨，眼光中滿是憎惡之意。

溫青怒道：「這些花是我親手栽的，我不許你看。」溫正道：「我看都看過了，你挖出我的眼珠子麼？我還要聞一下。」說着用鼻子嗅了幾下。溫青怒火大熾，忽地跳起身來，雙手一陣亂拔，拔起了二十幾叢玫瑰，隨拔隨拋，哭道：「你欺侮我！你欺侮我！拔掉了玫瑰，誰也看不成，這樣你才高興了吧？」

溫正臉色鐵青，恨恨而去，走了幾步，回頭說道：「我對你一番心意，你卻如此待我，你自己想想，有沒有良心。這姓袁的廣東蠻子黑不溜秋的，你……你偏生……」溫青哭道：「誰要你對我好了？你瞧着我不順眼，你要爺爺們把我娘兒倆趕出去好啦。我和袁兒在這裏，你去跟爺爺們說好了。你自己又生得好俊嗎？」溫正嘆了一口氣，垂頭喪氣的走了。

溫青回到亭中坐下。過了半晌，袁承志道：「你怎麼對你哥哥這樣子？」

溫青道：「他又不是我眞的哥哥。我媽媽才姓溫，這兒是我外公家。他是我媽媽堂兄的兒子，是我表哥。要是我有爸爸，有自己的家，也用不着住在別人家裏，受別人的氣了。」說着又垂下淚來。

袁承志道：「我瞧他對你倒是挺好的，反而你呀，對他很兇。」溫青忽然笑了出來，道：「我如不對他兇，他更要無法無天呢。」

袁承志見他又哭又笑，一副天眞爛漫的樣子，又想到自己的身世，不禁頓興同病相憐之感，說道：「我爸爸給人害死了，那時我還只七歲，我媽媽也是那年死的。」溫青道：「你報了仇沒有？」袁承志嘆道：「說來慚愧，我眞是不幸……」溫青道：「你報仇時我一定幫你，不管這仇人多麼厲害，我一定幫你。」袁承志好生感激，握住了他的手。

溫青的手微微一縮，隨卽給他捏着不動，說道：「你本事比我強得多，但我瞧你對江湖上的事很生，我將來可以幫你出些主意。」袁承志道：「你眞好。我沒一個年紀差不多的朋友，現今遇到了你……」溫靑低頭道：「就是我脾氣不好，總有一天會得罪你。」袁承志道：「我旣當你是朋友，知道你心地好，就算得罪了我，也不會介意。」溫靑大喜，嘆了一口氣道：「我就是這件事不放心。」

袁承志見他神態大變，溫柔斯文，與先前狠辣的神情大不相同，說道：「我有一句話，不知溫兄肯不肯聽？」溫靑道：「這世上我就聽三個人的話，第一個是媽媽，第二個我親外公三爺爺，第二個就是你了。」

袁承志心中一震，說道：「承你這麼瞧得起我，其實，別人的話只要說得對，咱們都該聽。」溫靑道：「哼，我才不聽呢。誰待我好，我……我心裏也喜歡他，那麼不管他說得對不對，我都聽他的。要是我討厭的人哪，他說得再對，我偏偏不照他的話做。」

袁承志笑道：「你眞是孩子脾氣，你幾歲了？」溫靑道：「我十八歲，你呢？」袁承志道：「我大你兩歲。」

溫靑低下了頭，忽然臉上一紅，悄聲道：「我沒親哥哥，咱們結拜爲兄弟，好不好？」

袁承志自幼便遭身世大變，自然而然的諸事謹細，對溫靑的身世實在毫不知情，雖見他對自己推心置腹，但提到結拜，那是終身禍福與共的大事，不由得遲疑。

溫靑見他沉吟不答，驀地裏站起身來，奔出亭子。袁承志吃了一驚，連忙隨後追去，只見他向山頂直奔，心想這人性情激烈，別因自己不肯答應，羞辱了他，做出甚麼事來，忙展開輕功，幾個起落，已搶在他面前，叫道：「溫兄弟，你生我的氣麼？」

溫青聽他口稱「兄弟」，心中大喜，登時住足，坐倒在地，說道：「你瞧我不起，怎麼又叫人家兄弟？」袁承志道：「我幾時瞧你不起？來來來，咱們就在這裏結拜。」

於是兩人向着月亮跪倒，發了有福共享、有難同當的重誓。站起身來，溫青向袁承志一揖，低低叫了聲：「大哥！」袁承志回了一揖，說道：「我叫你二弟吧。現下不早啦，咱們回去睡吧。」兩人牽手回房。

袁承志道：「你別回去吵醒伯母了，咱們就在這兒同榻而睡吧。」溫青斗然滿臉紅暈，把手一摔，嗔道：「你……你……」隨卽一笑，說道：「明天見。」飄然出房，把袁承志弄得愕然半晌，不知所云。

次日一早，袁承志正坐在床上練功，小菊送來早點。袁承志跳下床來，向她道勞，正吃早點，溫青走進房來，道：「大哥，外面來了個女子，說是來討金子的，咱們出去瞧瞧。」袁承志道：「好。」心想奪人財物，終究不妥，如何勸得義弟還了人家才好。

兩人來到廳口，便聽得廳中脚步聲急，風聲呼呼，有人在動手拚鬥，一走進大廳，只見溫正快步遊走，舞動單刀，正與一個使劍的年輕女子鬥得甚緊。旁邊兩個老者坐在椅中觀戰。一個老人手拿拐杖，另一個則是空手。溫青走到拿拐杖的老者身旁，在他耳邊說了幾句話。那老者向袁承志仔細打量，點了點頭。

袁承志見那少女大約十八九歲年紀，雙頰暈紅，容貌娟秀，攻守之間，法度嚴謹。兩人拆了十餘招，一時分不出高下。袁承志對她劍法卻越看越是疑心。

只見那少女欺進一步，長劍指向溫正肩頭，溫正反刀格擊，迅速之極，眼見那少女的長劍就要被他單刀砸飛。那知溫正快，那少女更快，長劍圈轉，倏地向溫正頸中劃來。溫正一驚，向後連縱三步。那少女乘勢直上，刷刷數劍，攻勢十分迅捷。

袁承志已看明白她武功家數，雖不是華山派門人，但必受過本門中人的指點，否則依她功力，早已支持不住，仗着劍術精奇，才和溫正勉強打個平手，莫看她攻勢凌厲，其實溫正又穩又狠，後勁比她長得多。溫青也已瞧出那少女非溫正敵手，微微冷笑，說道：「憑這點子道行，也想上門來討東西。」

再拆數十招，果然那少女攻勢已緩，溫正卻是一刀狠似一刀，再鬥片刻，那少女更是左支右絀，連遇凶險。

袁承志見情勢危急，忽地縱起，躍入兩人之間。兩人鬥得正緊，兵刃那裏收得住勢？一刀一劍，齊奔他身上砍到。溫青驚呼一聲。那兩個老者一齊站起，只因出其不意，都來不及救援。卻見袁承志右手在溫正手腕上輕輕一推，左手反手在那少女手腕上微微一擋。兩人兵刃都是不由自主的向外盪了開去，當即齊向後躍。兩個老者都是「咦」的一聲，顯然對袁承志這手功夫甚是驚詫，兩人對望了一眼。

溫正只道袁承志記着昨夜之恨，此時出手跟自己爲難。那少女卻見他與溫青同從內堂出來，自然以爲他是對方一黨，眼見不敵，仗劍就要躍出。

袁承志叫道：「這位姑娘且慢，我有話說。」那少女怒道：「我打你們不贏，自有功夫比我高的人來討金子，你們要待怎樣？」袁承志拱手道：「姑娘勿怪，請教尊姓大名，令師是那一位？」那少女「呸」了一聲，道：「誰來跟你囉唆？」斗然躍起，向門外縱去。

袁承志左足一點，已擋在門外，低聲道：「莫走，我幫你。」那少女一呆，問道：「你是誰？」袁承志道：「我姓袁。」

那少女一對烏溜溜的眼珠盯住他的臉，忽然叫了出來：「你識得安大娘麼？」袁承志全身一震，手心發熱，說道：「我是袁承志，你是小慧？」那少女高興得忘了形，拉住他手，叫道：「是啊，是啊！你是承志大哥。」驟然間想起男女有別，臉上一紅，放下了手。溫青見了這副情狀，臉上登時如同罩了一層嚴霜。

溫正叫了起來：「我道袁兄是誰？原來是李自成派了來臥底的！」

袁承志道：「我與闖王曾有一面之緣，倒也不錯，可說不上臥底。這位姑娘是我世交。不知兩位因何交手，兄弟斗膽，替兩位說和如何？」安小慧道：「承志大哥，他們既是你朋友，只要把金子交出，那就一切不提。」溫青冷冷的道：「有這麼容易？」

袁承志道：「兄弟，我給你引見，這位是安小慧安姑娘，我們小時在一塊兒玩，已整整十年不見啦。」溫青冷冷的瞅了安小慧一眼，並不施禮，也不答話。

袁承志很感尷尬，問安小慧道：「你怎麼還認得我？」安小慧道：「你眉毛上的傷疤，我怎會忘記？小時候那個壞人來捉我，你拚命相救，給人家砍的，你忘記了麼？」袁承志笑道：「那一天我們還用小碗小鍋煮飯吃呢。」

溫青更是不悅，悻悻的道：「你們說你們的……青梅竹馬吧，我可要進去啦。」

袁承志忙道：「等一下，小慧，你怎麼跟這位大哥打了起來？」安小慧道：「我和……

和崔師兄……」袁承志搶着問：「崔師兄？是崔秋山叔叔吧？」安小慧道：「不，他是崔秋山叔叔的姪兒。我們護送闖王一筆軍餉到浙東來，那知這人眞壞，半路上來卻搶了去。」說着向溫青一指。

袁承志心下恍然，原來溫青所刦黃金是闖王的軍餉，別說闖王對自己禮遇，師父又正全力輔佐於他，便衝着崔秋山、安大娘、安小慧這三人的故人之情，也無論如何要設法幫他找回來。何況闖王千里迢迢的送黃金到江南來，必定有重大用途。他所興的是仁義之師，救民於水火之中，如何不伸手相助？當下心意已決，向溫青道：「兄弟，瞧在我的臉上，你把金子還了這位姑娘吧！」溫青哼了一聲，道：「你先見過我兩位爺爺再說。」

袁承志聽說兩位老者是他爺爺，心想既已和他結拜，他們就是長輩，於是恭恭敬敬的走上前去，向着兩個老者磕下頭去。

拿拐杖的老者道：「啊喲，不敢當，袁世兄請起。」把拐杖往椅子邊上一倚，雙手托住他肘底，往上一抬。

袁承志突覺一股極大勁力向上托起，立時便要給他拋向空中，當下雙臂一沉，運勁穩住身子，仍向兩人磕足了四個頭才站起身來。那老者暗暗吃驚，心想：「這少年好渾厚的內力。」哈哈一笑，說道：「聽青兒說，袁世兄功夫俊得很，果然不錯。」

溫青道：「這位是我三爺爺。」又指着空手的老者道：「這件是我五爺爺。」說了兩人名號，一個叫溫方山，一個叫溫方悟。袁承志心想：「這兩人想來便是石樑派五祖中的兩祖。那三爺爺的武功比溫正和青弟可高得多了。」於是也各叫了一聲：「三爺爺！五爺爺！」兩個老者齊道：「不敢當此稱呼。」臉上神色似乎頗爲不愉。

袁承志暗暗有氣，心想：「我爹爹是抗清名將、遼東督師。我和你們孫兒結拜，也不致辱沒了他。」轉頭向溫青道：「這位姑娘的金子，兄弟便還了她吧！」

溫青惱道：「你就是這位姑娘、那位姑娘的，可一點不把人家放在心上。」袁承志道：「兄弟，咱們學武的以義氣爲重，這批金子既是闖王的，你取的時候不知，也就罷了。現下旣知就裏，若不交還，豈非對不起人？」

兩個老者本不知這批黃金有如此重大的牽連，只道是那一個富商之物，此時聽安小慧、袁承志一說，心下也頗不安。他們知道闖王聲勢浩大，江湖豪傑聞風景從，這批黃金要是不還，來索討的好手勢必源源而至，實是後患無窮。溫方山微微一笑，說道：「衝着袁世兄的面子，咱們就還了吧。」

溫青道：「三爺爺，那不成！」袁承志道：「你本來分給我一半，那麼我這一半先交還她再說。」溫青道：「你自己要，連我的通統給你。誰又還這樣小家氣，幾千兩金子就當寶貝了？不過是這位姑娘、那位姑娘來要，我就偏偏不給。」

安小慧走上一步，怒道：「你要怎樣才肯還？劃下道兒來吧？」溫青對袁承志道：「你到底是幫她，還是幫我？」

袁承志躊躇半刻，道：「我誰也不幫，我只聽師父的話。」溫青道：「師父？你師父是誰？」袁承志道：「我師父是闖王軍中的。」溫青怒道：「哼，說來說去，你還是幫她。好，金子是在這裏，我費心機盜來，你也得費心機盜去。三天之內，你有本事就來取去，過得三天拿不去，我可不客氣了，希裏嘩拉，一天就花個乾淨。」袁承志道：「這麼多黃金，你一天怎花得完？」溫青惱道：「花不完，不會抛在大路上，讓旁人揀去幫着花麼？」

袁承志拉拉他衣袖，道：「兄弟，跟我來。」兩人走到廳角。袁承志道：「昨晚你說聽我話的，怎麼隔不了半天就變了卦？」溫青道：「你待我好，我自然聽你話。」袁承志道：「我怎麼不待你好？這批金子眞的拿不得啊。」溫青眼圈一紅道：「你見了從前的相好，全心全意就迴護着她，那裏還把人家放在心上？闖王的金子我花了怎樣？大不了給他殺了，反正我一生一世沒人疼。」說着又要掉下淚來。

袁承志見他不可理喻，很不高興，說道：「你是我結義兄弟，她是我故人之女，我是一視同仁，不分厚薄。你怎麼這個樣子？」溫青嗔道：「我就是恨你一視同仁，不分厚薄。哼，不必多說，你三天內來盜吧！」袁承志拉住他的手欲待再勸，溫青手一甩，走進內堂。

袁承志見話已說僵，只得與安小慧兩人告辭出去，找到一家農舍借宿，問起失金經過。原來安小慧等護送金子的共有三人，中途因事分手，致爲溫青所乘。

安小慧說起別來情由，說她母親身子安健，也常牽記着他。袁承志從懷中摸出一隻小金絲鐲來，說道：「這是你媽從前給我的。你瞧，我那時的手腕只有這麼粗。」安小慧嗤的一笑，瞧着他手臂，問道：「承志大哥，你這些年來在幹甚麼？」袁承志道：「天天在練武，甚麼事也沒做。」安小慧道：「怪不得你武功這麼強，剛才你只把我的劍輕輕一推，我就一點勁也使不上來啦。」袁承志道：「你怎麼也會華山派劍法？誰教你的？」

安小慧眼圈一紅，把頭轉了過去，過了一會才道：「就是那個崔師哥教的，他也是華山派的。」袁承志忙問：「他受了傷還是怎的？你爲甚麼難過？」安小慧道：「他受甚麼傷啊？他不理人家，半路上先走了。」袁承志見其中似乎牽涉兒女私情，不便再問。

等到二更時分，兩人往溫家奔去。袁承志輕輕躍上屋頂，只見大廳中燭光點得明晃晃地，溫方山、方悟兩兄弟坐在桌邊喝酒。溫正、溫靑站在一旁伺候。袁承志不知黃金藏在何處，想偷聽他們說話，以便得到些綫索。只聽溫靑冷笑一聲，抬起頭來，向着屋頂說道：「金子就在這裏！有本領來拿好了。」

安小慧一拉袁承志的衣裾，輕聲道：「他已知道咱們到了。」袁承志點點頭，只見溫靑從桌底下取出兩個包裹，在桌上攤了開來，燭光下耀眼生輝，黃澄澄的全是一條條的金子。溫靑和溫正也坐了下來，把刀劍往桌上一放，喝起酒來。

袁承志心想：「他們就這般守着，除非是硬奪，否則怎能盜取？」等了半個時辰，下面四人毫無走動之意，知道今晚已無法動手，和安小慧回到住宿之處。

次日傍晚，兩人又去溫宅，見大廳中仍是四人看守，只是換了兩個老人，看來也是五兄弟中的，其餘三人多半是在暗中埋伏。

袁承志對安小慧道：「他們有高手守在隱蔽的地方，可要小心。」安小慧點點頭，眉頭一皺，計上心來，忽然縱身下去。袁承志怕她落單，連忙跟下。只見她一路走到屋後，摸到廚房邊，火摺一幌，把屋旁一堆柴草點燃了起來。

過不多時，火光沖天而起。溫宅中登時人聲喧嘩，許多莊丁提水持竿，奔來撲救。

兩人搶到前廳，廳中燭光仍明，坐着的四人卻已不見。安小慧大喜，叫道：「他們救火去啦！」縱身翻下屋頂，從窗中穿進廳內。袁承志跟了進去。

兩人搶到桌旁，正要伸手去拿黃金，忽然足下一軟。袁承志暗叫不妙，斗然拔起身子，右手一挽想拉安小慧，卻沒拉着，原來脚底竟是個翻板機關。他身子騰起，左掌搭上廳中石柱，隨卽溜下，右足踏在柱礎之上。這時翻板已經合攏，把安小慧關在底下。

袁承志大驚，撲出窗外查看機關，要設法搭救。剛出窗子，一股勁風迎風撲到，當卽右掌揮出，和擊來的一掌相抵，兩人一用力，袁承志借勢躍上屋頂，偷襲之人卻跌下地去。但此人身手快捷，着地後便卽躍上屋頂。

袁承志立定身軀，四下一望，倒抽一口涼氣，只見高高矮矮、肥肥瘦瘦，屋頂上竟然站滿了人。被他掌力震下又躍上來的正是溫正。

袁承志身入重圈，不知對方心意如何，當下凝神屏氣，一言不發。

只見人羣中走出五個老人來，其中溫方山和溫方悟是拜見過的，另外兩個老人剛才曾坐在廳中看守黃金，餘下一人身材魁梧，比衆人都高出半個頭。那人哈哈一笑，聲若洪鐘，說道：「我兄弟五人僻處鄉間，居然有闖王手下高人惠然光降，眞是三生有幸、蓬蓽生輝了。哈哈，哈哈！」

袁承志上前打了一躬，道：「晚輩拜見。」他因四週都是敵人，只怕磕下頭去受人暗算，但禮數仍是不缺。

溫青站了出來，說道：「這位是我大爺爺，那兩位是我二爺爺、四爺爺。」袁承志一一行禮。

石樑派五祖中的大哥溫方達、二哥溫方義、老四溫方施點點頭，卻不還禮，不住向他打量。溫方義怒聲喝道：「你小小年紀，膽子倒也不小，居然敢在我家放火。」

袁承志道：「那是晚輩一個同伴的魯莽，晚輩十分過意不去，幸喜並未成災。晚輩明日再來向各位磕頭陪罪。」這時柴堆的火已被撲滅，並未延燒開來。

溫正的祖父溫方施身形高瘦，容貌也和溫正頗爲相似，發話道：「磕頭？磕幾個頭就能算了？小娃娃膽大妄爲，竟到石樑溫家來撒野。你師父是誰？」溫氏五老雖對闖王的聲勢頗爲忌憚，但五兄弟素來愛財，到手了的黃金卻也不肯就此輕易吐了出去；適才見袁承志一掌震落溫正，武功委實了得，要先查明他的師承門派，再定對策。

袁承志道：「家師眼下在闖王軍中，只求各位將闖王的金子發還，晚輩改日求家師寫信前來道謝。」溫方達道：「你師父是誰？」袁承志道：「他老人家素來少在江湖上行走，晚輩不敢提他名字。」溫方達哼了一聲，道：「你不說，難道就瞞得過我們？南揚，跟這小子過過招。」心想只消一動上手，非叫你立現原形不可。

人羣中一人應聲而出。這人四十多歲年紀，頦上一叢虬髯，是溫方義的第二個兒子，在石樑派第二輩中可說是一流好手。他縱身上來，劈面便是一拳。袁承志側頭讓過，溫南揚左手一拳跟着打到，拳勁頗爲凌厲。

袁承志心下盤算：「這許多人聚在這裏，一個個打下去，勢必給他們累死。如不速戰，只怕難以脫身。」等他左拳打到，右掌突然飛出，在他左拳上一擋，五指抓攏，已拿住他拳頭，順勢後扯。溫南揚收勢不住，踉踉蹌蹌的向前跌去，脚下踏碎了一大片瓦片，如不是他五叔溫方悟伸手拉住，已跌下房去，登時羞得滿臉通紅，回身撲來。

袁承志站着不動，待他撲到，轉身後仰，左脚輕輕一勾，溫南揚又向前俯跌下去。袁承志左足方勾，右掌同時伸出，料到他要向前俯跌，已一把抓住他的後心。溫南揚身子剛要撞到瓦面，驟然被人提起，那裏還敢交手，狠狠望了袁承志一眼，退了下去。

溫方義喝道：「這小子倒果然還有兩下子，老夫來會會高人的弟子。」雙掌一錯，就要上前。溫青突然縱到他身旁，俯耳說道：「二爺爺，他和我結拜了，你老人家可別傷他。」溫方義罵了一聲：「小鬼頭兒！」溫青拉住他的手，說道：「二爺爺你答應了？」溫方義道：「走着瞧！」手一甩，溫青立足不穩，不由自主的退出數步。

溫方義穩穩實實的踏上兩步，說道：「你發招！」袁承志拱手道：「晚輩不敢。」溫方義道：「你不肯說師父名字，你發三招，瞧我知不知道？」袁承志見他一副老氣橫秋的模樣，心中也道：「你走着瞧。」說道：「那麼晚輩放肆了，晚輩功夫有限，尙請手下留情。」溫方義喝道：「快動手，誰跟你囉裏囉唆？溫老二手下是向來不留情的！」

袁承志深深一揖，衣袖剛抵瓦面，手一抖，袖子突然從橫裏甩起，呼的一聲，向溫方義頭上擊去，勁道着實凌厲。溫方義低頭避過，伸手來抓袖子，卻見他輕飄飄的縱起，左袖兜了個圈子，右袖驀地從左袖圈中直衝出來，逕撲面門，來勢奇急。溫方義避讓不及，當卽身子仰後，躲開了這招。袁承志不讓他有餘裕還手，忽然回身，背向對方。

溫方義一呆，只道他要逃跑，右掌剛要發出，忽覺一陣勁風襲到，但見他雙袖反手從下向上，猶如兩條長蛇般向自己腋下鑽來，這一招更是大出意料之外，忙伸雙手想抓，那知袖子已拂到他腰上，拍拍兩聲，竟爾打中，只感到一陣發麻，對手已借勢竄了出去。

袁承志回過身來，笑吟吟的站住。溫青見他身手如此巧妙，一個「好」字險些脫口而出，急忙伸手按住了嘴，跟着伸了伸舌頭。

溫方義又羞又惱，饒是他見多識廣，卻瞧不出這三招袖子功夫出於何門何派。他又怎知袁承志第一招使的是華山派嫡系武功伏虎掌法，第二招是從木桑道人的輕功中變化出來，第三招「雙蛇鑽腋」卻得自金蛇郎君的「金蛇秘笈」。袁承志怕對方識得，每一招均畧加變化，兼之手掌藏在袖子之中，溫方義如何能識？

溫方達等四兄弟面面相覷，都覺大奇。

溫方義老臉漲得通紅，鬚眉俱張，突然發掌擊出。月光下袁承志見他頭上冒上騰騰熱氣，脚步似乎遲鈍蹣跚，其實穩實異常，當下不敢再行戲弄，一矮身，避開兩招，捲起衣袖，見招拆招，凝神接戰，他生怕給對方叫破自己門派，使的是江湖上最尋常的五行拳。這路拳法幾乎凡是學武之人誰都練過，溫氏五祖自然難以從他招式中猜測他的師承門戶。

溫方義雖然出手不快，但拳掌發出，挾有極大勁風，拆得八九招，袁承志忽覺對方掌風中微有熱氣，向他手掌看去，心頭微震，但見他掌心殷紅如血，慘淡月光映照之下，更覺可怖，心想，這人練的是硃砂掌，聽師父說，這門掌力着實了得，可別被他打到了，於是拳風一緊，招數仍是平庸，勁力卻漸漸增強。

酣鬥中溫方義突覺右腕一疼，疾忙跳開，低頭看時，只見腕上一道紅印腫起，原來已被他手指劃過，但顯是手下留情。溫方義心頭雖怒，可是也不便再纏鬥下去了。

溫方山上前一步，說道：「這位袁兄弟年紀輕輕，拳脚居然甚是了得，那可不容易得很了。老夫領教領教你兵刃上的功夫。」袁承志道：「晚輩不敢身携兵器來到寶莊。」溫方山哈哈一笑，說道：「你禮數倒也週全，這也算藝高人膽大了。好吧，咱們到練武廳去！」手一招，躍下地來。衆人紛紛跳下。袁承志只得隨着衆人進屋。

溫青走到他身邊，低聲說道：「拐杖裏有暗器。」袁承志正待接嘴，溫青已轉身對溫正道：「黑不溜秋的廣東蠻子怎麼樣？現下可服了吧？」溫正道：「二爺爺是寵着你，才不跟他當眞，有甚麼希奇了？」溫青冷笑一聲，不再理他。

衆人走進練武廳，袁承志見是一座三開間的大廳，打通了成爲一個大場子。家丁進來點起數十枝巨燭，照得明如白晝。溫家男女大都均會武藝，聽得三老太爺要和前日來的客人比武，都擁到廳上來觀看，連小孩子也出來了。

最後有個中年美婦和小菊一齊出來。溫青搶過去叫了一聲：「媽！」那美婦滿臉愁容，白了溫青一眼，顯得甚是不快。

溫方山指着四周的刀槍架子，說道：「你使甚麼兵刃，自己挑吧！」

袁承志尋思：今日之事眼見已不能善罷，可是又不能傷了結義兄弟的尊長，剛下山來就遇上這個難題，可不知如何應付才好。

溫青見他皺眉不語，只道他心中害怕，說道：「我這位三爺爺最疼愛小輩的，決不能傷你。」這話一半也是說給溫方山聽的，要他不便痛下殺手。她母親道：「青青，別多話！」溫方山望了溫青一眼，說道：「那也得瞧各人的造化罷。袁世兄，你使甚麼兵刃？」

袁承志遊目四顧，見一個六七歲男孩站在一旁，手中拿着一柄玩具木劍，漆得花花綠綠地，劍長只有尋常長劍的一半。他心念一動，走過去說道：「小兄弟，你這把劍借給我用一下，好不好？」那小孩笑嘻嘻的將劍遞了給他。袁承志接了過來，對溫方山道：「晚輩不敢與老前輩動眞刀眞槍，就以這把木劍討教幾招。」這幾句話說來似乎謙遜，實則是竟沒把對方放在眼裏。他想對方人多，不斷纏鬥下去，不知何時方決，安小慧又已遭困，須得顯示上乘武功，將對方儘快盡數懾服，方能取金救人，既免稽遲生變，又不傷了對溫青的金蘭義氣。適才他在屋頂跟溫方義動手，於對方武功修爲已瞭然於胸，倘若溫氏五老的武功均在伯仲之間，那麼以木劍迎敵，並不能算是犯險托大。

溫方山聽了這話，氣得手足發抖，仰天打個哈哈，說道：「老夫行走江湖數十年，如此小覷老夫這柄龍頭鋼杖的，嘿嘿，今日倒還是初會。好吧，你有本事，用這木劍來削斷我的鋼杖吧。」話剛說完，拐杖橫轉，呼的一聲，朝袁承志腰中橫掃而來。

風勢勁急，袁承志的身子似乎被鋼杖帶了起來，溫青「呀」了一聲，卻見他身未落地，木劍劍尖已直指對方面門。溫方山鋼杖倒轉，杖頭向他後心要穴點到。

袁承志心想：「原來這拐杖還可用來點穴，青弟又說杖中有暗器，須得小心。」身子一偏，拐杖點空，木劍一招「沾地飛絮」，貼着拐杖直削下去，去勢快極。

溫方山瞧他劍勢，知道雖是木劍，給削上了手指也要受傷，危急中右手一鬆，拐杖落下，剛要碰到地面，左手快如閃電，伸下去抓着杖尾，驀地一抖，一柄數十斤的鋼杖昂頭挺起，反擊對方。袁承志見他眼明手快，變招迅捷，也自佩服。

兩人越鬥越緊，溫方山的鋼杖使得呼呼風響，有時一杖擊空，打在地下，磚頭登時粉碎，聲勢着實驚人。袁承志在杖縫中如蝴蝶般穿來插去，木劍輕靈，招招不離敵人要害。

轉瞬拆了七八十招，溫方山焦躁起來，心想自己這柄龍頭鋼杖威震江南，縱橫無敵，今日卻被這後生小輩以一件玩物打成平手，一生威名，豈非斷送？杖法突變，橫掃直砸，已將敵人全身裹住。

旁觀衆人只覺杖風愈來愈大，慢慢退後，都把背脊靠住廳壁，以防被杖頭帶到，燭影下只見鋼杖舞成一個亮晃晃的大圈。

溫方山的武功，比之那龍游幫幫主榮彩可高得多了。袁承志藝成下山，此時方始眞正遇到武功高強的對手，只是不願使出華山派正宗劍法來，以免給溫氏五老認出了自己門派，而對方鋼杖極具威勢，欺不近身去，手中木劍又不能與他鋼杖相碰，心想非出絕招，不易取勝，忽地身法稍滯，頓了一頓。

溫方山大喜，橫杖掃來。袁承志左手運起「混元功」，硬生生一把抓住杖頭，運力下拗，右手木劍直進，嗤的一聲，溫方山肩頭衣服已被刺破，這還是他存心相讓，否則一劍刺在胸口，雖是木劍，但內勁凌厲，卻也是穿胸開膛之禍。

溫方山大吃一驚，虎口劇痛，鋼杖已被夾手奪了過去。

袁承志心想他是溫青的親外公，不能令他難堪，當下立即收回木劍，左手一送，已將鋼杖交還在他手中。這只是一瞬間之事，武功稍差的人渾沒看出鋼杖一奪一還，已轉過了一次手，料想令他如此下台，十分顧全了他老人家的顏面。

那知溫方山跟着便橫杖打出。袁承志心想：「已經輸了招，怎麼如此不講理，全沒武林中高人的身分？」當卽向左避開，突然嗤嗤嗤三聲，杖頭龍口中飛出三枚鋼釘，分向上中下三路打到。杖頭和他身子相距不過一尺，暗器突發，那裏避讓得掉？

溫青不由得「呀」的一聲叫了出來，眼見情勢危急，臉色大變。

卻見袁承志木劍迴轉，拍拍拍三聲，已將三枚鋼釘都打在地下。這招華山劍法，有個名目叫作「孔雀開屏」，取義於孔雀開屏，顧尾自憐。這招劍柄在外，劍尖向己，專在緊急關頭擋格敵人兵器。袁承志打落暗器，木劍反撩，橫過來在鋼杖的龍頭上一按。木劍雖輕，這一按卻按在杖腰的不當力處，正深得武學中「四兩撥千斤」的要旨。

溫方山只覺一股勁力將鋼杖向下捺落，忙運力反挺，卻已慢了一步，杖頭落地。袁承志左足一蹬，踏上杖頭。溫方山用力回扯，竟沒扯起。袁承志鬆足向後縱開丈餘。溫方山收回鋼杖，只見廳上青磚深深凹下了半個龍頭，鬚牙宛然，竟是杖上龍頭被他蹬入磚中留下的印痕。四周衆人見了，盡皆駭然。

溫方山臉色大變，雙手將鋼杖猛力往屋頂上擲去，只聽得忽啦一聲巨響，鋼杖穿破屋頂，飛了出去。

他縱聲大叫：「這傢伙輸給你的木劍，還要它幹麼？」

袁承志見這老頭子怒氣勃勃，呼呼喘氣，將一叢鬍子都吹得飛了起來，心中暗笑：「這是你輸了給我，可不是鋼杖輸了給木劍！」

屋頂磚瓦泥塵紛落之中，溫方施縱身而出，說道：「年輕人打暗器的功夫還不壞，來接接我的飛刀怎樣？」隨手解下腰中皮套，負在背上。

袁承志見他皮套中插着二十四柄明晃晃的飛刀，刃長尺許，心想大凡暗器，均是乘人不備，卒然施發，袖箭藏在袖中，金鏢、鐵蓮子之屬藏在衣囊，他的飛刀卻明擺在身上當眼之處，料想必有過人之長，知道這時謙遜退讓也已無用，點了點頭，說道：「老前輩手下容情！」將木劍還給小孩，轉過身來。

溫家衆人知道四老爺的飛刀勢頭勁急，捷如電閃，倏然便至。這少年如全數接住，倒也罷了，要是他閃避退讓，飛刀不生眼睛，那可誰也受不住他一刀。當下除了四老之外，餘人紛紛走出廳去，挨在門邊觀看。

溫方施叫道：「看刀！」手一揚，寒光閃處，一刀嗚嗚飛出。原來他的飛刀刀柄鏤空，在空中急飛而過之時，風穿空洞，發出嗚嗚之聲，如吹鎖吶，聲音淒厲。刀發有聲，似是先給敵人警告，顯得光明磊落，其實也是威懾恐嚇，擾人心神。

袁承志見飛刀威猛，與一般暗器以輕靈或陰毒見勝者迥異，心想：「我如用手接刀，不顯功夫，難挫他驕氣，總要令他們輸得心悅誠服，才能叫他們放出小慧，交還黃金。」於是在懷中摸出兩枚銅錢，左手一枚，右手一枚，分向飛刀打去。左手一枚先到，只聽錚的一聲響，飛刀登時無聲，原來銅錢已把鏤空的刀柄打折。右手一枚銅錢再飛過去，與飛刀一撞，同時跌在地上。那飛刀重逾半斤，銅錢又輕又小，然而兩者相撞之後，居然一齊下墮，顯見他的手勁力道，比溫方施高出何止數倍。

溫方施登時變色，兩刀同時發出。袁承志也照樣發出四枚銅錢，先將雙刀聲音打啞，跟着擊落在地。

溫方施哼了一聲道：「好本事！好功夫！」口中說着，手下絲毫不緩，六把飛刀一連串的擲了出去。他這時已知勢難擊中對方，故意將六柄飛刀四散擲出，心想：「難道你還能一一把我飛刀打落？」卻聽得嗚錚、嗚錚接連六響，六柄飛刀竟然又被十二枚銅錢打啞碰跌。袁承志當日在華山絕頂，不知和木桑道人下了多少棋盤，打了多少千變萬化之刦，再加上無數晨夕的苦練，才學會這手世上罕見的暗器功夫。木桑若是在旁，說不定還要指摘他手法未純，但溫家諸人卻已盡皆心驚。

溫方施大喝一聲：「好！」雙手齊施，六柄飛刀同時向對方要害處擲出，六刀剛出手，又是六刀齊飛，這是他平生絕技，功夫再好的人躲開了前面六刀，決再躲不開後面跟上的六刀。十二柄飛刀嗚嗚聲響，四面八方的齊向袁承志飛去。

溫方達眼見袁承志武功卓絕，必是高人弟子，突見四弟使出最厲害的刀法，心中一驚，叫道：「四弟，別傷他性命……」話聲未畢，只見袁承志雙手在空中一陣亂抓，右手六柄，左手六柄，十二柄飛刀盡數抓在手中，接着雙手對着兵器架連續揚了幾揚。

刀槍架上本來明晃晃的插滿了刀槍矛戟，但見白光閃爍，槍頭矛梢，盡皆折斷，原來都被他用十二把飛刀斬斷了。飛刀餘勢不衰，插入了牆壁。

突然之間，五老一齊站起，圈在他身周，目露兇光，同時喝道：「你是金蛇奸賊派來的嗎？」

袁承志空中抓刀的手法，確是得自「金蛇秘笈」，驀見五老神態兇惡，便似要同時撲上來咬噬一般，心下不禁驚慌，正要回答，一瞥之下，忽見廳外三個人走過，其中一人正是安小慧，被兩名大漢綁縛了押着，當是剛從翻板下面的地窖被擒了上來。他心急救人，一個「一鶴沖天」，縱出廳去。溫方達與溫方義各抽兵刃，隨後追到。

袁承志不顧追敵，直向安小慧衝去。兩名大漢刀劍齊揚，摟頭砍下。只聽得噹噹兩聲，兩名大漢手中的刀劍脫手飛出。這兩人一呆，見砸去他們兵刃的竟是大老爺和二老爺，嚇了一跳。溫方達與溫方義罵了聲：「膿包！」搶上追趕。

原來袁承志身手快極，不架敵刃，颼的一下，竟從刀劍下鑽了過去。那兩名大漢兵刃砍下來時，溫氏二老恰好趕到，一刀一劍，便同時向大老爺、二老爺的頭上招呼。

袁承志雙手一扯，扯斷了縛住安小慧手上的繩索。安小慧大喜，連叫：「承志大哥！」

這時那兩人的刀劍正從空中落下，袁承志甩出斷繩，纏住長劍，扯了回來，對安小慧道：「接着！」繩子一鬆，那劍劍柄在前，倒轉着向她飛去。安小慧伸手接住。

這當兒當眞是說時遲，那時快，長劍剛擲出，溫方達兩柄短戟已向袁承志胸前捌到。卻聽得「啊！哼！」兩聲叫喊，原來那兩名大漢擋在路口，溫方義嫌他們碍手碍脚，一個掃堂腿踢開了。

袁承志脚步不動，上身向後一縮，斗然退開兩尺。溫方達雙戟遞空，正要再戳，勁未使出，倏覺雙戟自動向前，燭光映射下，只見對方手中一截斷繩已纏住雙戟，向前拉扯。

溫方達借力打力，雙戟一招「涇渭同流」，乘勢戳了過去，戟頭鋒銳，閃閃生光。袁承志側過身子，用力一扯斷繩，隨卽突然鬆手。溫方達出其不意，收勢不及，向前踉蹌了兩步，看袁承志時，已拉了安小慧搶進練武廳內。

溫方達本已沖沖大怒，這時更加滿臉殺氣，雙手一崩，已把戟上短繩崩斷，縱進廳來。溫家衆人也都回到廳內，站在五老身後。

溫方達雙戟歸於左手，右手指着袁承志，惡狠狠的喝道：「那金蛇奸賊在那裏？快說。」

袁承志說道：「老前輩有話好說，不必動怒。」

溫方義怒道：「金蛇郎君夏雪宜是你甚麼人？他在甚麼地方？你是他派來的麼？」

袁承志道：「我從沒見過金蛇郎君的面，他怎會派我來？」溫方山道：「這話當眞？」

袁承志道：「我幹麼騙你？晚輩在衢江之中，無意與這位溫兄弟相遇，承他瞧得起，結交爲友，這跟金蛇銀蛇有甚麼干系？」

五老面色稍和，但仍十分懷疑。溫方達道：「你不把金蛇奸賊藏身之所說出來，今日莫想離開石樑。」

袁承志心想：「憑你們這點功夫想扣留我，只怕不能。」聽他們口口聲聲的把金蛇郎君叫作「金蛇奸賊」，更是說不出的氣惱，但面子仍很恭謹，說道：「晚輩與金蛇郎君無親無故，連面也沒有會過。不過他在那裏，我倒也知道，就只怕這裏沒一個敢去見他。」

溫氏五老怒火上沖，紛紛說道：「誰說不敢？」「這十多年來，我們那一天不在找他？」「這奸賊早已是廢人一個，又有誰怕他了？」「他在那裏？」「快說，快說！」

袁承志淡淡一笑，道：「你們眞的要去見他？」溫方達踏上一步，道：「不錯。」袁承志笑道：「見他有甚麼好？」溫方達怒道：「小朋友，誰跟你開玩笑？快給我說出來！」袁承志道：「各位身子壯健，總還得再隔好幾年，才能跟他會面。他已經死啦！」

此言一出，各人盡皆愕然。只聽得溫靑急叫：「媽媽，媽媽，你怎麼了？」袁承志回過頭來，見那中年美婦已暈倒在溫靑懷中，臉色慘白，連嘴唇都毫無血色。

溫方山臉色大變，連罵：「寃孽。」溫方義對溫靑道：「靑靑，快把你媽扶進去，別丟醜啦，讓人家笑話。」溫靑哇的一聲哭了出來，說道：「丟甚麼醜？媽媽聽到爸爸死了，自然要傷心。」

袁承志大吃一驚：「他媽媽是金蛇郎君的妻子？溫靑是他的兒子？」

溫方義聽得溫靑出言衝撞，更在外人之前吐露了溫門這件奇恥大辱，牙齒咬得格格直響，對溫方山道：「三弟，你再寵這娃娃，我可要管了。」溫方山向溫靑斥道：「誰是你爸爸？小孩子胡言亂語。還不快進去？」

溫靑扶着母親，慢慢入內。那美婦悠悠醒轉，低聲道：「你請袁相公明晚來見我，我有話問他。」溫靑點頭，回頭對袁承志道：「還有一天，明晚你再來盜吧。你就是幫着人家。你，你……發的誓都是騙人的！」恨恨的向安小慧望了一眼，扶着母親走了進去。

袁承志對安小慧道：「走吧！」兩人向外走出。溫方悟站在門口，雙手一攔，厲聲說道：「慢走，還有話問你。」袁承志一拱手道：「今日已晚，明日晚輩再來奉訪。」溫方悟道：「那金蛇奸賊死在甚麼地方？他死時有誰見到了？」

袁承志想起那晚張春九刺死他禿頭師弟的慘狀，心想：「你們石樑派好不奸詐兇險，那晚在華山之上，我便險些死在你們手中，又何必跟你們說眞話？何況你們覬覦金蛇郎君的遺物，我更不能說。」便道：「我也是輾轉聽朋友說起的，金蛇郎君是死在廣東海外的一個荒島之上。」說到這裏，童心忽起，說道：「貴派有一個瘦子，叫作張春九，還有一個禿頭，是不是？金蛇郎君的下落，他師兄弟倆知道得清清楚楚。只消叫他二人來一問，就甚麼都明白了，用不着來問我。」

溫氏五老面面相覷，透着十分詫異。溫方義道：「張春九和江禿頭？這兩個傢伙不知死到那裏去了，他媽的，回來不剝他們的皮。」

袁承志心道：「你們到廣東海外幾千個荒島上去細細的找吧！要不然，親自去問張春九和那禿頭也好。」向衆人抱拳道：「晚輩失陪。」

溫方悟道：「忙甚麼？」他定要問個淸楚，伸臂攔住。袁承志伸掌輕輕向他手臂推去。溫方悟手腕一勾，要施展擒拿手法拿他手腕。那知袁承志不想再和人動手，這一招其實是虛招，對方手一動，左方露出空隙，他拉住安小慧的手，呼的一聲，恰好從空隙中穿了出去，連溫方悟的衣服也沒碰到。

溫方悟大怒，右手在腰間一抖，已把一條牛皮軟鞭解了下來，一招「駿馬脫韁」，向他後心打到。武林中的軟鞭有的以精鋼所鑄，考究的更以金絲繞成，但溫方悟內功精湛，所用兵刃就只平平常常的一條皮鞭。皮鞭又韌又軟，在他手裏使開來如臂使指，內勁到處，比之五金軟鞭有過之而無不及。

袁承志聽得背後風聲，拉着安小慧向前直竄，皮鞭落空，聽得呼的一聲，勁道凌厲，知是一件厲害的軟兵器，他頭也不回，向牆頭縱去。

溫方悟在這條軟鞭上下過數十年的功夫，被他這麼輕易避開，豈肯就此罷手？右手揮出，圈出一個鞭花，向安小慧脚上捲來。這一下避實就虛，知道這少女功力不高，這一招定然躲不開，如把她拉了下來，等於是截住了袁承志。

袁承志聽得風聲，左手撩出，帶住鞭梢，他上躍之勢不停，左手使勁，竟將溫方悟提了起來。溫家衆人一見，無不大駭。

溫方施要救五弟，右手急揚，兩柄飛刀嗚嗚發聲，向袁承志後心飛去。

袁承志左手鬆開了皮鞭鞭梢，拉着安小慧向牆外躍出，聽得飛刀之聲，竟不回頭，脚心在飛刀刀身輕輕一擋，飛刀立時倒轉。

溫方悟脚剛落地，兩柄飛刀已當頭射落。他不及起身，抖起皮鞭，想打開飛刀，那知皮鞭忽然寸寸斷裂，原來剛才袁承志在半空中提起溫方悟，實已使上了混元功的上乘內勁，否則他在半空中無從借力，如何提得起一個一百幾十斤的大漢？這混元勁傳到皮鞭之上，竟然將鞭子扯斷了。溫方悟大驚，一個「懶驢打滾」，滾了開去，但一柄飛刀已把他衣襟刺破。他站起來時一身冷汗，半晌說不出話來。

溫方達不住搖頭。五老均是暗暗納罕。溫方義道：「這小子不過廿歲左右，就算在娘胎裏起始練武，也不過廿年功力，怎地手下竟如此了得？」溫方山道：「金蛇奸賊這般厲害，也栽在咱們手裏。這小子明晚再來，咱們好好的對付他。」

袁承志和安小慧回到借宿的農家。安小慧把這位承志大哥滿口稱讚，佩服得了不得，說道：「崔師哥老是誇他師父怎麼了不起，我看他師父一定及不上你。」袁承志道：「崔師哥叫甚麼名字？他師父是那一位？」安小慧道：「他叫崔希敏，外號叫甚麼伏虎金剛。他師父是華山派穆老祖師的徒弟，外號叫『銅筆鐵算盤』。我聽了這外號就忍不住笑，也從來沒問崔師哥他師父叫甚麼名字。」

袁承志點點頭，心想：「原來是大師哥的徒弟，他還得叫我聲師叔呢。」也不與她說穿，兩人各自安寢。

次日晚上，袁承志叫安小慧在農家等他，不要同去。安小慧知道自己功夫差，只有碍手碍脚，幫不上忙，反要他分心照顧，雖然不大願意，還是答應了。

袁承志等到二更天時，又到溫家，只見到處黑沉沉的燈燭無光，正要飛身入內，忽聽得遠處輕輕傳來三聲簫聲，那洞簫一吹卽停，過了片刻，又是三聲。袁承志心念一動，知是溫青以簫相呼，心想溫氏五老極兇惡，溫青卻對自己尙有結義之情，最好能勸得她交還黃金，不必再動手了，於是循着簫聲，往玫瑰山坡上奔去。

到得山坡，遠遠望去，見亭中坐着兩人，月光下只見雲鬢霧鬢，兩個都是女子，當卽停了脚步，心想：「青弟不在這裏！」只見一個女子舉起洞簫吹奏，聽那曲調，便是溫青那天吹過的那首音調淒涼的曲子，忍不住走近幾步，想看淸楚是誰。

那手持洞簫的女子出亭相迎，低低叫了聲：「大哥！」袁承志大吃一驚，溶溶月色下一張俏麗面龐，竟然便是溫青。他登時呆了，隔了半晌，才道：「你……你……」

溫青淺淺一笑，說道：「小妹其實是女子，一直瞞着大哥，還請勿怪！」說着深深一個萬福。袁承志還了一揖，以前許多疑慮之處，豁然頓解，心想：「我一直怪她脂粉氣太重，又過於小性兒，沒丈夫氣概，原來竟是女子。唉，我竟是莫名其妙的跟一個姑娘拜了把子，這可從那裏說起？」

溫青道：「我叫溫青青，上次對你說時少了一個青字。」說着抿嘴一笑，又道：「其實呢，我該叫夏青青才是。」

袁承志見她改穿女裝，秀眉鳳目，玉頰櫻唇，竟是一個美貌佳人，心中暗罵自己胡塗，這麼一個美人誰都看得出來，自己竟會如此老實，被她瞞了這許多天。要知他一生之中，除了嬰兒之時，只和安大娘和安小慧同處過數日，此後十多年在華山絕頂練武，從未見過女子。後來在闖王軍中見到李岩之妻紅娘子，這位女俠豪邁爽朗，與男子無異。因此於男女之別，他實是渾渾噩噩，認不出溫青青女扮男裝。

溫青青道：「我媽在這裏，她有話要問你。」袁承志走進亭去，作揖行禮，叫道：「伯母，小姪袁承志拜見。」那中年美婦站起身來回禮，連說：「不敢當。」

袁承志見她雙目紅腫，臉色憔悴，知她傷心難受，默默無言的坐了下來，尋思：「聽青青說，她母親是給人強姦才生下她來，那人自是金蛇郎君了。五老對金蛇郎君深痛惡絕，青青提一聲爸爸，就被她二爺爺喝斥怒罵。可是她媽媽聽得金蛇郎君逝世，立卽暈倒，傷心成這個樣子，對他顯然情意很深，其中只怕另有別情。」

青青的母親呆了一陣，低聲問道：「他……他是眞的死了？袁相公可親眼見到麼？」袁承志點點頭。她又道：「袁相公對我青青很好，我是知道的。我決不像我爹爹與叔伯們那樣，當你是仇人，請……請你把他死時的情形見告。是誰害死他的？他……他死得很苦嗎？」說到這裏，聲音發顫，淚珠撲簌簌的流了下來。

袁承志對金蛇郎君的心情，實在自己也不大明白，聽師父與木桑道人說，這人脾氣古怪，工於心計，爲人介於正邪之間。他安排鐵盒弩箭、秘笈劇毒，確是用心險狠，實非正人端士。可是自從研習「金蛇秘笈」中的武功之後，對這位絕世的奇才不禁暗暗欽佩，在內心深處，不自覺的已把他當作師父之一。昨晚聽到溫氏五老怒斥金蛇郎君爲「奸賊」，心中說不出的憤怒，事後想及，也覺奇怪。這時聽青青之母問起，便道：「金蛇郎君我沒見過面，不過說起來，這位前輩和我實有師徒之份，我許多武功是從他那裏學的。這位前輩死後的情形，恕我不便對伯母說，只怕有壞人要去發掘他的骸骨。」

青青之母身子一幌，向後便倒。青青連忙抱住，叫道：「媽媽，你別傷心。」過了一會，青青之母悠悠醒來，哭道：「我苦苦等了十八年，只盼他來接我們娘兒離開這地方，那知他竟一個人先去了。青青連她爸爸一面也見不着。」

袁承志道：「伯母不必難過。夏老前輩現今安安穩穩的長眠地下。他的骸骨小侄已經好好安葬了。」又道：「夏前輩死時身子端坐，逝世之前又作了各種安排，顯非倉卒之間給人害死。」

青青之母說道：「原來是袁相公葬的，大恩大德，眞不知怎樣報答才好。」說着站起來施了一禮，又道：「青青，快給袁大哥磕頭。」青青拜倒在地，袁承志忙也跪下還禮。青青之母道：「不知他可有甚麼遺書給我們？」

袁承志想起秘笈封面夾層中的地圖和圖上字樣：「得寶之人，務請赴浙江衢州石樑，尋訪溫儀，贈以黃金十萬兩。」當時看了這張「重寶之圖」，因無貪圖之念，隨手在行囊中一塞，此後沒再加留意，曾想金蛇郎君以曠世武功，絕頂聰明，竟至喪身荒山，險些骸骨無人收殮，只怕還是受了這重寶之害。天下奇珍異寶，無不足招大禍，這話師父常常提起，因此對這張遺圖頗有些厭憎之感，這時經青青之母一問，這才記起，說道：「小侄無禮，斗膽請問，伯母的閨字，可是一個『儀』字？」

青青之母一驚，說道：「不錯，你怎知道？」隨即道：「那定是他……他……遺書上寫着的了，袁相公可……可有帶着？」神情中充滿盼望和焦慮。

袁承志正要回答，突然右足一點，從亭子欄干上斜刺躍出。溫儀母女吃了一驚，只聽一人「啊喲」一聲，袁承志已伸手從玫瑰叢中抓了一個人出來，走回亭子。那人已被他點中穴道，手足軟軟的垂下，動彈不得。

青青叫道：「是七伯伯。」溫儀嘆了一口氣，道：「袁相公，請你放了他吧。溫家門中，沒一個當我們母女是親人了。」袁承志伸手在那人身上拍揑幾下，解開了他的穴道。原來那人是昨晚與他交過手的溫南揚。他是溫方義的兒子，在兄弟中排行第七。

溫青青怒道：「七伯伯，我們在這裏說話，你怎麼來偷聽？也沒點長輩樣子。」

溫南揚一聽大怒，便欲發作，但剛才被袁承志擒住時全無抗禦之能，昨晚又在他手底吃過苦頭，恨恨的望了三人一眼，轉頭就走，走出亭子數步，惡狠狠的道：「不要臉的女人，自己偷漢子不算，還教女兒也偷漢子。」

溫儀一陣氣苦，兩行珠淚掛了下來。青青那裏忍得他如此辱罵，追出去喝道：「喂，七伯伯，你嘴裏不乾不淨的說甚麼？」

溫南揚轉身罵道：「你這賤丫頭要反了嗎？是爺爺們叫我來的，你敢怎樣？」

溫青青罵道：「你要教訓我，大大方方的當面說便是，幹麼來偷聽我們說話？」溫南揚冷笑道：「我們？也不知是那裏鑽出來的野男人，居然一起稱起我們來啦。溫家十八代祖宗的臉，都給你們丟乾淨了！」青青氣得脹紅了臉，轉頭道：「媽，你聽他說這種話。」

溫儀低聲道：「七哥，請你過來，我有話說。」溫南揚畧一沉吟，大踏步走進亭子站定，和袁承志相距甚遠，防他突然出手。

溫儀道：「我們娘兒身遭不幸，蒙五位爺爺和各位兄弟照顧，在溫家又躭了十多年。那姓夏的事，我從來沒跟青青說過，現下既然他已不在人世，也就不必再行隱瞞。這件事七哥頭尾知道得很清楚，請你對袁相公與青青說一說吧。」

溫南揚佛然道：「我幹麼要說？你的事你自己說好啦，只要你不怕醜。」溫儀輕輕嘆了口氣，幽幽的道：「好吧，我只道他救過你性命，你還會有一些兒感激之心，那知溫家的人，全是那麼忘……忘……唉！」溫南揚怒道：「他救過我性命，那不錯。可是他爲甚麼要救我？好，我痛痛快快說出來，免得你自己說時，不知如何胡言亂語，儘說些謊話。」青青怒道：「我媽媽怎會說謊？」溫儀拉了她一把，道：「讓七伯伯說。」

溫南揚坐了下來，說道：「姓袁的，青青，我怎樣識得那金蛇奸賊，現今原原本本的跟你們說，也好讓你們知道，那奸賊的用心是怎樣險毒。」青青道：「你說他壞話我不聽。」說着雙手掩住耳朵。

溫儀道：「青青，你聽好啦。你過世的爸爸雖然不能說是好人，可是比溫家全家的好處還多上百倍。」溫南揚冷笑道：「你忘了自己也姓溫。」

溫儀抬頭遠望天邊，輕聲道：「我……我……早已不姓溫了。」

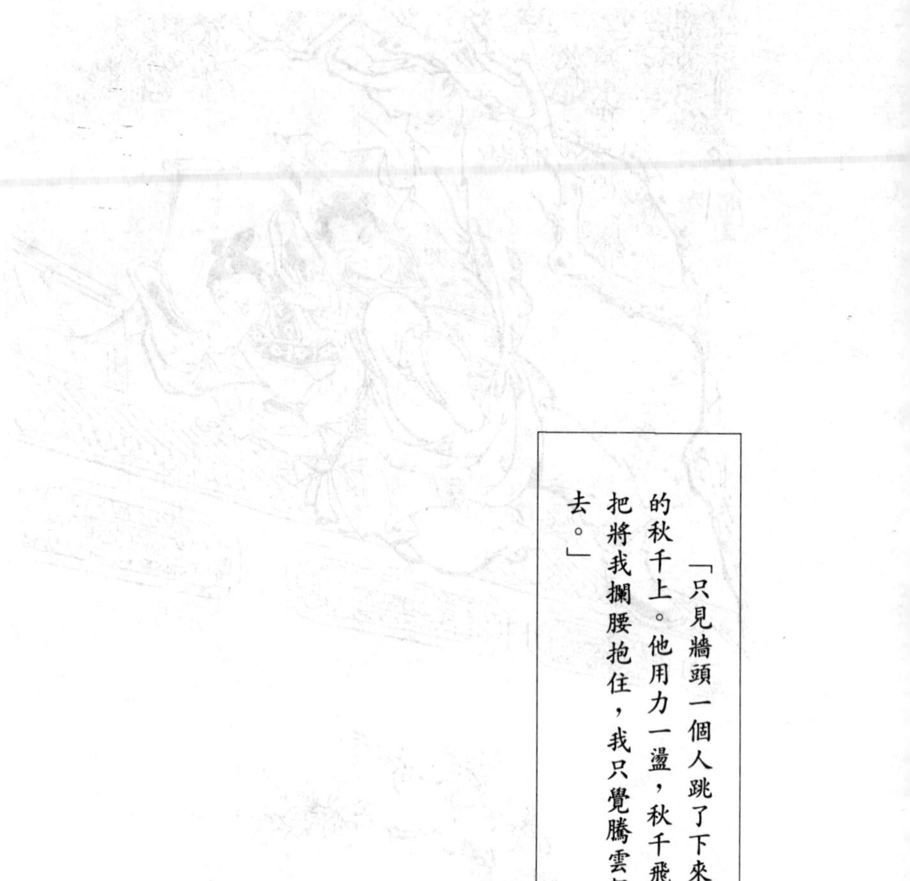

「只見牆頭一個人跳了下來，剛好站在我的秋千上。他用力一盪，秋千飛了起來。他一把將我攔腰抱住，我只覺騰雲駕霧般飛了出去。」

第六回　踰牆摟處子　結陣困郎君

溫南揚說道：「那是二十年前的事了，那時我二十六歲。爹爹叫我到揚州去給六叔做幫手。」袁承志心想：「原來石樑溫氏五祖本有六兄弟。」溫南揚續道：「我到了揚州，沒遇上六叔。一天晚上出去做案子，不小心失了手。」溫儀冷冷的道：「不知是做甚麼案子？」溫南揚怒道：「男子漢大丈夫，敢做難道不敢說？我是瞧見一家大姑娘長得好，夜裏跳進牆去採花。她不從，我就一刀殺了。那知她臨死時一聲大叫，給人聽見了。護院的武師中竟有幾名好手，一齊湧來，好漢敵不過人多，我就給他們擒住了。」

袁承志聽他述說自己的惡行，竟然毫無羞愧之意，心想這人實是無恥已極。

溫南揚又道：「他們打了我一頓，將我送到衙門裏監了起來。我可也不怕。我這件案子不是小事，沸沸揚揚的早傳開了。我想六叔既在揚州，他武功何等了得，得知訊息後，自會來救我出獄。那知等了十多天，六叔始終沒來。上官詳文下來，給我判了個斬立決。獄卒跟我一說，我才驚慌起來。」溫青青哼了一聲，道：「我還道你是不會怕的。」

溫南揚不去理她，續道：「過了三天，牢頭拿了一大碗酒、一盤肉來給我吃。我知道明天就要處決了，心想是人都要死，只不過老子年紀輕輕，還沒好好享夠了福，不免有點可惜，心一橫，把酒肉吃了個乾淨，倒頭便睡。睡到半夜，忽然有人輕輕拍我肩頭。我翻身坐起，聽得有人低聲在我耳邊說道：『別作聲，我救你出去！』接着擦擦幾聲響，我手脚的鐵鐐手銬，都被他一柄鋒利之極的兵刃削斷了。他拉着我的手，跳出獄去。那人輕功好極，手勁又大，拉着我手，我趕路省了一大半力氣。兩人來到城外一座破廟裏，他點亮神案上的蠟燭，我才看清楚他是個長得很俊的年輕人，年紀還比我小着幾歲。他是個小白臉，哼！」

說到這裏，向溫儀和青青狠狠的望了一眼，繼續說道：「我便向他行禮道謝。那人驕傲得很，也不還禮，說道：『我姓夏，你是石樑派姓溫的了？』我點頭說是，這時見他腰間掛着那柄削斷我銬鐐的兵刃，彎彎曲曲的似乎是一柄劍，只是劍頭分叉，模樣很是古怪。」

袁承志心想：「那便是那柄金蛇劍了。」他不動聲色，聽溫南揚繼續說下去：「我問他姓名，他冷冷的道：『你不必知道，反正以後你也不會感激我。』當時我很奇怪，心想他救我性命，我當然一輩子感激。那人道：『我是爲了你六叔溫方祿才救你的。跟我來！』我跟着他走到運河邊上，上了一艘船，他吩咐船老大向南駛去。那船離開了揚州十多里路，我才慢慢放心，知道官府不會再來追趕了。我問了幾句，他只是冷笑不答，忽然從衣囊裏拿出一對蛾眉刺來。這是六叔的兵器，素來隨身不離，怎麼會落在這人手中，我心中很奇怪。那人道：『你六叔是我的好朋友，哈哈！』怪笑了幾聲，臉上忽然露出一陣殺氣，我不由得打了一個寒噤。他道：『這口箱子，你帶回家去。』說着向船艙中一指，我見那箱子很大，用鐵釘釘得十分牢固，外面還用粗繩縛住。他道：『你趕快回家，路上不可停留。這口箱子必須交你大伯伯親手打開。』我一一答應了。他又說：『一個月之內，我到你家來拜訪，你家裏的長輩們好好接待吧。』我聽他說話不倫不類，但也只得答應。他囑咐完畢，忽然提起船上的鐵錨，喀喇喀喇，把四隻錨爪都拗了下來。」

溫青青聽到這裏，不由自主的叫了一聲：「好！」溫南揚呸的一聲，在地上吐了一口濃痰。青青性愛潔淨，見他如此蹧蹋自己親手布置的玫瑰小亭，心中一陣難過。袁承志知她心意，伸脚把痰擦去。青青望了他一眼，眼光中甚有感激之意。

溫南揚續道：「他向我顯示武功，也不知是何用意，只見他把斷錨往船艙中一擲，說道：『你如不照我的吩咐，開箱偷看，私取寶物，一路上若是再做案子，這鐵錨便是你的榜樣！』從囊中拿出一錠銀子，擲在船板上，說道：『你的路費！』拔起船頭上的兩枝竹篙，雙手分別握定，左手竹篙插入河中，身子已躍了起來，右手竹篙隨卽入河，同時拔起左手竹篙，又向前點去。這樣幾下子，就如一隻長腿鷺鷥般走到了岸上。他高聲叫道：『接着！』語聲方畢，兩枝竹篙如標槍般射了過來。我見來勢勁急，不敢去接，閃身躲開，撲撲兩聲，竹篙穿入船篷。但聽得他在岸上一聲長笑，身子已消失在黑影之中。」

袁承志心想：「這位金蛇郎君大有豪氣。」他只心裏想想，青青卻公然讚了起來：「這人眞是英雄豪傑。好威風，好氣概！」

溫南揚道：「英雄？呸！英他媽的雄。當時我只道他是我救命恩人，雖見他說話時眼露兇光，似乎對我十分憎厭，還道他脾氣古怪，也不怎麼在意。過江後，我另行僱船，回到家來。一路上搬運的人都說這口箱子好重，我想六叔這次定是發了橫財，箱子中盛滿了金銀財寶。我花了這麼多力氣運回家來，叔伯們定會多分我一份，因此心裏很是高興。回家之後，爹爹和叔伯們很誇獎我能幹，說第一次出道，居然幹得不壞。」

青青插口道：「的確不壞，殺了一個大閨女，帶來一口大箱子。」溫儀道：「青青，別多嘴，聽七伯伯說下去。」

溫南揚道：「這天晚上，廳上點滿蠟燭，兩名家丁把箱子抬進來。爹爹和四位叔伯坐在中間。我親自動手，先割斷繩子，再把鐵釘一枚枚的起出來。我記得很清楚，大伯伯那時笑着說：『老六又不知看中了那家的娘兒，荒唐的不想回家，把這箱東西叫孩子先帶回來。來，咱們瞧瞧是甚麼寶貝！』我揭開箱蓋，見裏面裝得滿滿的，上面鋪着一層紙，紙上有一封信，信封上寫着『溫氏兄弟同拆』幾個字。我見那幾個字似乎不是六叔的手筆，就把信交給大伯伯。他並不拆信，說道：『下面是甚麼東西？』我把那層紙揭開，下面是方方的一個大包裹，包裹用綫密密縫住。大伯伯道：『六嫂，你拿剪刀來拆吧。六弟怎麼忽然細心起來啦？』六嬸拆開縫着的綫，把包袱一揭開，突然之間，包裹颼颼颼的射出七八枝毒箭。」

青青驚呼了一聲。袁承志心想：「這是金蛇郎君的慣技。」

溫南揚道：「這件事現今想起來還是教人心驚膽戰，要是我性急去揭包袱，這條命還在嗎？這幾枝毒箭哪，每一箭都射進了六嬸的肉裏。那是見血封喉、劇毒無比的藥箭，六嬸登時全身發黑，哼也沒哼一聲就倒地死了。」

他說到這裏，轉過頭厲聲對青青道：「那就是你老子幹的好事。這一來，廳上衆人全都轟動。五叔疑心是我使奸，逼我打開包袱。我站得遠遠地，用一條長竿把包袱挑開，總算再沒箭射出來。你道包裹裏是甚麼珍珠寶貝？」青青道：「甚麼？」

溫南揚冷冷的道：「你六爺爺的屍首！給斬成了八塊！」

青青吃了一驚，嚇得嘴唇都白了。溫儀伸手摟住了她。

四人靜默了一陣。溫南揚道：「你說這人毒不毒？他殺了六叔也就罷了，卻把他屍首這般送回家來。」溫儀道：「他爲甚麼這樣做，你可還沒說。」溫南揚道：「哼，你當然覺得挺應該哪。只要是你姘頭幹的事，不論甚麼，你都說不錯。」

溫儀望着天空的星星，出了一會神，緩緩的道：「他是我丈夫，雖然我們沒拜天地，可是在我心中，他是我的親丈夫。青青，那時我比你此刻還小兩歲，比你更加孩子氣，又不愛學武，甚麼也不懂。這些叔伯們在家裏兇橫野蠻，無惡不作，我向來不喜歡他們，見六叔死了，老實說我心裏也不難受。那時我只覺得奇怪，六叔這麼好的武功，怎麼會給人殺死。只聽得大伯伯拿起了那封信，大聲讀了起來。這件事過去有二十年了，可是那天晚上的情形，我還是記得清清楚楚。那封信裏的話，我也記得清清楚楚。

「大伯伯氣得臉色發白，讀信的聲音也發顫了，他這麼唸：『石樑派溫氏兄弟共鑒：送上令弟溫方祿屍首一具，務請笑納。此人當年污辱我親姊之後，又將其殺害，並將我父母兄長，一家五口盡數殺死。我孤身一人逃脫在外，現歸來報仇。血債十倍回報，方解我恨。我必殺你家五十人，污你家婦女十人。不足此數，誓不爲人。金蛇郎君夏雪宜白。』」

她背完那封信，吁了口氣，對溫南揚道：「七哥，六叔殺他全家，此事可是有的？」

溫南揚傲然道：「我們男子漢大丈夫，入了黑道，刦財刦色，殺人放火，那也稀鬆平常。六叔見他姊姊長得不錯，用強不從，拔刀殺了，又有甚麼了不起？本來也不用殺他滿門，定是六叔跟她家人朝了相，這才要殺人滅口。只可惜當時給這兔崽子漏了網，以致後患無窮。」

溫儀嘆道：「你們男人在外面作了這樣大的孽，我們女子在家裏那裏知道。」

溫南揚道：「大伯伯讀完了信，哈哈大笑，說道：『這賊子找上門來最好，否則咱們去找他，還不知他躲在那裏呢？』他話雖這麼說，可十分謹愼，仔細盤問我這奸賊的相貌和武功，當晚大家嚴行戒備，又派人連夜去把七叔和八叔從金華和嚴州叫回來。」

袁承志心中奇怪：「怎麼他們兄弟這麼多？」青青也問了起來：「媽，我們還有七爺爺、八爺爺，怎麼我不知道？」溫儀道：「那是你爺爺的堂兄弟，本來不住在這兒的。」

溫南揚道：「七叔一向在金華住，八叔在嚴州住，雖是一家，外面知道的人不多。那知這金蛇奸賊消息也眞靈，七叔和八叔一動身，半路上就給他害死了。這奸賊神出鬼沒，不知在那一天上，把我們家裏收租米時計數用的竹籌偷去了一批。他殺死我們一個人，便在死人身上揷一根竹籌，看來不揷滿五十根，不肯收手。」

青青道：「咱們宅子裏上上下下一百多人，怎會抵擋不住？他有多少人呢？」

溫南揚道：「他只有一個。這奸賊從來不公然露面，平時也不知躲在甚麼地方，只等我們的人一落單，就出手加害。大伯伯邀了幾十位江湖好手來石樑，整天在宅子裏吃喝，等這奸賊到來，宅子外面貼了大佈告，邀他正大光明的前來決鬥。但他並不理會，見我們人多，就絕迹不來。過了半年，這些江湖好手慢慢散去了，大房的三哥和五房的九弟忽然溺死在塘裏，身上又揷了竹籌。原來這奸賊也眞有耐心，悄悄的等了半年，看準了時機方下手。接連十來天，宅子裏天天有人斃命。石樑鎭上棺材店做棺材也來不及，只得到衢州城裏去買。對外面說，只說宅子裏撞了瘟神，鬧瘟疫。儀妹妹，這些可怕的日子你總記得吧？」

溫儀道：「那時候全鎭都人心惶惶。咱們宅子裏日夜有人巡邏，爹爹和叔伯們輪班巡守。女人和孩子都聚集在中間屋裏，不敢走出大門一步。」

溫南揚切齒道：「饒是這樣，四房裏的兩個嫂嫂半夜裏還是給他擄了去，當時咱們只道又被他害死了，那知過了一個多月，兩個嫂嫂從揚州捎信來，說給這奸賊賣到了娼寮，被迫接了一個月客人。四叔氣得險險暈死過去，這兩個媳婦也不要了，派人去殺光了娼寮裏的老鴇龜奴、妓女嫖客，連兩個嫂嫂也一起殺了，一把火連燒了揚州八家娼寮。」

袁承志聽得毛骨悚然，心想：「這金蛇郎君雖然是報父母兄姊之仇，但把元兇首惡殺死也已經夠了，這樣做未免過份。」又想：「溫方施怎麼地遷怒於人，連自己的兩個媳婦也殺了？」不自禁的搖頭，很覺不以爲然。

溫南揚道：「最氣人的是，每到端午、中秋、年關三節，他就送一封信來，開一張清單，說還欠人命幾條，婦女幾人。石樑派在江南縱橫數十年，卻被這奸賊一人累得如此之慘，大家處心積慮，要報此仇。但這奸賊身手實在太強，爹爹和叔伯們和他交了幾次手，都拾奪他不下。咱們防得緊了，他接連幾個月不來，只要稍稍一鬆，立刻出事。大家實在無計可施。兩年之間，咱們溫家被他大大小小一共殺死了三十八口。青青，你說，咱們該不該恨這惡賊？」青青道：「後來怎樣？」溫南揚道：「讓你媽說下去吧。」

溫儀對袁承志望了一眼，淒然道：「他的骸骨是袁相公埋葬的，那麼我甚麼事也不必瞞你，只求袁相公待會把他死時的情形，說給我們母女倆知道……那麼……」

她說到這裏，聲音又咽哽了，隔了一會，說道：「那時我不懂他為何這樣狠，其實也不想懂。爹爹不許我們走出大門一步，我好氣悶，每天只能在園子裏玩玩，爹爹還說，沒哥哥們陪着，女孩子們就是大白天也不能到園子裏去。這天是陽春三月，田裏油菜花的香味一陣陣從窗裏吹進來，我眞想到山坡上去看看花，聞聞田野裏那股風的氣息，可是這害死了人的金蛇郎君呀，在這樣好的天氣，把我關在屋子裏。我眞想獨自個溜出去一會兒，可是想起爹爹那股嚴厲的神氣，又不敢啦。這天下午，我和二房裏的三姊姊、五房裏的嫂嫂，還有南揚哥你和天霸哥，我們五個人在園子裏玩，我在盪秋千，越盪越高。身子飄了起來，從牆頭上望出去，見到綠油油的楊柳，一株株開得十分茂盛的桃花，心裏眞是高興。忽然，天霸哥怪叫了一聲，仰天跌倒，我嚇了一大跳，後來才知他胸口中了那人一枚金蛇錐，當場就打死了。南揚哥你呢？我記得你馬上逃進了屋，把我們三個女人丟在外面。」

溫南揚脹紅了臉，辯道：「我打不過他，不走豈不是白送性命？我是去叫救兵。」

溫儀道：「我還不明白是怎麼一回事，只見牆頭一個人跳了下來，剛好站在我的秋千上。他用力一盪，秋千飛了起來，他一把將我攔腰抱住，我只覺騰雲駕霧般的飛了出去。我以為這一下兩人都要跌死了，那知他左手抱着我，右手在牆外大樹枝上一扳，便又彈了起來，輕輕的落在數丈之外。這時我嚇胡塗了，舉起拳頭往他臉上亂打。他手指在我肩窩裏一點，我登時全身癱軟，動也不能動啦。只聽得後面很多人大聲叫嚷追趕，但後來聲音越來越遠。

他挾着我奔了半天，到了一個懸崖削壁上的山洞裏。他解了我穴道，望着我獰笑。我忽然想起了那兩位嫂嫂，心想與其受辱，不如自己死了乾淨，就一頭向山石上撞去。他在我後心一拉，我才沒撞死，留下了這個疤。」說着往自己額上一指。袁承志見那傷疤隱在頭髮叢裏，露在外面的有一寸來長，深入頭頂，看來當時受傷着實不輕。

溫儀嘆道：「倘若就這麼讓我撞死了，對他自己可好得多，誰知這一拉竟害苦了他。那時我昏了過去，等醒來時，見身上裹着一條毯子，我一驚又險險暈了過去，後來見自己身上衣服穿得好好地，才稍稍放了一點心，想是他見我尋死，強盜發了善心，便不再下手害我。我緊緊閉住了眼睛，一眼也不敢瞧他，連心裏也不敢去想眼前的事。

「他怕我再尋死，那兩天之中，日夜都守着我。跟我說話，我自然不答。他煮了東西給我吃，我只是哭，甚麼也不吃。到第四天上，他見我餓得實在不成樣子了，於是熬了一大碗肉湯，輕聲輕氣的勸我喝。我不理不睬，他忽然抓住我，揑住我的鼻子，把肉湯往我口裏灌，這樣強着我喝了大半碗湯。他手一鬆，我就將一口熱湯噴在他臉上。我是要激他生氣，乾脆一刀殺了我，免得受他欺侮，再把我像二位嫂嫂那樣，賣到娼寮裏去活受罪。那知他並不發怒，只是笑笑，用袖子擦去了臉上湯水，呆呆望着我，不住歎氣。」

袁承志和青青對望了一眼，青青突然間紅暈滿臉。

溫儀道：「那天晚上，他睡在洞口，對我說：『我唱小曲兒給你聽好嗎？』我說：『我不愛聽。』他高興得跳了起來，說道：『我當作你是啞巴，原來會說話。』我罵道：『誰是啞巴來着？見了壞人我就不說話。』他不再言語了，高高興興的唱起山歌來，唱了大半夜，直到月亮出來，他還在唱。我一直在大宅子裏住着，那裏聽見過這種……這種山歌。」

溫南揚喝道：「你又怕聽又想聽，是不是？誰耐煩來聽你這些不要臉的事？」大踏步便向亭外走去。青青道：「他定是去告訴爺爺們。」溫儀道：「由他說去，我早就甚麼都不在乎了。」青青道：「媽，你再說下去。」

溫儀道：「後來我矇矇朧朧的就睡着了。第二天早晨醒來卻不見了他，我想一個人逃回家來，可是這山洞是在一個山峯頂上，山峯很陡，無路可下，只有似他這樣輕功極高的人，纔能上下。到中午時他回來了，給我帶來了許多首飾、脂粉。我不要，拿起來都抛到了山谷裏。他可也不生氣，晚上又唱歌給我聽。

「有一天，他帶了好多小鷄、小貓、小烏龜上山峯來，他知道我不忍心把這些活東西丟下山去。他整天陪我逗貓兒玩，餵小烏龜吃東西，晚上唱歌給我聽。我在山洞裏睡，他從來不踏進山洞一步。我見他不來侵犯我，放心了些，也肯吃東西了。可是一個多月中，我一直不跟他說話。他始終對我很溫柔很和氣，爹爹和媽媽都沒他待我這樣好。

「又過得幾天，他忽然扳起了臉，惡狠狠的瞧我，我很害怕，哭了起來。他嘆了口氣，哄我別哭。那天晚上我聽得他在哭泣，哭得很是傷心。不久，天下起大雨來，他仍是不進洞來，我心中不忍，叫他進山洞來躲雨，他也不理。

「我問他爲甚麼哭，他粗聲粗氣說：『明天是我爸爸、媽媽、哥哥、姊姊的忌辰。我一家全被你家的人在這天害死了。明天我說甚麼也得殺一個人來報仇。你家裏現下防備很嚴，請了崆峒派的李拙道人和十方寺的清明禪師作幫手，哼，這兩人雖然厲害，我難道就此罷手不成？』他咬牙切齒的，冒着大雨就下峯去了。第二天到傍晚時，他還是沒回來，我倒有些記掛了，暗暗盼望他平安回來。」

聽到這裏，青青偷偷望了袁承志一眼，瞧他是否有輕視之色，但見他端謹恭坐，留神傾聽，這才寬慰，緩緩的吁了口氣。

溫儀道：「天快黑了，我幾次到山峯邊眺望。也不知去望了幾次，終於見到對面那座山峯上有四個人影在互相追逐，身法都快得不得了。我用心細看，最先一人果然是他，後面一個是道士，另一個是和尙，第四個卻是我爹爹。他手中拿的是那把金蛇劍，一個鬥他們三個，邊打邊逃。鬥了一會，那和尙一禪杖橫掃過去，眼見他無法避開，我心中着急，大聲叫了起來，那知他金蛇劍回過來一格，竟把禪杖斬去了一截。爹爹聽見叫聲，回頭望見了我，不再手鬥，往我這山峯上奔來。

「他很是焦急，兩劍把和尙與道人逼開，隨後追趕。這樣一來，變成我爹爹在前面，他在中間，僧道二人在後。四人不久就奔下山谷。他追上了我爹爹，攔住了不許他到我這邊山峯來。鬥了幾回合，一僧一道趕到，我爹爹抽空跳出，向我這邊攀上來。這四個人邊鬥邊奔，追到了我站着的山峯上。我很是高興，大叫：『爹爹，快來！』這時他如發瘋般搶了過來，接連三劍，把爹爹逼得不住倒退。爹爹打他不過，眼見危急，僧道二人也到了。爹爹叫道：『阿儀，你怎樣！』我說：『我很好，爹，你放心。』爹爹道：『好，咱們先料理了這奸賊再說。』三人又把他圍在中間。

「那道人道：『金蛇郎君，我們崆峒派跟你無冤無仇，只不過見你幹得太也過份，因此挺身出來作個和事老。我誰也不幫，如你答應罷手，以後不再去溫家惹事，今日之事就此善罷。』他大聲叫道：『父母兄姊之仇，豈能不報？』那和尚道：『你已經殺了這許多人，也該夠了。勸你瞧在我們二人的臉上，就此停手吧！』他忽然一劍向和尚刺去，四人又惡鬥起來。那道人的兵刃有點兒古怪，想來武功甚強，和尚的禪杖使開來，風聲呼呼猛響，也很厲害。他越打越不成了，滿頭大汗，忽然一個蹌踉，險險跌倒。

「那和尚一杖打下去，被他側身躲過，他身子這樣一側，見到了我的臉。他後來說，他那時候本已筋疲力竭，但一見到我流露出對他十分關懷的神氣，突然間精神大振。他的劍使得越來越快，山谷中霧氣上升，烟霧中只見到金光閃耀。只聽得他叫道：『溫姑娘，別怕，瞧我的！』那和尚大叫一聲，骨溜溜的滾下山去，腦門正中釘了一枚金蛇錐。我爹和那道人都吃了一驚。他挺劍向我爹刺去，那道人乘虛攻他後心。他突然大喝一聲，左手雙指向道人眼中戳去。道人頭一低，他一劍揮過，將道人攔腰斬爲兩截。」

青青呀的一聲叫了出來。溫儀道：「他回手一劍，便向我爹爹刺去。爹爹見他連殺兩個武功高手，早已嚇得面無人色，鋼杖使開來已不成家數。我忙從洞裏奔出來，叫道：『住手，住手！』他聽我一叫，就停了手。我道：『這是我爹爹！』他向我爹爹狠狠望了一眼，說道：『你走吧，饒你性命！』爹爹很感意外，回身要走。這時我因整天沒吃東西，加之剛才擔心受驚，見他饒了爹爹，心中一喜，突然跌倒。他忙搶過來扶我，我從他肩上望出去，只見爹爹目露兇光，忽然舉起鋼杖，猛力向他後心打去。

「他一心只關注着我有沒受傷，全沒想到爹爹竟會偷襲。我忍不住呼叫：『留心！』他一楞，要待避讓，已經不及，將頭一側，這一杖打中在他的背上。他夾手奪過鋼杖，擲入山谷，雙掌向爹爹打去。爹爹無法招架，閉目等死。那知他回頭向我望了一眼，嘆了口氣，對爹爹道：『你快走。別讓我回心轉意，又不饒你了！』爹爹不再說話，奔下山去。他背上吃了爹爹這一杖，受傷着實沉重，爹爹剛走，他就一口鮮血，噴在我胸前衣上。」

青青哼了一聲道：「爺爺這麼不要臉，明裏打不過人家，就來暗下毒手！」

溫儀嘆道：「按理說，他是我家的大仇人，連殺了我家幾十口人。可是見他受人圍攻暗算，我禁不住心裏向着他，這也叫作前生的寃孽。

「他搖搖幌幌的走進洞去，從囊中拿出傷藥來吃了，接連又噴了許多鮮血出來。我嚇得只是哭。他雖然受傷，神色卻很高興，問我：『你幹麼哭？』我哭道：『你傷得這樣。』他笑問：『你是爲了我才哭？』我回答不出，只覺得很是傷心。

「過了一會，他說：『自從我全家的人給你六叔害死之後，從來沒一人關心過我。我今天殺了你的一個堂兄，前後一共已殺了四十人，本來還要再殺十人，看在你的眼淚份上，就此罷手不殺了。』我只是哭，不說話。他又道：『你家的女人我也不害了，等我傷好之後，送你回家。』我心裏是說不出的滋味，只覺得他答應不殺人了，那很好。以後幾天我燒湯煮飯，用心服侍他。可是他不停的嘔血，有時迷迷糊糊的老是叫『媽媽』。

「有一天他整天暈了過去，到了傍晚，眼見不成了。我哭得兩眼都腫了。他忽然睜開眼來，笑了一笑，說道：『不要緊，不會死。』過了兩天，果然慢慢好了起來，一天晚上對我說，那天中了這一杖，本來活不成了，但想到他死之後，我在這高峯絕頂之上走不下去，我家的人又怕了他，不敢來找，那我非餓死不可。爲了我，他無論如何要活着。」

青青揷嘴道：「媽，他待你很好啊，這人很有良心。」說着狠狠望了袁承志一眼。袁承志臉上一陣發熱，把頭轉了開去。

溫儀又道：「以後他身子漸漸復元，跟我說起小時候的事情，他爸爸媽媽怎樣疼他，哥哥姊姊又怎樣愛護他。有一次他生病，他媽媽三天三夜沒睡覺的守在他床邊。那知一天晚上，六叔竟把他全家殺了。那時我覺得這人雖然手段兇狠毒辣，但說到他親人的時候，卻顯得心腸很是良善柔和。他拿出一個繡花的紅肚兜來給我看，說是他週歲時他媽媽繡的。」

她說到這裏，從懷中取了一個小孩用的肚兜出來，攤在桌上。袁承志見這肚兜紅緞面子，白緞裏子，繡着個光身的胖娃娃睡在一張大芭蕉葉子上。胖娃娃神情憨憨的很是可愛，繡工精緻，想得到他媽媽刺繡時滿心是愛子之情。袁承志從小沒有爹娘，看到這肚兜，想到自己身世，不禁一陣心酸。

溫儀續道：「他常常唱山歌給我聽，還用木頭削成小狗、小馬、小娃娃給我玩，說我是個不懂事的女娃娃。後來他傷勢完全好了，我見他越來越不開心，忍不住問他原因，他說他捨不得離開我。我說：『那麼我就住在這裏陪你好啦！』

「他非常開心，大叫大嚷，在山峯上兩株大樹上跳上跳下，像猴子一樣翻觔斗。

「他對我說：他得到了一張圖，知道了一個大寶藏的所在，其中金銀珠寶，多得難以估量。據說從前燕王篡位，從北京打到南京。建文皇帝倉皇出走，把內庫裏的珍珠寶貝埋在南京一個秘密地方。燕王接位之後，搜遍了南京全城也找不到。他派三保太監幾次下南洋，一來是為了找尋建文皇帝的下落，二來則是為了探查這批珍寶。」

袁承志心道：「原來在金蛇秘笈中發現的，便是這張寶藏的地圖。」

溫儀續道：「他說成祖皇帝一生沒找到這張地圖，但幾百年後，卻讓他無意之中得到了，眼下他大仇已報，就要去尋這批珍寶，尋到之後，便來接我，現下先把我送回家去。」她說到這裏，輕聲道：「他捨不得我離開他，其實我心中也捨不得。可是……可是……我總不能就這樣跟了他去。我回家之後，大家卻瞧我不起，我很是惱怒，他們沒本事保護自己的女兒，我清清白白的回家，大家反而來羞辱我。我也就不理他們，不跟他們說話。」

青青接口道：「媽媽，你很對。你又做錯了甚麼？」

溫儀道：「我在家裏等了三個月，一天晚上，忽然聽得窗下有人唱歌，一聽聲音我就知道是他到了，忙打開窗子讓他進來。我們見了很是歡喜。這天我就和他好了，有了你這孩子。那是我自己願意的，到如今我也一點不後悔。人家說他強迫我，不是的。青兒，你爸爸待你媽媽很好，我們之間一直很恩愛。他始終尊重我，從來沒強迫過我。」

袁承志暗暗欽佩她的勇氣，聽她說得一往情深，不禁淒然。青青忽然低聲唱了起來：「從南來了一羣雁，也有成雙也有孤單。成雙的歡天喜地聲嘹喨，孤單的落在後頭飛不上。不看成雙，只看孤單，細思量你的淒涼，和我是一般樣！細思量你的淒涼，和我是一般樣。」

歌聲嬌柔婉轉，充滿了哀怨之情。

溫儀淒然道：「那就是她爸爸唱給我聽過的一支小曲。這孩子從小在我懷裏聽這些歌兒，聽得多了，居然也記住了。」

袁承志道：「夏前輩那時候想是已經找到了寶藏？」

溫儀道：「他說還沒找到，不過已有了綫索。他心中掛念着我，不願再爲了寶藏而躭擱時日。他說到寶藏的事，我也沒留心聽。我們商量着第二天一早就偷偷的溜走，心中十分歡喜，甚麼也沒防備，不料想說話卻給人偷聽去了。

「第二日天還沒亮，我收拾好了衣服，留了一封信給爹爹，正想要走，忽然有人敲門。我當然很怕，他說不要緊，就是千軍萬馬也殺得出去。他提了金蛇劍，打開房門，進來的竟是我爹爹及大伯、二伯三人。他們都空着雙手，沒帶兵刃，穿了長袍馬褂，臉上居然都是笑嘻嘻地，絲毫沒有敵意。我們見他三人這副模樣，很是詫異。

「爹爹說：『你們的事我都知道了，這也是前生的寃孽。上次你不殺我，我也很承你的情。以後咱們結成親家，可不許再動刀動槍。』他以爲爹爹怕他再殺人，說道：『你放心，我早答應了你小姐，不再害你家的人！』爹爹說：『私下走可不成，須得明媒正娶，好好拜堂。』他搖頭不信。我爹爹說：『阿儀是我的獨生愛女，總不能讓她跟人私奔，一生一世抬不起頭來。』他想這話不錯。那知他爲了顧全我，卻上了爹爹的當。」

袁承志道：「令尊是騙他的，不是眞心？」

溫儀點點頭，說道：「爹爹就留他在廂房裏歇，辦起喜事來。他始終信不過，我家送給他吃的酒飯茶水，他先拿給狗吃。狗吃了一點沒事，但他仍不放心，毫不沾唇，晚上都拿去倒掉，自己在石樑鎭上買東西吃。

「一天晚上，媽媽拿了一碗蓮子羹來，對我說：『你拿去給姑爺吃吧！』我不懂事，還道媽媽體惜他，高高興興的捧到房裏。他見我親手捧去，喜歡得甚麼也沒防備，幾口吃了下去，正和我說話，忽然臉色大變，站起來叫道：『阿儀，你心腸這樣狠！』我嚇慌了，問道：『甚麼？』他道：『你爲甚麼下我的毒？』」

「你爲甚麼下我的毒？」這句話，雖在溫儀輕柔的語音中說來，還是充滿了森然可怖之意，想見當時金蛇郎君是如何憤怒，又是如何傷心。袁承志和青青聽了，不由得毛骨悚然。溫儀的眼淚一滴滴落在衣襟之上，再也說不下去。

寂靜之中，忽聽得亭外磔磔怪笑。三人急忙回頭，只見溫氏五兄弟並肩走近，後面跟着二三十人，手中都拿着兵刃。

溫方山喝道：「阿儀，你把自己的醜事說給外人聽，還要臉麼？」

溫儀脹紅了臉，要待回答，隨卽忍住，轉頭對袁承志道：「十九年來，我沒跟爹爹說過一句話，以後我也永不會和他說話。我本來早不該再住在溫家，可是我有了青青，又能去那裏？再說，我總盼望他沒有死，有一天會再來找我。我若是離開了這裏，他又怎找得到我？他既然已經死了，我也沒甚麼顧忌了。我不怕他們，你怕不怕？」

袁承志還沒答話，青青已搶着道：「承志大哥不會怕的。」

溫儀道：「好，我就說下去。」提高了聲音，繼續說道：「我急得哭了出來，不知道要怎樣說、怎樣做才好，突然之間，房門被人踢飛，許多人手執了刀槍湧了進來。」她向亭外一指，說道：「當時站在房門外的，就是這些人。他們……他們手裏都拿着暗器。爹爹總算對我還有幾分父女之情，叫道：『阿儀，出來！』我知道他們要等我出去之後，立刻向他發射暗器，房間只是這麼一點地方，他往那裏躲去？我叫道：『我不出來，你們連我一起殺了吧！』我擋在他身前，心中只有一個念頭，要保護他，不讓他給人傷害。

「他本來眉頭深鎖，坐在椅上，以爲我和家裏的人串通了下毒害他，十分傷心難受，也不想動手反抗，聽我這麼說，突然跳了起來，很開心的道：『你不知蓮子羹裏有毒？』我端起碗來，見碗裏還賸了一些兒羹汁，一口喝下，說道：『我跟你一起死！』他一掌把碗打落，但我已經喝了。他笑道：『好，大家一起死！』轉頭向他們罵道：『使這種卑鄙陰毒的手段，你們也不怕醜麼？』

「大伯伯怒道：『誰用毒了？下毒的不是英雄好漢。你自恃本領高，就出來鬥鬥！』他說：『好！』就出去和他們五兄弟打了起來。他喝的蓮子羹裏雖沒毒藥，但放着他們溫家秘製的『醉仙蜜』，只要喝了，慢慢會全身無力，昏睡如死，要過一日一夜才能醒來。這些人哪，還捨不得用毒藥害死他，想把他迷倒，再慢慢來折磨他。他們……他們當眞是英雄好漢！」說到這裏，語氣中充滿怨毒，只是她生性溫柔，不會以惡語罵人。

溫方施怒道：「這無恥賤人，早就該殺了，養她到今日，反而恩將仇報！」青青道：「我娘兒在溫家吃了十幾年飯，可是四爺爺，我這兩年來，給你們找了多少金銀財寶？就是一百個人，一輩子也吃不完吧？我娘兒倆欠你們溫家的債，早還淸啦！」溫方達不願在外人之前多提家門醜事，叫道：「喂，姓袁的，你敢不敢跟我們五兄弟一起鬥鬥？」

袁承志前兩日念在他們是青青的長輩，對之禮數周到，這時聽溫儀說了他們的陰險毒辣，不覺滿懷憤怒，叫道：「哼，別說五人，你們就是有十兄弟齊上，我又何懼？」

溫儀冷笑道：「那天晚上，他們也是五兄弟打他一人，本來他能抵敵得住的，但他喝了『醉仙蜜』之後，越打越是手足酸軟。他們五兄弟有個練好了的『五行陣』，打起架來，五兄弟就如是一個人……」溫方山喝道：「阿儀，你吃裏扒外，洩溫家的底？」

溫儀不理父親的話，對袁承志道：「他急着想擊倒五人中的一人，就可破了這五行陣，但他搖搖幌幌的越來越不行。我叫道：『你快走吧，我永不負你！』」她這一聲叫喚聲音淒厲，似乎就和那天晚上叫的一樣。青青嚇怕了，連叫：「媽媽！」袁承志說道：「伯母回房休息吧，我和令尊他們談一談，明兒再來瞧你。」

溫儀拉住他的衣袖，叫道：「不，不，我在心中彆了十九年啦，今兒非說出來不可。袁相公，你聽我說呀！」袁承志聽她話中帶着哭聲，點頭道：「我在這裏聽着呢。」

溫儀仍然是緊緊扯住他衣袖不放，說道：「他們要他的命，可是更加要緊的，他們想發財。他再打一陣，身上受了傷，支持不住，跌在地下，終於……終於給他們擒住了。我撲到他身上，也不知是那一位叔伯將我一脚踢開。他們逼着他交出藏寶的地圖來。他說：『那圖不在我身上，誰有種就跟我去拿。』他們細搜他身上，果然沒圖。這樣就爲難啦，放了他吧，等藥性一過，可沒人再制得住他。殺了他吧，那大寶藏可永遠得不到手。最後還是我的爹爹主意兒高明，哈哈，好聰明，不是嗎？那時候他已經昏了過去，我也暈倒了。等我醒來，他們已經把他的脚筋和手筋都挑斷了，教他空有一身武功，永遠不能再使勁，然後逼着他去取圖尋寶。眞聰明，是不是？哈哈，哈哈！」袁承志見她眼光散亂，呼吸急促，說話已有些神智失常，勸道：「伯母，你還是回房去歇歇。」

溫儀道：「不，等你一走，他們就把我殺死了，我要說完了才能死……他們押着他走了。還有崆峒派的兩名好手同去。大家都想發這筆橫財。但不知怎樣，還是被他逃脫了。多半是他給了他們一張圖，他們一快活，防備就疏了。他們很聰明，我那郎君可也不蠢哪。他們七個人拿到這張藏寶圖，你搶我奪，五兄弟合謀，把崆峒派的兩人先給害死了。」

溫方義厲聲罵道：「阿儀，你再胡說八道，可小心着！」

溫儀笑道：「我幹麼小心？你以爲我還怕死麼？」轉頭對袁承志道：「那知道這張圖卻是假的。他們五人在南京鑽來鑽去搞了大半年，花了幾千兩銀子本錢，一個小錢也沒找到，哈哈，眞是再有趣也沒有啦。」

溫氏兄弟空自在亭外橫眉怒目，卻畏懼袁承志，不敢衝進亭來。

溫儀說到這裏，呆呆的出神，低聲緩緩的道：「他這一去，我就沒再得到他的音訊。他手脚上的筋都斷了，已成廢人。他是這樣的心高氣傲，不痛死也會氣死……」

溫方達又叫：「姓袁的，這小賤人說起我們溫氏的五行陣，你已聽到了，有種的就出來試試。」溫儀低聲道：「你走吧，別跟他們鬥。」輕輕嘆了口氣，說道：「金蛇郎君所遭寃屈，終於是有人知道了。」

袁承志曾和溫氏五兄弟一一較量過，知道單打獨鬥，沒一個是自己對手，不過他們五人齊上，再加上有甚麼操練純熟的五行陣，只怕確是不易擊破。初次較量時雙方並無寃仇，手下互相容情，現下自己已知他們隱私，而他們又認定自己與金蛇郎君頗有淵源，這種人甚麼陰狠毒辣的手段都使得出，一不留神，慘禍立至，自己卻又不欲對他們痛下殺手，一時不禁頗爲躊躇。

溫方義叫道：「怎麼，不敢麼？乖乖的跟爺爺們叩三個響頭，就放你出去。」溫方施陰森森的道：「這時候叩頭也不成啦。」

袁承志尋思：「須得靜下來好好想一想，籌思個善策。」他初出茅廬，閱歷甚淺，不似江湖上的老手，一遇難題，立生應變之計，於是朗聲道：「溫氏五行陣既是厲害無比，晚輩倒也想見識見識。不過我現下甚是疲累，讓我休息一個時辰，成嗎？」

溫方義隨口道：「一個時辰就一個時辰,你再挨上十天半月也逃不了。」溫方山低聲道：「這小子別使甚麼詭計，咱們馬上給他幹。」溫方達道：「二弟已經答應了他，就讓他多活一個時辰，也教他死而無怨。」

溫儀急道：「袁相公，你別上當，他們行事向來狠辣，那有這麼好心，肯讓你多休息一個時辰？這些年來，他們念念不忘的就是那個寶藏。他們要想法子害你，要挑斷你的手筋脚筋，逼你去幫着尋寶。你快和青青一起走吧，走得越遠越好。」

溫方達聽她說穿了自己用心，臉色更是鐵青，冷笑道：「你們三個還想走得越遠越好？哼，念頭倒轉的挺美。姓袁的，你到練武廳上休息去吧。待會動手，大家方便些。」

袁承志道：「好吧！」站起身來。溫儀母女知道五行陣的厲害，心中焦急，但也沒法阻攔，只得跟在他身後，一齊出亭。

到了練武廳中，溫方達命人點起數十枝巨燭，說道：「蠟燭點到盡處，你總養足精神了吧？」袁承志點點頭，在中間一張椅上坐下。溫氏五老各自拿起椅子，排成一個圓圈，將他圍在中間，五人閉目靜坐。在五人之外，溫南揚、溫正等石樑派中十六名好手，又分坐十六張矮凳，圍成一個大圈。

袁承志見這十六人按着八卦方位而坐，乃是作爲五行陣的輔佐，心想：「五行陣外又有八卦陣，要破此陣，更是難上加難。」他端坐椅上，細思師門所授各項武功，反覆思考，總覺在這二十一名好手的圍攻之下，最多只能自保，要想衝破陣勢脫身，只怕難以辦到，時候一長，精神力氣勢必不濟，終須落敗。就算以木桑道長所傳輕功逃出陣去，那批黃金又怎能奪回？留下溫儀母女，她二人難免殺身之禍，那可如何是好？

正焦急間，忽然靈機一動，想到金蛇秘笈中最後的數頁。

那幾頁上的武功當時揣摸不透，直到重入岩洞，看了石壁上的圖形，再參照秘笈封面夾層中的秘訣，方才領悟，但始終不明白這些武功何以竟要搞得如此繁複，有許多招數顯然頗有蛇足之嫌。按戰之際，敵人武功再高，人數再多，也決不能從四面八方同時進攻，不露絲毫空隙，而這套武功明明是爲了應付多方同時進攻而創。此刻身處困境，終於省悟，原來金蛇郎君當日吃了大虧，脫逃之後，殫竭心智，創出這套武功來，卻是專爲破這五行陣而用。他當然是想來石樑報仇，可惜手脚筋脈均被挑斷，使不出勁。袁承志心下盤算：自己無意中學到了這套武功，既可脫今日之難，又能替這位沒見過面的恩師一洩當日的怨毒，他在九泉之下，若是有知，也必欣慰，不枉了當年這一番苦心。想到這裏，心中大喜，睜眼一望，只見桌上蠟燭已點剩不到一寸。

溫氏五老見他臉上忽憂忽喜，不知他在打甚麼主意，但自恃五行八卦陣威力無窮，也不在意，只是圓睜着十隻眼睛，嚴加防備，怕他乘隙脫逃。

袁承志重又閉眼，將金蛇秘笈末章所載武功從頭至尾細想一遍，想到最後摧敵致勝的那一路「快刀斬亂麻」時，斗然一驚，全身登時冷汗直冒，暗叫：「不好了！」心想：「以後數十招都是要靠寶刀寶劍來使敵人不敢欺近，方能乘機打亂敵陣。我手頭卻無金蛇劍，這一時三刻之間，卻到那裏找寶刀寶劍去？」

青青在旁邊一直注視着他，驀地裏見他臉上大顯惶急，額頭見汗，心想還未交鋒，已自心怯氣餒，如何得了？不由得代他擔憂。

袁承志見蠟燭已快燒到盡頭，燭燄吞吐顫動，將滅未滅，但破陣之法，仍未想出，更是憂急。就在這時，一名丫鬟捧了一碗茶走到跟前，說道：「相公請用碗糖茶！」他正在出神，隨手接過，放到唇邊張口要喝，突然間手上一震，茶杯被一支袖箭打落，噹啷一聲響，在地下跌得粉碎。袁承志一愰眼間，見青青右手向後一縮，知道這箭是她所放，心中一驚，暗想：「好險！我怎麼如此胡塗，竟沒想到他們又會給我喝甚麼醉仙蜜。」

溫方悟見詭計爲青青揭破，怒不可遏，破口大罵：「這樣的娘，就生這樣的女兒！溫家祖宗不積德，儘出些向着外人的賤貨！」

青青嘴頭毫不讓人，說道：「溫家祖宗積好大的德呀，修橋鋪路，救濟窮人，甚麼好事都幹。就是不偷不搶，不殺人放火。」

溫方悟大怒，跳起來就要打人。溫方達道：「五弟，沉住氣，留神這小子。」

原來袁承志這時又是一臉喜色，青青這一支袖箭觸動了靈機：「用暗器！」只見燭火幌動，已有兩支蠟燭熄了，當下站起身來，說道：「好啦，請賜教吧！這次分了勝負之後怎樣？」溫方達道：「你勝了，金子由你帶去。你勝不了，那也不必多說。」

袁承志知道自己若是落敗，當然性命不保，但如得勝，只怕他們還要抵賴，說道：「你們把金子拿出來，我破陣之後，拿了就走。」

溫氏五老見他死到臨頭，還要嘴硬，心想以金蛇郎君如此高手，尚且爲溫氏五行陣所擒，現下經過十多年潛心鑽研，又創了一個八卦陣來作輔佐，你如何能夠脫逃？這陣勢他們平素練得純熟異常，對付三四十名好手尚且綽綽有餘，實是石樑派鎭派之寶，向來不肯輕用，以免被人窺見了虛實。這次實因袁承志武功太強，五兄弟個個身懷絕藝，卻均被他三招兩式之間就打得一敗塗地。五人一商議，只得拿出這門看家本領來，也顧不得被他說以衆欺寡了。溫方達吩咐家丁換上蠟燭，對青青道：「把金子拿出來。」

青青早在後悔，心想早知如此，把黃金都還給他也就算了，這時想再私下給他，也已來不及了，只得把一大包金條都捧到練武廳中，放在桌上。

溫方達左手在桌上橫掃過去，金包打開，拍拍拍一聲響，數十塊金條散滿了一地，燦然生光，冷笑道：「溫家雖窮，這幾千兩金子還沒瞧在眼裏。姓袁的，你有本事破了我們這五行陣，儘管取去！」五老一聲呼喝，各執兵刃，已將袁承志圍住。

袁承志心中一凜：「他們連屋上也布了人，這陣法可又如何破解？」卻聽得溫方施道：「屋上有人！」大聲喝道：「甚麼人？都給我滾下來！」

只聽得屋頂上有人哈哈大笑，叫道：「溫家五位老爺子，姓榮的登門請罪來啦！」呼喝聲中，屋上躍下二十多個人來，當先一人正是龍游幫幫主榮彩。

袁承志登時大為寬懷，向青青望了一眼，見她臉色微變，咬住下唇。

溫方達道：「老榮，你三更半夜光臨舍下，有甚麼指教？啊，方岩的呂七先生也來了。」說着向榮彩身後一個老頭子拱了拱手。那老者拱手還禮，說道：「老兄弟們都清健，這可有幾年不見了哪！」

榮彩笑道：「五位老爺子好福氣，生得一位武功既高、計謀又強的孫小姐，不但把我們的沙老大和十多個兄弟傷了，連我小老兒也吃了她虧。」

溫氏兄弟不知青青和他們這層過節，平時石樑派與龍游幫頗有來往，這時強敵當前，不願再旁生枝節。溫方達道：「老榮，我家小孩兒有甚麼對不起你的，我們決不護短，殺人償命，欠債還錢，好不好呀？」

榮彩一楞，心想：「這個素來橫蠻狂傲的老頭今日竟這麼好說話？難道他當眞怕了呂七先生？」一瞥之間見到了袁承志，更是不解：「他們有這樣的一個硬手在此，呂七先生也未必能夠勝他。我還是見好收篷吧！」便道：「龍游幫跟貴派素來沒過節，衝着各位老爺子的金面，沙老大已死不能復生，總怨他學藝不精。不過這批金子……」眼光向着地下一塊塊的金條一掃，說道：「我們龍游幫跟了幾百里路程，費了不少心血，又有人為此送命，大家在江湖上混飯吃……」

溫方達聽他說到這裏，便住口不往下說了，知他意在錢財而非為了報仇，便道：「黃金都在這裏，你要嘛，都拿去那也不妨。」

榮彩聽他說得慷慨大方，只道是反語譏刺，但瞧他臉色，卻似並無惡意，道：「溫老爺子如肯賜給半數，作爲敝幫幾名死傷兄弟的撫卹，兄弟感激不盡。」溫方山道：「你拿吧。」榮彩雙手一拱，說道：「那麼多謝了！」手一擺，他身後幾名大漢俯身去拾金條。

那幾人手指剛要碰到金條。突然肩頭被人一推，只覺一股極大的力量湧來，站立不定，身不由己的躍出數步，抬起頭來，見袁承志已站在面前。

袁承志道：「榮老爺子，這批金子是闖王的軍餉，你要拿去，可不大穩便。」

闖王的名頭在北方固然威聲遠震，但在江南，江湖人物卻不大理會。榮彩轉頭對呂七先生笑道：「他拿闖王的名頭來嚇咱們。」呂七先生手中拿着一根粗大異常的旱烟筒，吸了一口，噴一口烟，慢條斯理，側目向袁承志打量。

袁承志見他神情無禮，心頭有氣，只是他一付氣派顯是武林中的成名人物，倒也不敢輕慢，作了一揖，說道：「前輩可是姓呂？晚輩初來江南，恕我不識。」

呂七先生吐了一口烟，筆直向袁承志臉上噴去，又吸了一口，跟着兩道白蛇般的濃烟從鼻孔中射出，凝聚了片刻不散。袁承志還不怎的，青青瞧着卻已氣往上沖，便想開口說話。溫儀在她臂上輕輕一揑。青青回過頭來，見母親緩緩搖頭，才把一句罵人的話忍住了。只見呂七先生將旱烟袋在磚地上篤篤篤的敲了一陣，敲去烟灰，又裝上烟絲。

這時連溫氏五老也有點耐不住了，但知他在武林中成名已久，據說當年以一套鶴形拳打敗過無數高手，手中的烟袋更是一件奇形兵器，擅能打穴，奪人兵刃，可是到底本領如何，誰也沒有見過。溫氏五老都盼他與袁承志說僵了動手，他能取勝固然最好，否則至少也可消去袁承志的一點力氣。

只見呂先生從懷中摸出火石火紙，撲撲撲的敲擊，烟絲還未點着，忽然屋頂上有人大喝：「快還我們金子！」一個少女、一個粗壯少年雙雙躍下，隨後又溜下一個五十餘歲的中年漢子，瞧打扮似是個商賈，左手拿着一個算盤，右手拿着一枝筆，模樣很是古怪。他慢吞吞的從牆上溜下，也瞧不出他武功高低。

袁承志見那少女正是安小慧，又喜又憂，喜的是來了幫手，但不知另外兩人武功如何。眼下敵人除了石樑派外，又多了龍游幫與呂七先生這批人。溫儀與青青母女和溫氏五老撕破了臉，已處於絕大危險之中，非將她們救走不可，要是新來的兩人本領都和安小慧差不多，自己反而要分神照顧，豈不糟糕？

這時溫氏弟子中已有人搶上去攔阻喝問。那少年大聲叫道：「快把我們的金子還來！」見金條散在地下，說道：「啊哈，原來都在這裏！」俯身就拾。袁承志眉頭一皺，心想這人行事甚爲魯莽，只怕沒甚麼高明武功。

溫南揚見他俯身，飛足往他臀上踢去。安小慧急叫：「崔師哥當心！」那少年側身避開，隨卽搶攻而前，雙掌疾劈過去。溫南揚不及退讓，也伸出雙掌相抵，拍的一聲大響，四掌相交，兩人各自退開數步。那少年又待上前，那商賈打扮的人叫道：「希敏，慢着。」

袁承志記起安小慧的話，說有一個姓崔的師哥和她一起護送這筆金子，因兩人鬧了別扭，中途分手，至被青青出其不意的刦了去，那麼這少年便是崔秋山的侄兒崔希敏了，難道這個形貌滑稽的商人，竟是大師哥銅筆鐵算盤黃眞？仔細一看，見他右手中那枝筆桿閃閃發光，果是黃銅鑄成，左手中那算盤黑黝黝地，多半是鐵的，這一下喜出望外，忙縱身過去，跪下叩頭，說道：「小弟袁承志叩見大師哥。」

那人正是黃眞，雙手扶起，細細打量，歡然說道：「啊，師弟，你這麼年輕，眞想不到在這裏見到你。」袁承志道：「請問大師哥，恩師現今在那裏？他老人家身子安健？」黃眞道：「恩師此刻在南京，他老人家很好。」

安小慧過來說道：「承志大哥，這就是我說的崔師哥。」袁承志向他點點頭。安小慧見袁承志背上黏了些枯草，伸手拈了下來。袁承志微微一笑，神色表示謝意。

崔希敏瞧着很不樂意。黃眞喝道：「希敏，怎麼這樣沒規矩？快向師叔叩頭！」崔希敏見袁承志比自己還小着幾歲，心頭不服氣，慢吞吞的過來，作勢要跪。袁承志連說：「不敢當！」雙手攔住。崔希敏也就不跪下去了，作了一揖，叫了聲：「小師叔！」黃眞又罵：「甚麼小師叔大師叔，就算你大過他，師叔總是長輩。我比你老，你又怎不叫我老師父？」袁承志向崔希敏笑道：「你叔叔可好，我惦記他得緊。」崔希敏道：「我叔叔好。」

呂七先生見他們師兄弟、師侄叔見禮敍話，鬧個不完，將旁人視若無物，這時卻輪到他耐不住了，怪目一翻，抬頭望着屋頂，說道：「來的都是些甚麼人？」這一出聲，衆人都嚇了一跳。原來他這句話說得聲若怪梟，十分刺耳，沙嗄中夾雜着尖銳之音，難聽異常。

崔希敏踏上一步，說道：「這些金子是我們的，給你們偷了來，現今師父帶我們來拿回去。」呂七先生仍是眼望屋頂，口噴白烟，忽然嘿嘿冷笑兩聲。

崔希敏見他老氣橫秋、一副全不把人瞧在眼裏的模樣，氣往上沖，說道：「到底金子還是不還，你明白說一句。要是你作不得主，便讓作得主的人出來說話。」呂七先生又是磔磔兩聲怪笑，轉頭向榮彩道：「你告訴這娃兒，我是甚麼人。」榮彩喝道：「這位是大名鼎鼎的呂七先生，可別把你嚇壞了。年紀輕輕，這麼無禮。」

崔希敏不知呂七先生是甚麼人，自然也嚇不壞，叫道：「我管你是甚麼七先生八先生，我們是來拿金子的。」

溫南揚剛才與他交了手，未分勝負，心中不耐，跳出來喝道：「要拿金子，那很容易，得瞧你有沒有本事。先贏了我再說。」不等對方答話，跳過來就是一拳。崔希敏猝不及防，這拳正中肩頭。他大怒之下，出手一拳，蓬的一聲，正打在溫南揚肚上。各人各自負痛跳開，互相瞪了一眼，重又打在一起。頃刻之間，只聽得砰蓬、砰蓬之聲大作，各人頭上身上都中了十餘拳。兩人打法一般，都是疏於防禦，勇於進攻。

袁承志暗暗嘆氣：「大師哥教的徒弟怎地如此不成話，要是遇到好手，身上中了一兩拳那還了得？難道崔叔叔也不好好點撥他一下？」

他不知崔希敏爲人戇直，性子頗爲暴躁，學武時不能細心。好在他身子粗壯，挨幾下儘能挺得住。混戰中只見他右手虛幌一拳，溫南揚向右閃避，他左手一記鈎拳，結結實實的正中對手下顎，砰的一聲，溫南揚跌倒在地，暈了過去。

崔希敏得意洋洋，向師父望了一眼，以爲定得讚許，卻見師父一臉怒色，心下大是不解，暗想我打勝了，怎麼師父反而見怪。小慧見他嘴唇腫起，右耳鮮血淋漓，拿手帕給他抹血，低聲道：「你怎不閃避？一味蠻打！」崔希敏道：「避甚麼？一避就打不中他了。」

呂七先生怪聲說道：「打倒一個蠻漢，有甚麼好得意的？你要金子嗎？」突然拔起身子，站到了兩塊金條之上，右手中的旱烟袋點着另一塊金條，說道：「不論你拳打脚踢，只要把這三塊金條從我脚底下弄了開去，所有這些金條都是你的。」此言一出，衆人都覺得他過於狂妄。適才這場打鬥，大家都看了出來，崔希敏武功雖然不高，膂力卻強。以一根烟管點住金條，料定他無法撥動，也不免太過小覷了人。

崔希敏怒道：「你說話可不許反悔。」呂七先生仰天大笑，向榮彩道：「你聽，他怕我反悔。」榮彩只得跟着乾笑一陣，心中卻也頗爲疑惑。

崔希敏道：「好，我來了！」縱上三步，看準了他烟管所點的金條，運力右足，一個掃堂腿橫踢過去。

袁承志看得清楚，估計這一腿踢去，少說也有二三百斤力道，呂七先生功力再高，也決不能用一根烟管將金條點住不動，如非他有甚麼妖法魔術。

眼見崔希敏一腿將到，呂七先生烟管突然一幌，在他膝彎裏一點。崔希敏一條腿登時麻木，踢到中途，便即軟垂，膝蓋一彎，不由自主的跪了下來。呂七先生連連拱手，一陣怪笑，說道：「不敢當！小兄弟何必多禮？」

安小慧大驚，搶上去把崔希敏扶起，扶到黃眞面前，說道：「黃師伯，這老頭兒使奸，您去教訓教訓他。」崔希敏破口大罵：「你暗算傷人，老傢伙，你不是英雄好漢！」

黃眞伸手給他在腰裏一揑，大腿上一戳，解開了閉住的穴道，說道：「原來你小傢伙中了人家暗算，才是英雄好漢，佩服啊佩服！」他見呂七先生手法如此迅捷，也自吃驚，心想在浙南偏僻之地，居然有這等打穴好手。黃眞使的兵刃左手是把鐵算盤，專門鎖拿敵人的兵器，右手是一枝銅筆，那自然也擅於打穴。他伸手在算盤上一撥，說道：「這筆帳記下了！咱們現銀交易，不放賒帳，呂七先生，你這就還帳吧！」銅筆一指，便要上前給徒弟找回這個場子。

袁承志心想：「我是師弟，該當先上！」說道：「大師哥，待小弟先來。我不成時，你再接上。」

黃眞見他年紀甚輕，心想他卽學全了本門武功，火候也必不足，諒來不是這呂七先生的對手。師父臨老收幼徒，對他一定甚是鍾愛，如有失閃，豈不是傷了師父之心。這可與讓崔希敏出陣不同，須知自己這個寶貝徒兒武功平平，魯莽自大，讓他多吃點苦頭，受些挫折，於他日後藝業大有好處，於是低聲道：「師弟，還是我來吧。」袁承志也放低了聲音道：「大師哥，他們好手很多，這五個老頭兒有一套很厲害的五行陣，待會還有惡鬥。你是咱們主將，還是讓小弟先來。」黃眞見他執意要上，心想初生犢兒不怕虎，不便拂了他少年人的興頭，便道：「那麼師弟小心了。」

袁承志點點頭，走上一步，向呂七先生道：「我也來踢一脚，好不好？」

呂七先生與衆人都感愕然，心想剛才那粗豪少年明明吃了苦頭，怎地你還是不知死活。呂七先生見他比崔希敏還年輕，越發不放在心上，笑道：「好吧，咱們話說明在先，你給我行大禮可不敢當。」一邊說，一邊又伸烟管點住了金條。

袁承志也和崔希敏一模一樣，走上三步，提起右足，橫掃過去。崔希敏看得着急，叫道：「小師叔，那不成，老傢伙要點穴！」

溫氏五兄弟卻知袁承志雖然年輕，可是武功奇高，眼見他要重蹈崔希敏的覆轍，都感奇怪，難道他竟能閉住腿上穴道，不怕人點？

衆人眼光都望着袁承志那條腿。黃眞銅筆交在左手，準擬一見袁承志失利，立卽出手，先救師弟，再攻敵人。

只見袁承志右腿橫掃，將要踢到金條，呂七先生那枝烟袋又是快如閃電般伸出，向他腿上點去，豈知他這一脚踢出卻是虛招，對方手臂剛動，早已收回。呂七先生一點不中，烟袋乘勢前送。袁承志右腿打了半個小圈，剛好避開烟袋，輕輕一挑，已將金條挑起，右足不停，繼續橫掃。

呂七先生也卽變招，烟管向他後心猛砸。袁承志弓身向右斜射，左手在挑起來的金條上一拍，那金條向右飛出，同時左足在呂七先生踏定的兩塊金條上掃去，金條登時飛起。呂七先生身子一幌，退步拿樁站定。袁承志雙手各抓住一塊金條，向內一合，拍的一聲，將第三塊金條夾住，笑道：「這些金條我可都要拿了，呂老前輩的話，總算數吧？」

這幾下手法迅捷之極，衆人只覺一陣眼花繚亂，等到兩人分開，袁承志三塊金條已在手中，這一來，青青笑靨如花，黃眞驚喜交集，安小慧和崔希敏拍手喝釆，連石樑派的人也都不自禁的叫起好來。

呂七先生老臉紅得發紫，更不打話，左掌颼的一聲向袁承志劈來，掌剛發出，右足半轉，後跟反踢，踹向對方脛骨。這是鶴形拳中的怪招，雙掌便如仙鶴兩翼撲擊，雙脚伸縮，忽長忽短，就如白鶴相鬥一般。他將烟管縮在右手袖中，手掌翻飛，甚是靈動。

袁承志從沒見過這路怪拳，一時不敢欺近，遠遠繞着他盤旋打轉，越奔越快。呂七先生見他不敢接近，心想這小子身手雖然敏捷，功力卻淺，登時起了輕視之心，哈哈一笑，從袖中掏出烟袋大吸一口，噴了口白烟。

袁承志轉了幾個圈子，已摸到他掌法的約畧路子，見他吸烟輕敵，正合心意，忽然縱起，劈面一拳向他鼻樑打去。

呂七先生一驚，舉起烟管擋架。袁承志拳已變掌，在烟管上一搭，反手抓住。呂七先生用力後扯。袁承志早料到此招，乘他一扯之際右脅露空，伸手戳去，正中他「天府穴」。呂七先生右邊身子一陣酸麻，烟管脫手。

袁承志一瞥之間，見青青笑吟吟的瞧着自己，心想索性再讓她開開心，倒轉烟袋，放到呂七先生鬍子上。烟袋中的烟絲給他適才一口猛吸，燒得正旺，鬍子登時燒焦，一陣青烟冒了上來。

黃眞叫道：「乖乖不得了！呂七先生拿鬍子當烟絲抽。」袁承志張口在烟管上一吹，烟絲、烟灰、火星一齊飛出，黏得呂七先生滿臉都是。黃眞哈哈大笑，縱身過去，推捏幾下，解開了呂七先生的穴道，夾手奪過烟管，塞在他的手裏。

呂七先生楞在當地，見衆人都似笑非笑的望着他，只氣得臉色發青，把烟管往地下一摔，轉身奔了出去。榮彩叫道：「呂七先生！」拾起烟管，追上去拉他的袖子，被他猛力一摔，打了個踉蹌。呂七先生脚不停步，早去得遠了。

崔希敏問道：「師父，老傢伙打了敗仗，怎地連烟管也不要了？」黃眞一本正經的答道：「老傢伙戒了烟啦！」崔希敏搔搔頭皮，可就不明白打了敗仗幹麼得戒烟。他不敢再問師父，向安小慧望去，只見她兀自爲呂七先生狼狽敗逃而格格嬌笑。

袁承志只是不動。溫氏五老和外圍的十六名弟子便繞着他急速奔跑。袁承志待他們奔了一陣，索性臥倒在地，雙手圈在腦後，當作枕頭。

第七回　破陣緣秘笈　藏珍有遺圖

石樑派諸人見過袁承志的武功，還不怎樣。龍游幫的黨徒素來把呂七先生奉若天神，這時見一個年輕小夥子隨手將他打得大敗而走，都不禁聳然動容。

這些人中最感奇怪的卻是黃眞。他見袁承志在呂七脅下這一戳，確是華山派絕技「鐵指訣」，然而他繞着對方游走、以及袖子兜接金條的身法，卻與自己所習迥然不同，除了反手抓奪煙管這一招之外，餘下這幾下小巧變幻，又帶着三分詭秘之氣，決非華山派武功以渾厚精奇見長的家數，自不是師父晚年別創新招而傳授了這小師弟，一時也想不明白，當下在鐵算盤上一撥，說道：「剛才那位老爺子說過，只要動了三根金條，全部黃金奉還，兄弟在這裏謝過。」雙手一拱，對崔希敏道：「都撿起來吧。」

崔希敏俯身又要去拾金條。榮彩眼見黃澄澄的許多金條便要落入別人手中，心下大急，明知有袁承志這等高手在側，憑自己功夫絕不能討得了好去，可是江湖上的規矩「見者有份」，龍游幫爲這批黃金損折人命，奔波多日，就算分不到一半，也得分上三成，多多少少也得捧幾根金條回家，欺崔希敏武功平平，當即搶上前來，橫過左臂在他雙臂上一推。崔希敏退出數步，怒道：「怎麼？你也要見過輸贏是不是？」

黃眞眼看榮彩身法，知道徒兒不是他對手，喝道：「希敏，退下！」搶上來抱拳笑道：「恭喜發財！掌櫃的寶號是甚麼字號？大老闆一向做甚麼生意？想必是生意興隆通四海，財源茂盛達三江。」他是商賈出身，生性滑稽，臨敵時必定說番不倫不類的生意經。

榮彩怒道：「誰跟你開玩笑？在下姓榮名彩，忝任龍游幫的幫主。還沒請教閣下的萬兒。」黃眞道：「賤姓黃，便是『黃金萬兩』之黃，彩頭甚好。草字單名一個眞字，取其眞不二價、貨眞價實的意思。一兩銀子的東西，小號決不敢要一兩另一文，那眞是老幼咸宜，童叟無欺。大老闆有甚麼生意，請你幫趁幫趁。」

榮彩聽他說個沒完，越聽越怒，眼見他形貌萎瑣，也不放在心上，喝道：「拿傢伙來。」龍游幫的兄弟，當即遞過一桿大槍。榮彩接槍一送，一個斗大槍花，勢挾勁風，迎面刺出。黃眞倒踩七星步，倏然拔起身子，向左跳開，叫道：「啊喲，咱們做生意的，金子可不能不要。」將算盤和銅筆往懷裏一揣，俯身就去撿金條。

溫氏五兄弟見他身法，知是勁敵，榮彩絕非對手。溫方義、溫方悟兩人同時撲上，叫道：「要拿金子，可沒那麼容易。」黃眞見二人來勢猛惡，向右斜身避開，左手「敬德掛鞭」，呼的一聲，斜劈下來。溫方義、方悟兩人一出手走的就是五行陣路子，一招打出，兩人早已退開。溫方達、溫方山兄弟搶了上來。溫方山右手往上一擋，架開黃眞一招，溫方施左拳已向他後心擊到。

黃眞雖然說話詼諧，做事卻是小心謹愼，加之武功高強，一生與人對敵，極少落於下風，這時斗然陷入五行陣之中，數招一過，溫氏兄弟此去彼來，你擋我擊，五個人就如數十人般源源而上，不由得大吃一驚，心想這是甚麼陣法，怎地如此複雜迅捷，當下抱元守一，見招拆招，不敢再行進攻。

榮彩見黃眞陷入包圍，只見勉力招架，無法還手，心頭大喜，只道有便宜可撿，使開楊家槍法，一招「靈蛇博擊」，疾往黃眞後心刺去。

小慧吃了一驚，大叫：「黃師伯留神。」黃眞是穆人淸的開山大弟子，武功深得華山派眞傳，溫氏五兄弟若非練就這獨門陣法，就是五人齊上，也不是他的敵手。區區榮彩，豈能奈何了他？耳聽得背後鐵槍風聲，黃眞反手一撈，已抓住槍頭，這空手入白刃的手法，正與袁承志剛才抓住呂七烟管如出一轍，只是黃眞以數十年的功力，更加迅捷厲害，順手將榮彩拉了過來，同時左掌「單掌開碑」，拍開溫方山打來的一拳，右腿踏上半步，讓去了溫方義從後面踹上來的一脚。

只聽得「啊喲」一聲，大槍飛起，榮彩跟着從六人頭頂飛了出來，摔在地下。龍游幫的弟兄們忙搶上扶起。龍游幫副幫主、榮彩的大弟子、二弟子見幫主失手，當卽一起搶入，不數招，三人接二連三的被黃眞摔了出來。副幫主更是折斷了右臂，身受重傷。這樣一來，龍游幫無人再敢加入戰團。

黃眞叫道：「大老闆、二老闆，見者有份，人人有份摔上一交，決不落空！」

他力鬥溫氏五老，打到酣處，只見六條人影往來飛舞，有時黃眞突出包圍，但五人如影隨形，立卽裏上。黃眞心裏暗暗着急，大叫：「本小利大，黃老闆一個人做五筆生意，可有點兒忙不過來啦！」溫氏兄弟也不勝駭異，心想瞧不出這土老兒模樣的傢伙，居然門戶守得如此嚴密。

黃眞見敵手越打越急，五個人如穿花蝴蝶般亂轉。有時一人作勢欲踢，豈知突然往旁讓開，他身後一人猛然發拳打到；有時一人雙手合抱，意欲肉搏，他往後面退避，後心有脚剛好踢到，湊得再合拍也沒有。眼見敵招變化無窮無盡，黃眞竟是倏遇兇險，全仗武功精純，這才避過，於是長嘯一聲，從懷中取出銅筆鐵算盤，心想你們五個打我一個，已非公平交易，黃老闆先使兵刃，算不得壞了童叟無欺的規矩。當下以攻爲守，算盤旁敲側擊，銅筆橫掃斜點，兵刃所指之處，盡是五老的要穴。

溫方達唿哨一聲，溫正和溫南揚等將五人兵刃抛了過來。五兄弟或挺雙戟，或使單刀，或舞軟鞭，或揮鋼杖，長短齊上，剛柔並濟，偶而還挾着幾柄飛刀。這番惡鬥，比之剛才拳脚交加，又多了幾分兇險，黃老闆這椿買賣，眼看是要大蝕而特蝕了。

崔希敏見師父情勢危急，明知自己不濟，卻也管不得了，虎吼一聲，拔出單刀，直向五行陣中縱去。剛跨出兩步，忽見眼前人影一幌，有人舉掌向自己肩頭按來。崔希敏橫刀便砍。那人這一按快極，倏然間已搭上他肩頭。崔希敏身子登如萬斤之重，再也跨不出步去，大駭之下，只聽得那人說道：「崔大哥，你不能去。」才看清那人原來是袁承志。剛才袁承志點倒呂七先生，他還不怎麼佩服，心想不過是一時僥倖，可是此刻被他一掌輕輕搭在肩頭，自己半邊身體竟絲毫使不出勁，才知人家武功比自己高得太多，那就當眞奇了。

袁承志放開了手，說道：「你師父還可抵擋一陣，別着急。」他見六人又鬥了一陣，忽然想起一個難題，眉頭微蹙，一時拿不定主意。

安小慧走到他身前，說道：「承志大哥，你快去幫黃師伯啊。他們五個人打他一個，多不要臉。」袁承志不答，揮手叫她走開。小慧討了個沒趣，撅起了小嘴走開。青青看在眼裏，芳心暗喜。

只見六人越打越快，黃眞每次用鐵算盤去鎖拿對方兵刃，五老總是迅速閃開，六人打得雖緊，卻絲毫不聞金鐵交併之聲，大廳中但聽得兵刃揮動和衣衫飛舞的呼呼風聲。

袁承志忽地躍起，走到小慧跟前，說道：「小慧妹妹，你別怪我無禮。剛才我在想一件事出了神，現下可想通啦。」小慧忽道：「這當口還道甚麼歉啦，快去幫黃師伯呀。」袁承志笑道：「我想通了就不怕了。」小慧道：「你這人眞是的，也不分個輕重緩急。有甚麼爲難的事，打完了再想不成麼？」袁承志笑道：「我想的就是怎樣破這陣法。你有沒看出來，這五個老頭兒的兵器，從來沒跟師哥的銅筆鐵算盤碰過一下？」小慧道：「我也覺得奇怪。」

崔希敏這時對袁承志已頗有點佩服，問道：「小師叔，那卻是甚麼道理？」袁承志道：「這陣勢圓轉渾成，不露絲毫破綻，雙方兵器一碰，稍有頓挫，就不免有空隙可尋。破陣之道，在於設法擾亂五人的脚步方位，只得引得五個老頭兒中有一人走錯脚步，或是慢得一慢，這陣就破了。」崔希敏搖頭道：「他們是熟練了的，包管閉了眼睛也不會走錯。」

袁承志點頭道：「他們練得當眞熟極。」轉頭對小慧道：「你的髮釵請借我一用。」小慧把插在頭髮上的玉簪拔了下來遞給他。這玉簪清澄晶瑩，發出淡淡碧光，袁承志接了過來，突然高聲叫道：「大師哥，戊土生乙木，踏乾宮，走坎位。」

黃眞一怔，尙未明白，溫氏五老卻已暗暗駭異：「怎麼我們這五行陣的秘奧，給這小子瞧出來了？」袁承志又叫：「丙火尅庚金，走震宮，出離位！」

黃眞纏鬥良久，不論強攻巧誘，始終脫不出五老的包圍，他早想到，這陣勢既叫五行陣，必含五行生尅變化之理，然五老穿梭般來去，攻勢淩厲，只得奮力抵禦，毫無絲毫餘暇去推敲陣法，忽聽袁承志叫喊，心想：「試一試也好。」立時走震宮，出離位，果然見到了一個空檔。

他閃身正要穿出，急聽袁承志大叫：「走乾位，走乾位！」但乾位上明明有溫方山、溫方施二人擋着，黃眞知道機不可失，不及細想，猛向二人衝去，剛搶近身，兩人已分開從兩側包抄，而塡補空檔的溫方達和溫方悟還沒補上，黃眞身手快極，銅筆右點，鐵算盤左砸，已然直竄出來，站在袁承志身旁。

溫氏五老見他脫出了五行陣，這是從所未有之事，不禁駭然，五人同時退開，排成一行。溫方達道：「你能逃出我們的五行陣，身手也自不凡。閣下是華山派的嗎？與穆人淸老前輩怎樣稱呼？」

黃眞武功精純，不似袁承志的駁雜，五老只跟他拆得十餘招，便早認出了他的門派。

黃眞身脫重圍，登時又是嬉皮笑臉，說道：「穆老前輩是我恩師。怎麼，我這徒弟丟了他老人家的臉麼？」溫方達道：「『神劍仙猿』及門弟子，自然高明。」黃眞道：「不敢當！不怕不識貨，只怕貨比貨。咱們貨比貨比過了。姓黃的小老闆沒能打倒溫家五位大老闆，各位也沒能抓住區區在下。算是公平交易，半斤八兩。這批金子怎麼辦？」轉頭對榮彩道：「掌櫃的，你的生意是蝕定啦，這批金子，沒你老人家的份兒。」

榮彩自知功夫與人家差得太遠，可是眼睜睜的瞧着滿地黃金，實在心疼，只得說幾句門面話遮羞：「姓黃的你別張狂，總有一天教你落在我手裏。」黃眞笑道：「寶號有甚麼生意，儘管作成小號，吃虧便宜無所謂，大家老賓東，價錢可以特別商量。」榮彩明知鬥他不過，那姓袁的又跟他是師兄弟，呂先生尚且鎩羽而去，何況自己？當下帶了徒弟幫衆，氣憤憤的走了。臨出門口，忍不住又向滿地黃金望了一眼，心中突然大悔：「剛才他們六人惡鬥之時，我怎地沒偷偷在地上撿上一兩條，諒來也不會給人發見。」

溫方達也不去理會龍游幫人衆的來去，對黃眞道：「閣下這一身武功，也算是當世豪傑。這樣吧，這批金子瞧在你老哥臉上，我們奉還一半。」他震於華山派的威名，不願多結寃家，頗想善罷。

黃眞笑道：「這批金子倘使是兄弟自己的，雖然現今世界不太平，賺錢不大容易，不過朋友們當眞要使，拿去也沒有關係。須知勝敗乃兵家常事，賺蝕乃商家常事。和氣生財，生意不成仁義在。可是老兄你要明白，這是闖王的軍餉呀。我這個不成材的徒兒負責運送，給老兄的手下撿了一半去，我怎麼交代呀？」

溫方義道：「要全部交還，也不是不可以，但須得依我們兩件事。」黃眞道：「有價錢開出盤來，就好商量。你不妨漫天討價，我可以着地還錢。請你開出價錢來，咱們慢慢來討價還價。」溫方義道：「這沒有價錢好講。第一，你須得拿禮物來換金子，禮物多少不論。

這是我們的規矩，到了手的財物，決不能輕易退還。」

黃眞知道這句話不過是爲了面子，看來對方已肯交還金子，既然如此，也不必多結寃家，當下收起嬉皮笑臉，正色道：「溫爺吩咐，兄弟無有不遵。明兒一早，兄弟自去衢州城裏，採辦一份重禮送上，再預備筵席，邀請本地有面子的朋友作陪，向各位道謝。」

溫方義聽他說話在理，哼了一聲，道：「這也罷了。第二件事，這姓袁的小子可得給我們留下。」

黃眞一楞，心想你們既肯歸還金子，我也給了你們很大面子，又何必旁生枝節？有我在此，這小師弟豈容你們欺侮？他可不知袁承志和他們之間的牽涉甚多。他既得悉金蛇郎君與溫儀之間的隱事，五老已是必欲殺之而後甘心，而尤其要緊的，是要着落在他身上，找到金蛇郎君那張寶藏地圖。五老雖知他武功極強，但自信五行陣奧妙無窮，定可制他得住。黃眞笑道：「我這師弟飯量很大。你們要留他，本是一件好事，只是一年半載吃下來，就怕各位虧蝕不起。」

溫方達冷笑道：「這位老弟剛才指點你走出陣勢，定是明白其中關訣。那就請他來試試如何？」

原來溫氏五行陣共有五套陣法，適才對付黃眞，只用了乙木陣法，還有甚多奇妙的招術變化未用。溫方達心想適才你已左支右絀，雖然僥倖脫出包圍，卻未損得陣勢分毫，你這師弟旁觀者淸，才瞧出了一些端倪，當眞自身陷陣，也不免當局者迷了，是以他有恃無恐，向袁承志叫陣。

黃眞領略過這陣法的滋味，心想憑我數十年功力，尙且闖不出來，師弟雖然出言點撥了幾下，但顯是在旁靜心細觀，忽有所見，眞要過手，五敵此去彼來，連綿不斷，他如何對付得了？便道：「你們陣法很厲害，在下已領教過了。我這個小師弟還沒有你們孫子的年紀大，老頭子何必跟他爲難？要是眞的瞧着他不順眼，你們隨便那一位出來教訓教訓他就是啦。」這話似乎示弱，其實卻是擠兌五老，要他們單打獨鬥，想來以師弟點倒呂七先生的身手，一對一的動手，還不致輸了。

溫方山冷笑道：「華山派名氣不小，可是見了一個小小五行陣，立刻嚇得藏頭縮尾，從今而後，還是別在江湖上充字號了吧！」

崔希敏大怒，從黃眞身後搶出，叫道：「誰說我們華山派怕了你？」溫方山笑道：「你也是華山派的嗎！嘿嘿，厲害，厲害！那麼你來吧。」

崔希敏只道他說自己厲害，縱出去就要動手。袁承志一把拉住，低聲道：「崔大哥，我先上，我不成的時候，你再來幫手。」崔希敏點頭道：「好！你要我幫忙時，叫一聲『希敏』，我就上來，用不着甚麼崔大哥、崔二哥的客氣。」袁承志點點頭。小慧在旁突然噗哧一笑。崔希敏雙眼一瞪，問道：「你笑甚麼？」小慧笑道：「沒甚麼，我自己覺得好笑。」

崔希敏還待再問，袁承志已邁步向前，手拈玉簪，說道：「石樑派五行陣如此厲害，晚輩確是生平從所未見。」

溫方義道：「你乳臭未乾，諒來也沒見識過甚麼東西，別說我們的五行陣了。」

袁承志點頭道：「正是，晚輩見識淺陋，老爺子們要把我留下，晚輩求之不得，正可乘此機會，向老爺子們討教一下五行陣的秘奧。」

崔希敏急道：「小師叔，他們那是好心留你？你別上當。」小慧又是噗哧一笑。袁承志向崔希敏道：「他們老人家不會欺侮咱們年輕人，崔大哥放心好啦。」轉頭對五老道：「晚輩學藝未精，華山派的武功只是粗知皮毛，請老爺子們手下容情。」

衆人見他言語軟弱，大有怯意，但神色間卻是漫不在乎，都不知他打得是甚麼主意。黃眞暗自着急，卻又不便阻攔師弟，心中只說：「唉，這筆生意做不過。」

溫氏五老試過他的功力，不敢輕忽，五人一打手勢，溫方義、溫方山向右跨步，溫方施、溫方悟向左轉身，陣勢佈開，頃刻間已將他圍在垓心。

袁承志似乎茫然不覺，抱拳問道：「咱們這就練嗎？」溫方達冷冷的道：「你亮兵器吧！」

袁承志平伸右掌，將玉簪托在掌中，說道：「各位是長輩，晚輩那敢無禮動刀動槍？便用這玉簪向老爺子們領教幾招！」此言一出，衆人又各一驚，都覺得這人實在狂妄大膽，這玉簪只怕一隻甲蟲也未必刺得死，一碰便斷，怎能經得起五老手中鋼杖、刀劍等物砸撞？如此胡鬧，豈不是自速其死？青青心中憂急，只是暗叫：「那怎……怎生是好？」

黃眞知道這時已難於勸阻，心想這小師弟定是給師父寵慣了，初涉江湖，不知天高地厚，只得緊緊抓住銅筆鐵算盤，一待他遇險，立卽竄入相救，低聲囑咐崔希敏和小慧：「敵人太強，咱們寡不敵衆，非蝕本不可。待會我喝令你們走，你二人立卽上屋向外衝出。我和袁師弟斷後，不論如何兇險，你們千萬不可回頭幫手。」崔希敏和小慧答應了。

黃眞思忖自己和袁承志要設法脫身，總還不是難事，只要崔安兩人不成爲累贅，那就好辦得多。今日落荒而逃，暫忍一時之辱，他日約齊華山派五位高手，同時攻打五行陣，定可破了。那時才教這五個老頭兒知道華山派是否浪得虛名。他心中預計的五人，除自己外，是二師弟歸辛樹夫婦、自己的大弟子「八面威風」馮難敵，再加上師父穆人清親自主持，只須將溫氏五老分別纏住，令五人各自爲敵，不能分進合擊，五行陣立即破去，論到單打獨鬥，溫氏五老可不是自己對手。黃眞面子上嬉皮笑臉，內裏卻是深謀遠慮，未思勝，先慮敗，定下了眼前脫身之策，又籌劃好了日後取勝之道。他破五行陣的人選中，還不把袁承志計算在內，料想小師弟功力尚淺，遠不及自己的得意門徒馮難敵。

只聽得袁承志道：「老爺子們既然誠心賜教，怎麼又留一手，使晚輩學不到全套？」

溫方達一怔道：「甚麼全套不全套？」袁承志道：「各位除了五行陣外，還有一個輔佐的八卦陣，何不一起擺了出來，讓晚輩開開眼界？」溫方義喝道：「這是你自己說的，可教你死而無怨。」轉頭對溫南揚道：「你們來吧！」

溫南揚手一揮，帶同十五人一齊縱出。溫南揚一聲吆喝，十六人便發足繞着五老奔跑，左旋右轉，穿梭來去。這十六人有的是溫家子侄，有的是五老的外姓徒弟，都是石樑派二代的好手，特地挑選出來練熟了這八卦陣的。

黃眞見了這般情勢，饒是見多識廣，也不禁駭然，心道：「袁師弟實在少不更事，給自己多添難題。單和五老相鬥，當眞遇險之時，我還可衝入相救，現下外圍又有十六人擋住，所有空隙全被塡得密密實實，只怕雀鳥也飛不進去了。自己明明本錢短缺，怎地生意卻越做越大？頭寸轉不過來，豈不糟糕？」

袁承志右手大拇指與中指拈了玉簪，左手輕揚，右足縮起，以左足爲軸，身子突然轉了四五個圈子。他身形一動，溫氏五老立卽推動陣勢，凝目注視他的動靜。但袁承志只是如一個陀螺般在原地滴溜溜的旋轉，並不移步出手。

原來金蛇郎君當日與五老交手，中毒被擒，得人相救脫險之後，躲在華山絕頂反覆思量昔日惡鬥的情境，自忖其時縱使不服「醉仙蜜」，筋骨完好，內力無滯，終究也攻不破五行陣，只不過多支撐得一時三刻而已。

他將五老的身法招術逐一推究，終於發見這陣法的關竅，在於敵人入圍之後，不論如何硬闖巧閃，五老必能以厲害招術反擊，一人出手，其他四人立卽綿綿而上，不到敵人或死或擒，永無休止。五老招數互爲守禦，步法相補空隙，臨敵之際，五人猶似一人。金蛇郎君於五老當日所使的招術，心中記得淸淸楚楚，越想越覺這陣勢實是不可摧破，窮年累月的苦思焦慮，各種各樣古怪的方法策略都想到了，但推究到終極，總覺難以收效。

他自然也曾想到暗殺下毒，只須害死五老中的一人，五行陣便不成其爲五行陣了。但他心高氣傲，自不屑行此無賴下策。何況他筋脈已斷，武功全失，縱使想出破陣之法，此陣也不能毀於自己親手。旣說是破陣，就須堂堂正正，以眞實本領將其攻破。

一日早晨，他在山間閒步，忽見一條小靑蛇在草叢遊走，聽得人聲，立卽蜷盤成圈，昂起了頭，畧不動彈。

他所以得了金蛇郎君這外號，固因他行事滑溜，狠毒兇險，卻也因他愛養毒蛇，擠取毒液來調製暗器藥箭。當年溫氏兄弟中溫方祿的妻子中他藥箭立時斃命，箭頭上所餵的便是蛇毒。他熟知蛇性，知道打圈昂首，便是等敵人先行動手進攻，然後趁虛而入，從敵人破綻中反擊，敵人若是不動，蛇類極少先攻。蛇身蜷盤成團，係隱藏己身所有弱處，昂首蓄勢，係以己身最強的毒牙伺機出擊。如果貿然竄出噬敵，蛇身極長，弱點甚多，不免為敵所乘。此乃蛇類自保的天性。這些行動，金蛇郎君往昔也不知見過幾百次了，從來不以為意，但此刻他正潛心思索攻破五行陣的訣竅，突然之間，腦海中靈光一閃，登時喜得大叫大跳，破五行陣的策略就此制定，那就是：「後發制人」四字。

武學中本來講究的是制敵機先，這「後發制人」卻是全然反其道而行。根本方略一定，其餘手段迎刃而解，不到一個月功夫，已將摧破五行陣的方法全部想定，詳詳細細的寫入了「金蛇秘笈」。

他明知這秘笈未必能有人發見，即使有人見到，說不定也在千百年後，那時溫氏五老屍骨早已化為塵土。只是他心中一口怨氣不出，又想那五行陣總要流傳下來，要是始終無人能破，豈非讓石樑派稱霸於天下？他將殫心竭慮所想出來的破法寫在秘笈之中，因在他內心，破陣之法既已想出，五行陣便算已經破了。若眞能以此法摧破五行陣，自然再好不過，可是那畢竟渺茫之極，他從來沒有想要收一個徒弟來為己完成心願。

袁承志當下持定「後發制人」的方略，轉了幾個圈子，已將五行陣與八卦陣全部帶動。八卦陣法雖為五老後創，「金蛇秘笈」中未曾提及，但根本要旨，與五行陣全無二致。袁承志只看十六人轉得幾個圈子，已是了然於胸，心想：「敵人若是破不了五行陣，何必再加一個八卦陣？若是破了五行陣，八卦陣徒然自碍手脚。溫氏五老的天資見識，和金蛇郎君果然差得甚遠。看來這五行陣也是上代傳下來的，諒五老自己也創不出來。他們自行增添一個陣勢，反成累贅。金蛇郎君當年若知溫氏五老日後有此畫蛇添足之舉，許多苦心的籌謀反可省去了。」

五老要等他出手，然後乘勢撲上，卻見他身子越轉越慢，殊無進攻之意，最後竟坐下地來，雙手放在膝上，臉露微笑。五老固是心下駭然，旁觀各人也都大惑不解，均想他大敵當前，怎麼如此頑皮。豈知這是袁承志慢軍之計，一來是誘敵來攻，二來要使五老心煩意亂，不能沉着。

溫方義見他坐下，果然忍耐不住，雙掌一錯，便要擊他後心。溫方悟忙道：「二哥，莫亂了陣法！」溫方義這才忍住。五老脚下加速，繼續變陣，只待他出手，立即擁上。須知不論大軍交鋒，還是兩人互搏，進攻者集中全力攻擊對方，己方必有大量弱點不加防禦，只須攻勢凌厲，敵人忙於自守，無暇反擊，己方的弱點便不守而守。五行陣以一人來引致對方進攻，自顯弱點，其餘四人便針對敵人身上的弱點進襲，所謂相生相尅，便是這個道理。現下袁承志全不動彈，那便是週身無一不備，五老一時倒是無法可施。

又過一會，袁承志忽然打個呵欠，躺臥在地，雙手叠起放在頭下當枕頭，顯得十分優閒舒適。外面八卦陣的十六名弟子遊走良久，越奔越快，功力稍差的人已額角見汗，微微氣喘。五老也眞耐得，仍不出手。

袁承志心想：「虧你們這批老傢伙受得了這口氣。」忽地一個翻身，背脊向上，把臉埋在手裏，呼呼打起鼾來。自來武林中打鬥，千古以來，從未有過這項姿勢，後心向上而臥，豈非任人宰割？

崔希敏、小慧、青青、溫儀等人又是好笑，又是代他擔心。黃眞先見他坐下臥倒，已悟出了他對敵的方署，不禁佩服他聰明大膽，這時見他肆無忌憚的翻身而臥，暗叫不妙，覺得此舉未免過份，五老若向他背後突襲，卻又如何閃避？招徠生意，可不能用苦肉計。

溫方達眼見良機，大喜之下，左手向右急揮，往下一按，溫方施四柄飛刀快如閃電，已向袁承志背心揷去。這下發難又快又準，旁觀衆人驚叫聲中，白光閃處，四把明晃晃的飛刀一齊斬在袁承志背上。

溫儀、青青、和小慧都是神搖心悸，轉頭掩面。石樑派衆人歡聲雷動。八卦陣的十六弟子也有七八人停了脚步。

便在此時，袁承志忽地躍起，背上四把飛刀立時震落。他身動如箭，斜射而出，拍的一掌，正打在溫南揚後心。溫南揚一口鮮血尙未噴出，已被袁承志提起擲進五行陣中。

衆人還沒看清楚他如何竄出五行陣來，只見陣外十六名弟子猶如渴馬奔泉，寒鴉赴水，紛紛向五行陣中心投去。袁承志這裏一拳，那邊一腿，每一招下的都是重手，衆弟子不是給他制住要害，抓起擲了進去，就是被他用掌力揮進陣內。溫正等人功力較深，運拳抵抗，也是三招兩式，立被打倒。

這麼一來，五行八卦陣登時大亂。陣中不見敵人，來來去去的盡是自己人。衆人萬料不到袁承志身穿木桑所賜的金絲背心，飛刀不能相傷，反而被他乘機進襲，舉手之間就把八卦陣攻破。

溫氏五老連聲怪叫，手忙脚亂的接住飛進陣來的衆弟子。袁承志那裏還容得他們緩手重行佈陣，搶上兩步，左手三指直戳溫方施的穴道。

溫方施見飛刀傷他不得，本已大駭，見他攻來，又是四柄飛刀向他胸前擲去。袁承志不避不讓，手指直向他咽喉下一寸六分的「璇璣穴」點到，飛刀從他胸前震落，三指卻已伸到溫方施穴道上。溫方山鋼杖「潑風盤打」，勢挾勁風，猛向袁承志右胯打去。袁承志笑道：「拐杖上了屋頂，又撿回來了。」口中說話，手上絲毫不緩，順手一拉，將一名石樑派弟子拖過來向他杖頭擋去。

溫方山大駭，這一杖雖沒盼能打中敵人，但估計當時情勢，他前後無法閃避，除了以兵器擋架之外，更無別法，然而他使的卻是一枚脆細的玉簪，只要鋼杖輕輕在玉簪上一擦，就把簪子震爲粉碎。那知他竟拖了一名本門弟子來擋，這一杖上去，豈不將他打得筋斷骨折？總算他武功高強，應變神速，危急中猛然踏上一步，左手在杖頭力扳，叫道：「大哥，留神！」鋼杖餘勢極大，準頭偏過，猛向溫方達砸去。他知大哥儘可擋得住這一杖，果然溫方達雙戟一立，只聽得噹的一聲大響，火星四濺，鋼杖和短戟各自震了回來。

袁承志卻已乘機向溫方悟疾攻。他左掌猛劈，右手中的玉簪不住向他雙目刺去。溫方悟連連倒退，揮動皮鞭想封住門戶，但袁承志已欺到身前三尺之地，手中皮鞭只嫌太長，所謂「鞭長莫及」，此時卻另有含義了，霎時之間，被玉簪連攻了六七招。溫方悟見玉簪閃閃晃動，不離自己雙目，連續兩次都已刺到眼皮之上，嚇得魂飛天外，此時方知玉簪的厲害，最後一次實在躲不過了，丟開皮鞭，雙手蒙住眼睛，倒地接連打了幾個滾，這才避開，但後心已中了重重一脚，痛徹心肺。他當年以一條皮鞭在溫州擂台上連敗十二條好漢，威風遠震，數十年盛名不衰，那知今日在這少年人手中的一枚碧玉簪下敗得如此狼狽，站起身來固是羞憤難當，旁觀衆人也皆駭然。

黃眞見小師弟如此了得，出手之怪，從所未見，驚喜之餘，心想就是師父也不會這些功夫，「他這家寶號貨色繁多，五花八門，看來不是我華山派一家進的貨。他生意的路子可廣得很啊。」崔希敏狂叫喝采。小慧抿着嘴兒微笑。溫儀與青青心中竊喜。

袁承志摧破堅陣，精神陡長，此時勝券在握，着着進逼，左手使的是華山派的伏虎掌法，右手玉簪使得卻是「金蛇秘笈」中的金蛇錐法。這身法便是神劍仙猿穆人清親臨，金蛇郎君夏雪宜復生，也只識得一半，溫氏五老如何懂得？他打退溫方悟後，轉向溫方義攻擊，也是連施險招，逼得他手忙脚亂。

溫方達見情勢緊急，唿哨一聲，突然發掌把一名弟子推了出去。溫方山也手脚齊施，把陣中弟子或擲或踢，一一清除。練武廳中人數一少，五行陣又推動起來。但袁承志逼住了溫方義毫不放鬆，使五人無法連環邀擊。酣鬥中溫方義左肩中掌，溫方山鋼杖一招「李廣射石」，筆直向袁承志後心搗去，同時溫方達雙戟向左攻到，溫方義左肩雖痛，仍按照陣法施爲。這時八卦陣已破，五行陣也已打亂，但五老仍是按照陣法，併力抵禦。

溫儀瞧着袁承志在五老包圍中進退趨避，身形瀟洒，正是當年金蛇郎君在五行陣中的模樣，又看一會，只見自己朝思夜想的情郎，白衣飄飄，正在陣中酣戰，不由得心神激盪，站起身來，叫道：「夏郎，夏郎，你……你終於來了。」邁步便向廳心走去。

青青忙拉住她手臂，叫道：「媽，你別去。」溫儀眼睛一花，凝神看清楚陣中少年身形彷彿，面目卻非，登時身子一幌，倒在青青的懷中。

便在此時，袁承志忽地躍起，右手將玉簪往頭上一插，左手已挽住了廳頂的橫樑，翻身而上。

五老鬥得正緊，忽然不見了敵人，一怔之際，便覺頭頂風生，數十件暗器從空中撒將下來，知道不妙，待要閃避，溫方山與溫方施已被錢鏢分別打中穴道，跌倒在地。

溫方達俯身去救，袁承志又是一把銅錢撒了下來。溫方達雙戟「密雲欲雨」，在頭頂一陣盤旋，只聽叮叮之聲不絕，砸飛了十多粒銅錢。當下舞動雙戟，化成一團白光護住頂門，忽然間手上一震，雙戟已被甚麼東西纏住，舞不開來。他吃了一驚。用力迴奪，那知就這麼一奪，雙戟突然脫手飛去。他不暇細思，於旁觀衆人驚呼聲中向旁躍開三步，伸掌護身，只見袁承志已自空躍下，站在廳側，手持雙戟，溫方施的皮鞭兀自纏在戟頭。

袁承志喝道：「瞧着！」兩戟脫手飛出，激射而前，分別釘入廳上的兩根粗柱，戟刃直透柱身。兩根柱子一陣幌動，頭頂屋瓦亂響。站在門口的人紛紛逃出廳外，只怕大廳倒坍。

當年穆人清初授袁承志劍術時，曾飛劍擲出，沒入樹幹，木桑道人譽爲天下無雙之劍法，袁承志今日顯這一手，便是從那一招變來。黃眞見他以本門手法擲戟撼柱，威不可當，不禁大叫：「袁師弟，好一招『飛天神龍』呀！」袁承志回頭一笑，說道：「不敢忘了師父的教導，還請大師哥指教。」

溫方達四顧茫然，只見四個兄弟都已倒在地下。

袁承志緩步走到黃眞身邊，拔下頭上玉簪，還給了小慧。

溫方達見本派這座天下無敵的五行八卦陣，竟被這小子在片刻之間，如摧枯拉朽般一番掃蕩，登時鬧了個全軍覆沒，一陣心酸，竟想在柱子上一頭碰死。但轉念一想：「我已垂暮之年，這仇多半難報。但只要留得一口氣在，總不能善罷干休！」雙手一擺，對黃眞道：「金子都在這裏，你們拿去吧。」

崔希敏不待他再說第二句話，當即將地下金條盡行撿入皮袋之中，石樑派空有數十人站在一旁，卻眼睜睜的不敢阻攔。袁承志適才這一仗，已打得他們心驚膽戰，鬥志全失。

溫方達走到二弟方義身邊，但見他眼珠亂轉，身子不能動彈，知是給袁承志以錢鏢打中要穴，當卽給他在「雲台穴」推宮過血，但揉捏良久，溫方義始終癱瘓不動。又去察看另外三個兄弟，一眼就知各人被點中了穴道，然而依照所學的解穴法潛運內力施治，卻全無功效，心知袁承志的點穴法另有怪異之處，可是慘敗之餘，以自己身分，實不願低聲下氣的相求，轉頭瞧着青青，嘴唇一努。

青青知他要自己向袁承志求懇，故作不解，問道：「大爺爺，你叫我嗎？」溫方義暗罵：「你這刁鑽丫頭，這時來跟我爲難，等此事過了，再瞧我來整治你們娘兒倆。」低聲道：「你要他給四位爺爺解開穴道。」

青青走到袁承志跟前，福了一福，高聲道：「我大爺爺說，請你給我四位爺爺解開穴道。這是我大爺爺求你的，可不是我求你啊！」

袁承志道：「好。」上前正要俯身解治，黃眞忽然在鐵算盤上一撥，說道：「袁師弟，你實在一點也不懂生意經。奇貨可居，怎不起價？你開出盤去，不怕價錢怎麼俏，人家總是要吃的。」

袁承志知道大師兄對石樑派很有惡感，這時要乘機報復。他想師父常說：「得饒人處且饒人」，青青又已出言相求，金子既已取回，雅不願再留難溫氏五老，但大師兄在此，自然一切由他主持，便道：「請大師哥吩咐。」

黃眞道：「溫家在這裏殘害鄉民，仗勢橫行，衢州四鄉怨聲載道，我這兩天已打聽得清清楚楚。我說師弟哪，你給人治病，那是要落本錢的，總得收點兒診費才不蝕本，這筆錢咱們自己倒也不用要了，若是去救濟給他溫家害苦了的莊稼人，這樁生意做得過吧？」

袁承志想起初來石樑之時，見到許多鄉民在溫家大屋前訴怨說理，給溫正打得落花流水，又想起石樑鎭上無一人不對溫家大屋恨之入骨，俠義之心頓起，道：「不錯，這裏的莊稼漢眞是給他們害苦啦。大師哥你說怎麼辦？」

黃眞在算盤上滴滴篤篤的撥上撥下，搖頭幌腦的唸着珠算口訣，甚麼「六上一去五進一」、「三一三十一，二一添作五」說個不停，也不知算甚麼帳。

崔希敏和小慧見慣黃眞如此裝模作樣。袁承志對大師兄很是恭敬，見他算帳算得希奇古怪，卻不敢嘻笑。石樑派衆人滿腔氣憤，那裏還笑得出？只有青青卻嗤的一聲笑了出來。

黃眞搖頭幌腦的道：「袁師弟，你的診費都給你算出來啦！救一條命是四百石白米。」袁承志道：「四百石？」黃眞道：「不錯，四百石上等白米，不許攙一粒沙子敗穀，斤兩升斗，可不能有一點兒搗鬼。」也不問溫方達是否答允，已說起白米的細節來。

袁承志道：「這裏四位老爺子，那麼一共是一千六百石了？」黃眞大拇指一豎，讚道：「師弟，你的心算眞行，不用算盤，就算出一個人四百石，四個人就是一千六百石。」崔希敏想：「那有甚麼希奇？我不用算盤也算得出。」

黃眞對溫方達道：「明兒一早，你備齊一千六百石白米，分給四鄉貧民，每人一斗。你發滿了一千六百石，我師弟就給你救治這四位令弟。」

溫方達忍氣道：「一時三刻之間，我那裏來這許多白米？我家裏搬空了米倉，只怕也不過七八十石罷了。」黃眞道：「診金定價劃一，折扣是不能打的。不過看在老朋友份上，分期發米，倒也不妨通融。你發滿四百石，就給你救一個人。等你發滿八百石，再給你救第二個。要是你手頭不便，那麼隔這麼十天半月、一年半載之後再發米，我師弟隨請隨到，就算是在遼東、雲南，也會趕來救人，決不會有一點兒拖延推搪。」

溫方達心想：「四個兄弟給點中了穴道，最多過得十二個時辰，穴道自解，只不過損耗些內力而已，不必受他如此敲詐勒索。」黃眞已猜中了他心思，說道：「其實呢，你我都是行家，知道過得幾個時辰，穴道自解，這一千六百石白米，大可省之。只不過我們華山派的點穴功夫有點兒霸道，若不以本門功夫解救，給點了穴道之人日後未免手脚不大靈便，至於頭昏眼花，大便不通，小便閉塞，也是在所難免，內力大損，更是不在話下。好在四位年紀還輕，再練他五六十年，也就恢復原狀了。」

溫方達知道此言非虛，咬了咬牙，說道：「好吧，明天我發米就是。」黃眞笑道：「大老闆做生意眞是爽快不過，一點也不討價還價。下次再有生意，要請你時時光顧。」溫方達受他奚落了半天，一言不發，拂袖入內。

袁承志向溫儀和青青施了一禮，說道：「明天見。」他知石樑派現下有求於己，決不敢對她們母女爲難。師兄弟等四人提了黃金，與高采烈的回到借宿的農民家裏。

這時天才微明。小慧下厨弄了些麵條，四人吃了，談起這場大勝，無不眉飛色舞。

黃眞舉起麵碗，說道：「袁師弟，當時我聽師父說收了一位年紀很輕的徒弟，曾對你二師哥歸辛樹夫婦講笑，說咱們自己的弟子有些年紀都已三十開外了，師父忽然給他們添上了一位小師叔，只怕大夥兒有點尷尬吧。那知師弟你功夫竟這麼俊，別說我大師哥跟你差得遠，你二師哥外號神拳無敵，大江南北少有敵手，但我瞧來，只怕也未必勝得過你。咱們華山派將來發揚光大，都應在師弟你身上了。這裏無酒，我敬你一碗麵湯。」說罷舉起碗來，將麵湯一飲而盡。

袁承志忙站起身來，端湯喝了一口，說道：「小弟今日僥倖取勝，大師哥的稱讚實在愧不敢當。」

黃眞笑道：「就憑你這份謙遜謹愼，武林中就極爲難得，快坐下吃麵。」他吃了幾筷，轉頭對崔希敏道：「你只要學到袁師叔功夫的一成，就夠你受用一世了。」

崔希敏在溫家眼見袁承志大展神威，舉手之間破了那厲害異常的五行陣，心裏佩服之極，聽師父這麼說，突然跪倒，向袁承志磕了幾個頭，說道：「求小師叔教我點本事。」袁承志忙跪下還禮，連說：「不敢當，我大師哥的功夫，比我精純十倍。」

黃眞笑道：「我功夫不及你，可是要教這傢伙，卻也綽綽有餘，只是我實在沒有耐心。師弟若肯成全這小子，做師哥的感激不盡。」

原來黃眞因卻不過崔秋山的情面，收了崔希敏爲徒。但這弟子資質魯鈍，聞十而不能知一，與黃眞機變靈動的性格極不相投。黃眞縱是在授藝之時，也是不斷的插科打諢，胡說八道。弟子越蠢，他譏刺越多。崔希敏怎能分辨師父的言語哪一句是眞，哪一句是假？黃眞明明說的是諷刺反話，他還道是稱讚自己。如此學藝，自然難有成就。後來袁承志感念他叔叔崔秋山捨命相救之德，又見他是小慧的愛侶，果然詳加指點。崔希敏雖因天資所限，不能領會到多少，但比之過去，卻已大有進益了。

次日一早，黃眞和袁承志剛起身，外邊有人叫門，進來一名壯漢，拿了溫方達的名帖，邀請四人前去。黃眞笑道：「你們消息也眞靈通，我們落脚的地方居然打聽得清清楚楚。」

四人來到溫家，只見鄉民雲集，一擔擔白米從城裏挑來，原來溫方達連夜命人到衢州城裏採購，衢州城是浙東大城，甚是富饒，但驟然要採購一千六百石米，卻也不大容易，米價陡起，使溫家又多花了幾百兩銀子。溫方達當下請黃眞過目點數，然後一斗斗的發給貧民。四鄉貧民紛紛議論，都說溫家怎麼忽然轉了性。

黃眞見溫方達認眞發米，雖知出於無奈，但也不再加以譏誚，說道：「溫老爺子，你發米濟貧，乃是爲子孫積德。有個新編的好歌，在下唱給你聽聽。」放開嗓子，唱了起來：

「年來蝗旱苦頻仍，嚼齧禾苗歲不登，米價升騰增數倍，黎民處處不聊生。

草根木葉權充腹，兒女呱呱相向哭；釜甑塵飛爨絕烟，數日難求一餐粥。

官府徵糧縱虎差，豪家索債如狼豺。可憐殘喘存呼吸，魂魄先歸泉壤埋。

骷髏遍地積如山，業重難過饑餓關。能不教人數行淚，淚洒還成點血斑？

奉勸富家同賑濟，太倉一粒恩無旣。枯骨重教得再生，好生一念感天地。

天地無私佑善人，善人德厚福長臻。助貧救生功勛大，德厚流光裕子孫。」

他嗓子雖然不佳，但歌詞感人，聞者盡皆動容。

袁承志道：「師哥，你這首歌兒作得很好啊。」黃眞道：「我那有這麼大的才學？這是闖王手下大將李岩李公子作的歌兒。」袁承志點頭道：「原來又是李公子的大作。他念念不忘黎民疾苦，那才是眞英雄、大豪傑。」

袁承志也不待一千六百石白米發完，便給溫氏四老解開穴道，推宮過血。四老委頓了半夜，均已有氣無力，臉色氣得鐵青。袁承志向五老作了一揖，說道：「多多得罪，晚輩萬分抱歉。」

黃眞笑道：「你們送了一千六百石米，不免有點肉痛，但石樑溫家的名聲卻好了不少。這樁生意你們其實是大有賺頭，不可不知。」五老一言不發，掉頭入內。

黃眞見發米已畢，貧民散去，說道：「咱們走吧！」

袁承志心想須得與青青告別，又想她母女和溫家已經破臉，只怕此處已不能居，正待和師哥商議，忽見青青抱着母親，哭叫：「承志大哥！」快步奔了出來。

袁承志一驚，忙問：「怎麼？」猛聽得颼颼風聲，知道不妙，忙急躍而前，伸手一抄，抓住了四柄射向青青背心的飛刀。只見人影閃動，溫方施避入了門後，跟着砰的一聲，大門合上，將六人關在門外。

青青哭道：「四爺爺下毒手殺……殺了我媽。」轉過手中母親的身子，只見溫儀背心上插了一柄飛刀，直沒至柄。

袁承志驚怒交集，伸手要去拔刀。黃眞把他手一擋，道：「拔不得，一拔立時就死！」眼見溫儀傷重難救，便點了她兩處穴道，使她稍減痛楚。

溫儀臉露微笑，低聲道：「青兒，別難受。我……我去……去見你爸爸啦。在你爸爸身邊，沒人……沒人再欺侮我。」青青哭着連連點頭。

溫儀對袁承志道：「有一件事，你可不能瞞我。」袁承志道：「伯母要知道甚麼事？晚輩決不隱瞞。」溫儀道：「他有沒有遺書？有沒提到我？」袁承志道：「夏前輩留下了些武功圖譜。昨天我破五行陣，就是用他遺法，總算替他報了大仇，出了怨氣。」溫儀道：「他沒留下給我的信麼？」袁承志不答，只緩緩搖了搖頭。

溫儀好生失望，道：「他喝了那碗蓮子羹才沒力氣，這碗……這碗蓮子羹是我給他喝的。可是我眞的……眞的一點也不知道呀。」袁承志安慰她道：「夏前輩在天之靈，一定明白，決不會怪伯母的。」溫儀道：「他定是傷心死的，怪我暗中害他，現今就算明白，可是也已遲了。」青青泣道：「媽，爹爹早知道的。你也喝了蓮子羹，要陪爹爹一起死。他當時就明白了。」溫儀道：「他……他當眞明白嗎？爲甚麼一直不來接我？連……連遺書也不給我一封？」

袁承志見她臨死尙爲這事耿耿於懷，一時之間，想不出甚麼話來安慰，但見她目光散亂，雙手慢慢垂了下來，忽然心念一動，想起了金蛇秘笈中那張「重寶之圖」，其中提到過溫儀的名字，忙從懷裏取出來，道：「伯母，你請看！」

溫儀雙目本已合攏，這時又慢慢睜開，一見圖上字迹，突然精神大振，叫道：「這是他的字，我認得的。」低聲唸着那幾行字道：「得寶之人……務請赴浙江衢州石樑……尋訪溫儀，……尋訪溫儀，那就是我呀……酬以黃金十萬兩。」又見到那兩行小字：「此時縱聚天下珍寶，亦焉得以易半日聚首，重財寶而輕別離，愚之極矣，悔甚恨甚。」她滿臉笑容，伸手拉住袁承志的衣袖，道：「他沒怪我，他心裏仍然記着我，想着我……而今我是要去了，要去見他了……」說着慢慢閉上了眼。

袁承志見此情景，不禁垂淚。溫儀忽然又睜開眼來，說道：「袁相公，我求你兩件事，你一定得答應。」袁承志道：「伯母請說，只要做得到的，無不應命。」溫儀道：「第一件，你把我葬在他身邊。第二件……第二件……」袁承志道：「第二件是甚麼？伯母請說。」溫儀道：「我……我世上親人，只有……只有這個女兒，你……你們……你們……」手指着青青，忽然一口氣接不上，雙眼一閉，垂頭不動，已停了呼吸。

青青伏在母親身上大哭，袁承志輕拍她肩頭。黃眞、安小慧、和崔希敏三人眼見袁承志對她極是關切，又見她母親慘遭殺害，均感惻然，只是於此中內情一無所悉，不知說甚麼話來安慰才好。

青青忽地放下母親屍身，拔劍而起，奔到大門之前，舉劍亂剁大門，哭叫：「你們害死我爹爹，又害死我媽媽，我……我要殺光了你溫家全家。」縱身躍起，跳上了牆頭。

袁承志也躍上牆頭，輕輕握住她左臂，低聲道：「青弟，他們果然狠毒。不過，終究是你的外公。」

青青一陣氣苦，身子一幌，摔了下來。袁承志忙伸臂挽住她腰，卻見她已昏暈過去，大驚之下，連叫：「青弟，青弟！」

黃眞道：「不要緊，只是傷心過度。」取出一塊艾絨，用火摺點着了，在青青鼻下燻得片刻，她打了一個噴嚏，悠悠醒來，呆呆瞧着母親屍身，一言不發。

袁承志問道：「青弟，你怎麼了？」她只是不答。袁承志垂淚道：「你跟我們去吧，這裏不能住了。」青青呆呆的點了點頭。袁承志抱起溫儀屍身，五人一齊離了溫家大屋。

袁承志走出數十步，回頭一望，但見屋前廣場上滿地白米，都是適才發米時掉下來的，數十頭麻雀跳躍啄食。此時紅日當空，濃蔭匝地，溫家大屋卻緊閉了大門，靜悄悄地沒半點聲息，屋內便如空無一人。

黃眞對崔希敏道：「這五十兩銀子，拿去給咱們借宿的農家，叫他們連夜搬家。」崔希敏接了，瞪着眼問師父道：「幹麼要連夜搬家呀？」黃眞道：「石樑派的人對咱們無可奈何，自然會遷怒於別人，定會去向那家農家爲難。你想那幾個莊稼人，能破得了五行陣嗎？」崔希敏點頭道：「那可破不了！」飛奔着去了。

四人等他回來，繞小路離開石樑鎮，行了十多里，見路邊有座破廟。黃眞道：「進去歇歇吧。廟破菩薩爛，旁人不會疑心咱們順手牽羊、偷鷄摸狗。」崔希敏道：「那當然！」走進廟中，在殿上坐了。黃眞道：「這位太太的遺體怎麼辦？是就地安葬呢，還是到城裏入殮？」袁承志皺眉不語。黃眞道：「如到城裏找靈柩入殮，她是因刀傷致死，官府查問起來，咱們雖然不怕，總是麻煩。」言下意思是就在此葬了。

青青哭道：「不成，媽媽說過的，她要和爸爸葬在一起。」黃眞道：「令尊遺體葬在甚麼地方？」青青說不上來，望着袁承志。袁承志道：「在咱們華山！」四人聽了都感詫異。

袁承志又道：「她父親便是金蛇郎君夏前輩。」

黃眞年紀與夏雪宜相仿，但夏雪宜少年成名，黃眞初出道時，金蛇郎君的威名早已震動武林，一聽之下，登時肅然動容，微一沉吟，說道：「我有個主意，姑娘莫怪。」青青道：「老伯請說。」

黃眞指着袁承志道：「他是我師弟，你叫我老伯不敢當，還是稱大哥吧。」崔希敏向青青直瞪眼，心想：「這樣一來，我豈不是又得叫你這小妞兒作姑姑？」青青向袁承志望了一眼，竟然改了稱呼，道：「黃大哥的話，小妹自當遵依。」崔希敏暗暗叫苦：「糟糕，糟糕，這小妞居然老實不客氣的叫起黃大哥來。」

黃眞怎想得到這渾小子肚裏在轉這許多念頭，對青青道：「令堂遺志是要與令尊合葬，咱們總要完成她這番心願才好。但不說此處到華山千里迢迢，靈柩難運，就算靈柩到了華山腳下，也運不上去。」青青道：「怎麼？」袁承志道：「華山山峯險峻之極，武功稍差一些的就上不了。運靈柩上去是決計不成的。」黃眞道：「另外有個法子，是將令尊的遺骨接下來合葬。不過令尊遺體已經安居吉穴，再去驚動，似乎也不很妥當。」

青青見他說得在理，十分着急，哭道：「那怎麼辦呢？」黃眞道：「我意思是把令堂遺體在這裏火化了，然後將骨灰送上峯去安葬。」說到這件事，他可一本正經，再不胡言亂語了。青青雖然不願，但除此之外也無別法，只得含淚點頭。

當下衆人收集柴草，把溫儀的屍體燒化了。青青自幼在溫家頗遭白眼，雖然溫正等幾個表兄見她美貌，討好於她，卻也全是心存歹念，只有母親一人才眞心愛她，這時見至愛之人在火光中漸漸消失，不禁伏地大哭。

袁承志在破廟中找了一個瓦罐，等火熄屍銷，將骨灰撿入罐中，拜了兩拜，暗暗禱祝：「伯母在天之靈儘管放心，小侄定將伯母骨灰送到華山絕頂安葬，決不敢有負重託。」

黃眞見此事已畢，對袁承志道：「我們要將黃金送到江西九江去。闖王派了許多兄弟在江南浙贛一帶聯絡，以待中原大舉之時，南方也豎義旗響應，人多事繁，在在需錢。袁師弟奪還黃金，功勞眞是不小。」

青青道：「小妹不知這批金子如此事關重大，要不是兩位大哥到來，可壞了闖王大事。」崔希敏道：「也要你知道才好。」青青在口頭上素不讓人，說道：「此後如不是黃大哥親自護送，多半路上還要出亂子。」崔希敏急道：「甚……甚麼？你又要來搶嗎？」

黃眞眼睛一橫，不許他多言，說道：「袁師弟與溫姑娘如沒甚麼事，大家同去九江如何？」

袁承志道：「小弟想念師父，想到南京去拜見他老人家，還想見見崔叔叔。大師哥以為怎樣？」黃眞點頭道：「師父身邊正感人手不足，他老人家也想念你得很。師弟，你這一次在石樑開張大發，賺了個滿堂紅。今後行俠仗義，為民除害，盼你諸事順遂，大吉大利，生意興隆，一本萬利。」袁承志肅然道：「還請大師哥多多教誨。」黃眞笑道：「我不跟你來這套，咱們就此別過。夏姑娘，你以後順手發財，可得認明人家招牌字號呀。」站起來一拱手，轉頭就走。崔希敏也向師叔拜別。

小慧對袁承志道：「承志大哥，你多多保重。」袁承志點頭道：「見到安嬸嬸時，說我很記掛她。」小慧道：「媽知道你長得這樣高了，一定很喜歡。我去啦！」行禮告別，追上黃眞和崔希敏，向西而去。

她一面走，一面轉頭揮手。袁承志也不停揮手招呼，直至三人在山邊轉彎，不見背影，這才停手。

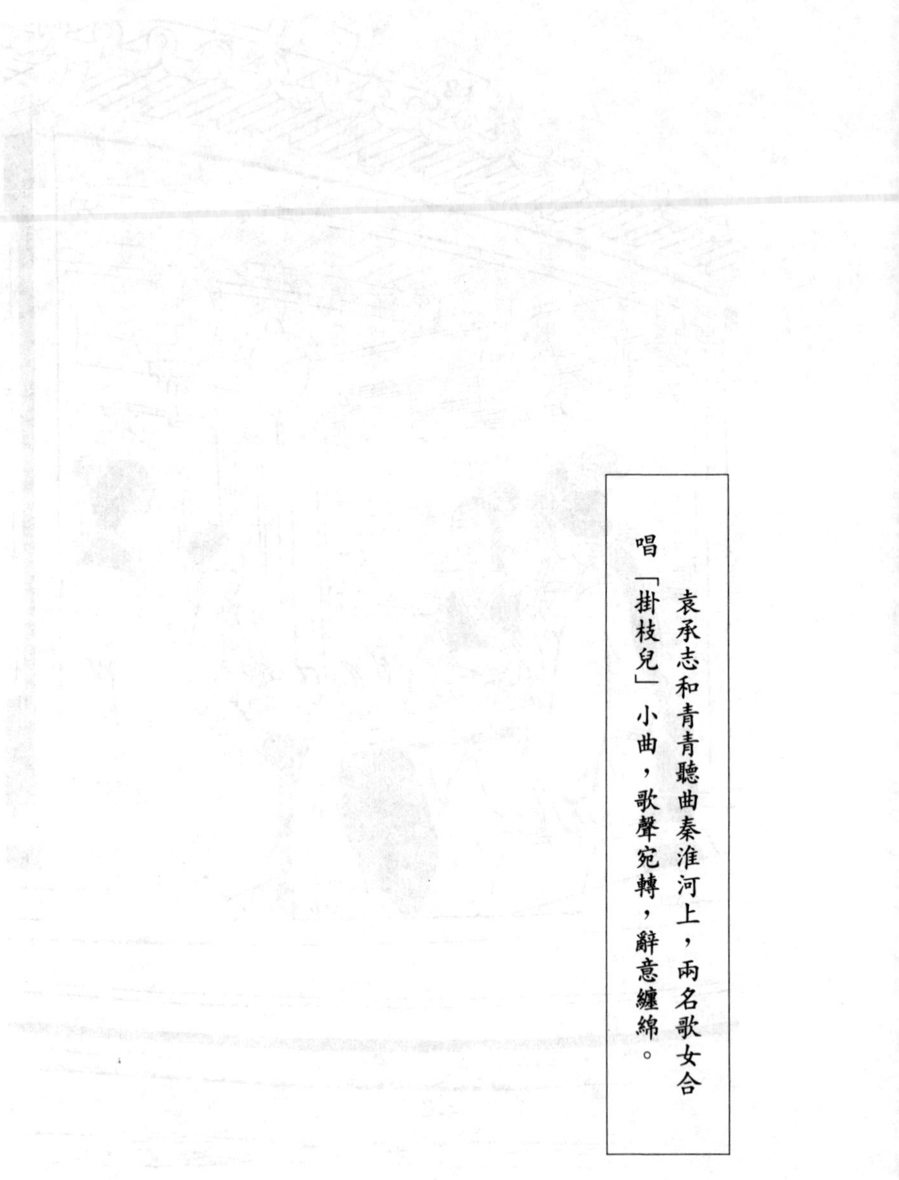

袁承志和青青聽曲秦淮河上，兩名歌女合唱「掛枝兒」小曲，歌聲宛轉，辭意纏綿。

第八回　易寒強敵膽　難解女兒心

青青哼了一聲，道：「幹麼不追上去再揮手？」袁承志一怔，不知他這話是甚麼意思。青青怒道：「這般戀戀不捨，又怎不跟她一起去？」袁承志才明白她原來生的是這個氣，說道：「我小時候遇到危難，承她媽媽相救，我們從小就在一塊兒玩的。」

青青更加氣了，拿了一塊石頭，在石階上亂砸，只打得火星直迸，冷冷的道：「那就叫做青梅竹馬了。」又道：「你要破五行陣，幹麼不用旁的兵刃，定要用她頭上的玉簪？難道我就沒簪子嗎？」說着拔下自己頭上玉簪，折成兩段，摔在地下，踹了幾腳。

袁承志覺得她在無理取鬧，只好不作聲。青青怒道：「你和她這麼有說有笑的，見了我就悶悶不樂。」袁承志道：「我幾時悶悶不樂了？」青青道：「人家的媽媽好，在你小時候救你疼你，我可是個沒媽媽的人。」說到母親，又垂下淚來。

袁承志急道：「你別儘發脾氣啦。咱們好好商量一下，以後怎樣？」青青聽到「以後怎樣」四字，蒼白的臉上微微一紅，道：「商量甚麼？你去追你那小慧妹妹去。我這苦命人，在天涯海角飄泊罷啦。」袁承志心中盤算，如何安置這位大姑娘，確是一件難事。

青青見他不語，站起來捧了盛着母親骨灰的瓦罐，掉頭就走。袁承志忙問：「你去那裏？」青青道：「你理我呢？」逕向北行。袁承志無奈，只得緊跟在後面。一路上青青始終不跟他交談，袁承志逗她說話，總是不答。

到了金華，兩人入客店投宿。青青上街買了套男人衣巾，又改穿男裝。袁承志知她倉卒離家，身邊沒帶甚麼錢，乘她外出時在她衣囊中放了兩錠銀子。青青回來後，撅起了嘴，將銀子送回他房中。

這天晚上她出去做案，在一家富戶盜了五百多兩銀子。第二天金華城裏便轟傳起來。袁承志料知是她幹的事，不禁暗皺眉頭，眞不懂得她爲甚麼莫名其妙的忽然大發脾氣？如何對付實是一竅不通。軟言相求吧？實在放不下臉來；棄之不理吧？又覺讓她一個少女孤身獨闖江湖，未免心有不忍。想來想去，不知如何是好。

這日兩人離了金華，向義烏行去。青青沉着臉在前，袁承志跟在後面。行了三十多里，忽然天邊烏雲密佈，兩人忙加緊脚步，行不到五里，大雨已傾盆而下。袁承志帶着雨傘，青青卻嫌雨傘累贅沒帶。她展開輕功向前急奔，附近卻沒人家，也無廟宇涼亭。袁承志脚下加快，搶到她前面，遞傘給她。青青伸手把傘一推。袁承志道：「青弟，咱們是結義兄弟，說是同生共死，禍福與共。怎麼你到這時候還在生哥哥的氣？」

青青聽他這麼說，氣色稍和，道：「你要我不生氣，那也容易，只消依我一件事。」袁承志道：「你說吧，別說一件，十件也依了。」青青道：「好，你聽着。從今而後，你不能再見那個安姑娘和她母親。如你答允了，我馬上向你陪不是。」說着嫣然一笑。

袁承志好生爲難，心想安家母女對己有恩，將來終須設法報答，無緣無故的避不見面，那成甚麼話？這件事可不能輕易答允，不由得頗爲躊躇。

青青俏臉一板，怒道：「我原知你捨不得你那小慧妹妹。」轉過身來，向前狂奔。袁承志大叫：「青弟，青弟！」青青充耳不聞，轉了幾個彎，見路中有座涼亭，便直竄進去。

袁承志奔進涼亭，見她已然全身濕透。其時天氣正熱，衣衫單薄，雨水浸濕後甚是不雅，青青又羞又急，伏在涼亭欄杆上哭了出來，叫道：「你欺侮我，你欺侮我。」

袁承志心想：「這倒奇了，我幾時欺侮過你了？」當下也不分辯，解下長衫，給她披在身上。他有傘遮雨，衣衫未濕。尋思：「到底她要甚麼？心裏在想甚麼？我可一點也不懂。小慧妹妹又沒得罪她，爲甚麼要我今後不可和她再見？難道爲了小慧妹妹向她索討金子，因而害死她媽媽？這可也不能怪小慧啊。」他將呂七先生、溫氏五老這些強敵殺得大敗虧輸，心驚膽寒，也不算是何等難事，可是青青這位大姑娘忽喜忽嗔，忽哭忽笑，實令他搔頭摸腮，越想越是胡塗。

青青想起母親慘死，索性放聲大哭起來，直哭得袁承志手足無措，不知如何是好。過了一陣，雨漸漸停了，青青卻仍是哭個不休。她偷眼向袁承志一望，見他也正望着自己，忙轉過眼光，繼續大哭。袁承志也橫了心，心想：「看你有多少眼淚！」

正自僵持不決，忽聽得脚步聲響，一個青年農夫扶着一個老婦走進亭來。老婦身上有病，哼個不停。那農夫是他兒子，不住溫言安慰。青青見有人來，也就收淚不哭了。

袁承志心念一動：「我試試這法兒看。」過不多時，這對農家母子出亭去了。青青見雨已停，正要上道，袁承志忽然「哎唷，哎唷」的叫了起來。

青青吃了一驚，回頭看時，見他捧住了肚子，蹲在地下，忙走過去看。袁承志運起混元功，額上登時黃豆般的的汗珠直淌下來。青青慌了，連問：「怎麼了？肚子痛麼？」袁承志心想：「裝假索性裝到底！」運氣閉住了手上穴道。青青一摸他手，只覺一陣冰冷，更是慌了手脚，忙道：「你怎麼了？怎麼了？」袁承志大聲呻吟，只是不答。青青急得又哭了起來。

袁承志呻吟道：「青弟，我……我這病是好不了的了，你莫理我。你你……自己去吧。」青青急道：「怎麼好端端的生起病來？」袁承志有氣無力的道：「我從小有一個病……受不得氣……要是人家發我脾氣，我心裏一急，立刻會心痛肚痛，哎唷，哎唷，痛死啦！昨天跟你的五位爺爺相鬥，又使力厲害了，我……我……」

青青驚惶之下，雙手摟住了他，給他胸口揉搓。袁承志被她抱住，很是不好意思。青青哭道：「承志大哥，都是我不好，你別生氣啦。」袁承志心想：「我若不繼續裝假，不免給她當作了輕薄之人。」此時騎虎難下，只得垂下了頭，呻吟道：「我是活不成啦，我死之後，你給我葬了，去告訴我大師哥一聲。」他越裝越像，肚裏卻在暗暗好笑。

青青哭道：「你不能死，你不知道，我生氣是假的，我是故意氣你的，我心裏……心裏很是喜歡你呀。你要是死了，我跟你一起死！」

袁承志心頭一驚：「原來她是愛着我。」他生平第一次領畧少女的溫柔，心頭一股說不出的滋味，又是甜密，又是羞愧，怔怔的不語。

青青只道他眞的要死了，緊緊的抱住他，叫道：「大哥，大哥，你不能死呀。」袁承志只覺她吹氣如蘭，軟綿綿的身體偎依着自己，不禁一陣神魂顚倒。青青又道：「我生氣是假的，你別當眞。」袁承志哈哈一笑，說道：「我生病也是假的呀，你別當眞！」

青青一呆，忽地跳起，劈臉重重一個耳光，拍的一聲大響，只打得他眼前金星亂冒。青青掩臉就走。袁承志愕然不解：「剛才還說很喜歡我，沒有我就活不成，怎麼忽然之間又翻臉打人？」他不解青青的心事，只得跟在後面。青青一番驚惶，一番喜慰，早將對安小慧的疑忌之心拋在一旁，見袁承志左邊臉上紅紅的印着自己五個手指印，不禁有些歉然，也不禁有些得意，想到終於洩露了自己心事，又感羞愧難當。

兩人都是心中有愧，一路上再不說話，有時目光相觸，均是臉上一紅，立即同時轉頭迴避。心中卻均是甜甜的，這數十里路，便如是飄飄蕩蕩的在雲端行走一般。

這天傍晚到了義烏，青青找到一家客店投宿。袁承志跟着進店。

青青橫他一眼，說道：「死皮賴活的跟着人家，眞討厭。」袁承志摸着臉頰，笑道：「我肚痛是假，這裏痛卻是眞的。」青青一笑，道：「你要是氣不過，就打還我一記吧。」

兩人於是和好如初，晚飯後閒談一會，兩人分房睡了。青青見他於自己吐露眞情之後，仍是溫文守禮，不再提起那事，倒免了自己尷尬狼狽，可是忍不住又想：「我說了喜歡他，他卻又怎地不跟我說？」這一晚翻來覆去，又怎睡得安穩？

次日起身上道，青青問起他如何見到她爹爹的遺骨。袁承志於是詳細說了猩猩怎樣發現洞穴，他怎樣進洞見到骷髏、怎樣掘到鐵盒、怎樣發見圖譜等情，又講到張春九和那禿頭夜中前來偷襲，反而遭殃的事。

青青只聽得毛骨悚然，說道：「張春九是我四爺爺的徒弟，最是奸惡不過。那禿頭是二爺爺的徒弟。我五個爺爺每年正月十六，總是派了幾批子侄徒弟出去尋找甚麼。到底尋甚麼人，還是找甚麼東西，大家鬼鬼祟祟的，可從來不跟我說。不過每個人回來，全都垂頭喪氣的，定是甚麼也找不到。現下想來，自然是在找我爹爹的下落了。」過了一會，又道：「我爹爹死了之後還能用計殺敵，眞是了不起。」言下讚歎不已，又道：「要是爹爹活着，見到你把溫家那些壞人打得這般狼狽，定是高興得很……嗯，媽媽是親眼見到的，她定會告訴爹爹……你再把爹爹的筆迹給我瞧瞧。」袁承志取出那幅圖來，遞給她道：「這是你爹爹的東西，該當歸你。」青青瞧着父親的字迹，又是傷心，又是歡喜。

這天來到松江，青青忽道：「大哥，到了南京，見過你師父後，咱們就去把寶貝起出來。」袁承志奇道：「甚麼寶貝？」青青道：「爹爹這張圖不是叫做『重寶之圖』麼？他說得寶之人要酬我媽媽黃金十萬兩，媽媽又說這是皇宮內庫中的物事，其中不知有多少金銀珠寶。」袁承志沉吟道：「話是不錯，可是咱們辦正事要緊。」他一心記掛的，只是會見師父之後去報父仇。青青道：「按圖尋寶，也不見得會躭擱多少時候。」

袁承志神色不悅，說道：「咱倆拿到這許多金銀珠寶，又有甚麼用？青弟，我勸你總要規規矩矩的做人，別這麼貪財才好。」只說得青青撅起了小嘴，賭氣不吃晚飯。

次日上路，青青道：「我不過拿了闖王二千兩黃金，他們就急得甚麼似的，要你大師兄親自出馬來取回去。闖王幹麼這樣小家氣啊？」袁承志道：「闖王那裏小家氣了？我見過他的。他待人最是仗義疏財，他為天下老百姓解除疾苦，自己節儉得很，當眞是一位大英雄大豪傑。這二千兩黃金他有正用，自然不能輕易失去。」青青道：「是呀，要是咱們給闖王獻上黃金二十萬兩，甚至二百萬兩、三百萬兩，你說這件事好不好呢？」

這一言提醒，只喜得袁承志抓住了她手，道：「青弟，我眞胡塗啦，多虧你說。」青青把手一摔，道：「我也不要你見情，以後少罵人家就是啦。」袁承志陪笑道：「要是我們找到這批金珠寶貝，獻給闖王，可不知能救得多少受苦百姓的性命。」

兩人坐在路邊，取出圖來細看，見圖中心處有個紅圈，圈旁註着「魏國公府」四字。

兩人又細看了一會。袁承志道：「寶藏是在魏國公府的一間偏房底下。」青青道：「咱們到南京後，只消尋到魏國公府，就有法子。魏國公是大將軍徐達的封號，他是本朝第一大功臣，府第定然極大，易找得很。」

袁承志搖搖頭道：「大將軍的府第非同小可，防守定嚴，就算混得進去，要這麼大舉挖掘，實在也為難得緊。」青青道：「現下憑空猜測，也是無用，到了南京再相機行事吧。」

路上數日，到了南京。那金陵石頭城是天下第一大城，乃太祖當年開國建都之地，千門萬戶，五方輻輳，朱雀橋畔簫鼓，烏衣巷口綺羅，雖逢亂世，卻是不減昔年侈靡。

兩人投店後，袁承志便依着大師哥所說地址去見師父。一問之下，卻知穆人淸往安慶府去了，至於到了安慶府何處，在南京聯絡傳訊之人也不知情。袁承志鬱鬱不樂，青青拉他出去遊玩，也是全無心緒，只是坐在客店中發悶。

青青把店伴叫來，詢問魏國公府的所在。那店伴茫然不知，說南京那裏有甚麼魏國公府。青青惱了，說道：「魏國公是本朝第一大功臣，怎會沒國公府？」店伴道：「要是有，相公自己去找吧。小人生在南京，長在南京，在南京住了四十多年，可就是沒聽見過。」青青怪他挺撞，伸手要打，給袁承志攔住。那店伴嘮嘮叨叨的去了。

兩人在南京尋訪了七八天，沒找到絲毫綫索。袁承志便要去安慶府尋師，青青說既然到了南京，總得查個水落石出才罷。兩人又探問了五六日。有人說徐大將軍的後人在永樂皇帝時改封定國公，聽說現今是在北京。有人說：大將軍逝世後追贈中山王，南京鍾山有中山王墓，兩位要不要去瞧瞧？又有人說，南京守備國公爺倒是姓徐，但他住在守備府，卻不知魏國公府在那裏。兩人去守備府察看，卻見跟地圖上所繪全然不對。

這一晚兩人僱了艘河船，在秦淮河中遊河解悶。袁承志道：「你爹爹何等英雄，他得了這張地圖卻找不到寶藏，可見這回事本來是很渺茫的。」青青道：「我爹爹明明這樣寫着，那會有錯？又不是一兩金子、二兩銀子的事，當然不會輕輕易易就能得到。」袁承志道：「再找一天，要是仍無端倪，咱們可得走了。」青青道：「再找三夫！」袁承志笑道：「好，依你，三天就三天。你道我不想找到寶藏麼？」

河中笙歌處處，槳聲輕柔，燈影朦朧，似乎風中水裏都有脂粉香氣，這般旖旎風光袁承志固是從所未歷，青青僻處浙東，卻也沒見過這等烟水風華的氣象。她喝了幾杯酒，臉上酡紅，聽得鄰船上傳來陣陣歌聲，盈盈笑語，不禁有微醺之意，笑道：「大哥，咱們叫兩個姐兒來唱曲陪酒好嗎？」袁承志登時滿臉通紅，說道：「你喝醉了麼？這麼胡鬧！」

遊船上的船夫接口道：「到秦淮河來玩的相公，那一個不叫姐兒陪酒？兩位相公如有相熟的，小的就去叫來。」袁承志雙手亂搖，連叫：「不要，不要！」

青青笑問船夫：「河上那幾位姑娘最出名呀？」船夫道：「講到名頭，像卞玉京啦，柳如是啦，董小宛啦，李香君啦，哪一位都是才貌雙全，又會做詩，又會唱曲的美貌姑娘。」青青道：「那麼你把甚麼柳如是、董小宛給我們叫兩個來吧。」船夫伸了舌頭，笑道：「你這位相公定是初來南京。」青青道：「怎麼？」船夫道：「這些出名的姑娘，相交的不是王孫公子，就是出名的讀書人。尋常做生意的，就是把金山銀山抬去，要見她們一面，也未必見得着呢，又怎隨便叫得來？」青青啐道：「一個妓女也有這麼大的勢派？」

船夫道：「秦淮河裏有的是好姑娘，小的給兩位相公叫兩個來吧。」袁承志道：「咱們要回去啦，改天再說吧。」青青笑道：「我可還沒玩夠！」對船夫道：「你叫吧！」

那船夫巴不得有這麼一句話，放開喉嚨喊了幾聲。不多一刻，一艘花舫從河邊轉出，兩名歌女從跳板上過來，向袁承志與青青福了兩福。袁承志起身回禮，神色尷尬。青青卻大模大樣的端坐不動，祇微微點了點頭，見袁承志一副狼狽模樣，心中暗暗好笑，又想：「他原是個老實頭，就算心裏對我好，料他也說不出口。」

那兩名歌女姿色平庸。一個拿起簫來，吹了個「折桂令」的牌子，到也悠揚動聽。

另一個歌女對青青道：「相公，我兩人合唱個『掛枝兒』給你聽，好不好？」青青笑道：「好啊。」那歌女彈起琵琶，唱的是男子腔調，唱道：

「我教你叫我，你只是不應，不等我說就叫我才是眞情。要你叫聲『親哥哥』，推甚麼臉紅羞人？你口兒裏不肯叫，想是心裏兒不疼。你若疼我是眞心也，爲何開口難得緊？」

袁承志聽到這裏，想起自己平時常叫「青弟」，可是她從來就不叫自己一聲「哥哥」，只是叫「承志大哥」，要不然便叫「大哥」，不由得向青青瞧去。只見她臉上暈紅，也正向自己瞧來，兩人目光相觸，都感不好意思，同時轉開了頭，只聽那歌女又唱道：

「俏冤家，非是我好教你叫，你叫聲無福的也自難消。你心不順，怎肯便把我來叫？叫的這聲音兒嬌，聽的往心窩裏燒。就是假意兒的殷勤也，比不叫到底好！」

另一個歌女以女子腔調接着唱道：

「俏冤家，但見我就要我叫，一會兒不叫你，你就心焦。我疼你那在乎叫與不叫。叫是口中歡，疼是心想着。我若疼你是眞心也，就不叫也是好。」

歌聲嬌媚，袁承志和青青聽了，都不由得心神蕩漾。

只聽那唱男腔的歌女唱道：

「我只盼，但見你就聽你叫，你卻是怕聽見的向旁人學。才待叫又不叫，只是低着頭兒笑，一面低低叫，一面把人瞧。叫得雖然艱難也，心意兒其實好。」

兩人最後合唱：「我若疼你是眞心也，便不叫也是好！」琵琶玎玎琤琤，輕柔流盪，一聲聲挑人心弦，襯着曲詞，當眞如蜜糖裏調油、胭脂中摻粉，又甜又膩，又香又嬌。

袁承志一生與刀劍爲伍，識得青青之前，結交的都是豪爽男兒，那想得到單是叫這麼一聲，其中便有這許多講究，想到曲中纏綿之意，綢繆之情，不禁心中怦怦作跳。

青青眼皮低垂，從那歌女手中接過簫來，拿手帕醮了酒，在吹口處擦乾淨了，接嘴吐氣，吹了起來。袁承志當日在石樑玫瑰坡上曾聽她吹簫，這時河上波光月影，酒濃脂香，又是一番光景，簫聲婉轉清揚，吹的正是那「掛枝兒」曲調，想到「我若疼你是眞心也，便不叫也是好」那兩句，燈下見到青青的麗色，不覺心神俱醉。

袁承志聽得出神，沒發覺一艘大花舫已靠到船邊，祇聽得有人哈哈大笑，叫道：「好簫，好簫！」接着三個人跨上船來。青青見有人打擾，心頭恚怒，放下簫管，側目斜視。見上來三人中前面一人搖着摺扇，滿身錦繡，三十來歲年紀，生得細眉細眼，皮肉比之那兩個歌女還白了三分。後面跟着兩個家丁，提着的燈籠上面寫着「總督府」三個紅字。

袁承志站起來拱手相迎。兩名歌女叩下頭去。青青卻不理睬。

那人一面大笑，一面走進船艙，說道：「打擾了，打擾了！」大剌剌的坐了下來。袁承志道：「請問尊姓大名。」那人還沒回答，一個歌女道：「這位是鳳陽總督府的馬公子。秦淮河上有名的闊少。」馬公子也不問袁承志姓名，一雙色迷迷的眼睛儘在青青的臉上溜來溜去，笑道：「你是那個班子裏的？倒吹得好簫，怎不來伺候我大爺啊？哈哈！」

青青聽他把自己當作優伶樂匠，柳眉一挺，當場便要發作。袁承志向她連使眼色，說道：「這位是我兄弟，我們是到南京來訪友的。」馬公子笑道：「訪甚麼友？今日遇見了我，交了你公子爺這個朋友，你們就吃着不盡了。」袁承志心中惱怒，淡淡問道：「閣下在總督府做甚麼官？」馬公子微微一笑，道：「總督馬大人，便是家叔。」

這時那邊花舫上又過來一人，那人穿着一身藕色熟羅長袍，身材矮小，留了兩撇小鬍子，神情卻是一團和氣，向馬公子笑道：「公子爺，這兄弟的簫吹得不錯吧？」袁承志瞧他模樣，料想他是馬公子身邊的清客。馬公子道：「景亭，你跟他們說說。」

那人自稱姓楊名景亭，當下喏喏連聲，對袁夏二人道：「馬公子是鳳陽總督馬大人的親侄兒，交朋友是最熱心不過的，一擲千金，毫無吝色。誰交到了這位朋友，那眞是一交跌入青雲裏去啦。馬大人最寵愛這個侄兒，待他比親生兒子還好，這位兄弟要交朋友嘛，最好就搬到馬公子府裏去住。」袁承志見他們出言不遜，生怕青青發怒，那知青青卻笑逐顏開，說道：「那是再好不過，咱們這就上岸去吧。」馬公子大喜，伸手去拉她手。青青一縮，把一名歌女在他身上推去。袁承志大奇，當下默不作聲。

青青站起身來，對馬公子道：「這兩位姑娘和船家，小弟想每人打賞五兩銀子……」馬公子忙道：「當然是兄弟給，你們明兒到賬房來領賞！」青青笑道：「今兒賞了他們，豈不爽快？」馬公子道：「是，是！」手一擺，家丁已取出十五兩銀子放在桌上。船夫與兩名歌女謝了。馬公子目不轉睛的望着青青，眉花眼笑，心癢難搔，當眞如同撿到了天上掉下來的奇珍異寶一般。不一會，船已攏岸。楊景亭道：「我去叫轎子！」青青忽道：「啊喲，我有一件要緊物事放在下處，這就要去拿。」馬公子道：「我差家人給你去取好啦，好兄弟，你住在那裏？」青青道：「我在太平門覆舟山的和尚廟裏借住。這東西可不能讓別人去拿。」

楊景亭在馬公子耳邊低聲道：「釘着他，別讓這孩子溜了。」馬公子眨眨眼道：「不錯，不錯！」轉頭對青青道：「那麼好兄弟，我和你一起去吧！」說着伸手去摟她肩膊。青青嗤的一笑。向旁一避，說道：「不，我不要你去！」

馬公子神魂飄蕩，對楊景亭道：「景亭，這孩子若是穿上了女裝，金陵城裏沒一個娘們能比得上。天下居然有這等絕色少年，今日卻叫我遇上了！眞是祖宗積德。」

青青道：「大哥，咱們去吧！」挽了袁承志的手便走。馬公子一使眼色，四人都跟在後面。他搶上幾步，和青青說笑。青青有一搭沒一搭的跟他閒談。

青青與袁承志爲了尋訪魏國公府，十多天來南京城內城外、大街小巷都走遍了，於道路已很熟悉。袁承志見她儘往荒僻之地走去，知她已生殺機，心想：「這馬公子雖然無行，但看錯了人，卻是罪不致死。師父常說，學武之人不能濫殺無辜，我豈可不阻？」於是停步說道：「青弟，別跟馬公子開玩笑了，咱們回客店去吧。」青青笑道：「你一人先回去！」馬公子大喜，道：「對，對，你一個人回去。你要不要銀子使？」袁承志搖頭嘆息，心道：「我說回客店，已點明並非在覆舟山和尙廟借住。這人死到臨頭，還是不悟！」

說話之間，到了一片墳場，馬公子已走得上氣不接下氣，問道：「快……快到了嗎？」青青一聲長笑，說道：「你們已經到啦！」馬公子一楞，心想到這墳堆中來幹甚麼。那篾片楊景亭看出情形有些兒不對，但想我們共有四人，兩名家丁又是孔武有力，諒這兩個文弱少年也使不出甚麼奸來，說道：「小兄弟，別鬧着玩了，大夥兒去公子府裏，熱烘烘的喝兩鍾樂上一樂，你給大夥唱上幾支曲兒，豈不是好？」青青冷笑兩聲。

袁承志喝道：「你們快走。做人規規矩矩的，便少碰些釘子。」楊景亭怒道：「你這人惹厭得很，還是自己規規矩矩的先回去吧！別招得馬公子生氣。」馬公子詐癲納福，說道：「好兄弟，我累啦，你扶我一把！」挨近青青身旁，伸右臂往她肩頭搭去。

青青身子一側，向袁承志道：「大哥，那邊是甚麼？」伸手東指。袁承志轉過頭去一望，祇聽得背後嗤得一聲響，急忙回頭，馬公子那顆胡塗腦袋已滾下地來，頸子中鮮血直噴。楊景亭和兩個家丁都驚呆了。青青上前一劍一個，全都刺死。袁承志心想既已殺了一個，形迹已露，索性斬草除根，以免後患，當下也不阻擋。

青青在馬公子身上拭了劍上血迹，嘻嘻嬌笑。袁承志道：「這種人打他一頓，教訓教訓也就夠了，你也忒狠了一點。」青青眼一橫，道：「這髒氣我可受不下。咱兩個在河上吹簫聽曲，玩得多好，這傢伙卻來掃興，你說他該不該死？」

袁承志心想單是打擾掃興，自然說不上該死，但馬公子這種人仗勢橫行，傷天害理之事定是做了不少，殺了他也不能說濫殺無辜，於是正色道：「這樣的壞蛋，殺就殺了，可是你將來亂殺一個好人，咱們的交情就此完了。」青青吐了吐舌頭，笑道：「兄弟不敢！」

兩人把屍首踢在草叢之中，正要回歸客店，袁承志忽然在青青衣袖上扯了一把，低聲道：「有人！」兩人當縮身躲在一座墳墓之後。

祇聽得遠處脚步聲響，東面和西面都有人過來。兩人從墳後探眼相望，見兩邊各有十多人，提着油紙燈籠。雙方漸行漸近，東面的人擊掌三下，停一停，又擊兩下。西邊的人也擊掌三下，跟着又擊兩下，走近聚在一起，圍坐在一座大墳之前。所坐之處，與兩人相距十多丈，說話聽不清楚。青青好奇之心大起，想挨近去聽。袁承志拉住她衣袖，低聲道：「等一下。」青青道：「等甚麼？」袁承志搖手示意，叫她別作聲。青青等得很不耐煩。

約莫過了一盞茶時分，一陣疾風吹來，四下長草瑟瑟作聲，墳邊的松柏枝條飛舞。袁承志托着青青右臂，施展輕功，竟不長身，猶如脚不點地般奔出十多丈，到了那批人身後一座墳後伏下。這時風聲未息，那些人絲毫不覺，兩人一伏下，袁承志立即把手縮回，如避蛇蠍。青青心想：「他確是個志誠君子，只是也未免太古板了些。」

這時和衆人相距已不過三丈，祇聽一個嗓子微沙的人道：「貴派各位大哥遠道而來，拔刀相助，兄弟實在萬分感激。」另一人道：「我師父說道，閔老師見招，本當親來，祇是他老人家臥病已一個多月，起不了床，因此上請萬師叔帶領我們十二弟子，來供閔老師差遣。」那沙嗓子的人道：「尊師龍老爺子的貴恙，只盼及早痊愈。此間大事一了，兄弟當親去雲南，向龍老爺子問安道謝。追風劍萬師兄劍法通神，威震天南，兄弟一見萬師兄駕到，心頭立即石頭落地了。」一人細聲細氣的道：「好說，好說，只怕我們點蒼派不能給閔老師出甚麼力。」

袁承志心頭一震，想起師父談論天下劍法，曾說當世門派之中，峨嵋、崑崙、華山、點蒼，武林中稱爲四大劍派。四派人材鼎盛，劍法中均有獨得之秘。其他少林、武當等派武學雖深，卻不專以劍術見稱。這姓萬的號稱追風劍，又是點蒼派的高手，劍術必是極精的了。他千里迢迢來到金陵，不知圖謀甚麼大事。

只聽兩人客氣了幾句，遠處又有人擊掌之聲，這邊擊掌相應。過不多時，已先後來了三起人物，聽他們相見敍話，知道一起是山西五台山清涼寺的僧衆，由監寺十力大師率領；一起是浙閩沿海的海盜，由七十二島總盟主碧海長鯨鄭起雲率領；第三起是陝西秦嶺太白山太白派的三個盟兄弟，號稱太白三英的史秉光、史秉文、黎剛三人。

袁承志越聽越奇，心想這些都是武林中頂兒尖兒的人，怎麼忽然聚集到南京來？只聽那姓閔的不住稱謝，顯然這些人都是他邀來的了。

青青早覺這夥人行迹詭秘，只想詢問袁承志，可是耳聽得衆人口氣皆非尋常之輩，自己只要稍發微聲，勢必立被察覺，因此連大氣也不敢透一口。

只聽得那姓閔的提高了嗓子說道：「承各位前輩、師兄、師弟千山萬水的趕來相助，義氣深重，在下閔子華實是感激萬分，請受我一拜！」聽聲音是跪下來叩頭。衆人忙謙謝扶起，都說：「閔二哥快別這樣！」「折殺小弟了，這那裏敢當？」「武林中路見不平，拔刀相助，那是份所當爲，閔兄不必客氣。」

亂了一陣，閔子華又道：「這幾日內，崑崙派的張心一師兄，峨嵋派的幾位道長，華山派的幾位師兄也都可到了。」有人問道：「華山派也有人來嗎？那好極了，是誰的門下呀？」袁承志心想：「你問得倒好，我也正想問這句話。」閔子華道：「是神拳無敵門下的幾位師兄。」袁承志心道：「那是二師哥的門下了。」那人又問：「閔二哥跟歸二爺夫婦有交情麼？那好極啦，有他們夫婦撐腰，還怕那姓焦的奸賊甚麼？」

閔子華道：「歸氏夫婦前輩高人，在下怎夠得上結交？他大徒弟梅劍和梅兄，卻跟在下有過命的交情。」另一人道：「梅劍和？那就是在山東道上一劍伏七雄的『沒影子』了。」閔子華道：「不錯，正是他。」袁承志聽到這裏，登時釋然，心想既有本門中人參預，那定是正事，我且不露面，如有機緣，不妨暗中相助。

又聽閔子華道：「先兄當年遭害身亡，兄弟十多年來到處訪查，始終不知仇家是誰。現下幸蒙太白山史氏昆仲見告，才知害死先兄的竟是那姓焦的奸賊。此仇不報，誓不爲人！」

語氣悲憤，又聽噹的一聲，想是用兵器在墓碑上重重一砍。

一個蒼老的聲音說道：「那鐵背金鰲焦公禮是江湖上有名的漢子，金龍幫名聲向來也並不壞，料不到竟做出這等事來。史氏昆仲不知那裏得來的訊息？」言下似乎頗有懷疑。

閔子華不等史氏兄弟答腔，搶着說道：「史氏昆仲已將先兄在山東遭難的經過，詳細跟晚輩說了，那是有憑有據的事，十力大師倒不必多疑。」

另一人道：「焦公禮在南京數十年，根深蒂固。金龍幫人多勢衆，雖然沒聽說有甚麼了不起的高手，畢竟是地頭蛇，咱們這次動他，可要小心了。」閔子華道：「正是如此。小弟自知獨力難支，是以斗膽遍邀各位好朋友的大駕。明天酉時正，兄弟在大功坊舍下擺幾席水酒，和各位洗塵接風，務請光臨。」衆人紛紛道謝，都說：「自己人不必客氣。」

閔子華道：「這次好朋友來的很多，難保對頭不會發覺。明日各位駕到，請對在門口接待的兄弟伸出右手中指、無名指、小指三個指頭作一下手勢，輕輕說一句：『江湖義氣，拔刀相助』，以免給金龍幫派人混進來摸了底去。」

衆人都說正該如此，助拳者來自四方，多數互不相識，以後對敵，都以這手勢和暗號爲記。衆人說罷正事，又談了一會李自成、張獻忠等和軍官打仗的新聞，便陸續散了。

待衆人去遠，袁承志和青青才躺下來休息。青青蹲着良久不動，這時脚都麻了，說道：「大哥，咱們明兒瞧瞧熱鬧去。」袁承志道：「瞧瞧倒也不妨。可是須得聽我的話，不許鬧事。」青青道：「誰說要鬧事了啊？要鬧事也只跟你鬧，不跟人家鬧。」

次日中午，馬公子被殺的消息在南京城裏傳得沸沸揚揚。袁承志和青青整天躲在客店不出。傍晚時分，兩人換了衣衫，改作尋常江湖漢子的打扮，踱到大功坊去。

只見一座大宅子前掛起了大燈籠，客人正絡繹不絕的進去。那宅第甚大，但牆垣殘舊、階石斷缺，門口畧作修整粉刷，卻也是急就章，頗為草草。

袁承志和青青走到門口，伸出三指一揚，說道：「江湖義氣，拔刀相助。」一個身穿長袍的人連連拱手，旁邊一個壯漢陪他們進去，獻上茶來，請教姓名。袁承志和青青隨口胡謅兩個名字。那壯漢道：「久仰久仰，兄弟在江湖上久聞兩位大名。」青青肚裏暗笑，心道：「這大名連我們自己也還是今日初次聽到，你倒久聞了。」不久客人越來越多，那壯漢見兩人年輕，料想必是那一派中跟隨師長而來的弟子，也不如何看重，話了聲「失陪」，招呼別人去了。不一會開出席來，袁承志和青青在偏席上坐了，陪席的是仙都派的一個小徒弟，同席的都是些後輩門人，也沒人來理會他們。

酒過三巡，閔子華到各席敬酒，敬到這邊席上時，袁承志見他約莫三十歲左右年紀，手上青筋凸起，一臉剽悍之色，舉止步武之間，顯得武功不低。他雙目紅腫，料是想起兄長被害之仇，連日悲傷哀哭。袁承志心想：「此人篤於手足之情，甚是可敬。他大舉邀朋集友，想來那姓焦的仇人和甚麼金龍幫聲勢定是不小。」

閔子華先向衆人作了三揖，連聲道謝，然後敬酒。席上衆人都是晚輩，全都離席還禮。閔子華敬完酒歸座，剛坐定身，一名弟子匆匆走到他身邊，俯耳說了幾句。閔子華滿臉喜色，不多一會，恭恭敬敬的陪着三人進來，到首席上坐下。

袁承志見了閔子華的神氣，料知這三人來頭不小，仔細看了幾眼。見頭一人儒生打扮，背負長劍，雙眼微翻，滿臉傲色，大模大樣的昂首直入。第二人是個壯漢，形貌樸實。第三人卻是二十二三歲的高瘦女子，相貌甚美，秀眉微蹙，杏眼含威。

閔子華大聲說道：「梅大哥及時趕到，兄弟實在感激之至。」那儒生道：「閔二哥的事，兄哥豈有不來之理？」袁承志心道：「原來這人便是二師哥的弟子梅劍和，怎地神態如此傲慢？」只聽梅劍和道：「我給你多事，代邀了兩個幫手。這是我三師弟劉培生，這是我五師妹孫仲君。」閔子華道：「久仰五丁手劉兄與孫女俠的威名，兄弟眞是萬分有幸。」他沒說孫仲君的外號。原來這外號不大雅致，叫作「飛天魔女」。當下閔子華又給十力大師、太白三英、鄭起雲、萬里風等衆人引見。各人互道仰慕，歡呼暢飲。

酒意漸酣，閔家一名家丁拿了一張大紅帖子進來，呈給主人。閔子華一看，臉色立變，乾笑數聲，說道：「焦老兒果然神通廣大，咱們還沒找他，他倒先尋上門來啦。梅大哥，你們剛到，他竟也得到了消息。」

梅劍和接過帖子，見封面上寫着：「後學教弟焦公禮頓首百拜」幾個大字，翻了開來，裏面寫着閔子華、十力大師、太白三英等人姓名，所有與宴的成名人物全都在內，連梅劍和等三人的名字也加在後面，墨瀋未乾，顯是臨時添上去的。帖中邀請諸人明日中午到焦宅赴宴。梅劍和將帖子往桌上一擲，說道：「焦老兒這地頭蛇也眞有他的，訊息靈通之極。咱們夠不上做強龍，可是這地頭蛇也得鬥上一鬥。」

閔子華道：「送帖來的那位朋友呢？請他進來吧！」那家丁應聲出去。衆人停杯不飲，目光一齊望向門口。只見那家丁身後跟着一人，三十歲左右年紀，身穿長袍，緩步進來，向首席諸人躬身行禮，跟着抱拳作了四方揖，說道：「我師父聽說各位前輩駕臨南京，明天請名位過去敍敍，吩咐弟子邀請各位的大駕。」

梅劍和冷笑道：「焦老兒擺下鴻門宴啦！」轉頭對送請帖的人道：「喂，你叫甚麼名字？」那人聽他言語無禮，但仍恭謹答道：「弟子羅立如。」梅劍和喝道：「焦公禮邀我們過去，有甚麼詭計？你知道麼？」羅立如道：「家師聽得各位前輩大駕到來，十分仰慕，想和各位見見，得以稍盡地主之誼。」

梅劍和道：「哼，話倒說得漂亮。我問你，焦公禮當年害死閔老師的兄長閔大爺，你在不在場？」羅立如道：「家師說道，明日請各位過去，一則是向各位前輩表示景仰之意，二則是要向閔二爺陪話謝罪。盼閔二爺大人大量，揭過了這個樑子。」

梅劍和喝道：「殺了人，陪話謝罪就成了麼？」羅立如道：「這件事的前因後果，家師說實有難言之隱，牽涉到名門大派的聲名，因此……」

孫仲君突然尖聲叫道：「你胡扯些甚麼？我師哥問你，當時你是不是在場？」羅立如道：「弟子那時候年紀還小，尚未拜入師門。但我師父為人正派，決不致濫殺無辜……」

孫仲君喝道：「好哇，你還強嘴！依你說來，閔大爺是死有餘辜了？」喝叫聲中，她突然飛鳥般的縱了出來，右手中已握住了明晃晃的一柄長劍，左手出掌向羅立如胸口按到。羅立如大吃一驚，右臂一招「鐵門閂」，橫格她這一掌急按。

袁承志低聲道：「糟了！他右臂不保……」話未說完，只聽得羅立如慘叫一聲，一條右臂果真已被一劍斬下。廳中各人齊聲驚呼，都站了起來。

羅立如臉色慘白，但居然並不暈倒，左手撕下衣襟，在右肩上一纏，俯身拾起斷臂，大踏步走了出去。衆人見他如此硬朗，不禁駭然，面面相覷，說不出話來。

孫仲君拭去劍上血迹，還劍入鞘，神色自若的歸座，舉起酒杯一飲而盡。這一劍乾淨利落，出手快極，可是廳上數百人竟無一人喝采，均覺不論對方如何不是，卻也不該這般辣手對待前來邀客的使者。連閔子華於震驚之下，也忘了叫一聲好。孫仲君心下甚不樂意。

閔子華道：「這人如此兇悍，足見他師父更加奸惡。咱們明日去不去赴宴？」

萬里風道：「那當然去啊。倘若不去，豈非讓他小覷了。」鄭起雲道：「咱們今晚派人先去踩踩盤子，摸個底細，瞧那焦公禮邀了些甚麼幫手，金龍幫明天有甚麼鬼計，是否要在酒菜中下毒。有備無患，免得上當。」

閔子華道：「鄭島主所見極是。我想他們定然防備很緊，倒要請幾位兄長辛苦一趟才好。」

萬里風道：「小弟來自告奮勇吧！」閔子華站起來斟了一杯酒，捧到他面前，說道：「兄弟先敬一杯，萬大哥馬到成功。」兩人對飲乾杯。

筵席散後，各人紛紛辭出。袁承志一打手勢，和青青悄悄跟在萬里風之後。這時已是初更時分，只見他回客店換了短裝，向東而去。兩人遠遠跟着，見他轉彎抹角的穿過了七八條街道，繞到一所大宅第後面，逕自竄了進去。

袁承志見他身法極快，心想：「倒也不枉了『追風劍』三字。」兩人隨後跟進，見一間房中透着燈光，在窗縫中張去。見室中坐着三人，朝外一人五十多歲年紀，臉頰紅潤，額頭全是皺紋，眉頭緊鎖，憂形於色。

只聽那人嘆了一口氣道：「立如怎樣了？」下首一人道：「羅師哥暈過去了幾次，現下血是止住了。」袁承志聽兩人口氣，料想這老者便是焦公禮，師徒們在談羅立如的傷勢。又聽另一人道：「師父，咱們最好派幾名兄弟在宅子四周巡查，只怕對頭有人來踩盤子。」

焦公禮嘆道：「查不查都是一樣，我是認命啦！明天上午，你們送師娘、師妹和小師弟到徐州吳家去。」那徒弟道：「師父！對頭雖然厲害，你老人家也不必灰心。本幫單在南京城裏就有兩千多兄弟，大夥兒一起跟他們拚個死活，怕他們怎的？」

焦公禮嘆道：「對頭邀的都是江湖上頂兒尖兒的好手，幫裏這些兄弟跟他們對敵，只是白送性命……唉，我死之後，你們好好侍奉師娘。師弟和師妹，都要靠你們教養成人了。」說着不禁流下淚來。一個徒弟道：「師父快別這麼說，你老人家一身武功，威鎮江南，就算不勝，也決不致落敗。咱們二十五名師兄弟，除了羅師哥之外，還有二十四人。眞的打不贏，你老交遊遍天下，廣邀朋友，跟他們再拚過。他們有好朋友，難道咱們就沒有？」

焦公禮道：「當年我血氣方剛，性子也是和你一般暴躁，以致惹了這場禍事。現下我讓他們殺了，還了這筆血債，也就算了。」袁承志和青青均感惻然，心想：這焦公禮似乎也非窮兇極惡之輩，當年做錯了事，現下卻已誠心悔過。

過了一會，聽得一名徒弟叫了聲：「師父！」焦公禮道：「怎麼？」那人道：「師父既不願跟他們對敵，那們咱們連夜動身，暫且避他們一避。大丈夫能屈……」另一人急道：「那怎麼成？師父一世英名，難道怕了他們？」焦公禮道：「甚麼英名不英名，我也不在乎了，不過避是避不掉的。再說，金龍幫的幫主這麼縮頭一走，幫中數千兄弟，今後還能挺直腰背做人嗎？明天一早，你們大家都走。我一人留在這裏對付他們。」

兩個徒弟都急了起來，齊聲道：「我留着陪師父。」焦公禮怒道：「怎麼？我大難臨頭，你們還不聽我話嗎？」兩個徒弟不敢言語了。焦公禮道：「你們去幫師娘收拾收拾，瞧車子套好了沒有？也不用帶太多東西，該儘快上路要緊。」兩人嘴裏答應，卻只是站着不動。焦公禮道：「也好，去叫大家進來！」

兩人答應了，開門走出。袁承志和青青忙在牆角一縮，一瞥之下，見西邊牆角有兩人伏着，看身形一個是追風劍萬里風，另一個身材苗條，是個女子，正是孫仲君。

袁承志惱她先前出手歹毒，要懲戒她一下，悄聲對青青道：「你在這裏，可別動！」青青身子輕幌，低聲道：「我偏要動幾動。」袁承志微笑，伏低了身，見萬里風與孫仲君都在凝神向裏張望，於是悄沒聲的從孫仲君身旁一掠而過，隨手已把她腰間佩劍抽在手中。這一下手法輕極快極，孫仲君全神貫注的瞧着焦公禮，竟未察覺。

袁承志回到青青身邊。青青見他偷了人家大姑娘的佩劍，頗爲不悅。袁承志把劍遞了給她，低聲道：「你收着！」青青這才高興。

兩人又從窗縫中向室內張望，只見陸續進來了二十多人，年長的已有四旬左右年紀，最年輕的卻只有十六七歲，想來都是焦公禮的徒弟了。衆徒弟向師父行了禮，垂手站立，人人臉上均有氣憤之色。

焦公禮臉色慘然，說道：「我年輕時身在綠林，現時也不必對大家相瞞了。」袁承志見眾徒臉現詫異，心想原來他們均不知師父的身世經歷。

焦公禮嘆了口氣，說道：「眼下仇人找上門來，我要對大家說一說結仇的緣由。

「那一年我在雙龍崗開山立櫃，弟兄們報說，山東省東兗道丘道台卸任，帶同了家眷回籍，要從雙龍崗下經過，油水很多。咱們在綠林的，吃的是打家刦舍的飯，遇到貪官汚吏，那是最好不過，一來貪官搜刮得多了，刦一個貪官，勝過刦一百個尋常客商。二來刦貪官不傷陰騭，他積的是不義之財，拿他的銀子咱們是心安理得。不過打聽得護送他的，卻是個大有來頭的人物，是山東濟南府會友鏢局的總鏢頭閔子葉，那就是閔子華的兄長了……」

聽到這裏，袁承志和青青已即恍然，心想：「雙方的樑子原來是這樣結的，焦公禮要刦財，閔子葉要保鏢，爭鬥起來，閔子葉不敵被殺。」

袁承志一面傾聽室內焦公禮的說話，一面時時斜眼察看萬里風與孫仲君的動靜。這時只見孫仲君伸手到腰間一摸，突然跳起，發現佩劍被人抽去，忙與萬里風打了個招呼，兩人不敢再行逗留，越牆走了。

袁承志暗暗好笑，再聽焦公禮說下去：「……閔子葉在江湖上頗有名望，是仙都派的高手……」袁承志暗暗點頭，心道：「原來閔氏兄弟都是仙都派的。聽師父說，仙都是內家正宗，淵源於武當，可說是武當派的旁支。掌門人素愛結交，和各門各派廣通聲氣。怪不得閔子華一舉便邀集了這許多能人。」

焦公禮道：「我一聽之後，倒不敢貿然動手了，於是親自去踩盤。那天晚上在客店中察看他們行蹤，卻聽到了一件氣炸人肚子的事。

「原來閔子葉那人貪花好色，見丘道台的二小姐生得美貌，便定下了計謀。他暗中與飛虎寨的張寨主約好，叫他在飛虎寨左近下手，搶刦丘道台，閔子葉假裝奮力抵抗，終於寡不敵衆，由張寨主殺死丘道台全家，搶走財物，將二小姐擄去。閔子葉然後孤身犯險，將二小姐救出來。二小姐家破人亡，無依無靠，又是感恩圖報，自然會委身下嫁於他。張寨主要討好閔子葉，又貪圖財寶，答應一切遵命。兩人在密室中竊竊私議，都叫我聽見啦。我惱怒異常，回去招集弟兄，埋伏飛虎寨之旁，到了約定的時候，丘道台一行人果然到來……」

這番言語實大出袁承志意料之外，只聽焦公禮又道：「那時我想咱們武林中人，雖然窮途落魄，陷身黑道，做這沒本錢買賣，但在色字關頭上總要光明磊落，才不失好漢子行徑。那知這閔子葉如此無恥。他是名門正派的弟子，江湖上也算是頗有名望，身爲總鏢頭，卻做這種勾當。我眼見張寨主率領了嘍囉前來搶刦，閔子葉卻裝腔作勢，大聲叱喝，揮劍亂七八糟的假打，不由得火氣直冒，就將跳出來跟他動手。閔子葉劍法果然了得，本來我不是他的對手，但我叫破了他的鬼計，把他的圖謀一五一十的都說了出來。他羞憤交加，沉不住氣，終於給我一刀砍死……」

一個徒弟叫了起來：「師父，這人本來該殺，咱們何必怕他們？等明日對頭來了，大家抖開來說個明白，就算他兄弟定要報仇，別的人也不見得都不明是非。」

袁承志心想：「不錯啊，要是這姓焦的果眞是路見不平，殺了閔子葉，武林中自有公論，只怕他這番話未必可信，又或者另有隱情。」

焦公禮嘆了口氣，道：「我殺了那姓閔的之後，何嘗不知闖了大禍。他是仙都派中響噹嘴的角色，他師父黃木道人決不能干休，若是率領門下衆弟子向我尋仇，我便有三頭六臂也抵擋不住。幸好我手下把那張寨主截住了，我逼着他寫了一張伏辯，將閔子葉的奸謀清清楚楚的寫在上面。

「那丘道台自然對我十分感激，送了我三千兩銀子。我想本來是要搶光了你的，現下難得強盜發善心，做了一件行俠仗義之事，索性連一兩銀子也不收你的。丘道台千恩萬謝，寫了一封謝書，言明詳細經過，還叫會友鏢局隨同保鏢的兩個鏢頭畫押，作個見證。這兩個鏢頭本來並不知情，聽張寨主和飛虎寨其餘盜夥說得明白，大罵閔子葉無恥，說險些給他賣了，說不定性命也得送在這裏，反而向我道勞，很套交情。

「我做了這件事後，知道不能再在黑道中混了，於是和衆兄弟散了伙，拿了那兩封信，上仙都山龍虎觀去見黃木道人。

「那時仙都派門人已得知訊息，不等我上山，中途攔住了我就和我爲難，大家氣勢洶洶，也不容我分辯。幸虧一位江湖奇俠路過見到，拔劍相助，將我護送上山，和黃木道長三對六面的說了個清楚。那黃木道長很識大體，約束門人，永遠不得向我尋仇。但爲了仙都派的聲名，要我別在外宣揚此事。我自然答應，下山之後，從此絕口不提，因此這事的原委，江湖上知道的人極少。那時閔子葉的兄弟閔子華年紀幼小，多半不知內因，仙都派的門人自然也不會跟他說。」

一名門徒道：「師父，那兩封信你還收着麼？」

焦公禮搖頭道：「這就要怪我瞎了眼珠、不識得人了。去年秋天，有朋友傳話給我，說閔子葉的兄弟在仙都派藝成下山，得知我是他殺兄仇人，要來報仇。後來我打探出來，太白三英跟閔子華交情不差。他們是我多年老友，雖然已有十幾年不見面，但大家年輕時在綠林道上是一起出死入生過的。於是我便去找三英中的史家兄弟……」

一名門徒插嘴道：「啊，師父去年臘月趕去陝西，連年也不在家裏過，就爲這事了？」

焦公禮道：「不錯。我到了陝西秦嶺太白山史家兄弟家裏，滿想寒天臘月，哥兒倆一定在家，那知並不見人，卻原來上遼東去了，說是去做一筆大買賣。我在他們家等了十多天，史秉光、秉文兄弟才回來，老朋友會面，大家十分歡喜。我把跟閔家結仇的事一說。史老大當場即拍胸膛擔保沒事。我把丘道台的信與張寨主的伏辯都給了他。兩兄弟都說，只要拿去閔子華一看，閔老二那裏還有臉來找我報仇，只怕還要找人來陪話謝罪，求我別把他兄長的醜事宣揚出去呢。他兄弟對我殷情招待，反正我沒甚麼要緊事，天天跟他們一起打獵、聽戲。他兄弟從遼東帶來了不少人參、貂皮，送了我一批。

「有一天三人喝酒閒談，史老大忽說大明的氣數已完，咱哥兒們都是一副好身手，爲甚麼不投效明主，做個開國功臣？我說去投闖王，幹一番事業，倒也不錯。他哈哈大笑，說李自成是土匪流寇，成得甚麼氣候。眼見滿清兵勢無敵，指日入關，要是我肯投效，他兄弟可在九王爺面前力保。我一聽之下，登時大怒，罵他們忘了自己是甚麼人，怎麼好端端的大明豪傑，竟去投降胡奴？那豈不是去做不要臉的漢奸？死了之後也沒面目去見祖宗。」

袁承志暗暗點頭，心想焦公禮這人雖是盜賊出身，是非之際倒也看得明白，遇上了大事倒是挺不含糊的。

焦公禮道：「當時我拍案大罵，三人吵了一場。第二日史家兄弟向我道歉，史老大說昨天喝多了酒，不知說了些甚麼胡塗話，要我不可介意。我們是十多年的老友，吵過了也就算了。他們一般的殷勤招待，再也不提此事。我在陝西又住了十多天，這才回到南京。

「那知史家兄弟竟是狼心狗肺，非但不去向閔子華解釋，反而從中挑撥，大舉約人，整整籌劃了半年。我可全給蒙在鼓裏，半點也沒得到風聲，一心只道史家兄弟已跟閔子華說明眞相，他自然不會再起尋仇之心。突然間晴天霹靂，這許多武林中的一流高手到了南京。

「那兩封信史家兄弟多半不會給閔子華瞧。事情隔了這麼多年，當時在場的人不是死了，就是散得不知去向，任憑我怎麼分說，閔子華也不會相信。只怕他怒氣更大，反而會說我瞎造謠言，毀謗他已去世的兄長……我就是不懂，我和史家兄弟素來交好，就算有過一次言語失和，也算不了甚麼。何必這般處心積慮、大舉而來？瞧這番布置，不是明明要把我趕盡殺絕麼？到底我有甚麼事得罪了他們，實在想不出來。」

衆弟子聽了這番話，都氣惱異常，七張八嘴，決意與史家兄弟以死相拚。

焦公禮手一擺，道：「你們出去吧。今晚我說的話，不許漏出去一句。我曾在黃木道長面前起過誓，決不將閔子葉的事向外人洩漏。咱們是自己人，說一說還不打緊。寧可他們無義，我可不能言而無信。我死之後，誰都不許起心報仇，只須提到『報仇』二字，便是對我不住，金龍幫上下，務須遵依。」嘆了一口氣，道：「叫師弟、師妹來。」衆門徒人人臉現悲憤之色，退了出去。

跟着門帷掀開，進來一個十六七歲的少女，一個七八歲的男孩。那少女臉有淚痕，叫了一聲「爹！」撲到焦公禮懷裏。

焦公禮輕輕撫摸她的頭髮，半晌不語，那少女只是抽抽噎噎的哭，那孩子睜大了眼睛，不知姊姊爲甚麼傷心。焦公禮道：「媽媽東西都收拾好了嗎？」那少女點點頭。焦公禮道：「弟弟長大之後，你教他好好念書耕田，可是千萬別考試做官，也不要再學武了。」那少女哭道：「弟弟要學武的，學好了將來給爹爹報仇。」

焦公禮怒喝：「胡說！你要把我先氣死嗎？『報仇』兩字，提也休提。」過了一會，又柔聲道：「武林中怨怨相報，何時方了？不如做個安份守己的老百姓，得終天年。你弟弟資質不好，學武決計學不到我一半功夫。就算是我吧，今日也被人如此逼迫，不得善終……唉，只是沒見到你說好婆家，終是一樁心事未了……你跟大家說，我死之後，金龍幫的事，都聽副幫主高叔叔的吩咐。」那少女道：「我這就派人到鳳陽去找高叔叔來。」

焦公禮道：「怎麼你還不明白我的心思？把高叔叔找來，他是火爆霹靂的性子，豈容別人欺我？這樣一來，眼見就要大動刀槍，不知要死傷多少人命。就算我逃得一條性命，讓幾百兄弟爲我而死，於心何忍？你去吧！」抱起兒子，在他臉上親了親，微微一笑，道：「乖兒子，今後可得聽姊姊的話。」

那孩子道：「是。爹爹，你爲甚麼哭了？」焦公禮強笑道：「我幾時哭了？」將孩子放下地來，摸摸他頭頂，臉上顯得愛憐橫溢，似乎生死永別，甚是不捨。

焦姑娘淚流滿面，牽了兄弟的手出去，走到門口，停步回頭，道：「爹，難道你除了死給他們看之外，眞的沒第二條路了？」焦公禮道：「甚麼路子我都想過了，如能不死，難道不想麼？唉！這世上只有一個人能救得我性命，可是這人多半已不在世了。」

焦姑娘臉上露出光采，忙走近兩步，道：「爹，那是誰？或許他沒有死呢？」焦公禮道：「這位恩公姓夏，外號叫做金蛇郎君。」

袁承志和青青聽了，都大吃一驚。

焦公禮又道：「他是江湖上的一位奇俠，我殺閔子葉的原委，他是知道得清清楚楚的。當年仙都派十一名大弟子跟我爲難，全仗他獨力驅退，護送我上仙都山見黃木道人。現下黃木道人雲遊離山，多年來不知去向，料來早已逝世。聽說金蛇郎君十多年前遭人暗算，也已不在人世。我大恩不報，心中常覺不安。只要這人還活着……唉，你們去吧。」焦姑娘神色淒然，走了出來。

袁承志向青青一作手勢，悄悄跟在兩人身後，來到一座花園，眼見四下無人，袁承志突然飛身搶上，叫道：「焦姑娘，你想不想救你爹爹？」

焦姑娘一驚，拔劍在手，喝道：「你是誰？」袁承志道：「要救你爹爹，就跟我來！」斗然一個「一鶴沖天」，輕飄飄躍出牆外。青青連續三躍，翻過牆頭。焦姑娘想不到袁承志的輕身功夫竟能如此了得，實是從所未見，一怔之下，仗劍翻牆追出。

她追了一段路，起了疑懼之心，突然停步不追，轉身想回。剛回過身來，身旁一陣風掠過，腰裏的飄帶揚了起來，發覺手腕微麻，手指一鬆，長劍已被袁承志奪了過去。

焦姑娘大驚，兵刃脫手，退路又被擋住，不知如何是好。袁承志道：「姑娘別怕，我要傷你，易如反掌。我是你家朋友。」說着將劍還給了她。焦姑娘接了劍，點了點頭。

袁承志見她將信將疑，說道：「你爹爹眼下大難臨頭，你肯不肯冒險救父？」焦姑娘眼睛一紅道：「只要能救得爹爹，縱然粉身碎骨，也是甘心。」袁承志道：「你爹爹爲人很好，寧可捨了自己的性命，也不願大動干戈。我要幫他個忙。」焦姑娘聽他說得誠懇，何況危難之中，只要有一絲指望，也決不肯放過，雙膝一屈，就要跪下。

袁承志道：「姑娘且勿多禮，事情能否成功，我也沒十分把握。」焦姑娘只覺右臂被他輕輕一架，一股極大的力量托將上來，就此跪不下去，登時又對他多信了幾分。

袁承志道：「請你領我去府上，我要寫個字條給你爹爹。」焦姑娘道：「兩位高姓大名？請兩位去勸勸我爹爹好麼？」袁承志道：「我姓名暫且不說，你爹爹見了我這字條，定會消了死志。事不宜遲，先辦了這事再說。」焦姑娘大喜，忙道：「兩位請跟我來！」

三人越牆入內。焦姑娘引二人走進一間小書房中，拿出紙墨筆硯，磨好了墨，遠遠坐在旁邊，只見袁承志一揮而就，不知寫了些甚麼。青青在桌旁坐着，臉現詫異之色。

袁承志把紙箋摺了套入信封，用漿糊粘住了，交給焦姑娘，說道：「這封信給你爹爹，但須答應我一件事。」焦姑娘道：「尊駕吩咐，自當遵命。」袁承志道：「你千萬不能對你爹爹說到我的相貌年紀。」焦姑娘奇道：「爲甚麼？」袁承志道：「你一說，我就不能幫你忙了。」焦姑娘道：「好，我答應。」袁承志道：「明日卯時正，請你到水西門興隆客棧黃字第三號房來。我跟你商議如何解除令尊的危難。但此事務須嚴守秘密。」焦姑娘點頭答應。袁承志一拉青青的手道：「好啦，咱們走吧！」

焦姑娘見兩人越牆而出，心中又是驚疑，又是喜歡。忙奔回父親臥房，見房門緊閉，她拍了幾下門，大叫：「爹爹，開門！」半天沒有聲息，心中大急，忙繞到窗邊，揮掌打斷窗格，越窗進去，只見焦公禮神色慘然，手舉酒杯正要放到唇邊。焦姑娘叫道：「爹！你看這信！」焦公禮呆呆不語。焦姑娘拆開信封，抽出紙來，遞了過去。

焦公禮木然一瞥，見紙上畫着一柄長劍，不由得全身大震，手一鬆，噹啷一聲，酒杯在地下跌得粉粹。焦姑娘嚇了一跳。焦公禮卻是滿臉喜色，雙手微微發抖，連問：「這是那裏來的？誰給你的？他……他來了麼？眞的來了麼？」焦姑娘湊近看時，見紙上沒寫一字，只畫了一柄長劍。劍身曲折如蛇，劍尖卻是個蛇頭，蛇舌伸出，分成兩叉。

她不知何以父親一見此劍，竟然如此喜出望外，問道：「爹，這是甚麼？」焦公禮道：「只要他一到，爹爹的老命就有救了，你見到了他麼？」焦姑娘道：「誰呀？」焦公禮道：「畫這柄劍的人。」焦姑娘點點頭，道：「他叫我明天再去找他。」焦公禮道：「有沒有要我也去？」焦姑娘道：「他沒說起。」焦公禮道：「這位奇俠脾氣古怪，咱們不可違背了他的吩咐。明天你一個人去吧！唉，你遲來一刻，爹爹就見你不到了。」焦姑娘心中一驚，這才明白原來剛才酒杯中盛的竟是毒藥，忙拿掃帚來掃去，服侍父親睡下。

焦夫人與衆弟子聽說到了救星，雖想不論他武功如何了得，以一人之力，終究難與對方這許多高手相抗，但焦公禮既然如此放心，必有道理，登時都是喜慰不已。焦公禮要他們四散避難，大家本來不願，現下自然都不走了。

袁承志和靑靑從焦家出來，靑靑問道：「你畫這柄劍是甚麼意思？」袁承志道：「焦公禮說世上只有你爹爹一到，才能救他性命。我畫的就是你爹爹用的金蛇劍。」

青青點頭不語，過了一會問道：「你為甚麼要救他？」袁承志奇道：「那焦公禮不是壞人，給朋友賣了，逼成這個樣子，難道咱們見死不救？何況他又是你爹爹的朋友。」

青青笑道：「嗯，我還道你見他女兒生得美貌，想討好這個大姑娘。」袁承志怒道：「你當我是甚麼人？」青青笑道：「啊喲，別發脾氣，幹麼你又約她到客店來找你？」袁承志笑道：「你這小心眼兒眞是不可救藥，別囉唆啦，快跟我來。」

青青嗤的一笑，跟着他向西而行。不多時來到大功坊閔子華的宅第。

兩人越牆進內，躲在牆角，察看動靜，袁承志低聲道：「屋裏不知住着多少高手，一給發覺，咱們的事就幹不成啦。」青青低聲笑道：「你要幫那美貌姑娘，我可不許，偏偏要跟你搗蛋。我要大叫大嚷啦！」袁承志一笑，不去理她。

過了一會，見無異狀，兩人悄悄前行，抓住一個男僕，問明了史氏兄弟住宿的所在。袁承志把他點了啞穴，抛在樹叢之中，來到史氏兄弟臥房窗外，悄沒聲息的揑斷窗格，躍了進去。史氏兄弟也甚了得，立即驚覺，正待喝問，雙雙已被點中了穴道。

袁承志幌亮火摺，點了蠟燭，和青青在枕頭下、抽屜中、包裹裏到處搜檢，見到的卻只是些衣物銀兩、兵刃暗器。正要再查，忽聽房外脚步輕響，袁承志忙吹熄燭火，伸手在史氏兄弟衣袋中一摸，都是些紙片信札之類，心中大喜，盡數取出，放入懷裏，悄聲道：「得手啦！」青青道：「走吧，外面好像有人。」袁承志道：「等一下。」拿起史氏兄弟的一把匕首，在桌面上劃了「愚弟焦公禮頓首」七個大字。

猛聽得門外有人喝問：「甚麼人？」兩人當即從窗中躍出，隨即翻過牆頭，只聽得擊掌之聲四下響動，此擊彼應，知道對方布置周密，高手內外遍伏，不敢貿然闖出，當下兩人蹲在牆脚邊不動，只聽得屋頂有人來去巡邏。

青青忽然低聲道：「這是甚麼？」拿住他手，牽引到牆脚邊。袁承志一摸，牆脚的青苔下似乎刻得有字，手指順着這字筆劃中的凹處寫去，彎彎曲曲的是個篆文。他不識得篆字，悄聲問道：「甚麼字？」青青道：「是『第』字，第一第二的『第』字」。再向上摸去，又是一字，青青跟他說是個「賜」字。上面是個「公」字，再上是個「國」字，最後一字筆劃極多，青青說是「魏」字。袁承志心中將這五字自上而下的連接起來，竟是「魏國公賜第」。尋訪了十多天而毫無影蹤的魏國公府，豈知就是對方的大營所在，正是「踏破鐵鞋無覓處，得來全不費功夫」了。這幾個字字迹斑剝，年代已久，定是徐大將軍後人將宅子出賣了，數代之後，輾轉易手，再也無人得知。

袁承志心中正喜，忽覺頭頸中癢癢的，原來是青青在呵氣，想是她找到了魏國公府，樂極忘形。袁承志頭一縮，低聲喝道：「別頑皮！」聽得西首掌聲漸向南移，說道：「走吧！」兩人從西首疾奔而出，回到客店。

其時已是四更時分，青青點亮蠟燭。袁承志取出信件，揀了兩通顏色黃舊的信來，抽出一看，果然是張寨主的伏辯與丘道台的謝函。

青青笑道：「你這一下救了她爹爹性命，不知她拿甚麼來謝你？」袁承志愕然道：「甚麼她？」青青嘻嘻一笑，道：「焦公禮的大小姐哪！」袁承志向她扁扁嘴，不去理她，細細看了兩通書信，說道：「那焦公禮說的確是句句眞話，要是他另有私弊，那我就袖手不管了，何必去得罪這許多江湖上的前輩？何況其中還有二師哥的弟子。」

青青似笑非笑的道：「那個飛天魔女倒很美啊。」袁承志道：「這女子心狠手辣，作事不當，毫沒來由把人家一條臂膀卸了下來。」沉吟道：「若不是怕二師哥見怪，我倒眞要出手管上一管。我要焦姑娘到這裏來找我，是怕露出了形迹。要是我們同門師兄弟之間有了嫌隙，那就對不起師父養育之恩了。」青青見他神色肅然，不敢再開玩笑。

袁承志又打開另外幾封信來一看，不覺大怒，叫道：「你看。」

青青從來沒見過他如此憤怒，以往他即使在臨敵之際，也是雍容自若，這時忽見他滿臉脹得通紅，額頭上一條青筋猛凸起來，不禁嚇了一跳，忙接過來看。原來是滿清九王多爾袞的記室寫給史氏兄弟的密函，吩咐他們殺了焦公禮後，乘機奪過金龍幫來，先在江南樹立勢力，刺探消息，聯絡江湖好漢，待清兵大舉入關之時，便在南方起事作爲內應。信末蓋了兩個大大的朱印，上面一個是「大清睿親王」五字隸文，下面是「多爾袞」三字的篆文。

青青一時呆住了說不出話，越想越怒，就要扯信。袁承志一把搶住，道：「扯不得！」青青登時醒悟，道：「不錯，這是天大的證據。」

袁承志道：「你想史氏兄弟拿到焦公禮這兩封信後，幹麼不馬上毀去？」青青道：「我知道啦，他們要用來挾制閔子華！」袁承志道：「定是這樣。我本想救了焦公禮後，就此袖手不管。那知這中間另有這樣一個大奸謀。別說得罪二師哥，再大的來頭，我也不怕！」

青青瞧着他，目光中流露仰慕的神色，說道：「咱們當然要管，就算二師哥告到你師父那裏，他老人家也一定說是你對……咱們去請你那大師哥來，要他用鐵算盤來二一添作五的算一算，到底你有理，還是你二師哥有理。」袁承志笑道：「好啦，你快去睡吧。我得好好想一想，怎牛來對付這批奸賊。」

次日早晨，袁承志起身後坐在床上打坐，調勻呼吸，意守丹田，一股內息在全身百穴運行一遍，從小腹下直暖上來，自覺近來功力精進，頗爲欣慰。

下得床來，見桌上放了兩碗豆漿，還有一碟大餅油條。忽聽青青嘻嘻一笑，從門後鑽了出來，笑道：「老和尚，打完了坐嗎？」袁承志笑道：「你倒起得早。」

兩人剛吃完早點，店小二引了一個人進來，口中嘮嘮叨叨的道：「是找這兩位吧？問你找姓甚麼的，又說不知道。」袁承志和青青一看，這人正是焦姑娘。她等店小二一出門，立時拜倒。袁承志連忙還禮。青青拉着她手，扯了起來。

焦姑娘見這美貌少年拉住自己的手，不禁羞得滿臉通紅，但他們有救父之恩，不便掙脫，過了一會，才輕輕縮手。青青道：「焦姑娘，你叫甚麼名字？」焦姑娘道：「我叫宛兒。兩位貴姓？」青青向袁承志一指，笑道：「他兇得很，不許我說，你問他吧。」

焦宛兒知是說笑，微微一笑，隨即斂容說道：「兩位救了我爹爹性命，大恩大德，粉身難報。」袁承志道：「令尊是江湖前輩，俠義高風，令人十分欽佩。晚輩稍效微勞，份所當爲，何足掛齒？姑娘回去稟告令尊，請他今日中午照常宴客。這裏有兩包東西，請你交給令尊。在緊急關頭當衆開啓，必有奇效。這兩包東西事關重大，須防有人半路刼奪。」

焦宛兒見一個長長的包裹，份量沉重，似是包着兵刃，另一包卻是輕輕的一個小包，雙手接過，又再拜謝。

等她走出店房，袁承志道：「咱們暗中隨後保護，別讓壞蛋奪回去。」帶上房門出去，只見焦宛兒坐在客廳之中。兩人疾忙縮身，微覺奇怪，不知她何以還在客店逗留。

只聽焦宛兒朗聲說道：「叫掌櫃的來。金龍探爪，焦雷震空！」袁承志奇道：「她說甚麼？」青青低聲道：「多半是他們幫裏的切口。」那店小二本來盛氣凌人，聽得這話，呆了一呆，急忙躬身答應：「是，是。」掌櫃過來，呵了腰恭恭敬敬的道：「姑娘有甚麼吩咐，小的馬上去辦。」焦宛兒道：「我是焦大姑娘。你到我家去，說我有要事，請師哥們都來。」那掌櫃聽得是焦大姑娘，更加嚇了一跳，騎上快馬，親自馳去。只一頓飯功夫，店外湧進二十多名武師來，手中都拿了兵刃，擁着焦宛兒去了。

袁承志道：「金龍幫在這裏好大的聲勢。咱們不必跟去了，待會到焦家吃酒去吧。」

兩人閒談一會，午時將到，慢慢踱到焦府，只見客人正在陸續進去。袁承志和青青隨衆入內。走到門口，焦公禮和兩人相互一揖，他只道這兩人是對方的門徒小輩，也不在意。

等客人到齊，開出席來，一番勢派，與閔子華請客時又自不同。金龍幫財雄勢大，這次隆重宴客，桌椅都蒙了繡金紅披，席上細瓷牙筷，菜肴精緻異常，作菜的是南京名廚，酒壺中斟出來的都是胭脂般的陳年紹酒。

閔子華和十力大師、鄭起雲、崑崙派名宿張心一、梅劍和、萬里風、孫仲君等坐在首席，焦公禮親自相陪，殷勤勸酒。梅劍和等卻不飲酒，只瞧着閔子華的臉色。

閔子華突然提起酒杯，擲在地下，拍的一聲，登時粉碎，喝道：「姓焦的，今日武林中的好朋友們，都賞臉到這裏來啦。我的殺兄之仇如何了結，你自己說吧。」

他開門見山的提了出來，焦公禮一時倒感難以回答。

他大弟子吳平站了起來，說道：「閔二爺，你那兄長見色起意，敗壞武林中的規矩，我師父……」他話未說完，驀地裏一股勁風射向面門，急忙低頭，登的一聲，一枚五寸長的三角鋼釘釘在桌面。吳平見這鋼釘是孫仲君所發，怒氣勃發，當即拔出單刀，叫道：「好哇，你暗算我羅師弟，傷了他的臂膀，你這婆娘還想害人！」撲上去就要和她廝殺。

焦公禮急忙喝止，斥道：「貴賓面前，不得無禮。」轉頭向孫仲君笑道：「孫姑娘是華山派高手，何必跟小徒一般見識……」

閔子華紅了眼，抓起一雙筷子，對準焦公禮眼中擲去，喝道：「今日跟你這老賊拚了。」焦公禮也伸出筷子，輕輕挾住迎面飛來的兩隻筷子，放在桌上，說道：「閔二爺怎地偌大火氣，有話慢慢好說。來人哪，給閔二爺拿雙乾淨筷子來。」閔二爺見他武功了得，暗暗吃驚，心道：「怪不得我哥哥命喪他手。」

梅劍和見閔子華輸了一招，疾伸右手，去拉焦公禮手膀，說道：「焦幫主好本事，咱哥兒倆親近親近。」焦公禮見他手掌來得好快，身子略偏，竄了開去。梅劍和一把抓住椅背，喀喇一聲，椅背上橫木登時斷了。

焦公禮見對方越逼越緊，閔方諸人有的磨拳擦掌，有的抽出了兵器，自己這邊的幫眾門徒也都嚴行戒備，雙方羣毆一觸即發，而那金蛇郎君還沒有到來解圍，眼見情勢危急，雙方一動上手，那就不知要傷折多少人命了，於是向女兒使個眼色。

焦宛兒捧着那兩個包裹，早已心急異常，見到父親眼色，立即打開長形包裹，只見包裹是一柄長劍，托過來放在父親面前。

焦公禮見了那劍，不知是何用意，正自疑惑，孫仲君已見到是自己兵刃，不禁羞怒交集，搶過去一把抓起，罵道：「有本事的，大家明刀明槍的比拚一場。偷人東西，算甚麼英雄好漢？」焦公禮愕然不解，孫仲君跨上兩步，劍尖青光閃閃，向他胸口疾刺過去。

袁承志讓焦公禮交還孫仲君的長劍，只道她體念昨晚自己手下留情，心中感激，今日必可從中出力調解息爭，那知她竟是如此橫蠻，心下甚是惱怒。

焦公禮見對方劍招狠辣，疾退兩步，一名弟子把他的折鐵刀遞了上來。焦公禮接在手中，並不還招。但孫仲君出手甚快，一劍刺空，跟着一招「行雲流水」，劍尖抖動，又刺向他咽喉。焦公禮再不招架，不免命喪劍底，只得掄折鐵刀使招「長空落雁」，對準她劍身砍落。孫仲君劍身一沉，似是避開他這一刀，那知沉到下盤，突然迅如閃電的翻將上來，急刺對方小腹。這招快極準極，饒是焦公禮在這把折鐵刀上沉浸數十年，也已不及迴力招架，急忙中縱身躍起，從旁人頭頂竄了出去，這才避過了長劍破腹之厄，但嗤的一聲，大腿旁的褲脚終於被劍尖劃破。

他心中暗叫：「好險！」回頭瞧她是否繼續追來，一瞥之下，不由得大喜過望，但見女兒手中托着的，正是給太白三英騙去的那兩封信。

這時他兩名徒弟已揮刀把孫仲君攔住。兩人深恨她壞了羅師哥的手膀，刀風虎虎，捨命相撲。孫仲君嘴角邊微微冷笑，左手叉在腰裏，右手長劍隨手揮舞，登時便把這兩個大漢逼得手忙脚亂，團團亂轉。焦公禮接過信來，大叫：「住手，住手！我有話說。」兩名徒弟聽得師父喝叫，忙收刀退下。一個退得稍慢，砰的一聲，胸口被孫仲君踢了一脚，連退數步，大口鮮血噴了出來，臉色立轉慘白。

焦公禮向孫仲君瞧了一眼，強抑怒氣，叫道：「各位朋友，請聽我說一句話！」大廳中本已十分混亂，當下慢慢靜了下來。焦公禮道：「這位閔朋友怪我害了他的兄長，不錯，他兄長閔子葉是我殺的！」大廳中一時寂靜無聲。

閔子華嗚咽道：「欠債還錢，殺人抵命。」閔方武師紛紛起轟，七張八嘴的叫道：「不錯，殺人抵命！十條命抵一條。」「焦公禮，你自己了斷吧！」

焦公禮待人聲稍靜，朗聲道：「這裏有兩封信，要請幾位德高望重的前輩過目。要是這幾位前輩看信之後，說焦某該當抵命，焦某立即當場自刎，皺一下眉頭都不算好漢。」

衆人好奇心起，紛紛要上來看信。焦公禮道：「慢來。請閔二爺推三位前輩先看。」閔子華不知信中寫的是甚麼，叫道：「好，那麼請十力大師、鄭島主、梅大哥三位看吧。」

三人接過信來，一起湊在桌邊，低聲唸了起來。太白三英鐵青着臉，在一旁竊竊私議。

十力大師第一個看完了信，說道：「依老衲之見，閔二爺還是捐棄前嫌，化敵爲友吧！」他在武林中聲望極高，武功見識，衆人素來欽服，此言一出，大廳上盡皆愕然。

閔子華接過信來，先看張寨主的伏辯，張寨主文理不通，別字連篇，看來還不大了然，再看丘道台的謝函，那卻是敍事明晰、文詞流暢之作，只看到一半，不禁又是羞愧，又是難過，呆在當地，做聲不得。突然之間，心頭許多一直大惑不解之事都冒出了答案：「太白三英來跟我說知，害死我哥哥的乃是金龍幫焦公禮。我邀衆位師哥助我報仇，大家卻都推三阻四。水雲大師哥又說要等尋到師父，再由他老人家主持。衆師哥向來和我交好，怎地如此沒同門義氣？只有洞玄師弟一人，才陪我前來。我仙都派人多勢衆，遇上這等大事，本門的人卻不出頭，迫得我只好去邀外人相助，實在太不成話。原來我哥哥當年幹下了這等見不得人面之事。衆位師哥定然知道眞相，是以不肯相助，卻又怕掃了我臉面，就此往失蹤多年的師父頭上一推，只洞玄師弟年輕不知……」

忽聽梅劍和叫道：「這是假造的，想騙誰呀？」伸手搶過兩信，扯得粉碎。

焦公禮萬料不到他竟會在衆目睽睽之下扯碎了兩通書信，這一來，他倚爲護身符之物重又消失，不由得又急又怒，臉皮紫脹，大喝：「姓梅的，你要臉不要？」

梅劍和冷冷的道：「也不知是誰不要臉？害了人家兄長，還假造幾封狗屁不通的書信來寃枉死人。明知死無對證，任由你撒個漫天大謊。這樣子的信哪，我關上了門，一天可以寫一百封。我馬上就寫給你看，你信不信？你要寃枉十力大師無惡不作，寃枉鄭島主殺了閔二哥的兄長，那樣的信我都會寫。」

十力大師與鄭起雲本覺閔子華理屈，聽梅劍和一說，又是躊躇起來，不知這兩封書信到底是眞是假，兩人面面相覷，難以委決。

吳平見師父如此受人欺辱，氣得滿臉通紅，撲地跳出，揮刀向梅劍和砍去。梅劍和身子微側，已拔劍在手。白光閃動，吳平狂叫一聲，單刀脫手，梅劍和的劍尖已指在他咽喉正中，喝道：「你跪下，梅大爺就饒你一條小命！」吳平連退三步，但敵人劍尖始終不離喉口。梅劍和笑道：「你再不跪，我可要刺了！」吳平道：「你刺吧，婆婆媽媽幹甚麼？」

焦門弟子各執兵刃，搶到廳中。閔方武師中一些勇往直前之輩也紛紛抽出兵器，分別邀鬥，登時乒乒乓乓的打得十分熱鬧。

焦公禮躍上椅子，大聲叫道：「大家住手，瞧我的！」手腕一翻，折鐵刀橫在喉頭，叫道：「寃有頭，債有主！我今日給閔子葉抵命便了。徒兒們快給我退下。」

衆門徒依言退開，慘然望着師父。

焦宛兒急呼：「爹，且慢！那封信呢？他說會來救你的呀！」

焦公禮取出信封，扯出一張白紙，向人羣招了幾招。衆人見紙上畫着一柄怪劍，都不知是何用意，只聽他高聲叫道：「金蛇大俠，你來遲一步了！」舉刀就往脖子上抹去。

袁承志見梅劍和狂妄自大，有意要挫折他的傲氣，接連震斷他數劍，又將他長劍繞得脫手飛出，拍得一響，在空中斷爲兩截。

第九回　雙姝拚巨賭　一使解深怨

只聽得嚐的一聲，有物撞向刀上，折鐵刀嗆啷啷跌在地下，焦公禮身旁已多了一人。衆人見這人濃眉大眼，膚色黝黑，是個二十歲左右的少年，他如何過來，竟沒一人看清楚。

這少年自然便是袁承志了。他在人羣中觀看，本以爲有了那兩封書信，焦公禮之事迎刃可解，自己不必露面，以免與二師哥的門人生了嫌隙，那知梅劍和竟會耍了這一手，焦公禮無可奈何逼得要橫刀自刎，自己再不挺身而出，已不可得，於是發錢鏢打下折鐵刀，縱身而前，朗聲說道：「金蛇郎君是不能來了，由他公子和兄弟前來，給各位做個和事老。」

老一輩中，不少人都聽到過金蛇郎君的名頭，知他武功驚人，行事神出鬼沒，但近十年來，江湖上久已不見蹤迹，傳言都說已經去世，那知這時突然遣人前來，各人心中都是凜然一驚。

焦宛兒又驚又喜，低聲對父親道：「爹，就是他！」焦公禮心神稍定，側目打量，見是個後生小子，不禁滿腹狐疑，微微搖頭。

孫仲君尖聲喝道：「你叫甚麼名字？誰叫你到這裏來多事？」

袁承志心想：「我雖然年紀小過你，可比你長着一輩，待會說出來，瞧你還敢不敢無禮？」當下不動聲色，說道：「在下姓袁。承金蛇郎君夏大俠之命來見焦幫主。今日得有機緣拜見各位前輩英雄，甚是榮幸。」說着向衆人抱拳行禮。

焦方衆人見他救了焦公禮性命，一齊恭謹行禮。閔方諸人卻只十力大師等幾個端嚴守禮的拱手答禮，餘人見他年輕，均不理會。

孫仲君不過二十多歲年紀，不知金蛇郎君當年的威名，她性子又躁，高聲罵道：「甚麼金蛇鐵蛇，快給我下去，別在這裏礙手礙脚。」

青青冷笑一聲，向她鼻子一聳，伸伸舌頭，做個鬼臉。孫仲君大怒，只道這油頭粉臉的少年見自己生得美貌，輕薄調戲，喝道：「小子無禮！」突然欺近，挺劍向她小腹刺去，劍勢勁急，正是華山劍術的險着之一，叫做「彗星飛墮」，乃神劍仙猿穆人清獨創的絕招，青青那裏躲避得開？

袁承志識得此招，登即大怒，心想她與你初次見面，無怨無仇，你不問是非好歹，一上來就下殺手，要制她死命，實在狠辣太過，側身擋在青青之前，抬高左脚，一脚踹將去，已將孫仲君的長劍踏在地下。這是金蛇秘笈中的怪招，大廳上無人能識。人叢中登時起了一陣鬨聲，嘖嘖稱奇。

孫仲君用力抽劍，紋絲不動，眼見對方左掌擊到，直撲面門，只得撒劍跳開。袁承志恨她歹毒，脚下運勁，喀喇一聲響，將長劍踏斷了。

劉培生見師妹受挫，便要上前動手。梅劍和見袁承志招式怪異，當卽伸手拉住劉培生，低聲道：「等一下，且聽他胡說些甚麼。」

袁承志高聲道：「閔子華閔爺的兄長當年行爲不端，焦幫主路見不平，拔刀殺死。這件事的前因後果，金蛇郎君知道得十分淸楚。他說當年有兩封信言明此事，他曾和焦幫主同去拜見仙都派掌門師尊黃木道長，呈上兩信。黃木道長閱信之後，便不再追究此事。想來這兩封信多半就是了。」說着向地下的書信碎片一指，又道：「這位爺台將兩封信扯得粉碎，不知是何用意？」

焦公禮聽他說得絲毫不錯，心頭大喜，這才信他眞是金蛇郎君所使，緊緊握住了女兒的手，心中突突亂跳。

梅劍和冷笑道：「這是揑造的假信，這姓焦的妄想藉此騙人，不扯碎了留着幹麼？」袁承志道：「我們來時，金蛇大俠曾提到書信內容。這兩封信雖已粉碎，這位大師與這位爺台是看過的。」一轉頭向十力大師與碧海長鯨鄭起雲拱手道：「只消讓在下和金蛇郎君夏大俠的後人把書信內容約畧一說，是眞是假，就可分辨了。」

十力大師與鄭起雲都道：「好，你說吧！」

袁承志望着閔子華道：「閔爺，令兄已經過世，重提舊事，於令兄面上可不大光采。到底要不要說？」閔子華早就在心虛，但給他這麼當衆擠逼住了，總不能求他不可吐露信中內容，一時張皇失措，額上青筋根根爆起，叫道：「我哥哥豈是那樣的人？這信定是假的。」

袁承志對靑靑道：「靑弟，那兩封信中的言語，都說出來吧！」

青青當即朗聲背信。她在客店中看信之後，雖不能說過目不忘，但也記得清清楚楚。於是先把丘道台的謝函唸了起來。她語音清爽，口齒伶俐，一字一句，人人聽得分明，唸到要緊關節之處，她忍不住又自行加上幾句刻薄言語，把閔子葉狠狠的損了幾下。她只唸得數十句，衆人交頭接耳，紛紛議論，唸到一半，閔子華再也忍耐不住，大聲喝道：「住口！你這小子男不男、女不女的，是甚麼東西？」

青青還未回答，梅劍和冷冷的道：「這小子多半是姓焦的手下人，要麼是金龍幫邀來助拳的。他們自然是事先串通好了，那有甚麼希奇？」

閔子華猛然醒悟，叫道：「你說是甚麼金蛇郎君派來的，誰知道是眞是假，卻在這裏胡說八道。」袁承志道：「你要怎樣才能相信？」

閔子華長劍一擺，道：「江湖上多說金蛇郎君武功驚人，你如眞是金蛇郎君後輩，定已得他眞傳。你只要勝得我手中長劍，我就信了。」在他內心，早已有七八成相信書信是眞，否則各位同門師兄決不會袖手不理，反有人勸他不可魯莽操切，此時越辯越醜，不如動武，可操必勝之算，眼見袁承志年幼，心想就算你眞是金蛇郎君傳人，學了些怪招，這幾歲年紀，又怎能練得甚麼深厚的功夫，只要一經比試，自可將你打得一敗塗地，狼狽萬狀，那麼那白臉少年所唸的信就沒人信了；是否要殺焦公禮爲兄長報仇，不妨暫且擱在一邊，眼前大事，總是要維護已死兄長的聲名，否則連仙都派的清譽也要大受牽累。

袁承志心下盤算：「金蛇郎君狂傲怪誕，衆所周知。我冒充是他使者，也須裝得驕傲狂放，怪模怪樣，方能使人入信。」於是哈哈大笑，坐了下來，端起酒杯喝了一口，又伸筷夾個肉丸吃了，笑道：「要贏你手中之劍，只須學得金蛇郎君的一點兒皮毛，也已綽綽有餘。你受人利用，尚且不悟，可嘆啊可嘆。」

閔子華怒道：「我受甚麼人利用？你這小子，敢比就比，若是不敢！快給我滾出去！」只因袁承志適才足踹孫仲君長劍，露了一手怪招，閔方武師才對他心有所忌，否則早就有人上來攆他下去，那容他如此肆無忌憚，旁若無人？

袁承志又喝了一口酒，道：「久聞仙都劍法精微奧妙，今日正好見識領教。不過咱們話說在前頭，要是我勝了，你跟焦幫主的過節只好從此不提。你再尋仇生事，這裏武林中的諸位前輩，可都得說句公道話。」

閔子華怒道：「這個自然，這裏十力大師、鄭島主等各位都可作證。要是你贏不了我呢？」袁承志道：「我向你叩頭陪罪。這裏的事，我們自然也不配多管。」

閔子華道：「好，來吧！」長劍一振，劍身嗡嗡作響，閔方武師齊聲喝采。這一記抖劍果然功力不淺。他甚是得意，心想非給你身上留下幾個記號，顯不了我仙都派的威風。

袁承志道：「金蛇大俠吩咐我說，仙都派靈寶拳、上清拳、上清劍，都是博大精深，武林絕藝，只不過這些拳術太過艱深，姓閔的多半領會不到，只有一路兩儀劍法，想來他是練熟了的。金蛇大俠說道：『你這次去，要是姓閔的不聽好言相勸，動起手來，須得留神他們這一路劍法。』」閔子華斜眼睨視，心想：「這話倒是不錯，他又怎麼知道了？」

原來閔子華的師父黃木道人性格剛強，於仙都派歷代相傳、以輕靈見長的靈寶拳、上清拳劍造詣不高，最得意的武功是自創的一路兩儀劍法，曾向金蛇郎君提及。金蛇秘笈「破敵篇」中敍述崆峒、仙都等門派的武功及破法，於兩儀劍法曾加詳論。

袁承志料想其師既專精於此，閔子華於這路劍法也必擅長，說到此處，注視他的神情，心知果已說中，又道：「金蛇郎君說道：『其實這路劍法，在我眼中，也是不值一笑，現今教你幾招破法！』……」

說到此處，人羣中忽地縱出一名青年道人，怒道：「好哇！兩儀劍法不值一笑，我倒要瞧瞧金蛇郎君怎生破法？」刷的一劍，疾向袁承志臉上刺來。

袁承志向左避過，躍到大廳中心，左手拿着酒杯，右手筷子挾着一條鷄腿，說道：「請教道長法號？」那道人叫道：「我叫洞玄，仙都派第十三代弟子，是閔師哥的師弟。」袁承志道：「那再好也沒有。金蛇大俠與尊師黃木道長當年在仙都山龍虎觀論劍，黃木道人自稱他獨創的兩儀劍法無敵於天下。金蛇大俠一笑了之，也不與他置辯。今日有幸，咱們後一輩的來考較考較。」洞玄道人大聲道：「兩儀劍法無敵於天下的話，我師父從來沒說過。我仙都派決計不敢如此狂妄自大。但要收拾你這乳臭未乾的黑小子，卻也是輕而易舉。」向閔子華打個招呼，雙劍齊出，風聲勁急，向袁承志刺來。

袁承志身形一晃，從雙劍夾縫中鑽了過去。洞玄與閔子華揮劍一攻一守，快捷異常。

青青忽然叫道：「三位住手，我有話說。」閔子華與洞玄道人收劍當胸，閔子華右手執劍，洞玄左手執劍，兩人已站成「兩儀劍法」中的起手式。青青道：「袁大哥只答應跟閔爺一人比，怎麼又多了一位道爺出來？」

洞玄雙眼一翻，說道：「你這位小哥不打自招，擺明了是冒牌。誰不知兩儀劍法是兩人同使？你不知道，難道金蛇郎君這麼大的威名，他也會不知麼？」

青青臉上一紅，難以回答，心想：「這回可糟了。給他拆穿了西洋鏡。」只得給他東拉西扯，說道：「原來仙都派跟人打架，定須兩個人齊上。倘若道爺落了單，豈不是非得快馬加鞭回到仙都山去，邀了一位同門師兄弟，再快馬加鞭的回來，這才兩個人打人家一個？人家若是不讓你走，定要單打獨鬥，兩儀劍法又怎麼樣個無敵於天下？」

袁承志插口道：「兩儀劍法，陰陽生尅，本領差的固須兩人同使，功夫到家的，當然是一個人使的了。難道尊師這麼高的武功，他也不會獨使麼？」

青青於兩儀劍法一無所知，眼見二人夾擊袁承志，關懷之下隨口質問，竟露出了馬脚。袁承志只得信口開河，給她圓謊。其實仙都派這兩儀劍法，向來是兩人合使的。

閔子華與洞玄對望了一眼，均想：「師父可沒說過這劍法一個人可使，敢情這小子胡說八道？」卻也不肯承認師父不會獨使。

青青聽袁承志說得天衣無縫，大是高興，心想：「他素來老實，今日卻滑頭起來。」笑嘻嘻的道：「既然你們兩位齊上，賭賽的利物又得加一些了。」閔子華道：「賭甚麼？」青青道：「要是你們輸了，除了永遠不得再找焦幫主生事之外，你在大功坊的那所大宅子，可也得輸給了袁大哥。」閔子華心想：「不妨甚麼都答應他們，反正頃刻之間，不是把他一劍刺死，也要教他身受重傷。」說道：「就是這樣！你要一起來兩對兩也成。別說我們以大壓小，以多勝少。」青青道：「你又怎知不是以小壓大，以少勝多？眞是不知天高地厚。仙都，仙都，牛皮吹得嘟嘟嘟！」閔子華怒火更熾，叫道：「姓袁的，要是你給我傷了，又輸些甚麼？」袁承志一時倒答不出話來。

焦公禮道：「閔二哥，你這所宅子值多少錢？」閔子華怒道：「誰跟你稱兄道弟了？這宅子我還是上個月買來的，花了四千三百兩銀子。宅子雖舊，地方卻大。」焦公禮點頭道：「大功坊舊宅寬敞得緊哪，閔爺買得便宜了。三位請等一下。」轉頭向女兒囑咐了幾句。焦宛兒奔進內室，拿了一疊錢莊的莊票出來。

焦公禮道：「這位袁爺爲在下如此出力，兄弟感激不盡。這裏是四千三百兩銀子，要是袁爺雙拳不敵四手，那麼請閔爺拿去便了。另外的事，閔爺再來找我。咱們寃有頭，債有主。好朋友仗義助拳，只須點到爲止，還請大家手下留情。」他料想袁承志定然不敵，可不願他爲自己受到損傷。

鄭起雲性子豪爽，最愛賭博，登時賭性大發，叫道：「這話不錯，只比輸贏，不決生死。我看好閔二哥！」從身邊摸出兩隻金元寶來，往桌上一擲，叫道：「咱們賭三對一，這裏是三百兩金子，博誰的一千兩銀子？」他叫了幾聲，沒人答應。衆人見袁承志年紀輕輕，怎能是仙都派兩位高手之敵，雖然以一博三，甚佔便宜，卻也都不投注。

焦宛兒挺身而出，說：「鄭伯伯，我跟你賭。」除下腕上的一隻寶石鐲子，往桌上一放。衆人見這鐲上寶石在燭光下燦然耀眼，十分珍貴。鄭起雲畢生爲盜，多識珍寶，拿起寶鐲瞧了一下，說道：「你這隻鐲子值得三千兩銀子，我不能欺小孩子。喂，給我加六千兩。」他手下人又捧上四隻金元寶來。鄭起雲笑道：「若是你贏，這筆錢作你的嫁粧吧！」青青聽到「嫁粧」兩字，向宛兒瞪了一眼，霎時之間，心中老大不自在起來。

飛天魔女孫仲君忽把半截斷劍往桌上一丟，厲聲叫道：「我賭這劍！」她長劍先前給袁承志踏斷了，此劍是師娘所賜，因此當眾人口舌紛爭之時，已過去將兩截斷劍拾了起來。

青青奇道：「你這半截劍，誰要呀？」旁人也均感奇怪。孫仲君厲聲道：「我也是三博一。要是這小子僥倖勝了，你用這半截劍在我身上戳三個窟窿。他輸了，我在你身上戳一個窟窿。臭小子，這可懂了麼？」

廳上一眾江湖豪傑生平也不知見識過多少兇殺，經歷過多少大賭，但這般以性命相搏的賭賽，卻是從所未見，聽了孫仲君的話，都不禁暗暗咋舌。青青笑道：「你這樣一個美人兒，我怎捨得下手？」梅劍和喝道：「混帳小子，嘴裏乾淨些！」青青笑笑不語。

孫仲君瞪眼瞧着焦方眾人，冷笑道：「我只道金龍幫在江南開山立櫃，總有幾個響噹噹的脚色，那知儘是些娘兒們也不如的膿包。」焦宛兒叫道：「娘兒便怎樣？我跟你賭了。」焦門弟子中有四五人同時站出，叫道：「師妹，我跟她賭。」宛兒道：「不用，我來賭。」孫仲君冷笑道：「好，鄭島主，你作公證。」

鄭起雲雖是個殺人不眨眼的大海盜，生性又最好賭，但對這項賭賽卻也有些不忍卒覩，勸道：「兩位大姑娘，要賭嘛，就賭些胭脂花粉兒甚麼的，何必這麼認眞？」宛兒道：「她廢了我們羅師哥一條手臂，回頭我要把她兩個招子廢了。」鄭起雲嘆了口氣，不便再勸。

梅劍和冷冷的道：「焦大姑娘對這位金蛇門人，倒也眞是一往情深，寧願陪他饒上一條性命。」焦宛兒臉一紅，說道：「你要不要賭？」

青青聽了梅劍和的話，不禁一楞，十分惱怒，叫道：「我跟這個沒影子賭。」梅劍和道：

「賭甚麼?」青青道:「我也是三博一跟你賭。他輸了,我當場叫你三聲爺爺。他贏了呢,你叫我一聲就夠了,算你便宜。」衆人不禁好笑,覺這少年實在頑皮得緊。梅劍和惱道:「誰跟你胡鬧?我這裏等着,要是他勝了,我再來領教。」青青道:「如此說來,你單人獨劍,比仙都派兩人同使的兩儀劍法還要厲害?」梅劍和道:「我是華山派,他們是仙都派,各有各的絕招。你別挑撥離間。」

洞玄道人聽他們說個不了,心頭焦躁,叫道:「別說啦,喂,小子,看招。」挺劍向袁承志刺去。閔子華跟着踏洪門,進偏鋒。只見仙都派一俗一道兩名弟子,一人左手劍,一人右手劍,按着易經八八六十四卦的卦象,雙劍縱橫,白光閃動,劍招生生滅滅,消消長長,隱隱有風雷之勢。

金蛇郎君先時在仙都山和黃木道人論劍,卽知兩儀劍法雖然變化繁複,凌厲狠辣,其實還不及仙都派原有的上清劍法,其中頗有不少破綻,隨口指出了兩處。但黃木道人甚爲自負,說道:「我這劍法中就算尙有漏洞,只怕天下也已無人破得。」金蛇郎君也不再說。後來溫氏五老大舉邀人對抗金蛇郎君,所邀來的高手之中,有仙都派劍客在內。對敵時金蛇郎君成竹在胸,乘虛而入,數招間卽把兩儀劍法破去。他後來在秘笈之中曾詳細敍明。是以袁承志有恃無恐,在兩人劍光中穿躍來去,瀟洒自如。

閔子華與洞玄道人雙劍如疾風,如閃電,始終刺不到他身上,旁觀衆人愈看愈奇。

鄭起雲對十力大師道:「這少年輕身功夫的確了得,金蛇郎君當眞名不虛傳。」十力大師點頭道:「後輩之中,如此人才也算十分難得了。」梅劍和與孫仲君卻都不禁暗暗有些擔心。孫仲君大聲道：「這小子就是逃來躲去不敢眞打，那算甚麼比武了？」

閔子華殺得性起，劍走中宮，筆直向袁承志胸前刺去。洞玄同時一招「左右開弓」，左刺一劍，右刺一劍。兩人夾攻，要教他無處可避。袁承志突然欺身直進，在劍底鑽過，左肩一挺，撞在閔子華左膀。他只使了三成力，閔子華一個踉蹌，險些跌倒。洞玄大驚，刷刷刷連環三劍，奮力擋住。閔子華這才站定，罵道：「小雜種，撞你爺爺嗎？」

袁承志這次出手，本來但求排解糾紛，不想得罪江湖上人物，更不願結怨種仇，這時聽閔子華口吐汚言，辱及自己先人，不禁大怒，心下盤算：今日如不露一兩手上乘武功，將這二人當場壓倒，這件事難以輕易了結，同時威風不顯，待會處置通敵賣國的太白三英之時，只怕旁人不服，勢須多費唇舌。最好是冒充金蛇門人到底，以免二師哥臉上不好看，只是須得狂傲古怪，與自己平日爲人大不相同才成。於是躍到桌邊，伸手拿起酒杯，仰頭喝乾，叫道：「快打，快打，我酒沒喝夠，飯沒吃飽呢。」

閔子華見他對自己如此輕蔑，更是惱怒，長劍越刺越快。洞玄低聲道：「閔師哥，沉住氣，別中了激將之計。」閔子華立時醒悟。兩人左右盤旋，雙劍沉穩狠辣，又把袁承志裹在垓心。袁承志左手持杯，右手持筷，隨劍進退。兩人劍法雖狠，卻怎奈何得了他？

劍光滾動中，袁承志忽地躍出圈子，把酒杯往桌上一放，叫道：「青弟，給我斟酒。」青青道：「好！」袁承志左手提了一張椅子，站在桌邊，將兩人攻來劍招隨手擋開，待酒斟滿，伸筷挾了一條鷄腿，放下椅子，拿了酒杯又躍入廳心，咬了一口鷄腿，叫道：「兩儀劍法本來就有毛病，你們又使得不對，怎能傷我？你們這單買賣，今日定要蝕本了。」

青青見這個素來謹厚的大哥忽然大作狂態，卻始終放不開，不大像樣，要說幾句笑話，也只能拾他人師哥的牙慧，不禁暗暗好笑。要知袁承志生平並未見過眞正疏狂瀟洒之人，這時想學金蛇郎君，其實三分像了大師哥黃眞的滑稽突梯，另有三分，卻學了當日在溫家莊上所見呂七先生的傲慢自大。青青笑道：「大哥，有人陪你捉迷藏，你倒快活，可沒人陪我玩耍。我不如作一篇文章，也免得閒着無聊。」

袁承志笑道：「好啊，作甚麼文章呢？」洞玄喝道：「小子，看劍！」青青笑道：「有了，題目叫作『金蛇使者劍戲兩傻記』。」袁承志笑道：「題目不錯，文章必是好的。」

青青搖頭幌腦，拖長了聲音唸道：「夫寶劍者，誠殺人之利器；而傻瓜者，乃蠢材之別號。一傻令人輾然解頤，二傻招人捧腹狂笑，而二傻手揮長劍欲圖殺人，乃使我噴酒垂涕，大呼糟糕！」

袁承志叫道：「噴酒垂涕，可圈可點。」說着連避三記險招。

青青又唸道：「我乃金蛇使者，欣作仲連；君惟執迷不悟，頑抗滋擾。四方君子停杯觀鬥，三名奸賊憂心如潮。劍法有兩儀之名，千招萬招，盡是低招；賭博以巨宅爲注，一輸再輸，保不住了。仙都兩傻手忙脚亂，不覺破綻百出；金蛇使者無可奈何，惟有將之擊倒！」

袁承志聽青青唸到這個「倒」字，突然轉身，筷上鷄腿迎面往閔子華擲去，伸筷挾住洞玄刺來之劍，力透箸尖，猛喝：「撒劍！」只聽嗆啷啷一聲，洞玄拿持不穩，長劍落地。他右掌一立，左腿倏地掃出，欲圖敗中求勝。袁承志雙足一點，身子躍起，避開了這腿，手中酒杯同時飛出，正打中閔子華左手「曲尺穴」上。閔子華手臂一麻，劍已脫手。

袁承志一招「寒鴉赴水」，撲了下去，搶起雙劍，手腕一振，叫道：「你們沒見過一人使的兩儀劍法，這就留神瞧着。」

只見他雙劍舞了開來，左攻右守，右擊左拒，一招一式，果然與兩儀劍法毫無二致。劍招繁複，變化多端，洞玄和閔子華適才分別使出，人人都已親見，此時見他一人雙劍竟囊括仙都派二大弟子的劍招，盡皆相顧駭然。

袁承志舞到酣處，劍氣如虹，勢若雷霆，眞有氣呑河嶽之概，兩儀劍法六十四招使完，只聽他一聲斷喝，雙劍脫手飛出，揷入屋頂巨樑，直沒劍柄。這一記「天外飛龍」，卻是華山派穆人淸的絕招。袁承志絕技一顯，垂手退開，只聽廳中采聲四起，鼓掌如雷。

袁承志心中卻暗暗後悔：「啊喲不好，我使得興起，竟用上了本門的絕招，二師哥的門人怎會看不出來？」

靑靑叫道：「哈哈，有人要叫我親爺爺啦！」梅劍和鐵靑着臉，手按劍柄。

鄭起雲笑道：「焦姑娘，你贏啦，請收了吧！」隨手把金元寶一推。宛兒躬身道謝，說道：「鄭伯伯，我代你賞了人吧！」高聲叫道：「這裏九千兩銀子，是鄭島主跟我鬧着玩打賭的采金。各位遠道而來，金龍幫招待不週，很是慚愧，現今借花獻佛，衆位前輩叔伯、兄長姊姊帶來的僕從管事，每位奉送銀子一百兩。明天我差人送到各位寓所來。」

衆人見不傷人命，解了這場怨仇，金龍幫處置得也很得當，都很快慰，只是閔子華與洞玄遭此大敗，未免臉上無光。

焦公禮又道：「在下當年性子急躁，做事莽撞，以致失手傷了閔二爺的兄長，實在萬分抱愧。現下當着各位英雄，向閔二爺謝罪。宛兒，你向閔叔叔行禮。」一面說，一面向閔子華作揖。焦宛兒是晚輩，便磕下頭去。

閔子華有言在先，江湖上好漢說一是一，自己若要反悔，邀來的朋友未必肯再相助，這金蛇郎君的弟子武功如此高強，自己可萬萬不是敵手，而且看了那兩通書信後，心中也知曲在己方，不如乘此收篷，於是作揖還禮，但想起過世的兄長，不禁垂下淚來。

焦公禮道：「閔二爺寬洪大量，不咎既往，兄弟感激不盡。至於賭宅子的話，想來這位爺台也是一句笑話，不必再提。兄弟明天馬上給兩位爺台另置一所宅第就是。」

青青下頦一昂，道：「那不成，君子一言，快馬一鞭，說出了的話怎能反悔不算？」

衆人都是一楞，心想焦公禮既然答應另置宅第，所買的房子比閔子華的住宅好上十倍，也不希奇，何必定要掃人顏面？這白臉小子委實太不會做人了。

焦公禮向青青作了一揖，道：「老弟台，你們兩位的恩情，我是永遠補報不過來的了。請老弟台再幫我一個忙。兄弟在南門有座園子，在南京也算是有名氣的，請兩位賞光收用，包兩位稱心滿意就是。」

青青道：「這位閔爺剛才要殺你報仇，你說別殺我啦，我另外拿一個人給你殺，這個人在南京也算是有名氣的，請閔爺賞光殺了，包你殺得稱心滿意就是。他肯不肯呀？」

焦公禮給她幾句搶白，訕訕的說不出話來，只有苦笑，轉頭對女兒道：「這位爺台既然喜歡閔二叔的宅子，你差人把四千三百兩銀子的屋價，回頭給閔二叔送過去。」

閔子華道：「罷了，罷了，我還要甚麼銀子？大丈夫一言既出，駟馬難追，我跟焦幫主的怨仇就此一筆帶過。兄弟明日回到鄉下，挑糞種田，再也沒臉在江湖上混了。這所宅子兩位取去便是。」團團向衆人作揖，道：「各位好朋友遠來相助，那知兄弟不爭氣，學藝不精，沒能給過世的兄長報仇，累得各位白走一趟，兄弟只有將來再圖補報了。」

袁承志見他說得爽快，自覺適才辱人太甚，不留餘地，好生過意不去，說道：「閔二爺，你雖敗在我手下，其實我功夫跟你和洞玄道長差得很遠，請兩位不要介意。晚輩適才無禮，大是不該，謹向兩位謝過。」說着向二人一躬到地，跟着躍起身來，拔下樑上雙劍，橫托在手，還給了二人。

衆人見他躍起取劍的輕功，又都喝采，均想：這黑臉少年武功奇高，又謙遜知禮，給人臉面，只是自謙功夫不如人家，卻是誰也不信。

袁承志又道：「兩位並不是敗在我手裏。而是敗在金蛇大俠手裏。他料到了兩位的招術，吩咐晚輩故意輕狂，裝模作樣，激動兩位怒氣，以便乘機取勝。晚輩對兩位不敬，實非膽敢有意侮辱，乃是激將之計，好使兩位十成中的功夫，只使得出一成。金蛇大俠是當世高人，武功深不可測。晚輩也不能說眞是他的傳人，只不過偶然相逢，奉命前來解圍說和而已。兩位敗在他手裏，又何足爲恥？晚輩要說句不中聽的話，別說是兩位，就是尊師黃木道長，當年對金蛇大俠也是很佩服的。」

洞玄與閔子華對這番話雖然將信將疑，但也已大爲心平氣和。洞玄說道：「施主爲我們兄弟圓臉，貧道多謝了，請教施主高姓大名？」袁承志心想：「再不說自己眞姓，對方必道我瞧他們不起。」於是向青青一指道：「這位是金蛇大俠的嫡嗣，姓夏。晚輩姓袁。」許多人都不知金蛇郎君的姓名，這時才知他姓夏。

閔子華向焦公禮一揖，道：「多多吵擾，告辭了。」焦公禮道：「明日兄弟再到府上負荆請罪。」閔子華道：「不敢當。」

羣豪正要走出，青青忽然叫道：「半截劍的賭賽又怎麼了？」焦宛兒見父親脫卻大難，心下已然喜不自勝，那願再多生事端，忙道：「夏爺，請到內堂奉茶，這些事不必提了。」青青道：「還有一個小子還沒叫我親爺爺哪，這可不成。」她贏得魏國公賜第，本已心滿意足，但剛才梅劍和說焦宛兒對袁承志一往情深，這句話她卻耿耿於懷，不肯罷休。

梅劍和本來見袁承志武功高強，身法怪異，雖不欲向他生事，但青青一再叫陣，再也忍耐不住，指着袁承志道：「你是甚麼人？你雙劍捭樑，這一招『天外飛龍』，是從那裏偷學來的？快說。」袁承志道：「偷學？我幹麼要偷學？」孫仲君罵道：「呸，小賊，偷學了還想賴。」梅劍和冷冷的道：「那麼你是從那裏學來的？」袁承志道：「我是華山派門下。」

孫仲君跨上一步，戟指罵道：「你這小子掮着甚麼金蛇銀蛇的招牌招搖，旁人不知你來歷，只好由得你胡說八道。好呀，現下又吹起華山派來啦！你可知你姑奶奶是甚麼門戶，嘿嘿，假李鬼遇上眞李逵啦。老實對你說，我們三人正是華山派的。」

袁承志道：「我早說過，我跟金蛇郎君沒甚麼干係，只不過是他這位賢郎的朋友。至於你們三位，我早知是華山派的，咱們正是一家人。」

三人中劉培生較爲持重，說道：「黃師伯的門人我全認得，可沒你老哥在內。孫師妹，你可聽說黃師伯新近收了甚麼徒弟嗎？」孫仲君道：「黃師伯眼界何等高，怎會收這等招搖撞騙之徒？」她因袁承志折斷了她長劍，惱怒異常，出言越來越是難聽。

袁承志不動聲色，道：「不錯，銅筆鐵算盤黃師哥的眼界的確很高。」

衆人聽他稱黃眞爲「黃師哥」，都吃了一驚。劉培生道：「你叫誰黃師哥？」

袁承志道：「我師父姓穆，名諱上『人』下『淸』，江湖上尊稱他老人家爲『神劍仙猿』。銅筆鐵算盤是我大師兄。」

梅劍和聽袁承志自稱是華山派門人，本有點將信將疑，以爲他或許是帶藝投師，新近拜在黃眞門下，這時聽他說竟是師祖的徒弟，那顯然是信口胡吹，心想師祖素來行蹤飄忽，自己也只見過他三面，師父神拳無敵歸辛樹已近五十歲了，這小子年紀輕輕，居然來冒充自己師叔，眞是大膽狂妄之至，當下冷冷的道：「這樣說來，閣下是我師叔了？」

袁承志道：「我可也眞不敢認三位做師姪。」

梅劍和聽他言中意存嘲諷，說道：「莫非我辱沒了華山派的門楣嗎？師叔大人，哈哈，你教訓教訓我們三個可憐的小師姪吧！」梅劍和年紀已有三十六七，這麼一說，閔方武師都轟然大笑起來。

袁承志正色道：「歸師哥要是在這裏，自會敎訓你們。」

梅劍和勃然而起，颼的一聲，長劍出鞘，罵道：「渾小子，你還在胡說八道？」

焦公禮見事情本已平息，這時爲了些枝節小事，又起爭端，很是焦急，忙道：「這位袁爺開開玩笑，梅爺不必動怒。來來來，咱們大家來喝一杯和氣酒。」言下顯然不信袁承志是梅劍和的師叔。

梅劍和朗聲道：「渾小子，你便是磕頭叫我三聲師叔，我沒影子還不屑答應呢。」這邊青青卻叫了起來：「喂，沒影子，你先叫我一聲親爺爺吧。賭輸了想賴賬，是不是？」

袁承志轉頭向青青道：「青弟，別胡鬧。」又對梅劍和道：「歸師哥我還沒拜見過，你們三位又比我年長，按理我的確不配做師叔。不過你們三位這次行事，卻實在是太不該了。歸師哥知道了，只怕要大大生氣。」

梅劍和雙眉直豎，仰天大笑，心中憤怒已極，喝道：「你小子眞教訓起人來啦。倒要請教，我們三人甚麼地方錯了？朋友有事，難道不該拔刀相助麼？」

袁承志森然道：「咱們華山派風祖師爺傳下十二大戒，門人弟子，務當凜遵。第三條、第五條、第六條、第十一條是甚麼？」

梅劍和一怔，還未回答。孫仲君提起半截斷劍，猛向袁承志面門擲來，喝道：「使使你的華山派功夫吧！」青光閃爍，急飛而前。

袁承志待斷劍飛到臨近，左掌平伸向上，右掌向下一拍，噗的一聲，把斷劍合在雙掌之中，說道：「這叫做『橫拜觀音』，對不對？」

梅劍和與劉培生又都一怔，心下嘀咕：「這確是本門掌法，不過這一招是用來拍擊敵人手掌的。他變化接劍，手法巧妙之極，師父可沒教過我們。」

劉培生搶上一步，說道：「閣下剛才所使，正是本門掌法，在下要想請教。」

袁承志道：「劉大哥，你外號五丁手，五丁開山，想必拳力掌力甚是了得。本門的伏虎掌法與劈石、破玉兩路拳法，定是很有心得的了。」劉培生見了袁承志剛才這一招，已然十分佩服，便道：「在下不過學了師門所授的一點皮毛，也談不上甚麼心得。」

袁承志道：「劉大哥不必過謙。你跟尊師餵招，他要是使出眞功夫來，比如說使了抱元勁或者混天功，劉大哥可以接得幾招？」劉培生道：「我師父內力深厚，跟門人過招，從來不眞使內勁，否則我們一招也擋不住。若是只拆拳法，那麼頭上十招，勉強還可對付。十招以後，就吃力得很了。」袁承志道：「尊師外號『神拳無敵』，拳法定然精妙之極。劉大哥能接到十招以外，在江湖上自已少見，『五丁手』三字，自可當之無愧。」劉培生道：「這是別人開玩笑說的，我功夫還差得很遠，實在愧不敢當。」

孫仲君聽他語氣，對這少年竟然越來越恭敬，頗有認他爲師叔之意，怒道：「劉師哥，你怎麼了？憑人家胡吹幾句，就把你嚇倒了麼？」

袁承志不去理她，問劉培生道：「要怎樣，你才信我是師叔？」劉培生道：「我想請你跟我過過招，閣下的本門拳法如確比我好……」袁承志見過梅劍和與孫仲君二人出手，料想劉培生的武功與他們相差不遠，便道：「你說你師父若是當眞使出內勁，你只怕一招也接不住。我的功夫比之尊師自然大大不如。他使一招，我得使五招。你只要接得住我五招，那我就是假冒的，好不好？」

梅劍和本來擔心師弟未必能夠勝他，但聽他竟說只用五招，就能把同門中拳法第一的劉師弟打倒，心頭一寬，料想必是信口胡吹，插口道：「就這樣，我數着。」

劉培生作了一揖，說道：「我功夫不到之處，請你手下留情。」袁承志緩緩走近，說道：

「我第一招是『石破天驚』，你接着吧！」劉培生道：「好！」心想：「動手過招，那有先把招數說給人聽的？其中定當有詐，叫我留心上盤，卻出其不意的來攻我下盤。」於是右掌虛擋門面，左掌橫守丹田，只待袁承志向下盤攻到，立卽沉拳下擊，只聽袁承志叫道：「第一招來了！」左掌虛撫，右拳颼的一聲，從掌風中猛穿出來，果然便是華山派的絕招之一「石破天驚」。

劉培生疾伸右掌擋格，袁承志一拳將到他面門，忽地停住，叫道：「你怎不信我的話？單掌攔不住，雙手同時來。」

劉培生見他拳勢，已知右掌無法阻擋，眼見這一拳便要打破自己鼻子，正自焦急，幸得他拳勢忽停，忙提起左拳，展指變掌，雙掌「鐵門橫門」，口中「嘿」的一聲，運勁推了出去。袁承志這才一拳打落，和他雙掌一抵。劉培生只感掌上壓力沉重之極，雙臂格格有聲，心想：「他這拳在中途停止，又再跟着擊出，並非收拳再發，如何能有如此勁力？」

袁承志收拳說道：「以後三招我接連發出，那是『力劈三關』、『抛磚引玉』、『金剛掣尾』。你如何抵擋？」

劉培生毫不思索，說道：「我用『封閉手』、『白雲出岫』、『傍花拂柳』接着。」

袁承志道：「前兩招對了，後一招不對。要知『傍花拂柳』守中帶攻，如跟功力悉敵的對手過招，那當然極好，但這一招要回手反擊，守禦的力道減了一半，我這招『金剛掣尾』你就接不住了。」劉培生道：「那麼我用『千斤墮地』。」袁承志道：「不錯，接着！」

只見他右掌一起，劉培生忙擺好勢子相擋，那知他右掌懸在半空，左掌卻倏地劈了下來，說道：「武學之道，不可拘泥成法，師父教你『力劈三關』是用右掌，但隨機應變，用左掌也無不可。」口中說着，拳勢不停，不等劉培生封閉，已搶住他手腕往前一拉。劉培生用「白雲出岫」隨勢一送，招數中暗藏陰着，如對方不察，胸口穴道立被點中。但他這時不敢反擊，一招解開，立卽收勢，沉氣下盤，雙腿猶如釘在地上一般，這招「千斤墮地」果如有千斤之重。袁承志「金剛掣尾」使出，左掌伸到他的後心運力一推，劉培生還是立足不定，向前衝出兩步，滴溜溜打個旋子，轉了過來，臉上一紅，深深吸了口氣。

袁承志道：「你不硬抗我這一招，那好得很。尊師調教的弟子，大是不凡。我這第五招是破玉拳的『起手式』。」劉培生很是奇怪，沉吟不語。

袁承志道：「你以為起手式只是客套禮數，臨敵時無用的麼？要知咱們祖師爺創下這套拳來，沒一招不能克敵制勝。你瞧着。」身子微微一弓，右拳左掌，合着一揖，身子隨着這一揖之勢，向前疾探，連拳連掌，正打在劉培生左胯之上。他再也站立不穩，身子飛起，摔了下來。

袁承志一躍而至，雙手穩穩接住，將他放在地下。

劉培生撲翻在地，拜道：「晚輩不識師叔，剛才無禮冒犯。請師叔看在家師面上，多多擔待。」袁承志連忙還禮，說道：「劉大哥年紀比我長，咱們兄弟相稱吧。」劉培生道：「這個晚輩如何敢當？師叔拳法神妙莫測，適才這五招明說過招，其實是以本門拳法中的精義相授。晚輩感激不盡，回去一定細心體會。」

袁承志微微一笑。劉培生從這五招之中學得了隨機應變的要旨，日後觸類旁通，拳法果然大進，終身對袁承志恭敬萬分。要知他師父歸辛樹的拳法決不在袁承志之下，但生性嚴峻，授徒時不會循循善誘，徒兒一見他面心中就先害怕，拆招時墨守師傳手法，不敢有絲毫走樣，是以於華山派武功的精要之處往往領會不到。

梅劍和與孫仲君這時那裏再有懷疑。只是梅劍和自恃劍法深得本門精髓，心想你拳脚上功夫雖高，劍術未必能夠勝我，正自沉吟，孫仲君叫了起來：「梅師哥，你試試他的劍法！」梅劍和道：「好！」向袁承志道：「我想在劍上向閣下領教幾招。」語氣雖已較前大爲謙遜，臉上卻仍是一股傲氣。

袁承志心想：「大概此人劍法確已得到本門眞傳，在江湖之上未遇強敵，給人家你捧我拍，奉承得驕傲異常，以致行爲狂悖。這人不比劉培生，須得好好挫折他一下，以後才不致使得華山派門戶貽羞。」便道：「比劍是可以的，不過決了勝敗之後，須得聽我幾句逆耳之言。」梅劍和傲然道：「此刻勝負未決，你說這話未免太早了些。」當下長劍橫胸，站在左首。劉培生叫道：「梅師哥，你站下首吧。」梅劍和不加理睬，只當沒聽見。原來各門派中的規矩，晚輩跟長輩試劍學武，必須站在下首，表示並非敢與對敵，不過是學習藝業、向尊長討教之意。梅劍和站在左首，那是平輩相待，不認他是師叔。他左掌抱住劍柄，拱手道：「閣下用劍吧。」

袁承志念頭一轉，對焦公禮道：「焦老伯，請你叫人取十柄劍來。」焦公禮忙道：「袁相公快別這樣稱呼，我萬萬不敢當。」

焦宛兒手一揮，早有焦公禮的幾個門徒捧了十柄長劍出來。他們見袁承志爲師門出力，自然選了最好的利器，十柄劍一列排在桌上。燭光照耀下。十劍光芒互激，閃爍不定。衆人目光在十柄利劍與袁承志之間來回，瞧他選用那一柄。

那知袁承志撿起孫仲君剛才擲來的半截斷劍，笑道：「我用這斷劍吧！」此言一出，衆人又是一陣驚訝，心想這劍沒有劍柄，如何使法？只見他將半截劍挾在右手拇指與食指之間，說道：「進招吧！」

梅劍和大怒，心想：「你對我如此輕視，死了可怨不得我。管你是眞師叔，假師叔，如此狂妄自大，便是該死！」臂運內勁，劍身振盪，只見寒光閃閃，接着是一陣嗡嗡之聲，叫道：「看招！」劍走偏鋒，向袁承志右腕刺來，心想你如此持劍，右手一定轉動不靈，我對準你這弱點攻擊，瞧你怎生應付。廳上數百道目光一齊隨着他劍尖光芒跟了過去。

劍尖將要刺到，袁承志手腕微側，半截斷劍已然伸出。雙劍相交，只聽喀喇一聲，接着嗆啷一響，梅劍和手中長劍齊柄折斷，劍刃落地，手中只賸了個劍柄。

衆人異口同聲，「啊」的一聲叫了出來。

袁承志向桌上一指道：「給你預備着十柄劍。換劍吧！」衆人才知他要十柄劍，原來是預先給對方備下的。

梅劍和又驚又怒，搶了桌上一劍，向他下盤刺去。袁承志知是虛招，並不招架，果然他一劍刺出，立卽迴招，改刺小腹。袁承志伸斷劍一擋，喀喇一聲，梅劍和手中長劍又被震爲兩截。梅劍和跟着連換三劍，三劍均被半截斷劍震折，不由得呆在當地，做聲不得。

孫仲君叫道：「說是比劍，怎麼卻使妖法，這還比甚麼？」

袁承志拋去斷劍，微微一笑，從桌上拿起兩柄長劍，一柄拋給了梅劍和，轉頭對孫仲君道：「虧你還是本門中人，這手混元功也不知，說甚麼妖法？」

梅劍和乘他轉頭，突然出劍，快如閃電般刺向他後心，劍尖卽將及身，口中才喝：「看劍！」這一劍實是偷襲，人人都看了出來。

袁承志身子側過，也喝：「看劍！」梅劍和使的是一招「蒼鷹搏兔」，袁承志依式而為，使的也是一招「蒼鷹搏兔」。梅劍和跟着身子一側，想照樣讓開來劍，那知袁承志一劍刺出，立卽轉圈，等他身子側過，劍尖也跟着點到。梅劍和只覺劍尖已刺及後心，嚇出一身冷汗，使勁前撲，接着向上縱躍。豈料袁承志的劍始終點在他後心，如影隨形，任他閃避騰挪，劍尖總不離開，幸好袁承志手下容情，只是點着他的衣服，只要輕輕向前一送，他再多十條性命也都了帳了。

梅劍和外號叫做「沒影子」，輕功自然甚高，心裏又驚又怕，連使七八般身法，騰挪閃躍，極盡變化，要想擺脫背上劍尖，始終擺脫不了。

袁承志見他已嚇得雙手發抖，心想他終究是自己師姪，也別迫得太緊，收劍撤招，笑道：「這是本門中的劍法呀，你沒學過麼？」梅劍和畧一定神，低頭喘息道：「這叫『附骨之蛆』。」袁承志笑道：「不錯，名字雖然不大好聽，劍法卻是極有用的。」

那邊青青又叫了起來：「你叫沒影子，怎麼背後老是跟着人家一把劍呢？『沒影子』的外號，還是改為『劍影子』吧！」

梅劍和沉住了氣不睬，他精研二十多年的劍法始終沒機會施展，總是心中不服，向袁承志道：「咱們好好的來比比劍。你的雜學太多，我可不會。」

袁承志道：「這些都是本門正宗武功，怎說是雜學？好，看劍！」挺劍當胸平刺。梅劍和舉劍擋開，還了一劍，袁承志回劍格過。梅劍和待要收劍再刺，不知怎樣，己劍已被黏在對方劍上，只見袁承志反手轉了兩個圈子，自己手臂不能跟着旋轉，只得撤手，一柄劍脫手飛去。袁承志道：「要不要再試？」

梅劍和橫了心，搶了桌上一柄劍，劍走輕靈，斜刺對方左肩，這次他學了乖，再不和敵劍接觸，一見袁承志伸劍來格，立即收招。那知對方長劍乘隙直入，竟指自己前胸，如不抵擋，豈不給刺個透明窟窿？只得橫劍相格。雙劍劍刃一交，袁承志手臂一旋，梅劍和長劍又向空際飛出，拍的一聲，竟在半空斷爲兩截。

他搶着要再去取劍，袁承志喝道：「到這地步你還不服？」刷刷兩劍，梅劍和身子後仰避開，下盤空虛，被承志左脚輕輕一勾，仰天跪倒。袁承志劍尖指住他喉頭，問道：「你服了麼？」梅劍和自出道以來，從未受過這般折辱，一口氣轉不過來，竟自暈了過去。

孫仲君見他雙目上翻，躺在地下不動，只道被袁承志打死了，縱身撲將上來，大叫：「連我一起殺了吧！」

袁承志見梅劍和閉住了氣，不覺大驚，心想：「如失手打死了他，將來如何見得師父和二師哥之面？」忙俯身察看，一摸他的胸膛，覺到心臟還在緩緩跳動，這才放心，忙在他脅下和頸上穴道中拍了幾下。孫仲君雙拳此落彼起，在他背上如擂鼓般敲打，袁承志只是不理，忙着施救。

青青和劉培生一齊躍到喝止。孫仲君坐倒在地，大哭起來。不久梅劍和悠悠醒來，低聲喝道：「你殺了我吧！」劉培生勸道：「梅師哥，咱們聽師叔教訓，別任性啦。」

青青向孫仲君笑道：「他又沒死，你哭甚麼？你對他倒眞一往情深！」

孫仲君羞怒交加，忽地縱起，一拳向青青打去，她究是華山派好手，這一拳又快又狠，青青竟沒能避開，只打得她左肩一陣劇痛。青青待要還手，孫仲君忽然「哎唷，哎唷」大叫起來，彎下腰去。青青一呆，怒道：「打了人家，自己反來叫痛？」袁承志向她使個眼色，青青不知是何用意，也就不再言語了。但見孫仲君雙拳紅腫，提在面前，痛得眼淚直流。

原來她剛才猛力在袁承志背上敲擊，袁承志運氣於背，每一下打擊之力，都被反彈出來回到她自己拳上。初時還不覺得，待得在青青肩頭打了一拳，突然間奇痛入骨，如千枚細針在肉裏亂鑽亂刺。要知袁承志恨她出手毒辣，不由分說就砍去了那姓羅的一條臂膀，相較之下，梅劍和雖然狂妄，眞正過惡倒沒有甚麼，是以存心要給她多吃點苦頭。

旁人不知，還道青青旣是金蛇郎君的兒子，武功只怕比袁承志還高，孫仲君不自量力，當然是自討苦吃了。十力大師、鄭起雲、萬里風等卻知孫仲君是受了反彈之力，只要拿筋按摩，點解相應穴道，便可止痛消腫，只是自知非袁承志之敵，不敢貿然出手解救。

梅劍和自幼便在歸辛樹門下，見到嚴師，向來猶似耗子見貓一般，壓抑旣久，獨自闖蕩江湖，竟加倍的狂傲自大起來。歸辛樹又生性沉默寡言，難得跟弟子們說些做人處世的道理，不免少了教誨。梅劍和自己受挫，那是寧死不屈，但見師妹痛楚難當，登時再也不敢倔強，站起身來，定了定神，向袁承志連作了三個揖，道：「袁師叔，時輩不知你老駕到，多多冒犯，請你老給孫師妹解救吧。」

袁承志正色道：「你知錯了嗎？」梅劍和低頭道：「晚輩不該擅自撕毀焦幫主的信，又不該強行替閔二哥出頭。」袁承志道：「以後梅大哥做事，總要再加謹慎才好。」梅劍和道：「晚輩聽師叔教訓。」

袁承志道：「閔二爺不知當年緣由，要爲兄長報仇，本來並無不當。你和這裏衆位英雄受邀助拳，也都是出於朋友義氣。現今既已明白此事緣由，大家罷手，化敵爲友，足見高義。這一點我決不怪你。可是你做了一件萬分不對的事，只怕梅大哥還不明白呢。」

梅劍和一楞，問道：「甚麼？」袁承志道：「咱們華山派十二大戒，第五條是甚麼？」梅劍和道：「適才師叔問弟子四條戒律，第三條『濫殺無辜』，孫師妹確是犯了過錯，只好待會向羅大哥鄭重謝罪，我們再賠他一點損失……」

焦公禮的一名弟子在人叢中叫道：「誰要你的臭錢？斷了膀子，銀子補得上麼？」梅劍和自知理曲，默不作聲。

袁承志轉頭向發話那人道：「我這師姪確是行爲魯莽，兄弟十分抱愧。待羅大哥傷愈之後，兄弟想跟他切磋一路獨臂刀法。這功夫不是華山派的，兄弟不必先行稟明師尊。」

衆人見過他的驚人武功，知他雖然謙稱「切磋刀法」，實則答允傳授一項絕藝。這樣一來，羅立如雖然少了一臂，但因禍得福，將來武功一定反而高出同門儕輩了。焦門弟子見他又把孫仲君的過失攬在自己身上，倒不便再說甚麼。

梅劍和又道：「第六條是『不敬尊長』，這條弟子知罪。第十一條是『不辨是非』，弟子也知罪了。只是第五條『結交奸徒』，閔二哥爲人正直，是位夠朋友的好漢子。」

衆人大半不知華山派的十二大戒是甚麼，一聽梅劍和這話，閔子華第一個跳了起來，叫道：「甚麼？我是奸徒？」

袁承志道：「閔二爺請勿誤會，我決不是說你。」閔子華怒道：「那麼你說誰？」

袁承志正要回答，只見兩名焦門弟子把羅立如從後堂扶出，向袁承志拜了下去。袁承志連忙還禮。羅立如右袖空垂，臉無血色，但神氣仍很硬朗，說道：「袁大俠救了我師父，又答應授我武藝，弟子眞是感激不盡。」袁承志連聲謙讓，說道：「朋友間切磋武藝，事屬尋常，羅大哥不必客氣。」

等到羅立如進去，但見孫仲君額頭汗珠一滴一滴的落下，痛得全身顫抖，嘴唇發紫，袁承志見她已受苦不小，走近身去，便要伸手推穴施救。孫仲君怒道：「別碰我，痛死了也不要你救。」

袁承志臉上一紅，想把解法說給梅劍和知曉，突然間砰砰兩響，兩扇板門被人掌力震落，飛進廳來。

衆人吃了一驚，回頭看時，只見廳外緩步走進兩人。一個五十左右年紀，穿一身莊稼人裝束，另一個是四十多歲的農婦，手裏抱着個孩子，孫仲君大叫：「師父，師娘！」奔上前去。衆人一聽她稱呼，知道是神拳無敵歸辛樹夫婦到了。

歸二娘把孩子遞給丈夫抱了，鐵靑了臉，給孫仲君推宮過血。梅劍和與劉培生也忙上前參見。劉培生低聲說了袁承志的來歷。

袁承志見歸辛樹形貌質樸，二師嫂卻是英氣逼人，於是跟在梅劉兩人身後，也上前拜倒。歸辛樹伸手扶起，說句：「不敢當！」就不言語了。歸二娘給孫仲君一面按摩手臂，一面側了頭冷冷打量袁承志，連頭也不點一下。

孫仲君腫痛漸消，哭訴道：「師娘，這人說是我的甚麼師叔，把我的手弄成這個樣子，還把你給我的劍也踩斷了。」

袁承志一聽，心裏暗叫糟糕，暗想：「早知這劍是二師嫂所賜，可無論如何不能踩斷了。」忙道：「小弟狂妄無知，請師哥師嫂恕罪。」

歸二娘對丈夫道：「喂，二哥，聽說師父近來收了個小徒弟，就是他麼？怎麼這樣沒規矩？」歸辛樹道：「我沒見過。」歸二娘道：「要知學無止境，天外有天，人上有人。學了一點功夫，就隨便欺侮人。哼！我的徒兒不好，自有我來責罰，不用師叔來代勞啊！」袁承志忙道：「是，是！是小弟莽撞。」歸二娘板起了臉道：「你弄斷我的劍，目中還有尊長麼？就算師父寵愛你，難道就可對師哥這般無禮？」

旁人聽她口氣越來越兇，顯然是強詞奪理，袁承志卻只是一味的低聲下氣。焦公禮一邊的人均是憤憤不平。閔子華、和洞玄、萬里風等人都暗暗得意，心想：「剛才給你佔足了上風，你師哥師嫂一到，還有你狠的嗎？」

孫仲君道：「師父師娘，他說有一個甚麼金蛇郎君給他撐腰，把梅師哥、劉師哥也都給打了，還胡說八道的教訓了我們半天，全不把你二位瞧在眼裏。」

原來歸辛樹夫婦因獨子歸鍾身染重病，四出訪尋名醫。幾位醫道高明之士看了，都說歸二娘在懷孕之時和人動手，傷了胎氣，孩子在胎裏就受了內傷，現下發作出來，這種胎傷千不一活，古方上說如有大補靈藥千年茯苓，再加上成了形的何首烏或可救治。要不然便是千年人參、靈芝仙草，那可更難得了。如無靈藥，至多再拖得一兩年，定會枯瘦而死。

歸辛樹夫婦中年得子，對孩子愛逾性命，遍託武林同道訪藥。但千年茯苓已是萬分難得之物，再加成形何首烏，卻到那裏去尋？訪了年餘，毫無結果。眼見孩子一天天的瘦下去，歸二娘只是偷偷垂淚。夫妻倆一商量，金陵是江南第一重鎭，奇珍異物必多，於是同來南京訪藥。向武林同道打聽，得知梅劍和等三名弟子都在此地。夫婦二人心想這三人都很能幹，可以幫同尋藥，立即找來焦家，那知竟見到孫仲君手掌受傷。

歸二娘本來性子暴躁，加之兒子病重，心中焦急，聽了愛徒的一面之辭，當下沒頭沒腦的把袁承志責備了一頓，這時聽話他尚有外人撐腰，更是憤怒，側頭問丈夫道：「這金蛇怪物還活着？」歸辛樹道：「聽說是過世了，不過誰也不清楚。」

青青聽她無理責罵袁承志，早已十分有氣，待得聽她又叫自己父親爲怪物，更是惱怒，罵道：「你這潑婦！幹麼亂罵人？」歸二娘怒道：「你是誰？」孫仲君道：「他就是金蛇怪物的兒子。」歸二娘手腕一抖，一縷寒星，疾向青青肩頭射去。

袁承志暗叫不好，待欲躍起拍打，但歸二娘出手似電，那裏還來得及？只見青青身子一顫，暗器已中左肩。袁承志大驚，搶上去握住她手臂一看，見烏沉沉的是枚喪門釘。這時青青又驚又怒，已痛得面容失色。袁承志道：「別動！」左手食中雙指按在喪門釘兩旁，微一用勁，見鋼釘脫出了三四分，知道釘尖沒安倒鈎，這才力透兩指，一運內勁，那釘從肉裏跳了出來，叮的一聲，跌落地下。焦宛兒早站在一旁相助，忙遞過兩塊乾淨手帕。

袁承志替青青包紮好了，低聲道：「青弟，你聽我話，別跟她吵。」青青怒道：「爲甚麼？」袁承志道：「衝着我師哥，咱們只得忍讓。」青青委委屈屈的點了點頭。袁承志知她素性倔強，這次吃了虧居然肯聽自己的話，不予計較，比往昔溫柔和順得多，很是歡喜，向她微微一笑。

歸二娘等他們包紮好傷口，冷笑道：「我隨手發枚小釘，試試他的虛實，要是他父親金蛇郎君眞有本領，怎麼他連一枚小釘也躲不開？可見甚麼金蛇銀蛇，只不過是欺世盜名、招搖撞騙之徒罷啦！」

袁承志心想：「二師嫂這時誤會很深，如加分辯，只有更增她怒氣。」當下一聲不作。

歸二娘道：「這裏外人衆多，咱們門戶之事不便多說。明晚三更，我們夫婦在紫金山雨花台邊相候，請袁爺過來，可要查個明白，到底你眞是我們當家的師弟呢，還是嘿嘿……」說着冷笑幾聲。

衆人一聽，這明明是叫陣動手了。焦公禮很是爲難，說道：「賢伉儷威鎭江南，大夥兒聽到神拳無敵的大名，向來仰慕得緊，今日有幸光臨，那眞是請也請不到的。」歸二娘哼了一聲，歸辛樹抱着兒子，心神不屬，便似沒有聽見。焦公禮又道：「這位袁爺見兄弟遇上了爲難之事，仗義排解。梅大哥、劉大哥、孫姑娘三位也都說淸楚了。明晚兄弟作東，給賢伉儷接風，同時慶賀三位師兄弟相逢……」

歸二娘不耐煩聽他說下去，轉頭對袁承志道：「怎樣？你不敢去麼？」袁承志道：「師哥師嫂住在那裏？小弟明日一早過來請兩位教訓。師哥師嫂要怎麼責罰，小弟一定不敢規避。」歸二娘哼了一聲，道：「誰知你是眞是假，先別這樣稱呼。明晚試了你的功夫再說。走吧！」拉了孫仲君手臂，轉身走出。

太白三英先見袁承志出頭干預，已知所謀難成，料想昨晚制住自己而盜去書函的，定也是此人無疑，只怕他隨時會取出多爾袞的函件，揭露通敵賣國之事，一直在想乘機溜走，恰好歸辛樹夫婦到來，爭鬧又起。三人暗暗欣喜，只盼事情鬧大，就可混水摸魚，待見他們約定明晚在雨花台比武，今晚已經無事，三人一打眼色，搶在歸氏夫婦頭裏溜了出去。

袁承志叫道：「喂，慢走！」飛身出去攔阻。

歸二娘大怒，喝道：「小子無禮，你要攔我！」一掌往他頭頂直劈下去。

袁承志縮身一偏，歸二娘的手掌從他肩旁掠過，掌風所及，微覺酸痲。歸二娘與丈夫在家之時，無日不對掌過招，勤練武功，掌法之凌厲狠辣，自負除了丈夫之外，武林中已少有敵手，但這一掌居然沒打到對方，那是近十年來所未有之事，心頭火起，手掌變劈爲削，隨勢橫掃。袁承志雙足一點，身子陡然拔起，躍過了一張桌子。這一來，歸二娘不便再行追擊，狠狠瞪了他一眼，與歸辛樹、孫仲君、梅劍和、劉培生直出大門。

太白三英見此良機，立即隨着奔出。袁承志生怕歸二娘又起誤會，不敢再行呼喝，縱身撲出，一把抓住走在最後的黎剛，隨手點了穴道，擲在地下。史氏兄弟卻終於逃了出去。

袁承志追出門外，深夜之中，四下黑沉沉地已不見影蹤，心想抓住一人，也可以追問口供了，當即轉身回入廳中。忽聽得身後一個蒼老的聲音笑道：「小朋友，多年不見，功夫可俊得很啦。」

袁承志耳聽聲音熟識，心頭一震，疾忙回頭，只見廳外大踏步走進兩個人來。

當先一人鬚眉皆白，背上負着一塊黑黝黝的方盤，竟是傳過他輕功暗器秘術的木桑道人。只見他一手提着史秉文，一手提着史秉光。袁承志這一下喜出望外，忙搶上拜倒在地，叫道：「道長，你老人家好！」

木桑道人笑道：「起來，起來！你瞧這人是誰。」

袁承志起身看時，見他身旁站着一個中年漢子，兩鬢微霜，一臉風塵之色，再一細看，這才認出是當年捨命救過自己的崔秋山。木桑道人年紀已老，十餘年來面貌沒甚麼改變，崔秋山在闖王軍中出死入生，從少年而至中年，久歷風霜，神情卻已大不相同。

袁承志這一下又驚又喜，搶上去抱住了他，叫道：「崔叔叔，原來是你。」不禁淚水奪眶而出。崔秋山見他故人情重，眞情流露，眼中也不禁濕潤。

忽聽閔子華叫了起來：「喂，你們幹麼跟太白三英爲難？怎地拿住了他們不放？」衆人素知史氏兄弟武功了得，可是給這老道抓在手中，如提嬰兒，絲毫沒有掙扎，顯被點中了穴道，均感驚奇。

木桑哈哈一笑，將史氏兄弟擲在地下，笑道：「拿住了玩耍玩耍不可以麼？」

袁承志伸手向木桑道人身旁一擺，說道：「這位木桑道長，是鐵劍門的前輩高人。」又向崔秋山一擺，說道：「這位崔大叔以伏虎掌法名重武林，是兄弟學武時的開蒙師傅。」

聽上老一輩的素聞「千變萬刦」木桑道人的大名，只是他行蹤神出鬼沒，十之八九都沒見過他面，只有十力大師和崑崙派張心一是他舊識，但算來也是晚輩了，兩人忙過來廝見。眾人見十力大師和張心一以如此身分地位，尚且對他這般恭謹，無不肅然。

木桑道人說道：「貧道除了吃飯，就愛下棋，囉裏囉唆的事向來不理，否則的話，老道的棋術怎能如此出神入化？可是上個月忽然得到消息，說有人私通外國，要到南京來謀幹一件大大的賣國勾當，貧道可就不能袖手了，因此上一路跟了過來。」

閔子華奇道：「誰是賣國奸賊？難道會是太白三英？」木桑道：「不錯，正是這三個大名鼎鼎的英雄豪傑，狗熊耗子！」閔子華道：「三位是好朋友，怎會做這種無恥勾當，你別冤枉好人。」木桑道：「老道跟這三個傢伙從來沒見過面，無怨無仇，幹麼要冤枉他們？他們和滿洲韃子偷偷摸摸搗鬼，我在關外親眼見到，親耳聽到，那還能有錯？」閔子華道：「有甚麼證據？」木桑奇道：「證據？要甚麼證據？難道憑老道的一句話，還作不得數？」閔子華道：「這個誰相信呀？」

木桑怒喝：「你是誰？」袁承志道：「這位是仙都派閔子華閔二爺。」木桑怒道：「你師父黃木道人，當年對我的說話也不敢道半個不字。你這小子膽敢不信道爺的話？」

眾人雖都敬他是武林前輩，但覺如此武斷，未免太過橫蠻無理，心中均感不服，卻也無人出言跟他爭辯。木桑捋着鬍子直生氣。

袁承志從懷中取出一封信來，交給閔子華道：「閔二爺，請你給大夥兒唸一唸。」

閔子華接過信來，只看了幾句，就嚇了一跳。袁承志守在一旁，若見他也學梅劍和的樣，要想扯碎信箋，立即便點他穴道，奪過信來。卻見他雙手捧信，高聲朗誦出來。

那信便是滿洲睿親王多爾袞寫給太白三英的，吩咐他們俟機奪取江南幫會的地盤，在武林人士中挑撥離間，引致衆人自相殘殺，同時設法擴充勢力，等清兵入關，就起事內應。信末蓋着睿親王的兩枚朱印。閔子華還沒唸完，羣豪早已大怒，紛紛喝罵。鄭起雲拉起黎剛，解開他的穴道，喝道：「你們還有甚麼奸計？快招出來。」黎剛瞋目不語。鄭起雲拍拍兩記耳光，他兩邊臉頰登時腫了起來。

袁承志當下把如何得到密件的經過，原原本本說了出來。

黎剛知道無法抵賴，叫道：「清兵不日就要入關，這裏便是大清國的天下。你們現下投順，還不失為開國功臣，要是……」話未說完，鄭起雲當胸一拳，把他打得暈了過去。

史氏兄弟比黎剛陰鷙得多，聽他這麼說，心知要糟，要想飾辭分辯，卻苦於被點了穴道，做聲不得。

鄭起雲道：「道長，這種奸賊留着幹麼？斃了算啦！」焦公禮道：「料想這些奸賊一定還有同黨，咱們得查問明白。今日不早了，改日再請各位一齊商量。」衆人都說不錯，當下紛紛告辭，有的還向太白三英口吐唾涎，踢上幾脚。

閔子華知道受了奸人利用，很是懊悔，極力向焦公禮告罪，又向袁承志道：「要不是袁相公出來排解，消弭了一場大禍，又揭破了奸人的陰謀毒計，兄弟眞是罪不可赦。」十力大師、鄭起雲、張心一等也均向袁承志致謝，然後辭出。

木桑解下背上棋盤，摸出囊中棋子，對袁承志道：「這些年來我老是牽掛着你，別的倒沒甚麼，就是想你陪我下棋。」

袁承志見他興致勃勃，微笑着坐了下來，拈起了棋子，心想：「道長待我恩重，難以報答。他一生惟好下棋，只有陪他下棋來稍盡我的孝心了。」木桑眉花眼笑，向餘人道：「你們都去睡吧。老道棋藝高深，千變萬化，諒你們也看不懂。」

焦公禮引崔秋山入內安睡。青青卻定要旁觀，不肯去睡。焦宛兒在一邊遞送酒菜水果。青青不懂圍棋，看得氣悶，加之肩頭受傷，不免精神倦怠，看了一陣，竟伏在几上睡着了。木桑對宛兒道：「焦大姑娘，扶她到你房裏睡去吧。」宛兒臉一紅，只裝不聽見，心想：「這位道長怎地風言風語的？」木桑呵呵笑道：「她是女孩子啊，你怕甚麼羞？」宛兒問袁承志道：「袁相公，是麼？」袁承志笑道：「她女扮男裝，在外面走動方便些。」

宛兒年紀比青青小了一歲，但跟着父親歷練慣了，很是精明，青青女扮男裝，本來不會看不出來，只是這兩日她牽掛父親生死安危。心無旁騖，又見青青是個美貌少年，一見面就拉她的手，隱隱覺得此人甚不莊重，此後就不敢對她直視，這時聽袁承志說了，兀自不放心，輕輕除下青青的頭巾，露出一頭青絲秀髮，頭髮上還揷了兩枚玉簪，於是扶她起身，仔細看時，但見青青細眉櫻口，肌膚白嫩，果然是個美貌女子，笑道：「姊姊，我扶你去睡。」青青迷迷糊糊的道：「我不困，我還要看。道長……道長輸了幾局啦？」

木桑笑道：「胡說！」宛兒微笑道：「好，好，休息一下，咱們再來看。」扶她到自己房裏安睡。

袁承志好幾年沒下棋了，不免生疏，心中又儘想到明晚歸氏夫婦之約，心神不屬，連走了兩下錯着，白白的輸了一個刦，一定神，忽然想起，問道：「道長，你怎知她是女子？」
木桑呵呵笑道：「我和你崔叔叔五天前就見到你啦。我要暗中察看你的功夫人品，一直沒跟你相見。小心，要吃你這一塊了，點眼！」說着下了一子，又道：「你武功大進，果然了得。或許還及不上你師父，老道可不是你對手啦。」袁承志起立遜謝，道：「那全蒙恩師與道長的教誨。這幾天道長若是有空，請你再指點弟子幾手。」
木桑笑道：「你陪我下棋，向來是不肯白費功夫的。不過我教你些甚麼呢？你武功早勝過我啦，還是你教我幾招吧。你若要我教幾路棋道上的變化，那倒可以。」他越下越是得意，又道：「武功好，當然不容易，但你人品端方，更是難得。少年人能夠不欺暗室，對同行少女規規矩矩的，我和你崔叔叔都讚不絕口呢。」
袁承志暗叫慚愧，臉上一陣發燒，心想要是自己跟青青有甚麼親熱舉動，豈不是全讓他瞧了去？怎麼他從旁窺探，自己竟沒發覺？這位道長的輕身功夫，實在是高明之極了。
又下數子，木桑在西邊角上忽落一子，那本是袁承志的白棋之地，黑棋孤子侵入，可說是干冒奇險。他道：「承志，我這一手是有名堂的。老道過得幾天，就要到西藏去。這一子深入重地，成敗禍福，大是難料。」袁承志奇道：「道長萬里迢迢的遠去西藏幹甚麼？」木桑嘆了口氣，說道：「去找一件東西。那是先師的遺物。這件物事找不到，本來也不打緊，但若給另一人得去了，那可大大的不妥。好比下棋，這是搶先手。老道若是失先，一盤棋就輸得乾乾淨淨。原來對方早已去了幾年，我這幾天才知，現下馬上趕去，也已落後。」
袁承志見他臉有憂色，渾不是平時瀟洒自若的模樣，知他此行關係重大，說道：「弟子隨道長同去。咱們幾時動身？」木桑搖搖頭：「不行，不行，這事你可幫不上忙。」

便在此時，忽聽廳外微有聲響，知道屋頂躍下了三個人來，袁承志見木桑不動聲色，也就不理，繼續下棋。

木桑道：「你師嫂剛才的舉動我都見到了。你放心，明天我幫你對付他們。」

袁承志道：「弟子不能跟師哥師嫂動手，只求道長設法排解。弟子自可認錯賠罪。」木桑道：「怕甚麼？動手打好啦，輸不了！你師父怪起上來，就說是我叫打的。」

說到這裏，屋頂上又竄下四個人來，隨覺一陣勁風，四枚鋼鏢激射而至。木桑隨手接住，瞧也不瞧，放在桌上，只當沒這一會事。廳外七人一齊躍了進來，手中都拿着兵刃。

木桑笑道：「你能不能一口氣吃掉七子？」袁承志會意，說道：「弟子試試。」這時七人中有兩人去扶起地上的太白三英，其餘五人各挺刀劍，衝將過來。

袁承志抓起一把棋子，撒了出去，只聽得篷篷聲響，七名敵人齊被打中穴道，嗆啷啷的一陣響喨，兵刃撒了一地。木桑點頭道：「大有長進，大有長進！」

宛兒剛服侍青青睡下，聽得響聲，忙奔出來，只見二人仍在凝神下棋，地下卻倒了七名大漢。她也不多問，召來家丁，命將七人和太白三英都綁縛了。

這時木桑侵入西隅的黑棋已受重重圍困，眼見已陷絕境，袁承志忽然想起：「道長把這塊棋比作他西藏之行，若是我將他這片棋子殺了，只怕於他此行不吉。」沉吟片刻，轉去東北角下了一子。木桑呵呵大笑，續在西隅下子，說道：「凶險之極！這着棋一下，那可活了。你殺我不了啦！」

又過了半個時辰，雙方官着下完，袁承志輸了五子。木桑得意非凡，笑道：「這些年來，你武功是精進了，棋藝卻沒甚麼進展。」袁承志笑道：「那是道長妙着叠生，變化精奧，弟子抵擋不住。」木桑呵呵大笑，打從心裏喜歡出來，自吹自擂了一會，才轉頭對宛兒道：「你叫人搜搜他們。」

宛兒命衆家丁在十人身上搜查，除了暗器銀兩之外，搜出幾封書信、幾册暗語切口的抄本。書信中有一封是滿淸九王多爾袞寫信給北京皇宮司禮太監曹化淳的，說道關口盤查嚴密，是以特地繞道，從海上派遣使者前來，機密大事，可與持信的使者洪勝海洽商云云。

木桑大怒，叫道：「奸賊越來越大膽啦，哼，連皇宮裏的太監也串通了。」右脚一起，將一名奸細踢得腦漿迸裂。

他伸脚又待再踢，袁承志道：「慢來，道長！且待弟子仔細盤問。」木桑怒氣不息，又要撕信，也給袁承志勸住。木桑道：「話就依你，明天可得陪我下三盤棋。」袁承志笑道：「只要道長有興，連下十盤，那也無妨。」木桑大喜，隨着家丁進內睡了。

袁承志看了書信和切口抄本等物，心中一動，暗想：「爹爹的大仇尙未得報，仗着這些密件，正好混進宮去行刺昏君，爲爹爹報仇。」於是把一人穴道解了，問他誰是洪勝海。那人向一個三十多歲、白淨面皮的人一指。

袁承志將洪勝海穴道解開盤問。那洪勝海只是倔強不說。

袁承志心想，看來他在同黨面前，決不肯吐露一字半句，於是命家丁將他帶入書房之中，說道：「我問你話，你若是老老實實回答，或者還可給你一條生路，只要稍有隱瞞，我叫你分作幾天，慢慢受罪而死。」

洪勝海怒道：「你那妖道使邪法迷人，我雖死亦不心服。」袁承志道：「哼，你自以爲武功精強，是不是？你是漢人，卻去做番邦奴才，這是罪有應得，死有餘辜。你既不服，我就跟你比比。你若贏了，放你走路。你若輸了，一切可得從實說來。」

洪勝海大喜，心想：「剛才也不知怎樣，突然穴道上一麻，就此跌倒，必是妖道行使妖法。那妖道既已不在，這後生少年如何是我對手？樂得一切答應。」答道：「好，只要你打敗我，不論你問甚麼，我都實說。」

袁承志走近身去，雙手執住綁在他身上的繩索，一拉一扯，繩索登時斷成數截。

洪勝海一怔，他身上所縛，都是絲蔴絞成的粗索，他穴道解開後，曾暗中用力掙扎，只掙得繩索越縛越緊，那知這少年只隨手一扯，繩索立斷，本來小覷之心，都變成了畏懼之意，說道：「怎樣比法？咱們到外面去吧，是比兵刃還是比拳脚？」

袁承志笑道：「我用棋子打中你穴道，你竟以爲是那道長使妖法，眞是好笑。看你躍進廳來的身法，是少林派東支的內家功夫了。」

洪勝海又是一驚，入廳時見兩人凝神下棋，眼皮也不抬一下，宛若不覺，那知自己的行動全已清清楚楚落在他眼裏，連門派家數也說得不錯，便點了點頭。

袁承志道：「也不用出去，就在這裏推推手吧。」洪勝海道：「請敎閣下尊姓大名。」

袁承志笑道：「等你勝了我，自然會對你說。」

洪勝海雙手護胸，身子微弓，擺好了架子，等他站起身來。

袁承志並不理會，磨墨拈毫，攤開一張白紙，說道：「我在這裏寫字，寫甚麼呢？」洪勝海見他說要比武，卻寫起字來，很感詫異，又坐了下來。袁承志道：「你別坐！」伸出左掌，道：「你只要把我推得幌了一幌，我寫的字有一筆扭曲抖動，就算你贏了，立刻放你走路。要是我寫滿了一張紙，你還是推不動我，那怎麼說？」

洪勝海哈哈大笑，說道：「那時我再不認輸，還要臉麼？」心想：「這小子初出道兒，不知天高地厚，自恃手上力道了得，竟然對我如此小看，啊，是了，他見我生得文秀，只道我沒有本事，且叫他試試。」說道：「這樣比不大公平吧？」袁承志笑道：「不相干。我寫了，你來吧。」右手握管，寫了「恢復之計」四字。

洪勝海潛運內力，雙掌一招「排山倒海」，猛向袁承志左掌推去，只覺他左掌微側，已把自己的勁力滑了開去。洪勝海一擊不中，右掌下壓，左掌上抬，想把袁承志一條胳臂夾在中間，只要上下一用力，他臂膀非斷不可。

袁承志右手寫字，說道：「你這招『升天入地』，似乎是山東渤海派的招數。嗯，那是『斬蛟拳』。渤海派出自少林東支，原來閣下是渤海派。」

洪勝海聽他將自己的武功來歷說得半點不錯，心下駭然，這時他雙掌已挾住對方臂膀，連運幾次勁力，對方一條臂膀便如生鐵鑄成，紋絲不動。袁承志幾句話一說完，臂膀一縮，如一尾游魚般從他兩掌間縮了出來，只聽拍的一聲，他左右雙掌收勢不及，自行打了一記。

洪勝海又驚又怒，展開本門絕學，雙掌飛舞，驚濤駭浪般攻出。

袁承志坐在椅上右手書寫不停，左掌瀟洒自如，把對方來招一一化解。他左臂忽前忽後，對洪勝海始終沒瞧上一眼，偶爾還發出一兩下反擊，但左臂伸縮只到肩窩爲止，上身穩穩不動，對方攻來時既不後仰，追擊對方時也不前俯。

拆得良久，洪勝海一套「斬蛟拳」已使到盡頭。袁承志道：「你的『斬蛟拳』還有九招，我這篇文章卻要寫完了。好，我等你一下，你發一招，我寫一個字！」

洪勝海心下更驚，暗想此人怎麼對我拳法如此熟悉，難道竟是本門中人不成？不過他的掌法我從未見過，要說是本門之人，那又決計不是。當下把「斬蛟拳」最後九招使了出來，凝聚功力，每一招都如刀劈斧削一般，凌厲異常，這時已不求打倒對方，只盼將他身子震得一震，右手寫的字有一筆塗污扭曲，也就可以藉口脫身了。只聽袁承志誦道：「『但中有所危，不敢不告』。最後還有一個『告』字！」

洪勝海使到最後兩招，仍然推他不動，突然低頭，雙肘彎過，臂膀放在頭前，猛力向他衝去，心想你武功再好，這椅子總會被我推動。那知他這一使蠻勁，只發不收，犯了武家的大忌，只覺肘下不知從那裏來的一股大力，驀地向上托起，登時立足不穩，向後便仰，身不由主的在空中連翻了三個觔斗，騰的一聲，坐倒在地。過了好一會，才摸清自己原來已被對方打倒了，忙雙足一頓，站了起來。

就在這時，焦宛兒拿了一把紫砂茶壺，走進書房，說道：「袁相公，這是新焙的獅峯龍井，你喝一杯吧。」說着把茶篩在杯裏。

袁承志接過茶杯，見茶水碧綠如翡翠，一股清香幽幽入鼻，喝了一口，讚道：「好茶！」

拿起桌上的那張紙，說道：「焦姑娘，請你瞧瞧，紙上可有甚麼破筆塗污？」

焦宛兒接了過來，輕輕唸誦了起來：

「恢復之計，不外臣昔年『以遼人守遼土，以遼土養遼人』，『守爲正著，戰爲奇著，和爲旁著』之說。法在漸不在驟，在實不在虛。此臣與諸邊臣所能爲。至用人之人，與爲人用之人，皆至尊司其鑰。何以任而勿貳，信而勿疑？蓋馭邊臣與廷臣異。軍中可驚可疑者殊多，但當論成敗之大局，不必摘一言一行之微瑕。事任既重，爲怨實多。諸有利於封疆者，皆不利於此身者也。況圖敵之急，敵亦從而間之。是以爲邊臣甚難。陛下愛臣知臣，臣何必過疑懼？但中有所危，不敢不告。」

她於文中所指，不甚了了，見這一百多字書法甚是平平，結構章法，可說頗爲拙劣，但一筆一劃，力透紙背，並無絲毫扭曲塗污，說道：「清清楚楚，一筆不苟，這是一篇甚麼文章？」袁承志嘆了口氣，道：「這是袁督師當年守遼之時，上給皇帝的奏章。」焦宛兒道：「袁相公文武全才，留心邊事，於這些奏章也爛熟於胸。」袁承志搖頭道：「我也只讀過這幾篇，那是我從小便背熟了的。」

原來袁崇煥當年守衛遼邊，抗禦滿洲入侵，深知崇禎性格多疑，易聽小人之言，因此上了這篇奏章。後來崇禎果然中了滿洲皇太極的反間之計，又信了奸臣的言語，將袁崇煥殺了。袁崇煥所疑懼的事情，皆不幸而一一料中。袁承志年幼時，應松教他讀書習字，曾將他父親袁崇煥的諸篇奏章詳爲講授。他除此之外，讀書無多，此刻要寫字，又想起滿洲圖謀日亟，邊將無人，隨手便寫了出來。

焦宛兒道：「袁相公這幅字，就給了我吧。」袁承志道：「我的字實在難看。剛才跟這朋友打賭，才好玩寫的。焦姑娘要，拿去不妨，可不能給有學問的人見到，讓人家笑話。」焦宛兒謝了收起，走出書房。

袁承志問洪勝海道：「滿洲九王派你去見曹化淳，商量些甚麼事？」洪勝海吞吞吐吐的不說。袁承志道：「咱們剛才不是打了賭麼？你有沒推動我？」洪勝海低頭道：「相公武功驚人，小人確是聞所未聞，見所未見，拜服之至。」

袁承志道：「你左乳下第二根肋骨一帶，有甚麼知覺？」洪勝海伸手一摸，驚道：「那裏完全痲木了，沒一點知覺。」袁承志道：「右邊腰眼裏呢？」洪勝海一按，忽然「哎唷」一聲叫了出來，說道：「不摸倒不覺甚麼，一碰可痛得不得了。」袁承志笑道：「這就是了。」斟了杯茶，一面喝茶，一面翻開案頭一本書來看，不再理他。

洪勝海想走，卻又不敢。過了好一會，袁承志抬起頭來，說道：「你還沒走麼？」洪勝海喜道：「相公放我走了？」袁承志道：「是你自己來的，我又沒請你。你要走，我也不會留客。」洪勝海喜出望外，跪下磕頭，站起來作了一揖，說道：「小人不敢忘了相公的恩德。」袁承志點點頭，又自看書。

洪勝海走到書房門口，忽想出去怕有人攔阻，推開窗格，飛身而出，回頭一望，見袁承志仍在看書，並無追擊之狀，這才放心，躍上屋頂，疾奔而去。

焦宛兒自袁承志救她父親脫卻大難，衷心感激，心想他武功驚人，今後也無可報答他之處，只有乘着他留在自己家裏這幾天盡心服侍。這時漏盡更殘，天將黎明，她在書房外來回數次，見門縫中仍是透出光亮，知他還沒睡，於是命婢女弄了幾色點心，親自捧向書房。在門上輕敲數下，然後推門進去，只見袁承志拿着一部「忠義水滸傳」正看得起勁。

焦宛兒道：「袁相公，還不安息麼？請用一些點心，便安息了，好麼？」袁承志起身道謝，說道：「姑娘快請安睡，不必招呼我啦。我在這裏等一個人……」正說到這裏，窗格一動，一人跳了進來。焦宛兒吃了一驚，看清楚時，原來便是洪勝海。

他在袁承志面前跪倒，說道：「袁大英雄，小人知錯了，求你救我一命。」袁承志伸手相扶，洪勝海跪着不肯起身，道：「從今以後，小人一定改過自新，求袁大英雄饒命。」焦宛兒在一旁睜大眼睛，愕然不解。

只見袁承志伸手一托，洪勝海又是身不由主的翻了一個觔斗，騰的一聲，坐在地下。他隨手一摸腋下，臉上登現喜色，再按胸間，卻又愁眉重鎖。袁承志道：「你懂了麼？」

洪勝海一轉念間，已明袁承志之意，說道：「袁大英雄你要問甚麼，小人一定實說。」

焦宛兒知道他們說的是機密大事，當即退出。

原來洪勝海離焦家後，疾奔回寓，解開衣服一看，只見胸前有銅錢大小一個紅塊，摸上去毫無知覺，腋下卻有三個蠶荳大小的黑點，觸手劇痛，知道在推手時不知不覺間被對手打傷。當下盤膝坐在床上，運起內功療傷，豈知不運氣倒也罷了，一動內息，腋下奇痛徹心，連忙躺下，卻又無事。這麼一連三次，忽然想到武術中的高深武功，能將對方之力反擊過來，受者重傷難治，不由得越想越怕，只得又趕回來求救。

袁承志道：「你身上受了兩處傷，一處有痛楚的，我已給你治好；另一處目前沒有知覺，三個月之後，麻木之處慢慢擴大，等到胸口心間發麻，那就是你的壽限到了。」洪勝海又噗的跪下，磕下頭去。

袁承志正色道：「你投降番邦，去做漢奸，實是罪不容誅。我問你，你願不願將功折罪？」洪勝海垂淚道：「小人做這件事，有時中夜捫心自問，也覺對不起先人，辱沒上代祖宗。相公給小人一條自新之路，實是再生父母。小人也不是自甘墮落，只是當年爲了一件事，迫得無路可走，這才出此下策。」

袁承志見他說得誠懇，便道：「你起來，坐下慢慢說。是誰迫得你無路可走？」

洪勝海恨恨的道：「是華山派的歸二娘和孫仲君師徒。」

這句話大出袁承志意料之外，忙問：「甚麼？是她們？」洪勝海臉色倏變，道：「相公識得他們？」袁承志道：「剛才還和她們交了手。」

洪勝海聽了一喜一憂，喜的是眼前這樣一個大本領的人是她們的對頭，憂的是這兩人竟在南京，只怕冤家路窄，狹路相逢，說道：「這兩個娘兒本領雖然不錯，但決不是相公的對手。只是她師徒倆心狠手辣，甚麼事都做得出來，相公可要小心。」

袁承志哼了一聲，問道：「她們迫你，爲了何事？」

洪勝海微一沉吟，道：「不敢相瞞，小人本在山東海面上做些沒本錢的買賣。夥伴中有個義兄，看中了那孫仲君，向她求婚。她不答應也就罷了，那知一言不發，突然用劍削去了他兩隻耳朵。小人心頭不忿，約了幾十個人，去將她擄了來，本想迫她和我那義兄成親，不料她師娘歸二娘當晚便即趕到，將我義兄一劍殺死，其餘朋友也都給殺了。小人逃得快，總算走脫了一條性命。」袁承志道：「擄人迫婚，本來是你不好啊。」洪勝海道：「小人也知事情做得鹵莽，闖了大禍，逃脫後也不敢露面。那知她們打聽得小人家鄉所在，趕去將我七十歲的老母、將我妻子和三個兒女，殺得一個不留。」

袁承志見他說到這裏時流下淚來，料想所言不虛，點了點頭。

洪勝海又道：「我鬥不過她們，可是此仇不報，難下得這一口氣……小人在中原無法存身，知道遲早會給這兩個潑辣婆娘殺了，一時意左，便到遼東去投了九王……」說到這裏，又是氣憤，又是慚愧。

袁承志道：「她們殺你母親妻兒，雖然未免太過，但起因總是你不好。而且這是私仇，你怎麼可以投降番邦，甘做漢奸？」洪勝海道：「只求袁大英雄給我報了此仇，你叫我作甚麼全成。」袁承志道：「報仇？你這生別作這打算了，歸二娘武功極高，她丈夫神拳無敵更是了得。我問你，九王叫你去見曹太監幹麼？」

洪勝海道：「九王爺吩咐小人，要曹太監將宮裏朝中的大事都說給小人聽，然後去轉告九王爺。」袁承志問道：「曹化淳做到司禮太監，已是太監中的頂兒尖兒，他投降滿清，又圖的是甚麼？多爾袞許給他的好處，難道能比我大明皇帝給他的更多？」洪勝海道：「滿清九王爺只答應他一件事：將來攻破北京，不殺他的頭，讓他保有家產；他若不作內應，北京終究還是能破，那時便將他千刀萬剮。」袁承志這才恍然，說道：「曹太監肯做漢奸，只是怕死，爲了鋪一條後路。」洪勝海道：「正是！」袁承志嘆了口氣，心想：「有些人甚麼都有了，便只怕死。爲了怕死，便甚麼都肯幹。」

他向洪勝海瞧去，心道：「這人也怕死，只求保住性命，甚麼都肯幹。壞事固然肯做，好事何嘗不能？」問道：「你願意改邪歸正，做個好人呢？還是寧可在三個月後死於非命？」洪勝海道：「袁英雄指點我一條明路，但有所命，小人不敢有違。」袁承志道：「好吧，你跟着我作個親隨吧。」洪勝海大喜，撲地跪倒，磕了三個響頭。

袁承志道：「以後你別叫我甚麼英雄不英雄了。」洪勝海道：「是，我叫你相公。」心中暗喜：「只要跟定了你，再也不怕歸二娘和孫仲君這兩個女賊來殺我了。三個月後傷勢發作，你自然也不會袖手旁觀。」當下心安理得，胸懷大暢，以前做滿清奸細，時覺神明內疚，恍惚不安，此刻心頭宛如移去一塊大石，說不出的舒服。

袁承志忙了一夜，這才入內安睡，命洪勝海和他同睡一室。他見袁承志對己十分信任，殊無提防之意，心中很是感激。其實袁承志用混元功傷他之後，知道他要靠自己解救，如敢暗中加害，那就是害了自身。

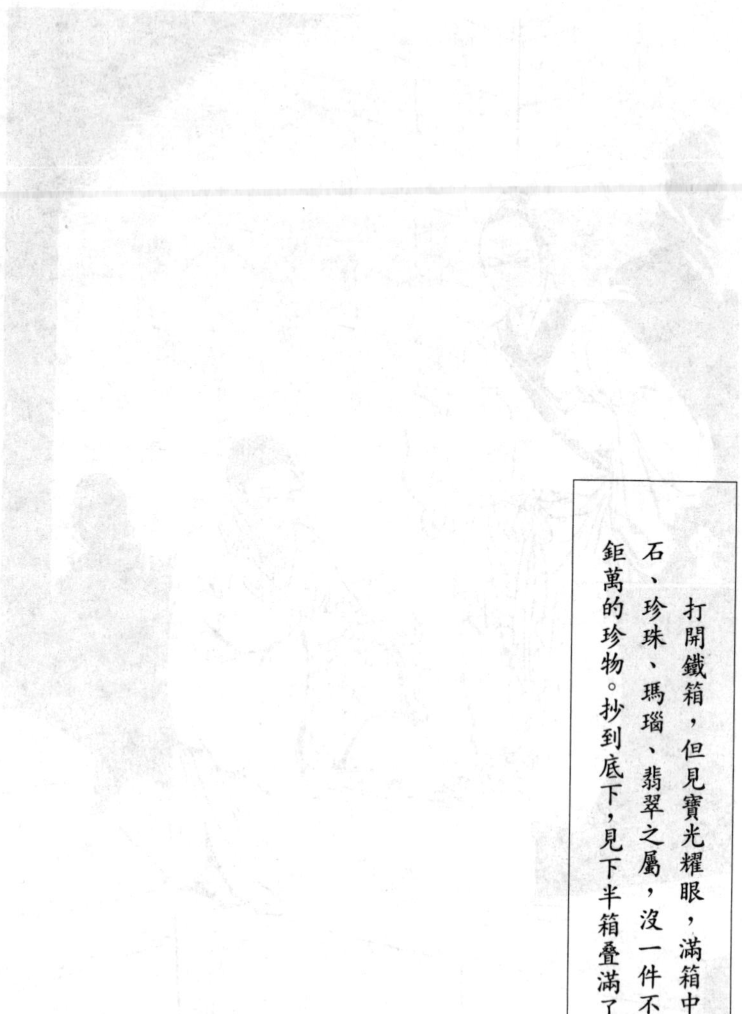

打開鐵箱，但見寶光耀眼，滿箱中都是寶石、珍珠、瑪瑙、翡翠之屬，沒一件不是價值鉅萬的珍物。抄到底下，見下半箱疊滿了金磚。

第十回　不傳傳百變　無敵敵千招

袁承志睡到日上三竿，這才起身。焦宛兒親自捧了盥洗用具和早點進房，袁承志連忙遜謝。洪勝海便在旁服侍。

剛洗好臉，木桑道人拿了棋盤，青青拿着棋子，兩人一齊進來。青青笑道：「貪睡貓，到這時候才起身，道長可等得急壞了，快下棋，快下棋。」袁承志向着她瞧了一眼，忽然一笑。青青笑道：「笑甚麼？」袁承志笑道：「道長給你甚麼好處？你這般出力給他找對手。」青青笑道：「道長教了我一套功夫。這功夫啊，可眞妙啦。別人向你拳打脚踢，你卻只管跟他捉迷藏，東一溜，西一幌，他再也別想打到你。」

袁承志心裏一動，偷眼看木桑道人時，見他拿了兩顆白子、兩顆黑子，放在棋盤四角，手中拈着一顆黑子，輕輕敲擊棋盤，發出丁丁之聲，嘴角邊露出微笑。袁承志心想：「今晚二師哥、二師嫂雨花台之約，那是非去不可的。瞧二師嫂的神氣，只怕不能不動手，我又不能跟他們眞打。二師哥號稱神拳無敵，我全力施爲，尙且未必能勝，如再相讓，非受重傷不可，眞有差池，只怕連命也送了。道長傳授她武功，似乎別有深意。」便道：「要我下棋，倒也可以，可是你得把這套功夫轉教給我。」青青笑道：「好哇，這叫做見者有份，你跟我講起黑道上的規矩來啦。」兩人說笑了幾句，袁承志就陪木桑下棋。

午飯後，袁承志和崔秋山談起別來情由。一個知道闖王勢力大張，不久就要大舉入京；另一個見舊時小友已英武如斯，藝成品立，均覺喜慰。談了一陣，又說到崔希敏和安小慧失金奪金之事。青青不住向袁承志打手勢，叫他出去。崔秋山笑道：「你小朋友叫你呢，快去吧！」袁承志臉一紅，不好意思便走。

崔秋山笑着起身走出。青青奔了進來，笑道：「快來，我把道長教的功夫跟你說。他教的時候我壓根兒就不懂。他說：『你硬記着，將來慢慢兒就懂了。』我怕再過一陣就全給忘了。」當下連比帶劃，把木桑所授的一套絕頂輕功「神行百變」說了出來。

木桑道人輕功與暗器之術天下獨步，這套「神行百變」更是精微奧妙，當年在華山之時，袁承志所學尙淺，無法領會修習，是以沒有傳他。青青武功雖不甚精，但記性極好，人又靈悟，知道木桑傳她是賓，傳袁承志是主，只是不明白爲甚麼要自己轉言，當時生吞活剝的硬記了下來，這時把口訣、運氣、脚步、身法等項一一照說。只聽得袁承志心花怒放，喜不自勝。他習練木桑所傳的輕功已歷多年，這套「神行百變」只不過更加變化奧妙，須以更深內功作爲根柢，基本道理卻也與以前所學的輕功無別。此時他武學修爲大進，一聞要訣，便即領悟。青青有幾處地方沒記清楚，袁承志一問，她答不上來，便又奔進去問木桑道人。等到二次指點，袁承志已盡行明白，當下在廳中按式練了一遍。

但覺這套輕功轉折滑溜，直似游魚一般，與人動手之際，若是但求趨避自保，敵人兵刃拳脚萬難及身，這才明白木桑的用意。然他知二師哥武功精絕，當年師父曾說：「你大師哥爲人滑稽，不免有點浮躁。二師哥却木訥深沉，用功尤爲紮實。」由此可知，二師哥的功力多半在大師哥之上，這套功夫新練未熟，以之閃避抵擋，只怕未必能成。

他凝思良久，忽然想起師父初授武功之時曾教過一套十段錦，當時自己出盡本事，也摸不到師父一片衣角，其中確是妙用無窮。木桑道人的「神行百變」功夫雖然輕靈已極，但似嫌不夠沉厚，始終躲閃而不含反擊伏着，對方不免無所顧忌，如和本門輕功混合使用，豈非並兼兩家所長？他獨自在書房中閉目尋思，一招一式的默念。旁人也不去打擾。

到得申牌時分，袁承志已全盤想通，但怕沒有把握，須得試練一番。於是請焦宛兒約了十多位師兄弟，各人提了一大桶水，在練武場四周圍住，自己站在中心，一擺手，各人便舀水向他亂潑，他竄高伏低，東躲西避，等到十桶水潑完，只有右手袖子與左脚上濕了一灘。各人紛紛上前道喜，賀他又練成一項絕技。

木桑道人卻一直在房中呼呼大睡，全不理會。

晚膳過後，袁承志便要去雨花台赴約。焦公禮、焦宛兒父女想同去解釋，青青要隨伴助陣，袁承志都婉言相卻。青青撅起了嘴很不高興。

袁承志道：「他們是我師哥師嫂，今晚我只是挨打不還手，你瞧着一定生氣，豈不是壞了我的事？」青青道：「你讓他們三招也就是了，幹麼老不還手？」袁承志道：「我要用你教我的功夫，瞧他們打不打得着我。」青青拍手笑道：「那我更要去瞧瞧，親眼看我乖徒兒大顯身手。你怕我得罪你師哥師嫂，我一句話不說就是。」袁承志笑道：「你肯裝啞巴？」青青點頭道：「好，就裝啞巴。」袁承志拗不過她，只得讓她同去。進去向木桑告辭，只見他向着裏床而睡，叫了幾聲不醒，崔秋山卻已不知去向。

兩人向焦家借了兩匹健馬，二更時分，已到了雨花台畔。見四下無人，便下馬相候，等了半個時辰，只見東邊兩人奔近，跟着輕輕兩聲擊掌。袁承志拍掌相應。

一人說道：「袁師叔到了麼？」聽聲音是劉培生。袁承志道：「我在這裏等候師哥師嫂。」眼見劉培生和梅劍和走近，遠處一個女子聲音叫道：「好啊，果然來了！」語聲剛畢，兩個人影便奔到跟前。青青一驚，心想這兩人來得好快。梅劉二人往外一分，那兩個人影倏地竄出，正是歸辛樹和歸二娘夫婦。遠處又有一個人奔來，袁承志見她身形，知是飛天魔女孫仲君。她功夫可就和師父師娘差得遠了，奔了好一陣才到跟前。她手中抱着一個小孩，是歸氏夫婦的孩子。

歸二娘冷冷的道：「袁爺倒是信人，我夫婦還有要事，別躭擱辰光，這就進招吧。」袁承志躬身行禮，恭恭敬敬的道：「小弟今日是向師哥師嫂陪罪來的。小弟折斷師嫂的寶劍，實是事前未知，冒犯之處，還請師哥師嫂瞧在師父面上，大量包容。」歸二娘冷笑道：「你是不是我們師弟，誰也不知，先過了招再說。」袁承志只是推讓，不肯動手。

歸二娘見他一味退縮，心想若非假冒，何必如此膽怯氣餒？忽地左掌提起，斜劈下來。袁承志疾向後仰，掌鋒從鼻尖上急掠而過，心中暗驚：「瞧不出她女流之輩，掌法如此凌厲了得。」歸二娘一擊不中，右拳隨上，使的正是華山派的破玉拳。袁承志對這路拳法研習有素，成竹在胸，當下雙手下垂，緊貼大腿兩側，以示決不還手，身子幌動，使開融會了「神行百變」和十段錦的輕功，在歸二娘拳脚的空隙中穿來挿去。歸二娘連發十餘急招，勢如暴風驟雨，都被他側身避開。

歸辛樹在旁瞧得凜然心驚，暗想這少年怎地如此了得，他的輕功有些確是本門身法，但大半卻又截然不同，莫非這少年是別派奸徒，不知如何，竟偷學了本門的上乘功夫去？當下全神注視，只怕妻子吃虧。

歸二娘見袁承志並不還手，心想你如此輕視於我，叫你知道歸二娘的厲害！雙拳如風，越打越快，她既知對方並不反擊，便把守禦的招數盡數擱下，招招進襲。

袁承志暗暗叫苦，想不到二師嫂將這路破玉拳使得如此勢道凌厲，加之只攻不守，威力更是倍增，心想當眞抵擋不住之時，說不得，也只好伸手招架了。

孫仲君見袁承志雙手下垂，任憑師娘出手如何迅捷，始終打不中他一招，越看越惱，斜眼間見青青站在一旁，看得興高采烈，滿臉笑容，當卽將小師弟往梅劍和手中一送，拔出長劍縱身而前，向青青胸口刺去。

青青吃了一驚，疾忙側身避開。她受袁承志之囑，此行不帶兵刃，被孫仲君刷刷數劍，逼得手忙脚亂。她武功本就不及，更何況赤手空拳，數招之後，立卽危險萬狀。

袁承志聽她驚呼，便想過去救援，但被歸二娘緊緊纏住了無法脫身。

歸辛樹向孫仲君喝道：「別傷人性命。」孫仲君道：「此人是金蛇郎君的兒子。這輕薄少年，正是罪魁禍首。」歸辛樹曾聽江南武林中人言道金蛇郎君心狠手辣，並非善良之輩，也就不言語了。孫仲君見師父已然默許，劍招加緊，白光閃閃，眼見青青便要命喪當地。

袁承志見局勢緊迫，忽地雙腿齊飛，兩手仍是貼在胯側，但兩腿左一脚右一脚，連環六脚，都是快要踢到歸二娘身上時倏地收回，然而已將她逼得連退六步。袁承志就此擺脫，縱身躍起，空中轉身前撲，左手雙指點向孫仲君後心，要奪落她手中長劍，忽聽身旁一聲長嘯，一股勁風猛向腰間襲來。

他不暇攻敵，先拆來招，右掌勾住來人手腕一帶，那知來人絲毫不動，自己卻被他反力推了出去。袁承志自下山以來，從未遇到勁力如此深厚之人，知道必是二師兄出手，不由得一驚：「我原知二師哥武功非同小可，沒料到他身材瘦瘦小小，竟具如此神力。」

他落下地後，身子便如木樁般猛然釘住，毫不搖幌。叫道：「二師哥，小弟得罪！」叫聲未歇，歸辛樹左掌已到身前。袁承志這次有了提防，左肩微側，來掌打空，正是今日學會的「神行百變」身法。

歸辛樹適才跟他一帶一推，已察覺他內勁全是本門混元功，招式可以偷學，內力卻須親傳，只這一推之間，便知他確是師父新收的小徒弟。第二招出手如電，眼見一掌便可打到他肩頭，生怕打傷了他，師父臉上須不好看，手掌將到時潛力斜迴，只使了三成力，那知道對方滑溜異常，在間不容髮之際竟爾躲開，不覺也是一驚，喝道：「好快的身法！」拳隨聲落，呼呼數招。他拳法與歸二娘一模一樣，但功力之純，收發之速，實已臻爐火純青之境，袁承志既驚且佩，心想怪不得二師哥享名如此之盛，他幾個徒兒出來，武林中一般好手都對之恭敬異常，原來他手下也當眞了得。這時那裏還敢有絲毫怠忽？「神行百變」的身法初學乍練，尚頗生疏，對付歸二娘綽綽有餘，用來與二師哥過招只怕躲不過他的十拳，於是也展開師門所授絕藝，以破玉拳法招架。

二人拳法相同，諸般變化均是了然於胸，越打越快，意到即收，未沾先止，可說是熟極而流。袁承志心想：「我在華山跟師父拆招，也不過如此。」但與師父拆招，明知並無兇險，二師哥卻是拳掌沉重，萬萬受不得他一招，雖知青青命在頃刻，竟無餘暇去瞧她一眼，霎時之間，背上冷汗直淋。他急欲去救青青，出招竭盡全力，更不留情，心想：「青弟若是喪命，就算你是師哥，我也殺了你！」

這邊孫仲君見袁承志被師父絆住，心中大喜，劍法更見凌厲。劉培生與梅劍和同時叫道：「師妹不可傷人……」叫聲未歇，孫仲君挺劍猛向青青胸口刺到。青青難以閃避，急向後仰，打個滾逃開。孫仲君反劍横削，青青一低頭，頭巾登被削落，長髮四散，下垂披臉。孫仲君見她原來是個女子，一呆之下，挺劍又刺。

忽聽得頭頂一個蒼老的聲音喝道：「好狠的女娃子！」樹頂一團黑影直撲下來，起脚將她長劍踢飛。孫仲君大吃一驚，退了兩步，月光下見那人道裝打扮，鬚眉俱白，擋在青青身前。她與梅、劉二人不知這老道是誰，歸二娘卻認得他是師父的好友木桑道人，便即過來見禮。木桑笑道：「別忙行禮，且瞧他哥兒倆練武。」

歸二娘回頭看丈夫時，只見兩條人影夾着呼呼風聲，打得激烈異常。歸辛樹力大招沉，袁承志身手快捷。一個熟嫻本門武功，一個兼收三家之長，當眞各擅勝場，難分高下。

袁承志初時掛念青青的安危，甚是焦急，待見木桑道人到來相救，這才全神與師兄拆解招數中形同拚命的狠辣之勁，卻也收了。兩人越鬥越緊，本門的伏虎掌、劈石拳、破玉拳、混元掌等等上乘功夫全都使上了。袁承志畢竟功力較淺，修習沒歸辛樹之久，鬥到近千招時，便漸落下風。

歸二娘見丈夫越來越是攻多守少，心中暗喜，但見袁承志本門功夫如此純熟，也已毫不懷疑他確是師弟，於他拳術造詣之精，也不禁暗暗佩服。

又拆得數十招，袁承志突然拳法一變，身形便如水蛇般游走不定。這是金蛇郎君手創的「金蛇遊身掌」，係從水蛇在水中遊動的身法中所悟出。不過這套掌法中所有陰毒擊敵的招數，袁承志此時都捨棄不用，卻加上「神行百變」輕功。但見他倏進倏退，忽東忽西，旁觀各人眼都花了。歸辛樹拳法雖高，卻也看不明白他的身法，竟無下手之處，不由得心下焦躁，尋思：「我號稱神拳無敵，可是和這個小師弟已拆了一千招以上，兀自奈何他不得。我這個外號，可有點名不副實了。」

袁承志橫趨斜行，正自急繞圈子，歸辛樹忽地跳開，叫道：「且住！」袁承志疾忙站定，說道：「是！」心想：「他打我不到，雙方就算平手。各人顧住面子，也就算了。」

卻見歸辛樹向空中一揖，說道：「師父，你老人家也來啦。」袁承志吃了一驚，只見一株大樹上連續縱下四人，當先一人正是恩師穆人清。

袁承志大喜，搶上拜倒，站起身來時，見師父身後是崔秋山和大師兄銅筆鐵算盤黃眞，最後一人竟是啞巴。

袁承志忽遇恩師故人，欣喜異常，和啞巴打了幾個手勢，心想自己終究閱歷太淺，只顧與二師哥過招，沒留神四下情勢，要是樹上躲着的不是師父而是敵人，豈不是中了他人的暗算？二師哥卻眼觀六路，耳聽八方，江湖上的大行家畢竟不同，不由得心中欽佩。

穆人清摸摸袁承志的頭頂，微笑道：「你大師哥說了你在浙江衢州的事，做得不錯。」隨卽臉色一沉，道：「少年人爲甚麼不敬尊長，跟師哥、師嫂動起手來？」袁承志低頭道：「是弟子不是，下次決計不敢啦。」走過去向歸辛樹夫婦連作了兩個揖，說道：「小弟向師哥師嫂陪罪。」

歸二娘性子直爽，對穆人清道：「師父，你倒不必怪師弟動手，那是我們夫婦逼他的。我們怪他用別派武功，來折辱我們這幾個不成器的徒弟。」說着向梅劍和等三人一指。

穆人清道：「說到門戶之見，我倒看得很淡。喂，劍和，過來，我問你，你袁師叔跟師兄動手，是他不好。你們三人卻怎麼又跟師叔過招了？咱們門中的尊卑之分，大家都不管了麼？」梅劍和在師祖面前不敢隱瞞，便把閔子華尋仇的經過，原原本本說了，提到孫仲君斷人臂膀之事，只說「跟焦公禮的一名徒弟動了手」，就此輕描淡寫的一言帶過。他言語中所着重的，卻是袁承志踩斷了歸二娘賜給孫仲君的長劍。

青青忍不住插口道：「這位飛天魔女孫仲君，好沒來由的，一劍就把人家一條臂膀削了下來。那個人只不過奉了師父之命送封信來，是個老老實實的好人。袁大哥說，他華山派門人不能濫傷無辜，他既見到了，若是不管，要給師父責罰的，無可奈何，只得出頭管上這樁事。他說無意中得罪了師哥、師嫂，心裏難過得很，可又沒有法子。」她知道袁承志不擅言辭，一切都代他說了。

穆人清臉如嚴霜，問道：「眞的麼？」歸氏夫婦不知此事，望着孫仲君。梅劍和低聲道：「孫師妹當時認定他是壞人，是以手下沒有容情，而今已很是後悔，請師祖饒恕。」

穆人清大怒，喝道：「咱們華山派最大的戒律是不可濫傷無辜。辛樹，你收這徒兒之時，有沒教訓過她？」

歸辛樹從來沒見過師父氣得如此厲害，急忙跪倒，說道：「弟子失於教誨，是弟子不是。請師父息怒，弟子一定好好責罰她。」歸二娘、梅、劉、孫四人忙都跟着跪在歸辛樹之後。穆人清怒氣不息，罵袁承志道：「你見了這事，怎麼折斷了她的劍就算了事？怎麼不把她的臂膀也砍下來？咱們不正自己門風，豈不被江湖上的朋友們恥笑？」

袁承志跪下磕頭，說道：「是，是，弟子處置得不對。」

穆人清道：「這女娃兒，」說着向青青一指，對孫仲君道：「又犯了甚麼十惡不赦的惡行，你卻連使九下狠招殺着，非取她性命不可？你過來。」

孫仲君嚇得魂不附體，那敢過去？伏在地下連連磕頭，說道：「徒孫只道她是男人，是個輕薄之徒……」

穆人清怒道：「你削下她帽子，已見到她是女子，卻仍下毒手。再說，是男人就可濫殺嗎？單憑你『飛天魔女』這四字外號，就可想見你平素爲人。你不過來嗎？」歸二娘知道師父要將她點成廢人，卸去全身武功，只得磕頭求道：「師父你老人家請息怒，弟子回去，一定將她重重責打。」穆人清道：「你砍下她的肩膀，明兒抬到焦家去求情陪罪。」歸二娘不敢作聲。袁承志道：「徒兒已向焦家陪過罪，又答應傳授一門武功給那人，因此焦家這邊是沒事了。」穆人清哼了聲，道：「木桑道兄幸虧不是外人，否則眞叫他笑死啦。究竟是他聰明，吃了本門中不肖子弟的虧，一生不收徒弟，也免得丟臉嘔氣。都起來吧！」衆人都站了起來。

穆人清向孫仲君一瞪眼，孫仲君嚇得又跪了下來。穆人清道：「拿劍過來。」孫仲君心中怦怦亂跳，只得雙手捧劍過頂，獻了上來。

穆人清抓住劍柄，微微一抖，孫仲君只覺左手一痛，鮮血直流，原來一根小指已被削落。穆人清再將劍一抖，長劍斷爲兩截，喝道：「從今而後，不許你再用劍。」孫仲君忍痛答道：「是。徒孫知錯了。」她又羞又驚，流下淚來。

歸二娘撕下衣角，給她包裹傷處，低聲道：「好啦，師祖不會再罰你啦。」

梅劍和見師祖隨手一抖，長劍立斷，這才知袁承志接連震斷他手中長劍，確是本門功夫，心想原來本門武術如此精妙，我只學得一點兒皮毛，便在外面耀武揚威，想起過去的狂妄傲慢，甚是惶恐慚愧，又怕師祖見責，不禁汗流浹背。

穆人清狠狠瞪了他一眼，卻不言語，轉頭對袁承志道：「你答允傳授人家功夫，可得好好的教。你教甚麼呀？」袁承志臉上一紅，道：「弟子未得師父允准，不敢將本門武功妄授別人，只想傳他一套獨臂刀法。那是弟子無意中學來的雜學。」

穆人清道：「你的雜學也太多了一點呀，剛才見你和你二師哥過招，好似用上了木桑道長的『神行百變』功夫。有這位棋友一力幫你，二師哥自然是奈何你不得了。」說罷呵呵大笑。木桑道人笑道：「承志，你敢不敢跟你師父撒謊？」袁承志道：「弟子不敢。」木桑道：「好，我問你，自從離開華山之後，我有沒有親手傳授過你武功？聽着，我有沒親手傳授？」袁承志這才會意，木桑所以要靑靑轉授，原來是怕師父及二師哥見怪，這位道長機靈多智，一切早在他意料之中，於是答道：「自下華山之後，道長沒親手教過我武功，這次見面，就只下過兩盤棋。」又想：「這話雖非謊言，畢竟用意在欺瞞師父，至少是存心取巧。但這時明言，二師哥必定會對道長見怪，待會背着二師哥，須得向師父稟明實情。」

木桑笑道：「這就是了，你再跟師兄練過。我以前教過你的武功，一招都不許用。」袁承志道：「二師哥號稱無敵神拳，果然名不虛傳。弟子本已抵擋不住，只有躲閃避讓，正要認輸，請二師哥停手，那知他已見到了師父。一過招，弟子就再沒能顧到旁的地方。」穆人清笑道：「好啦，好啦。道長既然要你們練，獻一下醜又怕怎的？」

袁承志無奈，只得整一下衣襟，走近去向歸辛樹一揖，道：「請二師哥指教。」歸辛樹拱手道：「好說。」轉頭對穆人清道：「我們錯了請師父指點。」兩人重又放對。

這一番比試，和剛才又不相同。歸辛樹在木桑道人、師父、大師兄及衆徒弟之前那能丟臉？只見他攻時迅如雷霆，守時凝若山岳，名家身手，果眞不凡。袁承志也是有攻有守，所使的全是師門絕技，拆了一百餘招，兩人拳法中絲毫不見破綻。

穆人清與木桑在一旁撚鬚微笑。木桑笑道：「眞是明師門中出高徒，強將手下無弱兵。看了你這兩位賢徒，我老道又有點眼紅，後悔當年不好好教幾個徒兒了。」說話之間，兩人又拆了數十招。

歸辛樹久鬥不下，漸漸加重勁力，攻勢頓驟。袁承志尋思，打到這時，我該當讓他一招了。但歸辛樹招招厲害異常，只要招架不用全力，立即身受重傷，要讓他一招，實是大大的難事，鬥到分際，忽想：「聽師父剛才語氣，對我貪多務得，研習別派雜學，似乎不大贊可。先前我單使本門拳法，數百招後便居劣勢，直至用上了木桑道長與金蛇郎君的功夫，才稍微佔了一點上風，現下又單使本門武功，仍只能以下風之勢打成平手，這豈不是說別派武功勝過本門功夫了？我得以別派武功輸了給他。道長不許我用他所傳的功夫，我便使金蛇郎君的武功。」當下拳招一變，使的是一套「金蛇擒鶴拳」。

歸辛樹見招拆招，攻勢絲毫不緩。袁承志突然連續四記怪招，歸辛樹吃了一驚，回拳自保。袁承志緩了一口氣，運氣於背。歸辛樹見他後心突然露出空隙，見虛卽入，武家本性，當下毫不思索，一掌撲擊對方背心。袁承志早已有備，身子向前一撲，跌出四五步，回身說道：「小弟輸了。」歸辛樹一掌打出，便卽懊悔，只怕師弟要受重傷，忙搶上去扶，那知他茫然未覺，甚是驚疑。原來袁承志既已先運氣於背，乘勢前撲時再消去了對方大半掌力，又有木桑所賜的金絲背心保護，雖然背上一陣劇痛，卻未受傷。

袁承志回過身來，衆人見他長衣後心裂成碎片，一陣風過去，衣片隨風飛舞。青青極爲關心，忙奔過來問道：「不礙事了嗎？」袁承志道：「你放心。」

穆人淸向歸辛樹道：「你功夫確有精進，但這一招使得太狠，你知道麼？」歸辛樹道：「是。袁師弟武功了得，弟子很是佩服。」穆人淸道：「他本門功力是不及你精純，還差着這麼一大截。」頓了一頓，說道：「前些時候曾聽人說，你們夫婦縱容徒弟，在外面招搖得很是厲害。我本來想你妻子雖然不大明白事理，你還不是那樣的人，但瞧你剛才這樣對付自己師弟，哼！」歸辛樹低下了頭，道：「弟子知錯了。」木桑道：「比武過招，下手誰也不能容情，反正承志又沒受傷，你這老兒還說甚麼的？」穆人清這才不言語了。

歸辛樹夫婦成名已久，隱然是江南武林領袖，這次被師父當衆責罵，雖因師恩深重，於師父並無怨懟之意，但對袁承志卻更是懷憤。

穆人清道：「闖王今秋要大舉起事，你們招集門人，立即着手聯絡江南武林豪傑，一待闖王義旗南下，便即揭竿響應。」歸辛樹夫婦齊聲應道：「是。」穆人清眼望歸辛樹，臉色漸轉慈和，溫言道：「辛樹，你莫說我偏愛小徒弟。你年紀雖已不小，在我心中，你仍與當年初上華山時的小徒弟一般無異。」歸辛樹低下頭來，心中一陣溫暖，說道：「是，弟子心中也決沒說師父偏心。」穆人清道：「你性子向來梗直，三十年來專心練武，旁的事情更是甚麼也不願多想。可是天下的事情，並非單憑武功高強便可辦得了的。遇上了大事，更須細思前因後果，不可輕信人言。」歸辛樹道：「是，弟子牢牢記住師父的教訓。」

穆人清對袁承志道：「你和你這位小朋友動身去北京，打探朝廷動靜，但不得打草驚蛇，也不能傷害皇帝和朝中權要，若是訪到重大消息，就去陝西報信。」袁承志答應了。

穆人清道：「我今晚要去見七十二島盟主鄭起雲和清涼寺的十力大師。聽說十力大師剛接到五台山清涼寺住持法旨，派他接任河南南陽清涼下院的住持，一來向他道喜，二來要跟他商量商量河南武林中的事情。道兄，你要去那裏？」木桑笑道：「你們是仁人義士，憂國爲民，整天忙得馬不停蹄。貧道卻是閒雲野鶴，我想躭擱你小徒弟幾天功夫，成麼？」穆人清笑道：「反正他答應教人家武功，在南京總得還有幾天逗留。你們多下幾盤棋吧。你還有多少本事，索性一股腦兒傳了他吧。」

木桑卻似意興闌珊，黯然道：「這次下了這幾局棋，也不知道以後是不是還有得下。」穆人清一愕，道：「道兄何出此言？眼下民怨如沸，闖王大事指日可成。將來四海宴安，天下太平，衆百姓安居樂業，咱們無事可為。別說承志，連我也可天天陪你下棋。」

木桑搖頭道：「未必，未必！舊劫打完，新劫又生，局中既有白子黑子，這劫就循環不盡。」穆人清笑道：「多日不見，道兄悟道更深。我們俗人，這些玄機可就不懂了。」哈哈一笑，拱手道別。黃眞和崔秋山都跟了過去。

那啞巴卻站住不動，大打手勢，要和袁承志在一起。穆人清點頭允可，笑道：「好吧，你記掛你的小朋友，就跟着他吧。」啞巴大喜，奔過來將袁承志抱起，將他擲向空中，待他落下，伸手接住，那是袁承志幼時他二人在華山常幹的玩意。靑靑嚇了一跳，月光下見他臉有喜色，才知他並無惡意。

啞巴跟着從背上包袱中抽出一柄劍來，交給袁承志，正是那柄金蛇劍。原來他上次隨袁承志進入山洞揷回金蛇劍，此次離山，見穆人清示意要去和袁承志相會，心想山上無人，這把寶劍可別讓人偷了去，於是進洞去拔了出來，藏在包袱之中，卻連穆人清也不知道。袁承志心想：「此劍是靑弟父親的遺物，我暫且收着使用，日後我傳她金蛇劍法，再將這劍歸還給她。」靑靑拿過劍來觀看，想到父親母親，心中一陣難過。

袁承志與師父見面又要分手，很是戀戀不捨。穆人清笑道：「你很好，不枉大家教了你一場。」袍袖一拂，已隱沒在黑暗之中。歸辛樹夫婦拱手相送，待師父及大師兄走得不見，向木桑躬身一揖，一言不發，抱了孩子，帶領三個徒弟就走。

木桑向袁承志道：「他們對你心中懷恨，這兩人功夫非同小可，日後遇上可要小心。」袁承志點點頭，無端端得罪了二師兄，心頭鬱鬱，回到焦家，倒頭便睡。

第二日剛起身，青青大叫大嚷的進來，捧着個木製的拜盒，笑道：「你猜是甚麼？」袁承志兀自提不起興致，道：「有客人來麼？」青青揭開盒蓋，滿臉笑容，如花盛開。只見盒中一張大紅帖子，寫着「愚教弟閔子華拜」幾個大字。青青拿起帖子，下面是一張房契，一張屋裏傢具器物的清單。袁承志見閔子華遵守諾言，將宅子送了過來，很是過意不去，忙換了袍褂過去道謝。那知閔宅中人已走得乾乾淨淨，只留下兩個下人在四處打掃。袁承志一問，說是閔二爺一早就帶同家人朋友走了，去甚麼地方卻不知道。

袁承志和青青取出金蛇郎君遺圖與房子對看，見屋中通道房舍雖有不少更動，但大局間架，若合符節。兩人大喜，知道這座「魏國公賜第」果然便是圖中所指，按着圖上藏寶記號尋索，原來是在後花園的一間柴房之中。

這天下午，焦宛兒派了人來幫同打掃佈置，還撥了兩名婢女服侍青青，其他厨子、門公、花匠、侍僕、更夫、馬夫一應俱全，洪勝海便做了總管。袁承志道：「這位焦姑娘年紀輕輕，想得倒眞周到。」青青抿嘴笑道：「若能請得到她來這大宅子親主家務，那就一定周到之極啦！我可……我可……」臉上一紅，下面的話可不便說了。袁承志一怔，隨郎明白，心想她甚麼都好，就是小心眼兒，一笑之下，不再接口。

當晚二更過後，袁承志叫了啞巴，二人搬出柴房中柴草，拿了鐵鍬，挖掘下去。青青仗劍在柴房外把風。挖了半個時辰，只聽得錚的一聲，鐵鍬碰到了一塊大石，鏟去石上泥土，露出一塊大石板來。兩人合力將石板抬起，下面是個大洞。

青青聽得袁承志喜叫，奔進來看。袁承志道：「在這裏啦。」取了兩綑柴草，點燃了丟在洞裏，待穢氣驅盡，打手勢叫啞巴守外面，與青青循石級走下去，火把光下只見十隻大鐵箱排成一列。鐵箱都用巨鎖鎖住，鑰匙卻遍尋不見。

袁承志再取圖細看，見藏寶之處左角邊畫着一條小小金龍，靈機一動，拿起鐵鍬依着方位挖下去，挖不了幾下，便找到一隻鐵盒，盒子卻沒上鎖。他記起金蛇郎君的盒中毒箭，用繩縛住盒蓋上的鐵環，將鐵盒放得遠遠的，用繩拉起盒蓋，過了一會，見無異狀，移進火把看盒中時，見盒裏放着一串鑰匙，還有兩張紙。

取起上面一紙，見紙上寫道：「吾叔之叛，武臣無不降者。魏國公徐輝祖以功臣世勳，忠於社稷，殊可嘉也。內府重寶，倉皇不及携，魏公爲朕守之。他日重光宗廟社稷，以此爲資。建文四年六月庚申御筆。」

袁承志看了不禁凜然，心想這果然是燕王篡位之時建文帝所遺下的重寶。

原來明朝開國，大將軍徐達功居第一。他和明太祖朱元璋是布衣之交。朱元璋做了皇帝後，還是稱他爲「徐兄」。徐達自然不敢再和皇帝稱兄道弟，始終恭敬謹愼。

有一天，明太祖和他一起喝酒，飲酒中間，說道：「徐兄功勞很大，還沒安居的地方，我的舊邸賜了給你吧。」（「明史．徐達傳」原文是：「徐兄功大，未有寧居，可賜以舊邸。」）所謂舊邸，是太祖做吳王時所居的府第，他登極爲帝之後，自然另建宮殿了。徐達心想：太祖自吳王而登極，自己若是住到吳王舊邸之中，這個嫌疑可犯得大了。他深知太祖猜忌心極重，當下只是道謝，卻說甚麼也不肯接受。

太祖決定再試他一試，過了幾天，邀了徐達同去舊邸喝酒，不住勸酒，把他灌醉了，命侍從將他抬到臥室之中，放在太祖從前所睡的床上，蓋上了被。徐達酒醒之後，一見情形，大爲吃驚，急忙下階，俯伏下拜，連稱：「死罪！」侍從將情形回奏，太祖一聽大喜，心想此人忠字當頭，全無反意，當即下旨，在舊邸之前另起一座大宅賜他，親題「大功」兩字，作爲這宅第所在的坊名。那便是南京「大功坊」和「魏國公賜第」的由來。

據筆記中載稱，徐達雖然對皇帝恭順，太祖還是怕他造反。洪武十八年，徐達背上生疽。據說生背疽之人，吃蒸鵝立死。太祖派人慰問，附賜蒸鵝一隻。徐達淚流滿面，當着使者把一隻蒸鵝吃個乾淨，當夜就毒發而死。生背疽而吃了蒸鵝，未必便死，但朱元璋賜這蒸鵝，便是賜死，徐達縱然吃了蒸鵝無事，也只好服毒自盡。此事正史不載，不知是否事實。

徐達有四子三女，三個女兒都作太祖兒子的王妃，長女是燕王王妃，後來便是成祖的皇后，次女是代王王妃，三女是安王王妃。燕王起兵造反，徐達的長子徐輝祖忠於建文帝，帶兵力抗燕軍。徐達的幼子徐增壽卻和姊夫燕王暗中勾結。燕王兵臨南京城下，建文帝召徐增壽來質問。徐增壽不答，建文帝親手揮劍斬了他。

成祖篡位後，徐輝祖搬入了父親的祠堂居住，不肯朝見。成祖派官吏審問，徐輝祖寫了「我父開國功臣，子孫免死」十個大字回報。成祖見了大怒，但他初卽帝位，要收拾人心，饒了他不殺。徐輝祖對建文帝忠心耿耿，始終在圖謀復辟。他後人世襲魏國公，一直統帶守衛南京的部隊，直至明亡。明朝南京守備府位尊權重，南京百姓只知「守備府徐公爺」，卻不知魏國公，是以袁承志和青青打聽不着。

成祖感念徐增壽爲己而死，追封他爲定國公。因此徐達的子孫共有魏國公和定國公兩個公爵。兩位公爵的後裔一居南京，一居北京。徐輝祖得罪了成祖，他子孫不敢再在大功坊的賜第居住，另行遷居。大功坊賜第數度易手，經過二百四十多年，後人再也不明這座舊宅的來歷。這中間的經過，袁承志和青青自然不知。

袁承志看第二張紙時，見寫的是一首律詩，詩云：

「牢落西南四十秋，蕭蕭白髮已盈頭。乾坤有恨家何在？江漢無情水自流。長樂宮中雲氣散，朝元閣上雨聲收。新蒲細柳年年綠，野老吞聲哭未休。」

筆迹與另一信一模一樣，只是更見蒼勁挺拔。原來此詩是建文帝在閩粵川滇各地漫遊四十年後，重還金陵所作。他經歷永樂（成祖）、洪熙（仁宗）、宣德（宣宗）、正統（英宗）各朝之後，已是六十餘歲，復位之想早已消盡，回來撫視故物，不禁感慨無已，從此飄然出世，不知所終。此中過節，袁承志和青青自然猜想不到。袁承志不懂詩中說些甚麼，青青更急欲察看箱中物事，對詩箋隨意一瞥，便放在一旁。

袁承志取出鑰匙，將鐵箱打開，一揭箱蓋，只覺耀眼生花，一大箱滿滿的都是寶玉、珍珠，又開一箱，卻是瑪瑙、翡翠之屬，沒一件不是價值鉅萬的珍物。青青低聲驚呼，不由得臉上變色，又驚又喜。抄到底下，卻見下半箱疊滿了金磚，十箱皆是如此。

袁承志道：「這些寶物是明太祖當年在天下百姓身上搜刮而來，咱們用來幹甚麼？」青青和他相處日久，明白他心意，知道只要稍生貪念，不免遭他輕視，便道：「咱們說過，尋到財物，要助闖王謀幹大事，自然是取之於民，用之於民。」袁承志大喜，握住她手，說道：「青弟，你眞是我的知己。」

袁承志自幼卽知父親盡瘁國事，廢寢忘食，非但不貪錢財，連家庭中的天倫之樂、朋友間的交遊之娛，也難以得享。當年應松教他讀書，曾教過袁崇煥自敍心境的一篇文章，其中說道：「予何人哉？十年以來，父母不得以爲子，妻孥不得以爲夫，手足不得以爲兄弟，交遊不得以爲朋友。予何人哉？直謂之曰『大明國裏一亡命之徒』可也。」當時年幼，還不能完全體會父親盡心竭力、守土禦敵的精忠果毅，成長後每想到「大明國裏一亡命之徒」那句話，不由得熱血沸騰，早就立志以父爲榜樣。袁崇煥爲人題字，愛寫「心術不可得罪於天地，言行要留好樣與兒孫」兩句，袁承志所存父親遺物，也只有這一幅字而已。這時他見到無數金銀財寶，所想到的自然是如何學父親的言行好樣，如何將珍寶用於保國衞民。

青青卻出身於大盜之家，向來見人逢財便取，管他有主無主，義與不義。何況這許多價值連城的珠寶，都是憑她父親遺圖而得，若不是她對袁承志鍾情已深，豈肯不據爲己有？聽袁承志稱自已爲「知己」，不由得感到一陣甜意，霎時間心頭浮起了兩句古詩：「易求無價寶，難得有情郎。」

袁承志道：「有了這許多資財，咱們就可到北京去大幹一番事業。明朝皇帝搜刮而來，咱們就用來相助闖王，推倒明朝皇帝。」青青笑道：「這叫做卽以其人之道，還治其人之身。」袁承志笑道：「不錯。你掉書包的本事可了不起。」

次日下午，袁承志命洪勝海到焦家去把羅立如叫來。他斷臂傷勢還很沉重，聽得袁承志見招，立卽命人相扶，喜氣洋洋的到來，見面後便要行拜師之禮。

袁承志堅辭不受，叫他坐着，將一套獨臂刀法細細說了給他聽。羅立如武功本有根柢，袁承志又一招一式的教得甚是仔細，連續教了五天，羅立如已牢牢記住，只待臂傷痊了，就可習練。袁承志這套刀法得自金蛇秘笈，與江湖上流傳的左臂刀法大不相同，招招險，刀刀快，實是厲害不過。羅立如雖斷一臂，卻換來了一套足以揚名江湖的絕技，可說是因禍得福，心裏歡喜不盡。

袁承志了結這件心事後，雇了十多輛大車，預備上道赴京。焦公禮父女及衆門徒大擺筵席，殷勤相送。袁承志請焦公禮送信給閔子華，將大功坊宅第仍然交還。焦公禮應承辦理。太白三英等漢奸則送交官辦。

這日秋高氣爽，金風送暑，袁承志、青青、啞巴、洪勝海一行人別過木桑道人，將十隻鐵箱裝上大車，向北進發。焦公禮父女及衆弟子同過長江，送出三十里外，方才作別。江北一帶仍是金龍幫的地盤，焦公禮事先早已派人送訊，每個碼頭都有人殷勤接送。

行了十多日，來到山東界內。洪勝海道：「相公，這裏已不是金龍幫的地界。從今日起，咱們得多留點兒神啦。」青青道：「怎麼？有人敢來太歲頭上動土嗎？」洪勝海道：「方今天下盜賊如毛，山東強人尤多。最厲害的是兩幫。」青青道：「一幫是你們渤海派了。」洪勝海笑道：「渤海派專做海上買賣，陸上的東西，就算黃金寶貝丟在地下，我們也是不撿的。」青青笑道：「原來貴派不算，那麼是哪兩幫？」洪勝海道：「一幫是滄州千柳莊、褚紅柳褚大爺的手下。」袁承志道：「我也曾聽師父說起過，褚紅柳以硃砂掌馳名江湖。」洪勝海道：「正是。另一幫在惡虎溝開山立櫃，大當家陰陽扇沙通天武功了得，手下人多勢衆。」袁承志點頭道：「咱們以後小心在意，每晚一人輪流守夜。」

走了兩日，正當中午，迎面鑾鈴響處，兩匹快馬疾奔而來，從衆人身旁擦過。洪勝海說道：「那話兒來啦。」他想袁承志武功極高，自己也非庸手，幾個毛賊也不放在心上。過不一個時辰，那兩乘馬果然從後趕了上來，在騾車隊兩旁掠了過去。青青只是冷笑。洪勝海道：「不出十里，前面必有強人攔路。」那知走了十多里地，竟然太平無事。當晚在雙石鋪宿歇。洪勝海嘖嘖稱奇，道：「難道我這老江湖走了眼了。」

次日又行，走不出五里，只見後面四騎馬遠遠跟着。洪勝海道：「是了，他們昨兒人手還沒調齊，今日必有事故。」中午打過尖後，又有兩騎馬趟下來看相摸底。洪勝海道：「這倒奇了，道上看風踩盤子，從來沒這麼多人的。」行半日，又見兩乘馬掠過騾隊。

洪勝海皺眉思索，忽道：「是了。」對袁承志道：「相公，咱們今晚得趕上一個大市鎮投宿才好。」袁承志道：「怎麼？」洪勝海道：「跟着咱們的，不止一個山寨的人馬。」青青道：「是麼？有幾家寨主看中了這批貨色？」洪勝海道：「要是每一家派了兩個人，那麼前前後後已有五家。」青青笑道：「那倒熱鬧。」袁承志問道：「他們又怎知咱們携了金銀財寶？倘若咱們這十隻鐵箱中裝滿了沙子石頭，這五家大寨主豈不是白辛苦一場？」青青笑道：「這個你就不在行了。大車中裝了金銀，車輪印痕、行車聲響、揚起的塵土等等都不相同。別說十隻大鐵箱易看得很，便是你小慧妹妹的二千兩黃金，當日也給我這小強人看了出來。常言道得好：『隔行如隔山。』你自然不懂的。」袁承志笑道：「佩服，佩服！」洪勝海心想：「小姐這樣嬌滴滴的一個小姑娘，難道從前也是幹我們這一行的？」

說話之間，又是兩乘馬從車隊旁掠過，青青冷笑道：「想動手卻又不敢，騎了馬跑來跑去，就是瞎起忙頭。這般膿包，人再多也沒用！」洪勝海正色道：「小姐，好漢敵不過人多。咱們雖然不怕，但箱籠物件這麼許多，要一無錯失，倒也得費一番心力。」袁承志道：「你說得不錯，咱們今晚就在前面的石膠鎮住店，少走幾十里說吧。」

到了石膠鎮上，揀了一家大店住下。袁承志吩咐把十隻鐵箱都搬在自己房中，與啞巴兩人合睡一房。剛放好鐵箱，只見兩條大漢走進店來，向袁承志望了一眼，對店伴說要住店。店伴招呼兩人入內，前脚接後脚，又有兩名粗豪漢子進來。

袁承志暗暗點頭，心下盤算已定，晚飯過後，各人回房睡覺。

睡到半夜，只聽得屋頂微微響動，知道盜夥到了。他起身點亮了蠟燭，打開鐵箱，取出一把把明珠、寶石、翡翠、瑪瑙，在燈下把玩。奇珍異寶在燈下燦然生光，只見窗櫺之邊、門縫之中，不知有多少隻貪婪的眼睛在向裏窺探。

洪勝海聽得聲音，放心不下，過來察看，他一走近，十餘名探子俱各隱身。洪勝海微微冷笑，在袁承志房門上輕敲數下。袁承志道：「進來吧！」

洪勝海一推門，房門呀的一聲開了，原來竟沒關上。他一進房，只見桌上珠光寶氣，耀眼生輝，不覺呆了，走近看時，但見有指頭大小的渾圓珍珠，有兩尺來長的朱紅珊瑚，有晶瑩碧綠的大塊祖母綠，此外貓兒眼、紅寶石、藍寶石、紫玉，沒一件不是無價之寶。

洪勝海本不知十隻鐵箱中所藏何物，只道都是金銀，這才引起羣盜的貪心，那知竟有如許珍品。他在江湖多年，見多識廣，但這麼多、這麼貴重的寶物卻從未見過，袁相公卻從何處得來，倒眞令人不解了。他走到袁承志身邊，低聲道：「相公，我來收起了好麼？外面有人偷看。」袁承志也低聲道：「正要讓他們瞧瞧。反正是這麼一回事。」拿起一串珍珠，大聲問道：「這串珠子拿到京裏，你瞧賣得多少銀子？」

洪勝海道：「三百兩銀子一顆，那是再也不能少了。這裏共是二十四顆，少說也值得一萬五千兩銀子。」袁承志奇道：「怎麼是一萬五千兩？」洪勝海道：「單是這麼大、這麼圓、這麼光潔的一顆珠子，已經十分少見，難得的是二十四顆竟一般大小，全無瑕疵。一顆值三百兩銀子，那麼二十四顆至少值得一萬五千兩。」

這番話只把房外羣盜聽得心癢難搔，恨不得立時跳進去搶了過來。只是上面頭領有令，看中這批貨的山塞太多，大夥要商量好了再動，免傷同道和氣，誰也不許先行下手。眼見袁承志向洪勝海擺擺手，笑着睡了，燭火不熄，珠寶也不收拾，攤滿了一桌，只把羣盜引得面紅耳赤，不住乾嚥唾涎。

袁承志自發覺羣盜大集，意欲刦奪，一路上便在盤算應付之策，正如洪勝海所說：「好漢敵不過人多。箱籠物件這麼許多，要一無錯失，倒也得費一番心力。」自然而然的便想：「要是金蛇郎君遇上這件事，他便如何對付？」跟着想到：金蛇郎君爲溫氏五老及崆峒派諸人所擒，以寶藏巨利引得雙方互相爭奪，溫氏五老出手殺了所邀來的崆峒派朋友，他由此而乘機逃脫；又想到：那晚石樑派的張春九和江禿頭偷襲華山，見到有毒的假秘笈，連師兄弟也都殺了；龍游幫和青青爲了爭奪闖王黃金而相爭鬥。足見大利所在，見利忘義之人非互相殘殺不可。「羣盜人多，若是你殺我，我殺你，人便少了。」想明白了此節之後，便在客店中故意展示寶物，料想財寶越是衆多，羣盜自相斫殺起來便越加的激烈。

又行了兩日，已過濟南府地界，掇着車隊的盜寇愈來愈多。洪勝海本來有恃無恐，但見羣盜遲遲不動手，不知安排下甚麼奸謀，不由得惴惴不安起來，力勸袁承志改走海道，說自己海上朋友很多，坐船到天津起岸，再去北京，雖然要繞個大彎，多費時日，但保險不出亂子。袁承志笑道：「我本要用這批珠寶來結交天下英雄好漢，就是散盡了也不打緊。錢財是身外之物，咱們講究的是仁義爲先。」洪勝海聽他如此說，也就不便再勸。

這天到了禹城，投了客店。青青便邀袁承志出去玩耍。但袁承志心想此刻不知有多少雙眼睛注視着這批珍寶，只要稍一托大，立卽出事，便跟她說明原由，要她獨自去玩，自己與啞巴、洪勝海留在店中看守。

過了一個多時辰，青青喜孜孜的回來，手裏提着兩隻小竹籠，籠裏各放着一隻促織，嗤嗤嗤的叫個不停。她把一隻送給袁承志，說道：「四文錢一隻，你夜裏掛在帳子裏，才教好聽呢！」袁承志笑着接過，笑問：「你在街上遇到誰了？」青青一楞，道：「沒有呀？」袁承志笑道：「背上怎麼給人做了記號啦？」

青青忙奔回自己房裏，脫下外衣一看，果見後心畫着個白粉圈，想是買促織時高興得忘了別的，畫圈之人又很機伶，竟沒發覺。

她又羞又惱，回出來對袁承志道：「快去給我把那人抓來，打他一頓。」袁承志笑道：「卻到那裏找去？」青青道：「你也去街上逛逛，假裝傻裏傻氣的不留神……」袁承志笑道：「就像你剛才那副模樣，自然有人來背上畫圈了，是不是？」青青笑道：「對啦，快去。」袁承志拗她不過，只得囑咐她與洪勝海小心在意，獨自出店。

那禹城是個熱鬧所在，雖將入夜，做買賣的、趕車的、挑擔子的還是來去不絕。袁承志一出店房，行不數步，便察覺身後有人暗中跟隨，心想：「好哇，你們越來越猖狂啦，不但釘住了貨色，還瞧着我們每一個人。可是在青弟後心畫個白粉圈，又是甚麼用意？豈非打草驚蛇，讓我們有了提防？」當下不動聲色，逕往人多處行去，後面那人果然跟來。

袁承志走到一家鐵鋪面前，觀看鐵匠鑄刀，等那人走到臨近，突然反手伸出，扣住了他手腕脈門。那人痳了半邊身子，被袁承志輕輕一拉，身不由主的跟他走入了一條小巷。

袁承志問道：「你是誰的手下？」那人早已痛得滿頭大汗，給袁承志手上微一用勁，更是難當，忙道：「相公快放手，別捏斷了我骨頭。」袁承志笑道：「你不說，我連你頭頸骨也扭斷了。」左手伸出，在他頸裏一摸。那人忙道：「我說，我說。小人叫做黃二毛子，是惡虎溝沙寨主的手下。」袁承志道：「你想在我背上畫個圈，是不是？」黃二毛子道：「是沙寨主吩咐小人畫的，下……下次再也不敢了。」袁承志道：「幹麼要畫個圈？」黃二毛子道：「沙寨主說，這是我們惡虎溝的貨色，先做上記號，叫別家不可動手。」

袁承志又好笑,又好氣,問道：「沙寨主呢？他在那裏？」黃二毛子東張西望的不敢說。袁承志指力稍重，黃二毛子腕骨登時格格作響，生怕給揑斷了，忙道：「沙寨主叫小人……叫小人今晚到城外三光寺去會齊。」袁承志道：「好，你帶路。」

黃二毛子不敢不依，領着他來到三光寺。這時天色尚早，廟中無人。袁承志見那廟甚爲破敗，也不見廟祝和尙，前前後後查了一遍，將黃二毛子點了啞穴，擲在神龕之中。等了一會，聽得廟外傳來說話之聲。

袁承志閃身躲在佛像之後，只聽得數十人走進廟來，在大殿中間團團坐下。一個尖細的聲音說道：「嚴老四、嚴老五，你哥兒倆帶領四名弟兄四下望風，屋上也派兩人。」那兩人應聲出去,不久便聽得屋上有脚步之聲。袁承志暗笑：「饒你仔細,我卻已先在這裏恭候了。」過得一陣，廟外又陸續進來多人，大家鬧哄哄的稱兄道弟，客氣了一陣。袁承志聽衆人稱呼，原來是山東八大山寨的寨主在此聚會，倒也不敢大意，當下屏息靜聽。

只聽那聲音尖細的人說道：「這筆貨色已探得明白,確是非同小可。押運的是兩個雛兒。保鏢的名叫洪勝海，是渤海派的，聽說手下還硬。可是他單槍匹馬，走這趟大鏢。當眞狂妄自大之至。」羣盜都轟笑起來。另一人道：「怎麼取鏢,不勞大夥兒費心,還不是手到貨來，開張發財？但怎麼分紅，大夥兒可先得商量好，別要壞了道上的義氣。」那沙寨主道：「小弟邀請各位兄長到這裏聚會，就是爲此。」

一個聲音粗豪的人說道：「這筆貨是我們第一個看上的。我說嘛，貨色十股均分。惡虎溝佔兩份，我們殺豹崗佔兩份，其餘的一家一份。」袁承志心想：「好哇，你們已把別人的財寶，當作了自己囊中之物。聚在這裏，原來是為分贓。」

另一人道：「你殺豹崗憑甚麼分兩份？我說是八家平分。」羣盜登時喧聲大作，紛爭不已。袁承志暗暗喜歡：「向來只有分贓不勻，這才打架。你們贓物還沒到手，卻已先分不勻了，不妨就在這裏拚個你死我活。」

一個蒼老的聲音道：「這次咱們合夥做買賣，可不能傷了綠林中的義氣。大夥兒總要公公道道。惡虎溝有幾千兄弟，殺豹崗和亂石寨都只有三百來人，難道拿同樣的份兒？我說嘛，這樁買賣，當然請沙寨主領頭，他老人家多得十萬兩銀子的珠寶。殺豹崗最先看上這票貨色，他殺豹崗多得二萬兩。餘下的平分九份，惡虎溝拿兩份，餘下七寨各拿一份。」羣盜一來不敢跟惡虎溝相爭，二來也覺此言有理，便都贊同了。沙寨主道：「既是如此，明兒就動手。咱們在張莊開扒，大夥兒率領兄弟去張莊吧！」眾人轟然答應，紛紛出廟。

袁承志見他們倒分得公道，自己定下的計策似乎不管事，不免多了層憂心。尋思：「我想得到的事，這些老奸巨滑的強盜當然早想到了。青弟從前是他們的行家，她的主意定然比我的在行。」當下也不理會那黃二毛子，逕自回店，把探聽到的消息對青青說了，問她道：「盜賊勢大，打不完，殺不盡，那怎麼辦？」

青青道：「事到臨頭之時，咱們先沉住氣，待得認出了盜魁，你一下子把他抓住，小嘍囉們就不敢動了。」袁承志大喜，笑道：「擒賊先擒王，這主意最好。」

次日上路，一路上羣盜哨探來去不絕，明目張膽，全不把袁承志等放在眼裏。洪勝海道：「相公，瞧這神氣，過不了今天啦。」袁承志道：「你只管照料車隊，別讓騾子受驚亂跑。強人由我們三人對付。」洪勝海應了。袁承志打手勢告訴啞巴，叫他看自己手勢才動手，專管捉人。啞巴點頭答應。

行到申牌時分，將到張莊，眼前黑壓壓一大片樹林，忽聽得頭頂嗚嗚聲響，幾隻響箭射過，鑼聲響處，林中鑽出數百名大漢，一個個都是青布包頭，黑衣黑褲，手執兵刃，默不作聲的攔在當路。衆車夫早知情形不對，拉住牲口，抱頭往地下一蹲。這是行脚的規矩，只要不亂逃亂闖，刦道的強人不傷車夫。又聽得唿哨連連，蹄聲雜沓，林中斜刺裏衝出數十騎馬來，擋在車隊之後，攔住了退路，也都是肅靜無譁。

袁承志昨天在三光廟中沒見到羣盜面目，這時仔細打量，只見前面八人一字排開。一個三十多歲的白臉漢子越衆而出，手中不拿兵刃，只搖着一柄摺扇，細聲細氣的道：「袁相公請了！」袁承志一聽聲音，就知他是惡虎溝的沙寨主，見他脚步凝重，心想這人果然武功不弱，手持鐵骨摺扇，多半擅於打穴，當下一拱手道：「沙寨主請了。」

沙寨主一驚，尋思：「他怎知我姓沙？」說貴：「袁相公遠來辛苦。」

袁承志見他臉上神色，心想：「他一路派人跟蹤，自然早打聽到了我姓袁。但我叫他沙寨主，只怕他大惑不解了。索性給他裝蒜。」說道：「沙寨主你也辛苦。兄弟趕道倒沒甚麼，就是行李太笨重，帶着討厭。」

沙寨主笑道：「袁相公上京是去趕考麼？」袁承志道：「非也！小弟讀書不成，考來考去，始終落第，只好去納捐行賄，活動個功名，因此肚裏墨水不多，手邊財物不少，哈哈，慚愧啊慚愧。」沙寨主笑道：「閣下倒很爽直，沒有讀書人的酸氣。」

袁承志笑道：「昨天有位朋友跟我說，今兒有一位姓沙的沙寨主在道上等候，可須小心在意。還有殺豹崗、亂石寨等等，一共有八家寨主。兄弟歡喜得緊，心想這一來可挺熱鬧了。我一路之上沒敢疏忽，老是東張西望的等候沙寨主，就只怕錯過了，那知果然在此相遇。今日一見，三生有幸。瞧閣下這副打扮，莫不是也上京麼？咱們結伴而行如何？一路上談談講講，飲酒玩樂，倒是頗不寂寞。」沙寨主心中一樂，暗想原來這人是個書獃子，笑道：「袁相公在家納福，豈不是好，何必出門奔波？要知江湖上險惡得很呢。」

袁承志道：「在家時曾聽人說道，江湖上有甚麼騙子痞棍，強盜惡賊，那知走了上千里路，一個也沒遇着。想來多半是欺人之談，當不是眞的。這許多朋友們排在這裏幹甚麼？大夥兒玩操兵麼？倒也有趣。」

那七家寨主聽袁承志半痴半呆的嘮叨不休，早已忍耐不住，不停向沙寨主打眼色，要他快下令動手。沙寨主笑容忽斂，長嘯一聲，扇子倏地張開。只見白扇上畫着一個黑色骷髏頭，骷髏口中橫咬一柄刀子，模樣十分可怖。

青青見了不覺心驚，輕聲低呼。袁承志雖然藝高膽大，卻也感到一陣陰森森的寒氣。沙寨主磔磔怪笑，扇子一招，數百名盜寇齊向騾隊撲來。

袁承志正要縱身出去擒拿沙寨主，忽聽得林中傳出一陣口吹竹葉的尖厲哨聲。沙寨主一聽，臉色斗變，扇子又是一揮，羣盜登時停步。

只見林中馳出兩乘馬來，當先一人是個鬚眉皆白的老者，後面跟着一個垂髻青衣少女，一瞥之間，但見容色絕麗。兩個來到沙寨主與袁承志之間，勒住了馬。

沙寨主瞪眼道：「這裏是山東地界。」那老者道：「誰說不是啊！」沙寨主道：「咱們當年在泰山大會，怎麼說來着？」老者道：「我們青竹幫不來山東做案，你們也別去北直隸動手。」沙寨主道：「照呀！今日甚麼好風把程老爺子吹來啦？」那老者道：「聽說有一批貨色要上北直隸來，東西好像不少，因此我們先來瞧瞧貨樣成色。」沙寨主變色道：「等貨色到了程老爺子境內，你老再瞧不遲吧？」那老者呵呵笑道：「怎麼不遲？那時貨色早到了惡虎溝你老弟寨裏，老頭兒怎麼還好意思前來探頭探腦？那可不是太不講義氣了嗎？」

袁承志和青青、洪勝海三人對望了一眼，心想原來河北大盜也得到了消息，要來分一杯羹，且瞧他們怎麼打交道。

只聽山東羣盜紛紛起轟，七張八嘴的大叫：「程青竹，你蠻不講理！」「他媽的，你若講義氣，就不該到山東地界來。」「你不守道上規矩，不要臉！」

那老者程青竹道：「大夥兒亂七八糟的說些甚麼？老頭兒年紀大了，耳朵不靈，聽不清楚。山東道上的列位朋友們，都在讚我老頭兒義薄雲天嗎？」

沙寨主摺扇一揮，羣盜住口。沙寨主道：「咱們有約在先，程老爺子怎麼又來反悔？無信無義，豈不是見笑於江湖上的英雄好漢？」

程青竹不答話，問身旁少女道：「阿九啊，我在家裏跟你說甚麼了？」那少女道：「你老人家說，咱們閒着也是閒着，不如到山東逛逛，乘便就瞧瞧貨樣。」

青青聽她吐語如珠，聲音又是柔和又是清脆，動聽之極，向她細望了幾眼，見她神態天眞，雙頰暈紅，年紀雖幼，卻是容色清麗，氣度高雅，當眞比畫兒裏摘下來的人還要好看，想不到盜夥之中，竟會有如此明珠美玉一般俊極無儔的人品。青青向來自負美貌，相形之下，自覺頗有不如，忍不住向袁承志斜瞥一眼。

程青竹笑道：「咱們說過要伸手做案沒有？」阿九道：「沒有啊。你老人家說，咱們跟山東的朋友們說好了的，山東境內，就是有金山銀山堆在面前，青竹幫也不能拿一個大錢，這叫做言而有信。」

程青竹轉頭對沙寨主道：「老弟，你聽見沒有？我幾時說過要在山東地界做案哪？」

沙寨主繃緊的臉登時鬆了，微微一笑，道：「好啊，這才夠義氣。程老爺子遠道而來，待會也分一份。」

程青竹不理他，又向阿九道：「阿九啊，咱們在家又說甚麼來着？」阿九道：「你老人家說貨色不少，路上若是失落了甚麼，咱們可吃虧不起，要是讓人家順手牽了羊去，咱們的臉就丟大了。」程青竹道：「嗯，要是人家不給面子，定要拿呢？」阿九道：「你老人家說，咱們在北直隸黑道上發財，到了山東，轉行做做保鏢的，倒也新鮮。倘若有人要動手，咱們無可奈何，給人家逼上梁山，也只好出手保護了。」

程青竹笑道：「年輕人記性眞不壞，我記得確是這麼說過的。」轉頭對沙寨主道：「老弟可明白了吧？我們不能在山東做案，那一點兒也沒錯，可是青竹幫要轉行幹保鏢的。泰山大會中，我可沒答應不走鏢啊。」

沙寨主鐵青了臉，道：「你不許我們動手，等貨色進了北直隸地界，自己便來伸手，是不是？」程青竹道：「是啊！泰山大會上的約定，總是要守的，一回到北直隸，我們本鄉本土，做慣了強人，不好意思再幹鏢行，阻了老鄉們的財路。」

羣盜聽他一番強辭奪理、轉彎抹角的說話，說穿了還不是想搶奪珍寶，無不大怒，欺他兩人一個老翁，一個幼女，當場就要一擁而前，亂刀分屍。

阿九將手中兩片竹葉放到唇邊，嘘溜溜的一吹，林中突然擁出數百名大漢，衣服各色，頭上卻都揷着一截五寸來長、帶着竹葉的青竹。

沙寨主一驚：「原來這老兒早有佈置。他這許多人馬來到山東，我們的哨探全是膿包，竟沒探到一點消息。」摺扇一揮，七家寨主連同惡虎溝譚二寨主率領八寨人馬，列成陣勢，眼見就是一場羣毆惡鬥。人數是山東羣盜居多，但青竹幫有備而來，挑選的都是精壯漢子，爭鬥起來也未必處於下風。

袁承志和青青相視而嘻。青青低聲笑道：「東西還沒到手，自夥裏先爭了起來，眞是好笑。」袁承志道：「咱們來個漁翁得利，倒也不壞。」只見山東羣盜預備羣毆，卻留下數十人監視車隊，以防乘亂逃走。

袁承志向洪勝海招招手，待他走近，問道：「那青竹幫是甚麼路道？」洪勝海道：「北直隸地界全是青竹幫的勢力，那老頭程青竹就是幫主。別瞧他又瘦又老，功夫可着實厲害。」青青道：「那女孩子呢？是他孫女兒麼？」洪勝海道：「聽說程青竹脾氣怪得厲害，一生沒娶妻，該沒孫女兒。難道是乾孫女兒？」青青點點頭不言語了，見阿九神色自若，並無懼怕之色，心想她大概也會武功，且看雙方誰勝誰敗。

這時只聽得青竹幫裏竹哨連吹，數百人列成四隊。程青竹和阿九勒馬回陣，站在四隊之前，手中仍是不拿兵刃。

眼見雙方劍拔弩張，已成一觸卽發之勢。忽聽南方來路上鸞鈴響動，三騎馬急馳而來。當先一人高聲大叫：「大家是好朋友，瞧着兄弟的面子，可別動手！」袁承志心想：「和事老來了，可有些不妙。」只見三騎馬越奔趕近，當先一人是個五十來歲的胖子，身穿團花錦緞長袍，拿着一枝粗大煙管，面團團的似乎是個土財主。後面跟着兩名粗壯大漢。

那胖子馳到兩隊人馬中間，煙管一擺，朗聲笑道：「都是自家兄弟，有甚麼話不好說的，卻在這裏動刀動槍，不怕江湖上朋友們笑話麼？」沙寨主道：「褚莊主，你倒來評評這個理看。」當下把青竹幫要越界做案的事簡畧說了。程青竹只是冷笑，並不揷嘴。

洪勝海對袁承志道：「相公，那沙寨主沙天廣綽號陰陽扇，和這褚莊主褚紅柳，是山東省內的兩霸。」青青道：「嗯，早先你說的就是這兩個人。」袁承志道：「怎麼他又是甚麼莊主？」洪勝海道：「沙天廣開山立櫃，在綫上開扒。那褚紅柳卻安安穩穩的做員外，造了一座莊子，前前後後共有千來株柳樹，稱爲千柳莊。其實他是個獨脚大盜，出來做買賣常常獨來獨往，最多只帶兩三個幫手。」青青心道：「原來這人跟我石樑五個公公是同行，做的是一路生意。小妹從前也是你的行家，諒來你這大胖子就不知道了。」

只聽褚紅柳道：「程大哥，這件事說來是老哥的不對了。當年泰山大會，承各位瞧得起，也邀兄弟與會。大家說定不能越界做案呀！」程青竹道：「我們又不是來做案，青竹幫不過玩玩票，改行走一趟鏢。大明朝的王法，可沒不許人走鏢這一條啊。褚老哥，你訊息也真靈通，那裏有油水，你的煙袋兒就伸到了那裏來。」

褚紅柳呵呵大笑，向身後兩名漢子一指道：「這兩位是淮陰雙傑，前幾天巴巴的趕到我莊上來，說有一份財喜要奉送給我。兄弟身子胖了，又怕熱，本來懶得動，可是他哥兒倆十分熱心，兄弟卻不過好意，只得出來瞧瞧。那知遇上了各位都在這裏，眞是熱鬧得緊。」

袁承志和青青對望了一眼，心中都道：「好哇，又多了三隻夜貓子。」

沙天廣心想：「這姓褚的武功高強，咱們破着分一份給他，不如跟他聯手，一起對付青竹幫。」說道：「褚莊主是山東地界上的人，要分一份，我們沒得說的。可是別省的人橫來插手，這次讓了，下次山東的兄弟還有飯吃麼？」褚紅柳道：「程大哥怎麼說？」

程青竹道：「我們難得走一趟鏢，沙寨主一定不給面子，那有甚麼法子？大家爽爽快快，刀槍上見輸贏吧。」褚紅柳轉頭道：「沙老弟你說呢？」沙天廣道：「咱們山東好漢，不能讓人家上門欺侮。」這話明明是把褚紅柳給拉扯在一起了。

程青竹道：「咱們大夥齊上呢，還是一對一的較量？沙寨主劃下道兒來，在下無不從命。」沙天廣陰陽扇倏地張開，嘿嘿連聲，問褚紅柳道：「褚莊主你怎麼說？」

褚紅柳自得淮陰雙傑報信，本想獨吞珍寶，但得訊較遲，已然慢了一步，他人手單薄，這時只想厚厚的分得一份。他知青竹幫中好手不少，幫主程青竹享名多年，決非庸手，也不願開罪於他，便道：「既然這樣，比劃一下是免不了的啦。羣毆多傷人命，大家本來無冤無仇，又何必傷了和氣？讓兄弟出個主意怎樣？」程青竹和沙天廣齊聲道：「褚莊主請說。」

褚紅柳提起煙袋，向十輛大車一指，說道：「這裏有十口箱子。咱們山東北直隸各派十個人，一共比試十場，點到為止，不可傷害人命。勝一場，取一口箱子，最是公平不過。咱們就算閒着無事，練練武功，印證觀摩。得到箱子，那是采頭。得不着，反正不是自己東西，也不傷脾胃。兩位瞧着怎樣？」

程青竹覺得此法甚佳，首先叫好。沙寨主心中對程青竹頗為忌憚，瞧了他青竹幫有備而來的聲勢，部勒嚴整，遠勝於山東羣盜的烏合之衆，若是決戰，實無必勝把握，又想：「我叫每寨派人上陣，勝了是他們本事，那本是要分給他們的，敗了也跟本寨無關。我和譚老二出陣，那是決不會敗的，總可奪到兩箱。另一箱讓褚莊主自己去取。」當下也答允了。

雙方收隊商量人選。褚紅柳命人在鐵箱上用黃土寫上了甲乙丙丁戊己庚辛壬癸十個大字號碼。袁承志和青青由得羣盜胡搞，毫不理會。程青竹見兩人並無畏懼之色，倒有些奇怪，不由得向他們望了幾眼。羣盜圍成了一個大圈子，褚紅柳在中間作公證。

第一陣山東羣盜先派人出陣，雙方比拳。兩人都身材粗壯，膂力甚大，砰砰蓬蓬的打了好一陣。北直隸那人一不小心，脚下被對方一勾，撲地倒了，站起身來待要再打，褚紅柳搖手止住，在「甲」字號的鐵箱上寫了個「魯」字。山東勝了第一陣，羣盜歡聲雷動。

第二陣北直隸派人出來。沙天廣識得他是鐵沙掌好手，但己方譚二寨主還勝他一籌，心想機不可失，忙叫譚二寨主上陣。兩人掌法家數相差不遠，譚二寨主功力較深，拆了數十招，一掌打在對方臂上，那人臂膀再也舉不起來，山東又勝了一陣。

山東羣盜正自得意，那知第三、第四、第五、第六四陣全輸了，四隻鐵箱上都寫了一個「直」字。第七陣比兵刃，殺豹崗寨主提了一柄潑風九環刀上陣，威風凜凜，果然一戰成功，把對方的手臂砍傷了。

褚紅柳心想眼前只賸下三隻鐵箱，再不出馬，給雙方分完了，自己豈非落空？第八陣由青竹幫派人先出，自己便作爲魯方人馬出戰，拿到一隻鐵箱再說，於是對沙天廣道：「沙老弟，對方越來越厲害了，下一陣我給你接了吧。」沙天廣知他絕不能空手而歸，就道：「全仗褚莊主給咱們山東爭面子。」只見對方隊中出來一人，褚紅柳不覺一呆。

原來出來的竟是那少女阿九，她不過十五六歲年紀，手裏也沒兵刃，只握着兩根細細的竹桿。褚紅柳心想我是武林大豪，豈能自失身分，去跟這小姑娘廝拚，本已跨出數步，當下又退了回來，對沙天廣道：「老弟，你另外派人吧。下一陣我接。」沙天廣知他不願與這女孩兒交手，那是勝之不武，高聲叫道：「那一位兄弟興致好，陪這小妞耍耍。」

羣盜中竄出一人，身高膀濶，面皮白淨，手提一對判官筆，正是山東八寨中黃石坡寨主秦棟。這人風流自賞，見那少女美貌絕倫，雖然年幼，但艷麗異常，不禁心癢難搔，聽得沙天廣叫喚，忙應聲而出。沙天廣微微一笑，道：「咱們這些人中，也只有你老弟配得上。」

秦棟故意賣弄，斗然躍起，輕飄飄的落在阿九面前，他本想炫耀一下輕功，再交代幾句場面話，那知足剛着地，突見青影一幌，一根青竹桿已刺向胸口要穴，桿來如風，迅捷之極。秦棟使判官筆，自然熟悉穴道，這一下大吃一驚，左筆一架，眼見對方左手竹桿又到，百忙中一個打滾，這才避開，但已滿頭灰土，一身冷汗。山東羣盜見阿九小小年紀，武功竟如此了得，都感驚詫。袁承志和青青也大出意外，互相對望了幾眼。

只見阿九手中竹桿使的是雙槍槍法，竹桿性柔，盤打挑點之中，又含着軟鞭與大桿子的招數，百忙中還找敵人穴道。秦楝心想連一個小小女娃子也拾奪不下，那裏還能在山東道上立足？心中焦躁，判官雙筆愈使愈緊。阿九突然左手桿在地下一撐，身子飛起，右手竹桿在地下一撐，又再躍起，左手桿居高臨下，俯擊敵人。秦楝不知如何抵禦，不住倒退，一個疏神，被阿九一桿點在「肩貞穴」上，左臂一麻，判官筆落地，滿臉通紅，敗了下去。

阿九正要退下，褚紅柳大踏步出來，叫道：「姑娘神技，果眞是強將手下無弱兵。待我領教幾招如何？」阿九笑道：「我正玩得還沒夠，褚伯伯肯賜教，那是再好沒有。褚伯伯使甚麼兵刃？」褚紅柳笑道：「大人跟小孩兒玩耍，還能用兵刃嗎？就是空手接着。」原來他在一旁觀戰，心想這小女孩兒已如此厲害，下面兩陣，對方一定更有高手，夜長夢多，不如攔住她打一陣，先贏一隻鐵箱再說。青竹幫衆人覺得阿九連鬥兩陣，未免辛苦，早有三人躍出，均要接替。阿九年少好勝，說道：「我已答應褚伯伯啦。」那三人只得退下。

程青竹向阿九招招手，阿九縱身過去。程青竹在她耳邊囑咐了幾句。阿九點頭答應，回進場子，彎了彎腰行個禮，雙桿飛動，護住全身，卻不進擊。

褚紅柳脚步遲緩，一步一步的走近，突然左掌打出，攻她右肩。阿九雙桿一撐，飛身避開，手迴桿出，右桿方發，左桿隨至，攻勢猶如狂風驟雨，一片青影中一桿已戳進褚紅柳肩胛骨下。青竹幫衆齊聲喝采。褚紅柳卻渾若不覺，臉上的硃砂之色直紅到脖子裏，仍是一步一步的攻將過去。阿九身手輕靈，飄蕩來去，只要稍有空隙，便是一陣急攻。褚紅柳身子粗壯，只是護住要穴，四肢與肩背受了幾桿，竟漫不在意。

袁承志對青青道：「這人年紀一大把，卻去欺侮小姑娘。瞧着，這就要下毒手啦。」青青急道：「我去救她。」袁承志笑道：「兩個都是要奪咱們財物的，救甚麼？」青青道：「這小姑娘怪討人喜歡的，救了再說。大哥，你出手吧。」袁承志一笑，點點頭。

場中兩人越打越是激烈。褚紅柳通紅的臉上似乎要滴出血來，再過一陣，手臂上也慢慢紅了。袁承志道：「等他手掌一紅，那小姑娘就要糟了。」

這時褚紅柳身上又連中數桿，他一言不發，一掌一掌的緩緩發出，又穩又狠。阿九漸覺不妙，被對方掌風逼得嬌喘連連，身法已不如先前迅捷。

程青竹叫道：「阿九，回來。褚伯伯贏了。」阿九轉身要退，褚紅柳卻不讓她走了，喝道：「戳了我這許多桿，還想走嗎？」出手雖慢，阿九卻總是脫不出他掌風的籠罩之下。

眼見他手掌越來越紅，程青竹從部屬手中接過兩條竹桿，縱身而前，在褚紅柳和阿九之間虛刺過去，從中一隔，叫道：「勝負已分。褚兄說過點到爲止，還請掌下留情。」

沙天廣叫道：「兩個打一個嗎？」提起鐵扇，欺身而進，逕點程青竹的穴道。

程青竹揮桿格開。褚紅柳冷笑道：「點到爲止，固然不錯，嘿嘿，可是還沒點到呢。」加緊催動掌力。程青竹想救阿九，但被沙天廣纏住了無法分身，只得凝神接戰。阿九滿頭大汗，左右支撑，眼見便要傷於褚紅柳掌底。

袁承志忽然大叫：「啊喲，啊喲，不得了。救命呀，救命呀！」騎着馬直衝進場中。

程青竹與沙天廣倏地往兩旁跳開。只見袁承志在馬上搖來幌去，雙手抱住馬頸，忽然翻到了馬肚之下，跟着又翻了上來，雙脚亂撐，狼狽之極。那馬直衝向阿九身旁，在她和褚紅柳之間站定了。袁承志氣喘喘的爬下馬來，一個踉蹌，又險險跌倒，大叫：「危乎險哉，眞是死裏逃生。畜生，畜生，你這不是要了大爺的命麼？」這麼一阻，阿九暗叫慚愧，抹了抹額頭汗水，收桿退回。褚紅柳心中雖然不甘，可也不敢追入對方隊伍之中。

程青竹道：「沙寨主，老夫還要領教你的陰陽寶扇。」沙天廣道：「正是，最後這一箱，便由咱倆來決勝負吧。」兩人剛才交手十餘招，未分高下，二次交鋒，各不容情，齊下殺手。程青竹雙桿甚長，招術精奇，沙天廣一柄鐵扇始終欺不近身。

這時紅日西斜，歸鴉聲喧，一陣陣在空中飛過。再戰數十招，沙天廣漸落下風，脚步已見虛浮。褚紅柳叫道：「雙方勢均力敵，難分勝敗。這一箱平分了吧。」程青竹一聲長笑，竹桿着地橫掃。沙天廣忙躍起閃避。程青竹雙手急收急發，連戳數桿。沙天廣身子凌空，難以閃避，左腿窩裏六桿早着，落下來站立不穩，撲地倒了。程青竹拱手道：「承讓！」收桿回頭。

沙天廣一咬牙，一按扇上機括，向程青竹背後搧去，五枚鋼釘疾射而出。程青竹待得聽到風聲，已然不及避讓，五枚鋼釘一齊打在背心，只覺一陣酸麻，知道不妙，迸住氣一言不發，縱身躍近，兩桿疾出，點中了沙天廣小腹。這兩下含憤而發，使足了勁力，沙天廣登時暈了過去。

山東羣盜各挺兵刃撲上相救，尚未奔近，程青竹也已支持不住，仰天一交摔倒，五枚鋼釘在地下一碰，又刺進了一截。阿九急奔上前扶回。

青竹幫幫衆見幫主生死不明，無不大憤，四隊人馬一齊撲上，與山東羣盜混戰起來。這時已非比武，片刻間各有死傷，鮮血四濺。

褚紅柳抓住惡虎溝譚二寨主的手臂，叫道：「快命弟兄們停手。」譚二寨主拿出號角，嘟嘟嘟的一吹，山東羣盜退了下來。那邊竹哨聲響，青竹幫人衆也各後退。原來阿九見程青竹醒轉，知道混戰不是了局，見對方收隊，也就乘機約束幫衆。

褚紅柳站在雙方之間，高聲叫道：「大家別傷了和氣，咱們把鐵箱分了，這層過節慢慢再算。」譚二寨主道：「最後一箱是我們的。」青竹幫的人叫道：「要不要臉哪？輸了施暗算，還逞甚麼好漢？」雙方洶洶叫罵，又要動手。

褚紅柳道：「這箱打開來平分吧。」雙方均見首領身受重傷，不敢拂逆褚紅柳之意，反正已得到不少珍寶，也已心滿意足，當下便派人來搬。

阿九叫道：「第八箱是我贏的，我不要，留給那位客人。誰也不許動他的。」褚紅柳道：「幹麼呀？」阿九道：「要不是他的馬發顛，我早傷在你老伯掌下了，留一箱酬謝他。」褚紅柳笑道：「小妞倒也恩怨分明。好吧，大夥兒搬吧。箱上寫着字，可別弄錯了。」

羣盜正要動手去搬鐵箱，袁承志忽道：「各位剛才是練武功嗎？倒也熱鬧好看，勝過了江湖上賣藝的。現下又要幹甚麼了？」

阿九噗哧一笑，道：「你不知道麼？我們要搬箱子。」袁承志道：「這個可不敢當，我已雇了大車。各位如此客氣，萍水相逢，怎好勞駕？」阿九笑道：「我們不是代你搬，是自己搬啊。」袁承志道：「咦，這倒奇了，這些箱子好像是我的啊。難道各位認錯了箱子？」

山東盜幫中一人罵道：「這種公子哥兒就會吃飯拉屎，跟他多說幹麼？這次留下了他的小命，算他祖上積德。」俯身就去抬箱。

袁承志叫道：「啊喲，動不得的。」爬到箱上，一抬腿間，那大漢直跌了出去。袁承志爬在箱上，手足亂舞，連叫：「啊喲，救人哪！」

阿九還道他眞的摔跌，縱上去拉住他手臂提了起來，半嗔半笑，罵道：「你這人眞是的！」羣盜見他如此狠狽，以爲他這一脚不過踢得湊巧，又要去搬箱子。

袁承志雙手連搖，叫道：「慢來，慢來，各位要把我箱子搬到那裏去？」阿九道：「咱們各回各的家呀。」袁承志道：「那麼我呢？」阿九笑道：「你這人獃頭獃腦的，還是乖乖的也趕快回家吧，別把小性命也在道上送了。」袁承志點頭道：「姑娘此言有理，我這就帶了箱子回家。」

剛才被踢了一交的那大漢心下惱怒，伸手向他肩頭猛力推去，喝道：「滾你媽的！」一聲未畢，後心已被袁承志抓住，一揚手處，那大漢當眞是高飛遠走，在空中劃了個弧形，落在七八丈外一株大樹頂上，拚死命抱住樹幹，大叫大嚷。一羣烏鴉從樹上驚飛起來，聒噪不已，在他頭頂亂兜圈子。這一來，羣盜方知眼前這少年身懷絕藝，這一副公子哥兒般的酸相，全是裝出來開玩笑的，然而自恃人多勢衆，也沒將他放在心上。

這時程青竹背上所中五枚鋼釘已由部屬拔出，自知受傷不輕，運氣護住傷口，只待分到贓物後立卽退走，忽見袁承志露了這一手，實是高深已極的武功，眼前無一人是他敵手，不由得大驚，忙招手叫阿九過來，低聲道：「此人不可輕敵，務須小心。」

阿九點頭答應，又驚又喜，料不到這樣一個秀才相公竟會是武學高手，又想到他適才縱馬解圍，並非無心碰巧，實是有心相救，不禁暗暗感激。

只聽袁承志高聲說道：「你們打了半天，又在我箱上寫甚麼甲乙丙丁，山東直隸，現下玩夠了吧？哈哈，我可要擦去啦！」隨手抓起身旁一條大漢，打横提在手中，繞着鐵箱奔跑一週，便把他當抹布使，把箱上「甲乙丙丁」及「直魯」等字擦得乾乾淨淨，雙手一送，那大漢又飛到了樹頂之上。

山東盜幫中十餘人大聲吶喊，手執兵刃撲上。袁承志拳打足踢，但見空中兵刃和大漢齊飛，驚呼共鴉鳴交作，片刻之間，十餘名大漢都被他先後抓起，摔上四周樹巔。

山東羣盜和青竹幫都是一陣大亂，到這時方始心驚。程青竹和沙天廣各受重傷，羣盜齊望着褚紅柳待他作主。

褚紅柳哼了一聲，朗聲說道：「閣下原來也是武林一脈，要請教閣下的萬兒，是何人的門下？」袁承志道：「晚生姓袁，我師父是嘰哩咕嘰老夫子。他老人家是經學大師，對禮記和春秋是最有心得的了。還有一位李老夫子，他是教我八股時文的，講究起承轉合……」

褚紅柳道：「這時候還裝甚麼蒜？你把武學師承說出來，要是我們有甚麼淵源，大家也不是不講交情義氣的人。」袁承志道：「那再好也沒有了。說到淵源，過去是沒有，今日一見，那不是有了見面之情麼？各位生意不成仁義在，雖然沒賺到，卻也沒蝕了本。天色不早啦，請請，在下要走啦。」

殺豹崗侯寨主大罵「你奶奶的」聲中，提起潑風九環刀，一招「風掃敗葉」，向袁承志肩頭橫砍過去。袁承志身子稍側，九環刀從他身旁削過。侯寨主這一招用力極猛，大刀餘勢不衰，直砍褚紅柳前胸。

衆人驚呼聲中，褚紅柳伸出左手，食中兩指鉗住刀背，向後一拉，那刀才停住了。侯寨主只臊得滿臉通紅，低聲道：「褚莊主，對……對不住！」褚紅柳微微一笑，放開手指，對袁承志道：「憑這手功夫，得你一箱財物，還不算不配吧？」

袁承志道：「這手甚麼功夫？」褚紅柳得意洋洋的道：「我這門『蟹鉗功』，你要是也會，我就服了。」袁承志道：「甚麼蟹鉗、蝦鉗？我沒瞧見。」褚紅柳大怒，喝道：「我用兩根手指鉗住了他人刀，難道你瞎了眼？」袁承志道：「啊，原來是這個，那是你們兩個串通的，有甚麼希奇？青弟，來，咱們也來練一招。」青青笑嘻嘻的從地下撿起一柄單刀，作勢向袁承志砍來，砍到臨近，放慢了勢頭，輕輕推將過去。袁承志雙手毛手毛脚抓住刀背。青青假意用力掙扎，亂跳一陣，始終沒能掙開，大叫：「啊喲，好厲害的蟹鉗功！」

阿九見兩人作弄褚紅柳，不禁格格嬌笑。直魯羣盜也忍不住放聲轟笑。

褚紅柳縱橫山東，一向頤指氣使慣了的，那容得兩個後生小輩戲侮於他？夾手奪過侯寨主的九環刀，橫托在手，對袁承志道：「你來劈我一刀試試。那總不是串通了吧！」他見袁承志手執羣盜，武功甚高，若和他動拳脚比兵刃，未必能勝，自己這門「蟹鉗功」練了數十年，極有把握，這少年不識貨，正可憑此猛下毒手。

袁承志道：「劈死了人可不償命！你也不能報到官裏去。要打官司，咱們就不幹。」褚紅柳愈怒，已起殺心，黑起了臉道：「不論誰死，都不償命！」

袁承志叫道：「小心，刀來啦！」忽地反手橫劈一刀。

褚紅柳萬料不到這一刀竟會從這方位劈來，大吃一驚，急忙低頭，帽子已被削了下來，羣盜又是一陣轟笑。

袁承志笑道：「你的蟹鉗呢？怎麼我好像沒瞧見啊！」話聲方歇，揮刀着地砍去。褚紅柳騰身急跳，鋼刀已把他一雙靴子的靴底切下。這一刀若是上得三寸，褚莊主便成爲無脚莊莊主了。

袁承志道：「是了，太高太低都不成，太快了你又不成，我慢慢的從中間砍來吧！」這一刀果然便與青青剛才那樣，慢慢推將過去。褚紅柳伸出左手來鉗，準擬一鉗鉗住對方兵刃，右掌毒招立發，非將他五官擊得稀爛不可。不料袁承志這一刀快要推近，突然一翻一劃，刃鋒已在他兩根手指上各劃了一道口子，登時鮮血淋漓。這三刀高下快慢，變化莫測，似是遊戲之作，實則包含了極高深的武功。

褚紅柳大怒，喝：「鼠輩，你我掌底見生死！」袁承志反手擲出大刀，攀在樹頂的那大漢正往下爬，這刀飛將過去，恰好割斷了他落脚的樹枝，一個倒栽葱，跌了下來。

衆人亂叫聲中，袁承志吸一口氣，已運起了混元功，提起十隻鐵箱，隨手亂丟，一隻接一隻的叠了起來，幾達三丈，說道：「比就比！可是我不大放心。你們這些人賊頭賊腦的，別乘我打得起勁之時，偷了箱子去。」湧身一躍，跳上箱頂，大叫道：「上來比吧。」

褚紅柳見他把一口口沉重的箱子越擲越高，已自驚駭於他的神力，待見他輕飄飄的一躍而上，輕功造詣尤其不凡，更是吃驚。他自知輕功不成，那敢上高獻醜，喝道：「你有種就下來！」袁承志在上面高叫：「你有種就上來！」

褚紅柳踏步上前，抱住下面幾隻鐵箱一陣搖動，只見袁承志頭下脚上，倒栽下來。

羣盜一陣歡呼，卻見袁承志跌到褚紅柳頭頂時，倏地一招「蒼鷹搏兎」，左掌淩空下擊。褚紅柳一驚，揮起右掌反擊。袁承志一伸手，已扣住他脈門，待得雙足着地，喝一聲：「起！」把褚紅柳一個肥肥的身軀揮了起來，剛落在一叠鐵箱之頂。十口箱子本就叠得東歪西斜，這樣一個大胖子加了上去，登時一陣搖幌。褚紅柳在上面雙手亂舞，十分狼狽，到後來情不自禁，俯下身來，抱住了箱蓋。羣盜又是吃驚，又是好笑。

青青叫道：「你有種就下來！」阿九想起褚紅柳剛才的說話，不禁抿嘴微笑。

褚紅柳的武功深得「穩、狠、準、韌」四字訣中精要，適才與阿九比武，就十足顯示了這四字訣的長處。他身材肥胖，素不習練輕功，自來以穩補快，以狠代巧，掌法由拙見功，現下突然登高，正是犯了他的大忌，雖然一身武功，卻弄得手足無措。適才袁承志見他出手，看出了他的短處，故意佈置這個陷阱來跟他爲難。

羣盜誰也不敢去移動鐵箱，只怕一動，上面箱子倒將下來，不但摔壞了褚紅柳，還會壓死多人。當下都站得遠遠地。

僵持了一陣，沙天廣低聲道：「譚賢弟，圍攻那小子，先幹掉他。」一言提醒了譚二寨主，當卽吹動號角，山東羣盜拔出兵刃，齊向袁承志衝來。

啞巴、青青、洪勝海一齊站到袁承志身邊。青青持劍，洪勝海用刀，舞動殺砍。袁承志和啞巴卻是空手，抓住了人亂丟亂擲。羣盜出道以來，從未見過這樣的打法。二人所到之處，羣盜紛紛走避。袁承志數躍之間，已奔到沙天廣身旁。他臥在地下，兩名盜首在旁照料，忽見袁承志衝來，一個舉刀砍擋，另一個揹起沙天廣避讓。袁承志頭一低，從刀下鑽過，抓住前面盜首的頭一扭，那人痛得大叫，撒手把沙天廣丟下。袁承志伸手接住，縱身跳上一輛大車，叫道：「你們要不要他性命？」羣盜見首領被擒，一時倒呆住了，不敢動手。

袁承志向啞巴一打手勢，啞巴逕往青竹幫衝去。青竹幫幫衆本來袖手觀戰，忽見啞巴如猛虎般衝來，各舉兵刃攔阻。但啞巴追隨神劍仙猿穆人淸多年，武功已非尋常武師所能敵，只見他頭頂刀槍亂飛，赤手空拳的衝到程青竹身旁。

袁承志在高處相望，見啞巴卽將得手，正自欣喜，忽見阿九撫着程青竹的身子，伏地大哭，這一下倒大出他的意料之外，倘若程青竹死了，要對付羣龍無首的青竹幫就頗爲不易，忙縱聲大叫：「勝海，快叫啞巴老兄回來。」

洪勝海撇下對手，衝到啞巴跟前，打手勢叫他回來。啞巴回頭向站在大車頂上的袁承志一望。袁承志招招手，啞巴隨卽退回。

袁承志把手中半死不活的沙天廣交給啞巴，縱身入圍，問道：「怎麼？」阿九哭着叫道：「我師父死啦！」

袁承志俯身一探程青竹的鼻息，果然已無呼吸，再摸他胸膛，一顆心卻還在微微跳動，翻過他的身子，只見背上五個小孔，雖然血已止住，但五孔都在要穴，饒是程青竹武功精湛，也已抵受不住。袁承志運起混元功，在他的「天府穴」和足底「湧泉穴」各點一指。內力到處，程青竹血脈流轉，悠悠醒來，睜開了眼睛。阿九大喜，高叫：「師父，師父！」程青竹點了點頭。袁承志道：「放心！你師父的傷治得好。」阿九明艷的臉蛋上兀自掛着幾滴淚珠，清澈的大眼卻已充滿了喜色，說道：「嗯，多謝你啦。」

這時青青、啞巴、洪勝海三人挾着沙天廣，已退入青竹幫的圈子。山東羣盜見首領被擒，要闖進來救人，青竹幫幫衆出手攔阻。雙方亂喝，混亂中交起手來，登時乒乒乓乓，打得十分激烈，頃刻間雙方各有數十人死傷。

青青道：「再打半個時辰，雙方都死得差不多啦！」袁承志微笑。

突然之間，站在鐵箱頂上的褚紅柳揚臂大呼：「不好啦，官兵來啦，總有幾千人，大家快退……不，有上萬人，扯呼，扯呼！」他站得高，是以首先瞧見。衆人都是一驚，刀槍齊停。只見三騎馬急奔而來。兩騎是山東盜幫放出的卡子，一騎是青竹幫的哨探，三人連連呼嘯。高聲大叫：「大隊官兵到啦！」褚紅柳再也顧不得危險，湧身從箱頂跳下，立足不穩，在地下打了三個滾，爬起身來，雙足腫痛異常，搶了一匹馬，率領山東羣盜退卻。

袁承志將沙天廣擲了過去，羣盜搶住放在馬背，紛紛湧入樹林。青竹幫中也是竹哨連聲，搶起地下死傷人衆，仍是分成四隊退了下去。霎時之間，一片空地上只賸下袁承志等一干人。

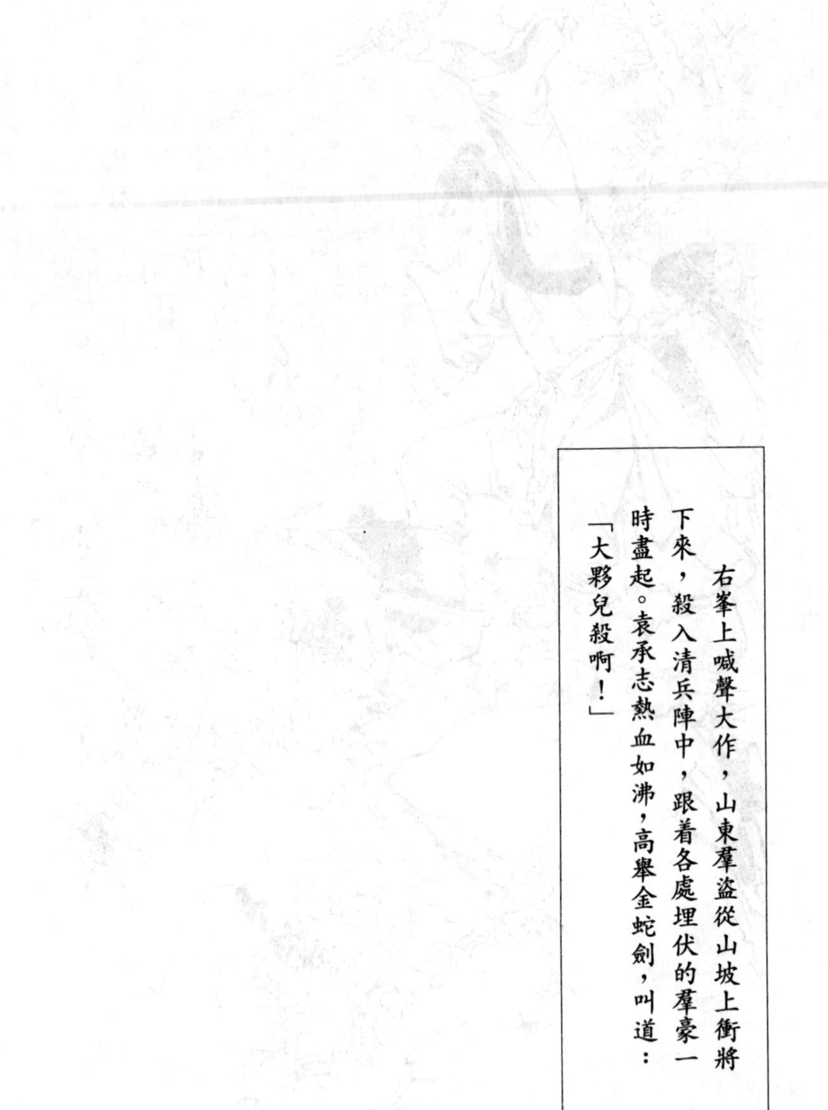

右峯上喊聲大作，山東羣盜從山坡上衝將下來，殺入清兵陣中，跟着各處埋伏的羣豪一時盡起。袁承志熱血如沸，高舉金蛇劍，叫道：「大夥兒殺啊！」

第十一回　慷慨同仇日　間關百戰時

袁承志跳上箱頂，把箱子逐隻擲下，啞巴一一接住，放上大車。青青笑道：「他們傷了這許多人，只在鐵箱外面摸得幾下，你說是賺了還是蝕了，得請你大師哥用鐵算盤來算一下了。」只聽得遠處號角連聲，人喧馬嘶，果然有大隊人馬到來。袁承志道：「有這許多官兵，盜賊是不敢再來的了。咱們走吧。」檢視車輛伕役，幸無損傷。

正要啓行，只見數百名官兵分成兩隊，當先衝到。一名把總手舞長刀，喝道：「幹甚麼的？」洪勝海道：「趕路的老百姓。」那把總道：「幹麼這裏有血迹，有兵器？」洪勝海道：「正有強人攔路打刦，幸得官兵到來，嚇退了強人。」

這時已有數隊官兵前去追擊退走的羣盜。那把總斜着眼打量大車上的鐵箱，冷冷的問道：「那些是甚麼東西？」洪勝海道：「是行李。」那把總道：「打開來瞧瞧。」洪勝海道：「是些隨身衣物，沒甚麼特別物事。」那把總道：「我說打開，就打開，囉唆甚麼？」青青道：「又沒帶違禁犯法的東西，瞧甚麼？」那把總罵道：「你這小子好橫！」倒提長刀，將刀桿夾頭夾腦砸過去。青青閃身避開。

那把總見十隻鐵箱結結實實，料想定是裝着貴重財物，一見早就起了貪心，這時乘機叫道：「好小子，膽敢拒捕？喂，弟兄們，把贓物充公！」官兵搶奪百姓財物，那還用多說？一聽「充公」二字，早有十餘官兵一湧而上，七手八脚來抬鐵箱。

那把總存心狠毒，只怕事主告到上官，高聲叫道：「這些都是土匪流寇，竟敢抗拒官兵，一概格殺勿論！」當即提刀殺來。袁承志大怒，心想：「要是我們不會武藝，豈不給他殺了滅口。這人不知已害了多少良民？」待他鋼刀砍到，身子側過避開，一掌打在他背心。這人如何禁受得起這一掌？倒撞下馬，登時斃命。

衆官兵驚叫起來：「強人攔路，搶刦漕運啦，搶刦漕運啦！」當先的官兵被青青、啞巴、洪勝海三人一衝，四散奔逃，但後面大隊人馬跟着湧到。袁承志拾起那把總的大刀，揮舞斷後。啞巴等三人率領車隊，退入林中。

只聽得金鐵交鳴，但見樹林中官兵正與山東羣盜及青竹幫打得火熾。盜幫雖然都有武藝，但擋不住官兵人多勢衆，不多時已紛紛敗退。沙天廣和程青竹都受傷甚重，無人領頭，羣盜各自爲戰，被官兵一堆堆的圍住攻擊，慘呼聲此起彼伏。

袁承志和青青等將車隊集在樹林一角。青青道：「怎麼辦？」袁承志道：「幫強盜，殺官兵！」青青道：「不錯！」袁承志道：「你在這裏守住！」青青點頭答應，與啞巴、洪勝海三人守住一個小角，官兵過來立卽格殺。衆官兵見三人兇狠，一時倒也不敢十分逼近。

袁承志飛身上樹，察看四下形勢，只見阿九與幾名青竹幫的頭目正受數十名官兵圍攻，形勢甚是險惡，當即縱身下撲，左臂長出，震飛兩枝刺向阿九的鐵槍，叫道：「退回西首山崗！」阿九一怔，一名軍官揮刀向她砍來。袁承志飛腳踢去鋼刀，當胸一拳，將那軍官打得口噴鮮血，仰面跌倒。

阿九吹起竹哨，青竹幫的幫衆齊向西退，漸漸集攏。袁承志縱橫來去，命山東羣盜也向西退，見有盜衆給官兵圍住無法脫身的，立即衝入解救。衆人一會齊，聲勢頓壯，在袁承志率領下且戰且退，上了山崗。袁承志又率領了數十名武功較高的幫衆盜夥，衝下去把青青等車隊接引上崗。衆官兵在崗下吶喊叫嚷，團團圍住。

袁承志命羣盜發射暗器，守住山崗。羣盜本已一敗塗地，人人性命難保，突然有人出來領他們暫脫險境，對他吩咐那有不奉命唯謹之理？二百餘名官兵向崗上衝來，被一陣暗器射回，死傷了數十人。官兵在得勝時勇往直前，一受挫折，大家怕死，誰肯捨命攻山？個個大聲吶喊，敷衍長官，殺聲倒是震天，卻是前仆有人，後繼無兵，再也不見有官兵衝近。

袁承志安排防禦，命譚二寨主、褚紅柳、洪勝海、阿九四人各率一隊守住一方，餘下的救死扶傷，就地休息。他再替程青竹按摩了一番，又給沙天廣推宮過血。過了一會，兩人竟先後在山崗上睡着了。山東羣盜和青竹幫幫衆見首領無恙，對袁承志更是敬服。

袁承志對青青道：「官兵人多，不能力敵，只可智取。」青青道：「不錯，用甚麼計策才好？」袁承志向熟悉當地地形的盜夥問了一會，再跳上車頂，察看官兵隊形，只見官兵後隊有大批輜重車輛，心念一動，跳了下來，對青青道：「剛才官兵叫甚麼搶刦漕運？」

這時褚紅柳正由淮陰雙傑接替了下來休息，聽袁承志問起，說道：「這些官兵，定是運送漕銀去北京的。咱們剛好遇上，眞是不巧。」袁承志道：「運送漕銀，怎地要大隊官兵？」褚紅柳道：「現今天下大亂，羣雄並起，那一處沒開山立櫃的豪傑？朝廷全靠江南運去的漕米銀兩發餉發糧。崇禎既要防禦遼東的滿洲兵，又要應付闖王和各路英雄，這漕銀是他命根子，若是出了岔子，他的龍庭也坐不穩了，自然要多派人馬護送。漕米銀兩本來都由運河水運，想是皇帝要錢要得急了，才由陸路趕運。」

袁承志道：「這些官兵身上挑着這樣重的擔子，居然還來多管閒事，跟人爲難。」褚紅柳笑道：「他們以爲咱們轉眼個個就擒，只須給咱們安上幾個甚麼王、甚麼星的厲害匪號，奏報上去，豈不是大功一件？」又道：「我們本是土匪強人，倒也不是冤枉，只可惜累了相公。」袁承志嘆道：「官逼民反，今日可教我親身遇上了。」沉吟片刻，說道：「此處向西北有個峽口，咱們從那邊衝出去吧。」

褚紅柳這時對他已佩服得五體投地，那會有何異議，便道：「請袁相公吩咐，大夥兒齊聽號令。」袁承志在地上畫了圖，計議突圍之策已定，便卽分撥人手。一聲令下，羣盜齊聲發喊。袁承志和啞巴當先開路，率領衆人衝下崗去。

官兵本已怠懈疲倦，除了少數奉命守禦，餘人均已就地坐倒休息，忽見羣盜驟然湧到，來勢兇猛，稍加抵擋，就被衝破一道口子。羣盜向峽口直奔，官兵叫喊着隨後追來。追了一陣，殿後的數十名盜幫忽然回身邀鬥，把官兵追勢擋了一擋。待得官兵大隊攻到，殿後的盜幫也已退入峽口。

那峽口兩旁都是高峯峭壁，形勢險惡，官兵一追入峽口，率隊長官下令暫停，以防中伏。

忽然間前面大車中一隻鐵箱滾了下來，箱蓋翻開，道上丟滿了珠寶珍物，閃閃發光。那統兵的總兵一見大喜，下令急追，要把十隻寶箱全都搶了下來。追了一陣，只見羣盜拋下衣甲兵器，亂竄亂奔，道旁丟滿了金磚銀錠。衆官兵你搶我奪，亂成一團。那總兵見羣盜潰散，連兵器也隨地亂丟，不再存防備之念，一意要搶寶箱，下令前、中、後三隊齊趕。

有分教：抗外敵不妨落後，搶金銀務必爭先。

這時袁承志已飛身躍上峭壁，手足並用，拉着石壁上的藤枝樹條，抄向官兵後路。走了一會，果見官兵隊中車輛一輛接着一輛，蜿蜒而來，不計其數，車輛都用黃布蒙住，車上插了旗幟，旗上寫的是「大明江南漕運」幾個紅字，從上面放眼望下去，車隊直如一條其長無比的黃龍。

袁承志見此情勢，不覺又驚又喜，驚的是官兵勢大，不易對敵，喜的是如能刦下漕運，那眞是對大仇人崇禎皇帝一個當頭猛擊，闖王義兵就更易成事，實是奇功一件。眼見坡下樹木茂密，當卽穿林而下，要就近看清楚車隊。不一刻，靠近官兵隊伍，藉着樹木遮掩，連官兵的說話都聽得清清楚楚。

車輛連綿不斷，隆隆而過，過了好一陣，忽聽得車行轔轔之聲漸輕，車中所裝似乎已非銀子，從樹木空隙中向外望去，見是百餘輛囚車。車中囚徒雙手反縛，盤膝而坐，每輛車上都插着一面白旗，寫着「候斬巨寇某某某」等字樣，又是甚麼「江洋大盜」、「流寇頭目」、「反叛逆首」、「淮南巨賊」等等，顯見都是反抗朝廷的饑民或山寨盜魁。袁承志心想：「這些人都須加以搭救，但如何下手才是？」

正自尋思，忽見一輛車子過來，旗上寫着「候斬反逆孫仲壽一名」九字，袁承志大吃一驚，追了幾步細看，見車中所坐的果然便是孫仲壽。但見他兩鬢斑白，滿臉風霜之色，較之昔日在聖峯嶂上率領同袍祭奠故帥之時，已蒼老得多，但一副慷慨風致，雖在難中，仍是不減當年。袁承志驚訝未定，只見後面囚車中推來的又都是父親舊部，當時教導撫養自己的倪浩、朱安國、羅大千三人都在其內，只是不見應松。袁承志一陣心酸，隨又暗暗歡喜：「老天爺有眼，教我今日撞見衆位叔叔。」

不久囚車過完，袁承志向上奔了數丈，疾向後追。官兵望見，鼓躁起來，有的便發箭射來。但袁承志身法快捷，箭枝到時，人早不見。他奔出數十丈，官兵隊伍已盡，最後一名軍官騎在馬上，手提大刀押隊。袁承志心想：「我拿住這軍官，先搗亂一陣，然後乘機相救孫叔叔、朱叔叔他們。」

正要飛身躍下，忽然望見遠處塵土飛揚，幾騎馬奔馳而來，心想：「原來後面還有接應，等他們過來看個明白再說。」不一刻五騎馬奔到，當先一人是個女子，卻是飛天魔女孫仲君，後面四人正是二師兄歸辛樹夫婦以及梅劍和、劉培生。

袁承志一見大喜，叫道：「二師哥！」飛身落下，落在歸辛樹夫婦馬前。

歸氏夫婦一起勒馬，見到是他，歸二娘點了點頭，說道：「嗯！是你，有甚麼貴幹？」袁承志道：「小弟有件急事，求師哥師嫂幾位伸手相助。」歸二娘道：「我們自己也有要事，沒空！」和歸辛樹二人一提韁，雙騎從他兩側擦過，向前衝了過去。梅劍和拱手叫聲：「師叔！」跟着師父師娘去了。

劉培生跳下馬來，說道：「師父師娘正有一件要緊事。弟子辦了之後，立刻過來聽師叔差遣。」袁承志道：「那不必了，我借坐一下劉大哥的牲口。」劉培生道：「師叔請用。」將韁繩遞將過去。袁承志道：「咱倆合騎，追上前面官兵就行了。」說着飛身上馬。劉培生也跳上馬來。袁承志雙腿一挾，那馬發足奔馳。

劉培生問道：「師叔追官兵幹甚麼？」袁承志道：「救人！」劉培生喜道：「那好極啦，我們也正要尋官兵的晦氣。」袁承志一聽大喜，催馬急行，不一會已望見押隊軍官的背影。但不見歸辛樹等人，想已搶過了頭。袁承志縱馬向前急衝。

押隊的游擊聽得身後馬蹄聲疾，回頭望時，只見一個人影從馬背躍起，撲將過來。他大吃一驚，揮起大刀往空中橫掃，滿擬將這人一刀斬為兩截，豈知袁承志右手前伸，搶住刀柄，身子已落在他馬上，左手早點中他後心穴道。那游擊只覺背心酸麻，要待掙扎，卻已動彈不得。袁承志問道：「要死還是要活？」那游擊顫聲道：「大……大王爺饒命。」袁承志道：「快下令，叫後隊囚車都停下來。」那游擊只得依言下令。

突然之間，歸辛樹夫婦從樹林中衝出，師徒五人抽出兵刃，往官兵隊裏殺去。隊伍登時大亂。袁承志本擬迫那游擊指揮隊伍，讓衆官兵混亂中自相殘殺，那知歸辛樹等忽來動手，官兵後隊一亂，這計策卻行不得了。

袁承志搶了兩柄短斧，奔到孫仲壽囚車邊，劈開車子，大叫：「孫叔叔，我是袁承志。」孫仲壽如在夢中，一陣迷惘。袁承志又已把朱安國、倪浩、羅大千等人救了出來。

這些人都是身經百戰的武將，現今雖已年老，但英風猶存，搶了兵器，有的亂殺官兵，有的劈開囚車救人，不一刻，百餘輛囚車齊都劈爛，放出百餘條好漢來。其中三數十人是袁崇煥部屬的「山宗」舊侶，聽說趕來相救的是督師公子，無不大為振奮，當下一陣砍殺，將官兵後隊殺得七零八落，向前逃竄。

這時官兵前隊也已發現前面巨石攔路，不能通行，登時兩頭大亂。

袁承志見官兵雖然勢亂，但人數衆多，逼得緊了，當真拚起命來，卻是無法抵擋，當下撇了雙斧，展開輕功，連奔帶躍，在一長列漕運車輛頂上跑將過去。行出里許，見領隊的總兵官頭戴鐵盔，正手舞長刀，指揮作戰。袁承志疾奔而前，將兩名上前攔阻的親兵推入了山坑，躍上那總兵坐騎的馬臀。那總兵回刀來砍，袁承志夾手便奪，那知這總兵一個觔斗從馬背上翻了下去，竟沒能抓住他的手腕。

袁承志心道：「沒料想官軍之中還有如此好手。」左手一揚，三枚銅錢發了出去。使的是木桑所授發圍棋子的手法。那總兵一一用長刀格開。袁承志道：「好本事！你再格格看。」雙手連揮，三九二十七枚銅錢分上中下三路同時打到。就算武林高手，這一來也不易抵擋，那總兵武藝雖然高強，卻那裏躲得開這「滿天花雨」的手法？噹啷一聲，先是長刀脫手，接着膝彎、腰脅、背心、足脛各處都中了銅錢，竟朝着袁承志迎面跪下。

袁承志笑道：「不必多禮！」伸手挽住他左臂。那總兵當胸一拳，勢急力勁。袁承志笑道：「就讓你打一拳出氣。」這一拳明明打在他胸前，卻如打中一團棉花，無聲無息，全無着力處。袁承志運起內力，提起那總兵往上拋出。只見他就如斷綫風箏般往上直飛，衆官兵高聲大叫起來。那總兵自分這一下必死，閉住了雙眼，那知落下時被人雙手托住，睜開眼來，仍是那個書生打扮的少年。他知此人武功比己高出十倍，既然落入他手，無可抗拒，生死只好置之度外。何況就算硬要置之度內，卻也無從置起。

袁承志道：「你下令全體官兵拋下兵刃，饒你們不死。」那總兵心想：「這漕運何等要緊，給盜賊刼了去，反正也是死罪。」於是頸項一挺，朗然說道：「你們要殺便殺，何必多言。」袁承志一笑，手一使勁，又將他身軀拋向空中，落下來時接着再拋，連拋了三次，那總兵已頭暈腦脹，不知身在何處。袁承志道：「你若不下令，你死了，部下也都活不成。不如降了吧。」那總兵一想，眼下只有這條是活路，只得點了點頭。袁承志問道：「你貴姓？」那總兵道：「小將姓水。」他定一定神，命親兵把手下的副將、參將、游擊、都司等都叫了來，衆將聽得要投降盜賊，嚇得面面相覷。一員都司罵了起來：「你食君之祿，不忠不……」話未說完，袁承志已抓住他往地下一摔，登時暈去。餘下衆將顫聲齊道：「標下奉……奉總座將令。」水總兵道：「下令停戰！」

袁承志也傳下號令，命山東羣盜不再廝殺，又吩咐水總兵命官兵拋下兵刃。水總兵無奈，只得依言。火把照耀下只見雙方兵戈齊息。

忽見五個人在車隊中奔馳來去，亂翻亂找，打開了許多箱籠，見是銀子糧食，便踢在一旁。衆官兵見五人勢惡，敗降之餘，不敢阻攔。奔到臨近，原來是歸辛樹夫婦師徒五人。袁承志叫道：「二師哥，你們找甚麼？我叫他們拿出來。」

歸辛樹見統兵將官都集在袁承志身旁，三個起落，已奔到水總兵身邊，一把揪住他胸脯，提了起來。水總兵驚魂未定，那想突然又遇到一個武功極高之人，給他抓住了，任憑如何猛力掙扎，總歸無用。歸辛樹喝道：「馬士英進貢的茯苓首烏丸，藏在那裏？」水總兵道：「馬督撫嫌我們車多走得慢，另行派人送到京裏去了。」歸辛樹道：「此話當眞？」水總兵道：「我身家性命都在你們手裏，何必說謊？」

歸辛樹心想看來此言不假，把他往地下一抛，喝道：「要是查到你胡言騙人，回來取你狗命。」轉頭對歸二娘道：「往前追。」歸二娘抱着孩子，心頭煩躁，單掌起處，把擋在面前的官兵打得東倒西歪，鼻青目腫，帶着三個徒弟，跟丈夫走了。

袁承志知道二師兄夫婦對自己心存芥蒂，只有默然不語。待五人去後，問水總兵道：「他們找甚麼藥丸？」水總兵被擒降敵，心亂意煩，神不守舍，一時想到家中是否會給皇帝下旨滿門抄斬，一時又想自己功名前程，從此付與流水。袁承志接連詢問，他答非所問，不知所云，說了半天，袁承志才明白了個大概。

原來最近黃山深谷裏找到了一塊大茯苓，估計已在千年以上，湊巧浙東又有人掘到一個人形何首烏。這兩樣都是千載難逢的寶物。鳳陽總督馬士英得到訊息，差幕客一半強取、一半價購的買了來，命高手藥師製成了八十顆茯苓首烏丸，還配上了老山人參、珍珠粉末等珍貴藥材，單是藥材本錢就花了兩三萬銀子。這件事轟動了江南官場和醫行藥業。據古方所載，這藥丸實有起死回生的神效，體質虛弱的人，只服一丸便立刻見功。馬士英自己留下四十顆，以備此後四十年中每年服食一顆，餘下四十顆便去進貢，盼崇禎再做四十年皇帝，年年升自己的官。

袁承志好容易聽得明白，心道：「那就是了，二師哥愛子有病，久治不愈，急着要這些藥丸。」

水總兵又道：「馬總督本想差我一併將寶藥送去北京，但後來嫌我們車多行得慢，又押着死囚不吉利，因此另差金陵永勝鏢局的董鏢頭護送赴京，獻給皇上。」至於馬總督自己留下四十顆之事，那是天大機密，連對他最得寵的姬妾也都不說，水總兵自然更不會知道。

袁承志一心盼望二師哥能奪到藥丸，救得孩子之命，忙問：「那鏢師走了幾天啦？」水總兵道：「啓程是在同一天，不過鏢局子只有十來個人，行道快得多，算來搶在我們之前，總有五六天路程了。」

這時孫仲壽、朱安國、倪浩、羅大千等袁部舊將紛紛過來相見。各人得脫大難，又見袁承志長大成人，一身武藝，今日這一戰雖是小試牛刀，亦已畧有乃父當日雄風，無不驚喜交集。袁承志問起被捕緣由，孫仲壽約畧說了。原來當日「山宗」舊友在聖峯嶂聚會，明兵突施襲擊，幸而大部人衆早已散走，只應松終於被害，孫仲壽等都告脫險，後來重又聚集。衆人在淮北魯南一帶會聚豪傑，預備大舉，那知事機不密，上個月被鳳陽總督馬士英所破，首要人物一鼓成擒，械繫赴京問斬。差幸天緣巧合，竟會在此處與袁承志相遇。

孫仲壽聽說袁承志和闖王頗有連絡，說道：「公子，這裏又有盜幫，又有投降的大批官兵，他們對你都很敬服，正是難遇的良機。何不暫緩赴京，把這批人手好好整頓一下。」

袁承志喜道：「孫叔叔說得是，這一帶英雄豪傑很多，咱們索性大幹一場，找個地方會集羣雄。」孫仲壽一拍大腿，道：「好極了，何不就在泰山？」袁承志道：「泰山相去不遠，再好也沒有了。」

當下收拾好鐵箱中散開的寶物，把漕運銀子取出二十萬兩，俵分給青竹幫與山東各寨羣盜。褚紅柳也得了五千兩。再取出二十萬兩賞給投降的官兵，一時峽谷前後，歡聲如雷。投降的軍官本來都是心情鬱鬱，分得大批銀兩，才精神爲之一振。

只見青竹幫的兩名幫衆抬着一個擔架，將幫主程青竹抬將過來。袁承志見他臉上已現血色，喜道：「程幫主的傷勢好得很快啊，足見內功深厚。」程青竹道：「多謝公子，在下得知公子是袁督師的骨肉，實是歡喜之極。」說到這裏，聲音中竟微帶嗚咽。袁承志道：「程幫主當年識得先父嗎？」程青竹搖了搖頭，吩咐隨從在一隻布囊中取出一卷手稿，交給袁承志，說道：「公子看了這個，便知端的。」

袁承志接過，只見封面上寫着「漩聲記」三個大字，又有「程本直撰」四字，右上角題着一副對聯：「一對痴心人，兩條潑膽漢。」心中不解，問道：「這位程本直程先生，跟程幫主是……」程青竹道：「那是先兄。」

袁承志點點頭，翻開手稿，只見文中寫道：

「崇煥十載邊臣，屢經戰守，獨提一旅，挺出嚴關……」

袁承志心中一凜，問道：「書中說的是先父之事？」程青竹道：「正是。令尊督師大人，是先兄生平最佩服之人。」

袁承志當下雙手捧住手稿，恭恭敬敬的讀下去：

「……迄今山海而外，一里之草萊，崇煥手闢之也；一堡之壘，一城之堞，崇煥手築之也。試問自有遼事以來，誰不望敵於數百里而逃？棄城於數十里而遯？敢於敵人畫地而守，對壘而戰，翻使此敵望而逃、棄而遁者，舍崇煥其誰與歸？」

袁承志閱了這一段文字，眼眶不由得濕了，翻過一頁，又讀了下去：

「客亦聞敵人自發難以來，亦有攻而不下，戰而不克者否？曰：未也。客亦知乎有寧遠丙寅之圍，而後中國知所以守？有錦州丁卯之功，而後中國知所以戰否也？曰：然也！」

袁承志再看下去，下面寫道：「今日灤之復、遵之復也，誰兵也？遼兵也。誰馬也？遼馬也。自崇煥未蒞遼以前，遼亦有是兵、有是馬否也？」

袁承志隨手又翻了一頁，讀道：

「舉世皆巧人，而袁公一大痴漢也。唯其痴，故舉世最愛者錢，袁公不知愛也。唯其痴，故舉世最惜者死，袁公不知怕也。於是乎舉世所不敢任之勞怨，袁公直任之而弗辭也；於是乎舉世所不得不避之嫌疑；袁公直不避之而獨行也；而且舉世所不能耐之飢寒，袁公直耐之以爲士卒先也；而且舉世所不肯破之禮貌，袁公力破之以與諸將吏推心而置腹也。」

袁承志讀到此處，再也忍耐不住，淚水涔涔而下，滴上紙頁，淚眼模糊之中，看到下面一行字道：「予則謂掀翻兩直隸、踏遍一十三省，求其渾身擔荷、徹裏承當如袁公者，正恐不可再得也。此所以惟袁公值得程本直一死也。」

袁承志掩了手稿，流淚道：「令兄眞是先父的知己，如此稱譽，在下實在感激不盡。」

程青竹嘆道：「先兄與令尊本來素不相識。他是個布衣百姓，曾三次求見，都因令尊事忙，未曾見着。先兄心終不死，便投入督師部下，出力辦事，終於得蒙督師見重，收爲門生。

令尊蒙寃下獄，又遭淩遲毒刑。先兄向朝廷上書，爲令尊鳴寃，只因言辭切直，昏君大爲惱怒，竟把先兄也處死了。」袁承志「啊喲」一聲，怒道：「這昏君！」

程青竹道：「先兄遺言道，爲袁公而死，死也不枉，只願日後能葬於袁公墓旁，碑上題字『一對痴心人，兩條潑膽漢』，那麼他死也瞑目了。」袁承志道：「卻不知這事可辦了麼？」程青竹長長嘆了口氣，說道：「令尊身遭奇寃，昏君奸臣都說他通敵，勾結滿清，一般無知百姓卻也不辨忠奸是非，信了這話。令尊被綁上法場後，愚民一擁而上，將他身子咬得粉碎，說道……說道要吃盡賣國奸賊的血肉……」

袁承志聽到這裏，不由得放聲大哭，問孫仲壽道：「孫叔叔，這……這是眞的麼？」孫仲壽垂淚點頭，道：「眞是如此。當年你年紀幼小，我們不跟你說，免你傷心。」

袁承志怒道：「昏君奸臣爲非作歹，那也罷了，北京城的老百姓，卻也如此可惡！」孫仲壽道：「老百姓不明眞相，只道皇帝的聖旨，是再也不會錯的。淸兵在北京城外燒殺擄掠，害死的人成千成萬，因此百姓對勾結敵兵的漢奸痛恨入骨。」

程青竹道：「在下不忿兄長被害，設法投身皇宮，當了個侍衞，想俟機行刺昏君，爲先兄和袁督師報仇。只恨武藝低微，行刺不成，反爲御前侍衞所擒，幸得有人相救，逃出皇宮。這些年來在黑道上幹些沒本錢買賣，沒料到有眼無珠，竟看上了公子的財物。」

袁承志道：「大家說來深有淵源，若非如此，也不得跟幫主認識。」

青青忽道：「咦，那個小姑娘呢？她沒事吧？」程青竹道：「多謝關懷。小徒已自行去了。」青青道：「我正想找她說話，怎麼她走了？」言下不禁悵然。

衆人休息了一日。袁承志派遣青竹幫、山東羣盜及「山宗」所部得力人員，分赴各地送信，約定端午節在泰山頂上取齊；又請孫仲壽、朱安國等人，會同水總兵帶領投降的官兵，在荒僻險峻之地起造山寨。

這一役馬士英部下六千名官兵全軍覆沒，二百餘萬兩漕銀沒留下半星一忽，京師山東，無不震動。等到馬士英再調大軍前來追剿，盜幫早已影蹤全無，那裏還追尋得着。

眼見榴花吐艷，端午將屆。泰山各處寺廟道觀之中，陸陸續續到了千餘位各幫各派的英雄豪傑。

五月初五清晨絕早，羣雄在石經谷會聚。谷中一片平廣，數畝石場，光潔異常，相傳是古代高僧講經之所。山石上刻有八分書金剛經，字大如斗，筆力雄勁。

這天到會的除袁承志、青青、啞巴、洪勝海等人外，有袁部舊將孫仲壽、朱安國、倪浩、羅大千等人；有江蘇金龍幫焦公禮、焦宛兒、吳平、羅立如等人；有河北青竹幫程青竹等人；有山東羣盜沙天廣、褚紅柳、譚文理等人；有浙江龍游幫的榮彩等人；有河南南陽清涼寺下院方丈十力大師、海外七十二島盟主鄭起雲等人；有從囚車獲救的淮南飛虎峪寨主聶天風、贛北鄱陽幫幫主梁銀龍等人；有投降過來的明總兵水鑒等人。此外尚有無數江湖好漢，武林名家。一時泰山頂上羣豪聚會，英賢畢至。

這時山谷間忽吐白雲一縷，扶搖直升，良久，東邊一片黑暗中隱隱朱霞炫幌，顏色變幻不定，或白或橙，緩緩的血綫四映，一噴一耀，轉瞬間太陽如一個大赤盤踴躍而出。下面雲彩被日光一照，奇麗變幻，白虹蜿蜒。羣豪盡皆喝采。

觀日升已畢，羣豪席地坐下。陰陽扇沙天廣是山東當地的地主，這時他傷勢已愈，站起身來朗聲說道：「各位前輩大哥賞臉，來到敝省，兄弟招待不週，請多多包涵。」說着團團作了一個四方揖。羣豪齊聲謙謝。沙天廣又道：「兄弟是粗人，不明事理，現下請程青竹前輩說話。」這兩人以前互不相下，那天出生入死的廝拚了一次之後，各自欽佩對方武功，反而結成了好友。

程青竹站起身來，說道：「我們江湖上的朋友，以前在泰山也聚過會，不過人數從來沒這麼多。不怕各位笑話，以前我們到這裏幹甚麼？不過是劃地盤、分贓銀罷啦。」羣豪一陣轟笑。程青竹道：「這次這許多英雄朋友大駕光臨，咱們可不能再沒出息啦。眼前天下大亂，老百姓活不下去，昏君無道，朝中全是貪官污吏，關外滿奴又時時犯界擄掠，當眞人命賤似螞蟻，過得了今天，也不知還有沒有明天？咱們總要好好商議，做一番事業出來。」

衆人聽得血脈奮張，齊聲喝采。

程青竹又道：「今日到會的都是好朋友，咱們歃血爲盟，以後患難相助，共圖大事。如有貪圖富貴，出賣朋友，或是貪生怕死，自私自利的，大家一齊幹他奶奶的。」衆人又是一陣喝采。

沙天廣道：「會盟不可無盟主。咱們推舉一位大家佩服的英雄大哥出來，以後齊都聽他的號令。不管是誰當盟主，兄弟必定追隨到底，決無異言。」十力大師站起身來，說道：「羣龍無首，決不能成大事。推舉盟主，老衲是一力贊成的。不過這位盟主必須智勇雙全，有仁有義，方能服衆。」鄭起雲道：「那是當然的了，我瞧你大師就很不錯。」十力大師笑道：「老衲風燭殘年，那能擔當重任？鄭島主別取笑了。」

衆人交頭接耳，紛紛議論，都覺盟主應該推舉，以便號令一致，好使散處各地、互不統屬的英雄豪傑聯成一起。那時相互之間固然不會殘殺爭鬥，連官府也不敢輕易搜剿。只是羣雄向來各霸一方，誰也不肯服誰，別要爲了爭做盟主，反而毆殺一場，那就弄巧成拙了。

程青竹待衆人議論了一會，高聲說道：「各位如無異議，現下就來推舉如何？」只見人羣中站起一條身高七尺的魁梧大漢，聲若洪鐘，大聲說道：「蓋孟嘗孟老爺子在武林無人不敬，無人不服。今日他老人家雖然不在此地，但盟主一席自然非他莫屬，兄弟以爲不必另推了。」他話一說畢，羣雄中登時便有許多人隨聲附和。

袁承志問洪勝海道：「蓋孟嘗是甚麼人？」洪勝海略感奇怪，問道：「相公不知此人嗎？」袁承志道：「我江湖上的朋友識得很少。」洪勝海道：「孟伯飛孟老爺子人稱蓋孟嘗，端的是仗義疏財，最愛朋友，武林中人緣極好。他獨創的孟家神拳、快活三十掌，變幻莫測，投拜在他門下的弟子數也數不清，說得上桃李滿天下。北方學武的人提到蓋孟嘗，那是沒有人不佩服的。這大漢是他大弟子，叫做丁甲神丁遊。」袁承志道：「嗯，原來如此，那麼推孟老爺子做盟主倒也很好。」心想：「這位孟老爺子多半人緣極好，武功卻不如何了得，否則師父不會不跟我說起。作武林盟主的人，原本人緣比武功要緊得多。」

七十二島盟主鄭起雲道：「孟老爺子威名遠震，兄弟雖然亡命海外，卻也是久仰的了，推他做盟主，論德望，論見識，那是再好也沒有。不過兄弟有一點顧慮，不知該不該說。」

丁遊道：「鄭島主但說不妨。」鄭起雲道：「孟老爺子在保定府這些年，身家財產，非同小可。咱們大家所幹的，卻是嘯聚山林、殺官造反的勾當，要是孟老爺子給咱們帶頭，必定有事連累於他，大家心裏不安。」羣雄一聽這話倒也有理，各人靜默了一會。

金龍幫幫主焦公禮站起來說道：「兄弟推舉一位武功蓋世、仁義包天的英雄。這位英雄雖然年紀還輕，武林中許多朋友大都不識，但兄弟斬釘截鐵的說一句，只要這位英雄肯出來帶頭，做事一定公正，管教威風大震，官府不敢小覷了咱們。」

沙天廣說道：「兄弟心裏，也有一位年輕的英雄，只怕不見得比焦幫主所說的那位差。」他聲音尖細，提高了嗓子，更是刺耳。

焦公禮道：「兄弟年紀不敢說長，也已虛活了五十多歲；見識不敢說廣，也會過了天下無數成名的豪傑。可見像我所說的那位英雄，讓兄弟佩服得五體投地的，當世卻也只有一人而已。」程青竹冷冷的道：「沙天廣沙寨主的脾氣我是知道的，他陰陽寶扇打穴的功夫，當今武林中雖然說不上獨一無二，也總是頂兒尖兒的了。他口服心服的人，一定不會錯，我們青竹幫一齊贊成沙寨主的話。」焦公禮脹紅了臉道：「盟主到底是怎樣選法？我們金龍幫雖然無用，人數卻比青竹幫多些。」眼見兩人就要爭吵起來。

十力大師道：「焦幫主且莫心急，你說的那位英雄是誰，老衲猜個九成兒不會錯。請問沙寨主，你說的朋友是誰？兩家都說出來，請在場的朋友們秉公評定就是。也說不定大家對這位英雄都不心服呢？」

沙天廣向袁承志一指，道：「我說的是這位袁相公。各位莫瞧他年紀輕輕，武功行事卻是高人一等。我聲明在先，兄弟與袁相公還是最近相識，跟他既非同門，又非舊交，純因佩服英雄，這才一力推薦。」這番話一說，山東各寨羣盜與靑竹幫衆人齊聲歡呼，聲勢極壯。

袁承志聽他說到自己，事先全沒想到，站起身來雙手亂搖，連說：「不行！」

焦公禮待人聲稍靜，仰天大笑：「哈哈，哈哈！」好一陣不絕。沙天廣怒道：「焦幫主，我倒要請教，你幹麼譏笑兄弟？」程靑竹也怒道：「焦幫主，在下素來佩服你是一條好漢子，可是對沙寨主這等無禮，在下卻是瞧不過眼。」焦公禮拱手笑道：「兄弟那敢譏笑？沙寨主、程幫主，你兩位可知兄弟要推舉的是那一位？」沙天廣慍道：「我當然不知。」焦公禮道：「除了這位袁相公還有何人？」程靑竹、沙天廣轉怒為喜，也是仰天大笑。

衆人聽三人爭了半天，說的原來同是一人，都不禁轟笑起來。

袁承志很是着急，忙道：「兄弟年輕識淺，今日得能參與泰山大會，已感榮幸，只盼追隨各位前輩之後，稍效微勞，豈敢擔當大任？還請別選賢能。」

孫仲壽道：「袁公子是我們袁督師的獨生親子，我們『山宗』舊友內舉不避親，以為請他擔當盟主，最是合適不過。」鄭起雲道：「那一位袁督師？」孫仲壽道：「就是在遼東力抗淸兵、無辜被昏君害死的袁崇煥袁督師。」

袁崇煥抗敵禦侮，有大功於國，當時只有北京城中之人才以為他當眞通敵，實因強敵兵臨城下，君臣百姓盡皆張皇失措，以致不明是非。但袁崇煥慘遭殺害，各地聞知，卻極是憤慨。羣雄聽了這話，嘆聲四起，本來無可無不可的人也一致贊成。

袁承志極力推辭，卻那裏推辭得掉？加之投降過來的水總兵、由袁承志從囚車上救出來的聶天風、梁銀龍等人也極力附和，盟主一席勢成定局。

龍游幫幫主榮彩本跟袁承志有點過節，但一則見衆望所歸，小小一個龍游幫不能力排衆議，再則想到他當日在衢江中不爲已甚，擲板相救，使自己不致落水出醜，也算受過他的恩惠，心想索性錦上添花，說幾句好話，便站起來說道：「這位袁相公武功精湛，在場許多朋友都知道的了。兄弟就曾栽過在他手裏。」衆人不覺一楞，榮彩又道：「可是他很給兄弟留餘地，兄弟雖然栽了，卻也心下感激。現下選他做盟主，兄弟一力贊成。」衆人見曾經與他敵對過的人也這樣說，都歡呼起來。只有青青低聲罵道：「老滑頭！」

丁甲神丁遊走到袁承志身邊，向他細細打量，見他身材不高，面目黝黑，貌不驚人，年紀又輕，何以羣雄對他如此擁戴？心想這麼一來，他聲威一下子便蓋過了自己師父，很不服氣，說道：「恭喜你啦，袁相公。」伸手出去，拉着他手，顯得甚是親熱。

袁承志道：「兄弟實在難以……」話未說完，突覺手上一緊。原來丁遊使出了「霸王扛鼎」的師傳絕藝，用力一扯，想摔袁承志一交，讓這位「盟主」在衆人面前出個大醜，雖然這樣一來，不免得罪了無數英雄好漢，說不定當場給衆人打成一團肉漿，但他是個莽撞之徒，氣憤之下，也顧不到這麼許多了。袁承志不動聲色，暗中使出「千斤墜」功。丁遊連扯三扯，胳臂上肌肉高高賁起，出盡了平生之力，但對方就如生牢在石山上一般，只聽他繼續說道：「……擔當大任。丁兄令師孟老爺子名滿天下，定比兄弟適當得多。」

丁遊再是用力一扯，自己右臂上格的一聲，險些扯脫了骱，疾忙放手，見袁承志卻似毫無所覺，知道對方武功比自己不知要高出多少，適才若是乘勢反擊，自己早給丟下山谷之中，但他顧全自己面子，令旁人絲毫瞧不出來，不禁頓生感激之意，大聲說道：「好，你做盟主很好！」說着拜了下去。袁承志連忙還禮，心頭也喜歡這大漢莽得可愛。

程青竹道：「咱們既然會盟，就要有個盟規，現下請盟主宣布，大夥兒共同商酌。」

袁承志還待推辭，孫仲壽在他耳邊低聲說道：「公子，你謙辭不就，倘若盟主一席不幸落入奸人之手，禍害不小。要是你能領袖羣雄，督師的血海深仇就可得報了。督師一生做事，向來就是當仁不讓，不避艱危。」袁承志聽他責以大義，更提到先公的「好樣」，不覺凜然心驚，站起身團團一揖，說道：「既然各位美意，兄弟恭敬不如從命。只是兄弟識見淺薄，還望各位前輩以大事爲重，隨時指教，兄弟必定遵從，不敢狂妄自大。」

羣雄聽他允任盟主，泰山頂上登時歡聲雷動，山谷鳴響，四下裏都是鼓掌和歡呼的回音，似乎脚底的千峯萬壑也一齊在鼓掌喝采一般。

羣雄當下點起香燭，一齊拜天禱祝。

袁承志向孫仲壽道：「盟約就請孫叔叔起草了。」孫仲壽也不推辭，回進廟裏草擬。他知羣雄以信義爲先，不重文采，當下言簡意深的寫了百餘字。袁承志當衆宣讀了。羣雄歃血宣誓，決不背盟。一個轟動沿海各省武林的泰山大會，至此告成。

袁承志出道不到半年，仗着武功絕頂，至誠待人，再加之機緣巧合，以及父親的威名，竟爾成爲南北直隸、魯、豫、浙、閩、贛七省草莽羣豪的大首領。

當晚羣雄席地歡宴，鬥酒轟飲，喧鬧歡笑之聲，布滿峯谷。

正熱鬧間，突見一個流星直沖上天，這是山下有警的訊號，羣雄登時停杯不飲。袁承志和孫仲壽等人，立時便想起當年聚會聖峰峯而官兵來襲的情景，莫非官府得知漕銀被刦、因而調兵來攻麼？

過不多時，兩名在山坡上哨守的漢子奔上山來，向袁承志稟報：「啓稟盟主，山下哨探急報，清兵人軍已攻下青州，正向泰安進軍，離此處已不過二百餘里，請盟主定奪。」

袁承志驚道：「淸兵來得這麼快！」他雖曾聽說淸兵於去年入關，攻到山東，但一直只在登州、萊州一帶騷擾，搶刦焚殺，想不到竟會一舉破了青州。

孫仲壽道：「淸兵去年十月翻過牆子嶺，直打到袞州，在山東各地燒殺刦掠。聽說帶兵的頭子是奉命大將軍阿巴泰。這人是努爾哈赤的第七子，還是韃子皇帝的哥哥，他善能用兵，曾和滿淸睿親王多爾袞打來過山東，對山東的情形是很熟悉的。」袁承志問道：「多爾袞打來過山東？」他潛心武學，於世事所知實甚有限。孫仲壽嘆道：「那是四年前的事了。那時盟主在華山學武，因此不知道。」見羣雄正紛紛互相詢問，人心浮動，便站起身來，登上高處一塊大石，大聲道：「山下兄弟急報，淸兵攻破靑州，正向泰安而來。各位請繼續喝酒，盟主自有主張。」

羣雄中有人叫道：「大夥兒衝下山去，殺他媽的韃子兵。」又有人叫道：「韃子兵可欺侮得咱們狠了，這回非跟他拚個你死我活不可。」滿山轟叫，羣情憤激。

孫仲壽回到袁承志身邊，說道：「盟主，衆兄弟都要去打韃子兵，你瞧怎樣？」袁承志道：「我爹爹一生盡忠報國，爲的就是殺韃子。眼下韃子欺上門來，正好衆兄弟在此聚會，咱們就此下山去打。只是我於行軍打仗一道，全然不懂，還是請孫叔叔發令。」

孫仲壽沉吟片刻，派了十幾個人出去查探清兵虛實，然後說道：「自從督師袁公被害，朝中無人，再也無力抗禦清兵了。崇禎九年六月，滿清頭子皇太極派了阿齊格、阿巴泰等大將攻進長城，直打到北直隸腹地。十一年，九王多爾袞率領阿巴泰等人又打到北直隸，忠臣盧象昇和孫承宗先後殉國。多爾袞那年還攻破了濟南，俘虜了我四十多萬百姓去。這一次又是阿巴泰這韃子將軍來。」袁承志道：「清兵怎地又不攻北京，只是攻打河北、山東各處？」孫仲壽道：「皇太極是很會用兵的。他派兵來河北、山東，其志不在佔地，而是搶奪財物，殺人放火，摧破我中國的精華，要令得大明精疲力盡，然後再一舉而攻北京。當年他進攻北京，在袁督師手下吃了個敗仗，此後就不敢再攻京師。」

袁承志忽想：「闖王和各路義軍四下流竄，豈不是幫了韃子兵的大忙？」這句話卻不便出口，只心中隱隱覺得不安。

孫仲壽道：「這些年來，韃子兵幾次三番的打來河北、山東，一路上勢如破竹，明兵從來沒打過一場勝仗，韃子兵將一定不把明兵放在眼裏。常言道驕兵必敗，咱們正好乘機殺殺他們的威風。從青州來泰安，錦陽關是必經之地。那裏地勢險要，咱們可在錦陽關設伏，狠狠的打一仗。」

袁承志大喜，站起來說道：「衆位兄弟，咱們這就殺韃子兵去，今晚好好安睡，明日清晨下山。」羣雄大聲吶喊：「殺韃子兵，殺韃子兵！」

次日清晨，袁承志和孫仲壽商議後，分遣羣雄先後出發。約定四方埋伏，見到盟主中軍的黃色大旗高高豎起，便一齊向清兵衝殺。命水總兵帶同兩千名本部兵馬，打頭陣迎敵，生怕水總兵下山後變卦，派了焦公禮率同金龍幫的手下監視。要水總兵只許敗，不許勝，引誘清兵過來。水總兵所部兵甲器仗一應俱全，盡是明軍服色，實無半分破綻，至於打敗仗乃明兵家常便飯，更能盡展所長。

那錦陽關兩側雙峯夾道，只中間一條小徑。到第四日傍晚，耳聽得喊聲大作，衆明兵甩甲曳兵，從小徑奔來。水總兵跨下戰馬，手執大刀，親自斷後。過不多時，便見一羣辮子兵蜂湧而來。袁承志伏在左峯的岩石之後，初次見到清兵，想起父親連年與韃子兵血戰，不由得全身熱血如沸，高舉金蛇劍，說道：「孫叔叔，咱們衝下去！」孫仲壽道：「等一會，待韃子兵大隊過來。那時咱們再豎起黃旗，四面伏兵齊起，清兵便走不脫了。」

只聽得號角聲響起，大隊清軍騎兵衝到，數十名落後的明兵登時被刀砍槍刺，屍橫就地。袁承志心下不忍，說道：「快衝下去接應！」孫仲壽道：「還得等一會。」青青急道：「再不下去，我們的人要給他們殺光了。」孫仲壽道：「再等一會！」青青急得只是頓足。

突然之間，右峯上喊聲大作，沙天廣率領山東各寨羣盜，從山坡上殺將下來。孫仲壽叫道：「啊喲，不好！」袁承志道：「怎麼？」孫仲壽道：「清兵來的只是先鋒，這一來，就抓不到他們的元帥了。怎麼不見旗號，便自行動手了？」只見山東羣盜一鼓作氣的殺入清兵陣中，跟着青竹幫、金龍幫，以及各處埋伏的羣豪一時盡起，水總兵也帶同明兵回頭截殺。

孫仲壽連聲嘆氣，說道：「當年袁公帶兵，部下若是這般不聽號令，自行殺敵，所有的大將一個個都非給袁公請出尚方寶劍斬了不可。」袁承志心下歉然，道：「都是我事先沒嚴申號令的不是。」孫仲壽安慰他道：「咱們這些英雄好漢，每個人武功都強，但直是一羣烏合之衆，怎比得袁公當年在寧遠所練的精兵？盟主你也是無法可施的。唉，黃旗還沒豎起，大夥兒就亂糟糟的衝殺出去了，這那裏是打仗，簡直是胡鬧！」不住的唉聲嘆氣，想起當年袁崇煥在寧錦帶兵時的號令嚴峻，十餘萬兵將無不肅然奉命，懊惱之中，又感心酸。

青青道：「事已如此，嘆氣也無用了。承志哥哥，咱們動手吧！」袁承志早已心癢難搔，叫道：「好，大夥兒殺啊！」手執金蛇劍，衝下峯去。孫仲壽驚叫：「盟主，盟主！你是主帥，須當坐鎮中軍，不可親臨前敵……」叫聲未畢，袁承志展開輕功，早去得遠了，但見他疾衝入陣，金蛇劍揮動，削去了兩名清兵的腦袋。

千餘名清兵擠在山道之中，難以結陣為戰。敵人衝到身前，弓箭也用不上了，被羣雄四面八方的圍上攻打，不到一個時辰，已盡數就殲。清軍統帥阿巴泰得報前鋒在錦陽關中伏覆沒，當即率兵退回青州。

這一役雖然沒殺了阿巴泰，但聚殲清軍一千餘人，實是十餘年來從所未有的大勝。羣雄在錦陽關前大叫大跳，歡呼若狂。

袁承志瞧着金蛇劍上的點點血迹，心想：「此劍今日殺了不少韃子兵，才不枉了這劍身上的隱隱碧血！」

當晚袁承志、孫仲壽與朱安國、倪浩、羅大千等談到今日一場大捷，實可慰袁督師的在天之靈，都是不禁熱淚盈眶。孫仲壽以殺不了清軍元帥阿巴泰，兀自恨恨不已。袁承志道：「孫叔叔，咱們這批人，當眞要打大仗是不成的。明日我北上，這些明軍官兵和別的弟兄們請你與朱叔叔、倪叔叔、羅叔叔各位好好操練，日後再碰上韃子兵，可不會再像今日這般亂殺一陣了。」孫仲壽等俱各奉命。

袁承志與青青並肩漫步，眼見羣雄東一堆、西一堆的圍着談論，人人神情激昂，說的自都是日間的大勝。袁承志道：「咱們今日還只一戰，要滅了滿清韃子，尙須血戰百場，當眞是：『慷慨同仇日，間關百戰時。』」青青道：「你這兩句詩做得眞好。」袁承志微笑道：「我怎會做詩？這是爹爹的遺作。」青青嗯了一聲。

袁承志嘆道：「我甚麼都及不上爹爹，他會做詩，會用兵打仗，我可全不會。」青青道：「你的武功卻一定比你爹爹強。」袁承志道：「我爹爹進士出身，沒練過武。但武功強只能辦些小事，可辦不了大事。」青青道：「也不見得，武功強，當然有用的。」

袁承志突然拔出金蛇劍來，虛劈兩下，虎虎生風，說道：「對，青弟，我去刺殺韃子皇帝皇太極，再去刺殺崇禎皇帝，爲我爹爹報仇。」

碧血劍=The sword stained with royal blood
／金庸著. -- 三版. -- 台北市：遠流，
1996 [民 85]
冊； 公分.--(金庸作品集；3-4)
ISBN 957-32-2909-9(一套：平裝)

857.9 85008889